AF398334

Tina Lundgren, Jahrgang 1985, hat einen Bachelor in Kulturwissenschaften mit den Schwerpunkten Literatur und Geschichte. Unter ihrem Klarnamen Bettina Lausen erschienen nach mehreren Kurzgeschichten in Anthologien ein Kriminalroman und ein historischer Roman. Sie lebt mit ihrem Mann und ihren zwei Töchtern in Haan und liebt es, mit ihrer Familie in den Wäldern wandern zu gehen.

TÖDLICHES VERGESSEN

TINA LUNDGREN

DIE FLUCHT

Überarbeitete Neuausgabe Januar 2021

© 2021 dp Verlag, ein Imprint der dp DIGITAL PUBLISHERS
GmbH

Made in Stuttgart with ♥
Alle Rechte vorbehalten

Tödliches Vergessen

ISBN 978-3-96817-426-6
E-Book-ISBN 978-3-96817-422-8

Vermittelt durch die Literarische Agentur Kossack, Hamburg.
Copyright © 2020, dp Verlag
Dies ist eine überarbeitete Neuausgabe des bereits 2020 bei dp Ver-
lag erschienenen Titels Die Flucht (ISBN: 978-3-96817-031-2).

Covergestaltung: Vivien Summer
Umschlaggestaltung: ARTC.ore Design
Unter Verwendung von Abbildungen von
© Shutterstock.com: © SanchaiRat © Eky Studio © andreiuc88
Lektorat: Daniela Höhne
Satz: dp DIGITAL PUBLISHERS GmbH
Druck und Bindung: Books on Demand GmbH, Norderstedt

Vorwort

Wie gehst du damit um, wenn du ein Mörder bist? Diese Frage war die Idee zu meinem Roman.

Sie kam mir bei einer Schreibaufgabe, die wir uns in meiner Autorengruppe „Waldstadtstifte" gestellt haben. Gemeinsames Setting: Ein Waldhotel, in dem bei einem Unwetter der Strom ausfällt. Das Hotel bleibt einige Zeit von der Außenwelt abgeschnitten. Was könnte passieren?

Meine Gedanken sprudelten: Ein Blitz zuckt durch die Dunkelheit, gleichzeitig knallt der Donner. Regen platscht dir ins Gesicht. Du zitterst, hustest – ein ratterndes Röcheln. Es knackt, ein dicker Ast kracht neben dir zu Boden. Sehr knapp! Du musst raus aus dem Wald. Siehst die Lichter des Hotels. Sollst du es wagen? Du – Jan Bischof – bist ein gesuchter Mörder, doch du wagst dich in das Hotel. Denn du bist körperlich und seelisch am Ende.

Die Rezeptionistin schenkt dir ein Höflichkeitslächeln, doch in ihren Augen erkennst du Abscheu. Du siehst abgewrackt aus, dabei warst du mal ein erfolgreicher Strafverteidiger und hast Wert auf dein Äußeres gelegt. Du bist froh, erstmal raus aus dem Sturm zu sein. Du kannst durchatmen und dich kurz ausruhen … doch dann fällt der Strom aus, du wirst erkannt und kommst nicht mehr in dein Zimmer.

Ohne Schuhe, deine Sachen und dein Geld fliehst du wieder in den Wald. Und du hattest gedacht, es hätte nicht mehr schlimmer kommen können.

Mach doch mehr daraus, sagten meine Autorenkolleginnen. Ich plante einen Roman in Form von zwölf Kurzgeschichten. Ein experimenteller Text, Identifizierung mit dem Mörder, Du-Perspektive ... Gibt es eine Situation, die dich zum Handeln treibt, das gegen all deine Überzeugungen steht?

Doch mein Konstrukt platzte. Ein Thriller brauchte mehr als ein Kurzgeschichtenformat und ein paar aufrüttelnde Fragen, sondern den Fluss eines Romans. Also entwickelte ich meine Hauptfigur neu. Sie erhielt einen neuen Namen: Tim Eichner war geboren. Ich erweiterte die Handlung zu einem ganzen Roman und wechselte in die personale Perspektive. Die Kriminalbeamtin Miriam Waltz kam hinzu, mit einer eigenen Vergangenheit, Zielen und Wünschen, die dem Roman eine weitere Dimension verliehen.

Das Endprodukt hältst du in den Händen. Ich wünsche dir viel Lesevergnügen. Lass dich von Tim Eichner in die Gedankenwelt eines Mörders entführen. Vielleicht pflanzt er dir ebenfalls die Frage in den Kopf: Was würdest du tun, wenn du einen Menschen getötet hast?

Tina Lundgren

Kapitel 1

Metallischer Geruch kratzte Tim in der Nase, noch bevor er die Augen aufschlug. Vorsichtig drehte er den Kopf, blinzelte.

Blut!

Er schnappte nach Luft und sprang aus dem Bett, stolperte über Schuhe, stürzte zu Boden, prallte mit dem Rücken gegen die Wand.

Eine Frau.

Ein Messer in ihrem Bauch. Blutdurchtränkte Bettlaken.

Ihre leeren Augen starrten Richtung Decke.

Tims Herz raste. Was war passiert? Hektisch sah er sich um. Ein Schreibtisch, ein Schrank, Parfumflacons auf der Fensterbank, seine Kleidung über dem Schreibtischstuhl. Wie war er hierhergekommen? Wann hatte er sich in dieses Bett gelegt? Neben ... *Vanessa*? Ihm wurde schwindelig, der Boden unter ihm schwankte. Langsam zog er sich am Türrahmen hoch. Seine Hände zitterten, die Knie wurden weich, drohten jeden Augenblick, einzuknicken. Lebte sie womöglich noch?

Er trat näher ans Bett heran. Der Gestank nach Tod und Endgültigkeit stieg ihm in die Nase. Saure Galle reizte seine Kehle, nahm ihm die Luft zum Atmen. Er presste die Finger gegen ihre Halsschlagader. Was war er nur für ein Trottel! Natürlich war dort kein Pulsieren, kein Leben mehr in diesem Körper. Er würgte, beugte sich zur Seite und erbrach sich. Es platschte auf den billigen Teppich. Widerlich, dieser kurze Moment, in dem man keine Luft mehr bekam, keine Kontrolle hatte. Nie verlor er die Kontrolle. Was war hier los?

Er stand auf und wich ein paar Schritte zurück. Der Raum kam ihm plötzlich so klein vor. Die Wände schienen auf ihn zuzukommen. Luft! Er brauchte Luft. Er tastete mit der Hand nach dem Griff und kippte das Fenster an. Wieso war es nicht geöffnet gewesen? Er schlief immer mit geöffnetem Fenster.

Der Puls wummerte in seinen Schläfen. Tim konzentrierte sich, lenkte die Gedanken auf den gestrigen Abend, doch die Erinnerung war wie glitschige Seife, die ihm immer wieder aus der Hand rutschte. Ein pochender Schmerz drückte gegen seine Schädeldecke. Wie viel Alkohol hatte er gestern in sich hineingekippt?

Vanessa hatte ihn angerufen. Viermal. Er hatte ihre Anrufe ignoriert, hatte vergessen, ihre Nummer zu sperren. Warum hatte sie nicht begreifen können, dass es mit ihnen nichts wurde? Er hatte von Anfang an klargemacht, worauf es hinauslief: eine Affäre. Mehr nicht. Er hatte keinen Bock mehr auf Enttäuschungen. Gefühle konnten ihm gestohlen bleiben. Eine langfristige Beziehung mit Vanessa – nein danke. Sie hatte ihm nicht glauben wollen. Und dann hatte sie ihm diese WhatsApp geschrieben. Wieso hatte er die Nachricht nicht direkt gelöscht? Drei Wörter, die alles verändert hatten: *Ich bin schwanger.* Seine Beine hatten gezittert, er hatte sich an einem Stuhl festhalten müssen. Wütend hatte Tim zurückgerufen. Er hatte ihr klargemacht, dass es nicht sein könne. Weil sein Arzt ihm vor Jahren attestiert hatte, dass er zeugungsunfähig war. Was hatte sie noch gesagt? Tim schlug sich gegen die Stirn, wollte die Erinnerungen heraufbeschwören.

Gesprächsfetzen, ihre verweinte Stimme, ein Gefühl der Verlorenheit.

Sie hatte ihn überredet, sich mit ihr im Café *Extrablatt* zu treffen. Sie war in einem roten Cocktailkleid aufgetaucht, ein Vamp, hatte ihn gereizt, sie gleich wieder zu nehmen, war sich mit ihren feingliedrigen Fingern durch das braune Haar gefahren. Sie versprühte diese erotische Aura, die ihn anzog, aber diesmal hatte sie die Rechnung ohne ihn gemacht. Er war kein Mann für eine Beziehung oder gar eine Ehe. Verbindung auf Lebenszeit. Niemals! Zudem war sie viel zu jung. Sie hatte den Schwangerschaftstest nicht dabei gehabt. Er hatte darauf bestanden, ihn zu sehen, und war mit zu ihr gegangen. Sie hatte den Test aus dem Badezimmer geholt. Er hatte ihr an den Kopf geworfen, dass er nicht der Vater sein konnte. Erneute Beteuerungen, nur er käme als Vater infrage. Sie strafte Ärzte Lügen. Er ein Vater? Konnte er doch Kinder zeugen? Vielleicht hatten sich die Mediziner geirrt. Wenn es wirklich so war, dann ...

Er verdrängte den aufkommenden Gedanken und besann sich wieder auf den gestrigen Abend. Sie hatte Sekt aufgemacht. Für sich nur einen Schluck – klar mit einem Wesen im Bauch. Und er? Er hatte das Zeug hinuntergekippt. Wollte die Neuigkeit im Rausch ertränken. Und dann? Nichts mehr. Leere in seinem Kopf. Die Synapsen wie durchgeschnitten, ausgelöschte Stunden. Wie viel hatte er sich nur genehmigt? Und was, zum Teufel, war dann geschehen?

Er blickte zu ihr, zu dem Blut, dem Messer – zu der Leiche. Er schluckte. Ein Schauer durchfuhr ihn. Er hatte direkt neben ihr geschlafen. Sie waren allein in der Wohnung. Und sie war tot! Also konnte nur er ...

Nein! Es konnte, durfte nicht sein. Er würde doch keinen Menschen umbringen.

Wie absurd!

Und dann eine Frau, seine Affäre, die ihn zwar mit ihrer Anhänglichkeit bedrängte, aber auf ihre Weise wunderbar war. Jung und lebenslustig. Tim drückte den Handballen gegen die Stirn und versuchte, so den pochenden Schmerz zu vertreiben.

»Scheiße!«, schrie er und setzte murmelnd hinterher: »Vanessa! Was ist passiert?«

Er musste die Polizei rufen. Die würde den Tathergang rekonstruieren. Es würde herauskommen, dass er nicht der Täter war.

Bullshit!

Seine Fingerabdrücke waren überall! Er war der Letzte, der bei ihr gewesen war, hatte neben ihr geschlafen, womöglich war sein Sperma in ihr. Das würde für eine Untersuchungshaft reichen. Sie würden ihn einsperren, verhören, ebenso seine Familie und Freunde. Sein Partner Richard und seine Angestellten würden davon hören, es würde in der Zeitung stehen. Auch wenn er wieder auf freien Fuß käme: Sein Ruf wäre ruiniert. Der Strafverteidiger, der selbst des Mordes verdächtigt wurde. Wer würde ihm noch vertrauen? Er ballte die Hand. Scheiße. Was redete er sich ein? Wer sollte es sonst gewesen sein? Der abgenutzte Teddybär am Kopfende des Bettes?

Tim schüttelte den Kopf. Die Erkenntnis erwischte ihn eiskalt: *Er* musste der Mörder sein, so absurd es auch sein mochte. Er hatte Vanessa getötet. Aber wieso?

»Was hast du nur getan?«, schrie er sie an.

Sie musste über das Baby geredet haben. Sein Baby? Sie hatte doch die Pille genommen, hatte sie zumindest gesagt. War das eine Lüge gewesen? Hatten sie sich gestritten? Darüber? Aber das war doch kein Grund, sie zu töten! Und doch musste irgendwas passiert sein, irgendwas …

Er konnte sich kein Szenario ausmalen, das ihn dazu getrieben haben mochte, ihr ein Messer in den Bauch zu rammen. Trotzdem lag sie tot vor ihm. Er hatte einen Menschen auf dem Gewissen. Nein. Zwei! Er hatte auch das ungeborene hilflose Wesen kaltblütig erstochen. Ein eisiger Schauer lief ihm den Rücken herunter. Mit dieser unvorstellbaren Realität musste er sich abfinden. Blaue Sterne tanzten vor seinem Blickfeld. Er hustete, keuchte.

Was sollte er tun? Nachdenken, verdammt noch mal! Er schaute sich um. Den Tatort reinigen und die Leiche verschwinden lassen? Aber wohin mit ihr? Vielleicht in den Unterbacher See oder in den Rhein. Das war albern. Jemand würde ihn beobachten, die Leiche würde auftauchen. Die Kriminaltechniker würden etwas finden, auch wenn er gründlich war. Eine Faser, eine DNA-Spur. Das war keine Option.

Weg! Er musste weg!

Aber wohin? Ihm kam ein Gedanke. War er dem gewachsen? Er biss die Zähne zusammen. Fliehen und alles hinter sich lassen? Hatte er keine andere Idee? Er hatte doch sonst immer die besten Einfälle. Sollte er ins Ausland? Nach Guinea oder Honduras? Staaten, die gesuchte Straftäter an Deutschland nicht auslieferten. Aber was, wenn Vanessa so schnell gefunden wurde, dass er noch bei der Passkontrolle am Flughafen abgefangen wurde? Außerdem krampfte sich sein Magen zusammen, wenn er daran dachte, in ein Flugzeug steigen zu müssen. Er brauchte eine andere Lösung. Der verlassene Bauernhof seiner Großeltern lag brach, seitdem seine Oma im letzten Jahr gestorben war. Dort könnte er sich verstecken. Nein. Die Verbindung war zu offensichtlich, die Polizei würde ihn dort rasch ausfindig machen.

Querdenken, neue Wege gehen!

Er könnte ehemalige Mandaten anrufen und nach einem Versteck fragen. Vielleicht besaß jemand eine abgelegene Hütte. Auch das kam nicht infrage. Die Polizei war clever, es würde nicht lange dauern, bis sie vor seiner Tür stehen würden.

Er musste verschwinden, unsichtbar werden. Aber wie?

Wald, Freiheit, kein Menschenkontakt. Er hatte nach einem Survivaltraining gegoogelt und diverse Termine im Blick gehabt. Ein Leben in der freien Natur. Was war schon dabei?

»Ahhh!« Er schlug den Kopf gegen den Türrahmen. Wie hatte es dazu kommen können? Es musste ein Traum sein. Wutwellen durchfluteten seine Glieder. Er blickte zu Vanessa. Seine DNA in ihrer Wohnung – überall. Sie würden ihn kriegen. Er war dran, kein Entkommen. Totschlag – ohne Zweifel. Anhörung, Anklage, das ernste Gesicht von Richterin Hellmann. Die Lippen mit dem albernen Pink würden das Urteil sprechen. Mindestens fünf Jahre, wohl eher zehn.

Strafgesetzbuch zweihundertzwölf. Wer wusste es besser als er?

Er spürte die Handschließen um die Handgelenke zurasten, die Hand, die seinen Oberarm packen und ihn aus dem Gerichtssaal führen würde, rein ins Auto, auf den Rücksitz rechte Seite, den Schlampersitz. Wer da alles schon gesessen hatte.

Es würde in die JVA Düsseldorf gehen. Das graue Gebäude, die Gitter, die kleinen Zellen. Die Tür würde sich hinter ihm schließen, mit einem Klacken ins Schloss fallen, er würde allein sein, fünf Quadratmeter Lebensraum. Zu wenig, um zu atmen. Zu wenig, um zu leben. Sein Hals schwoll an, er fasste sich an die Kehle. Schweiß rann ihm den Rücken hinunter.

Es roch nach frisch gemähtem Gras und Blumenerde – wie vor fünfundzwanzig Jahren. Mit sieben Jahren hatte er sich für ein paar Minuten im Schuppen verstecken wollen. Dann hatte ein Luftzug die Tür ins Schloss gefegt. Er hatte sie nicht mehr aufbekommen, an der Klinke gezerrt, gegen das Holz gehämmert und Rotz und Wasser geheult. Seine Eltern waren im Haus, wähnten ihn in seinem Zimmer. Vier Stunden war er eingeschlossen gewesen. Vier Stunden Dunkelheit und Begegnungen mit Monstern und Scar, dem bösartigen Löwen aus seinem Lieblingsfilm, der ihn in die düsterste Ecke gedrängt hatte. Es war Tim vorgekommen wie ein ganzer Tag, bis seine Mutter ihn aus der Hütte des Schreckens rettete. Nie wieder hatte er diesen Schuppen betreten. In vielen Nächten war der Albtraum über ihn geschwappt und hatte ihn aufgeschreckt.

Nein! Er ließ sich nicht einsperren. Niemals!

Tim strich sich über die schweißfeuchte Stirn und schüttelte den Kopf. Vanessa war tot, er der Letzte in der Wohnung. Was sollte ein Anwalt daraus machen? Verminderte Schuldfähigkeit? Warum? Wegen des Alkohols? Lachhaft.

Die Gefängnismauern rauschten auf ihn zu, verkleinerten die Zelle auf die Größe eines Umzugskartons, er musste die Beine anziehen, um hineinzupassen, die Luft wurde knapp. Das würde er nicht durchstehen! Ein erneuter Würgereiz, bloß saure Galle, das Gefühl zu ersticken.

Er blickte zu Vanessa, zu dem leblosen Körper. Das Blut – rot. Sie war zur Leiche geworden. Zu einem Fall. Und er zu einem Täter, einem Monster. Solche Anblicke bekam er sonst nur auf Tatortfotos zu sehen. In echt sah ein Strafverteidiger sowas normalerweise nicht.

Tim lief ins Bad und spritzte sich Wasser ins Gesicht, spülte den Mund aus und rieb sich die Augen, um so die Benommenheit auszutreiben. Er brauchte einen klaren Kopf, einen Plan. Die Idee verfestigte sich. Wald. Überleben. Freiheit. Sollte er alles hinter sich lassen? Die Wohnung, sein Leben und alles, was er sich aufgebaut hatte? Vom Badezimmerfenster aus konnte er auf einen Park blicken. Ein Mädchen im Teenageralter ging spazieren, um sie herum sprang ein Golden Retriever. Tim hatte sich früher einen Hund gewünscht. Sein Vater hatte es rigoros abgelehnt. Er würde stinken und Dreck machen. Wenn er und seine Schwester Tiere sehen wollten, sollten sie zur Oma gehen. Rein und sauber musste es sein. Nicht nur in der Wohnung, auch nach außen hin. Was sollen die Nachbarn sagen? Oft hatte Tim diesen Spruch zu hören bekommen.

Und nun? Vater würde von der Tat erfahren, noch bevor es in den Medien kursierte. Die Kriminalpolizei würde seine Eltern verhören und seine Schwester. Beim Gedanken an sie fuhr ihm ein Stich ins Herz. Niemand sollte Nicole und ihre Kinder mit reinziehen. Sie würde sich zu Tode erschrecken. Er würde es ihr so gerne ersparen. Am liebsten würde er sie anrufen und es ihr erklären. Die fehlende Erinnerung. Dass er es selbst nicht glauben konnte. Tim wünschte sich, dass seine Schwester ihn verstand, ihn in den Arm nahm und er mit ihr darüber reden konnte. *Hass mich nicht*, dachte er.

Zurück im Schlafzimmer zwang er sich, Vanessa ein letztes Mal anzusehen. Sie war immer noch schön. Was hatte er bloß getan? Hätte er sie doch niemals kennengelernt. Alles zu spät! Zu. Spät. Scheiß Alkohol! Er schrie seine Wut hinaus und rang nach Luft, fühlte sich ein bisschen besser. Was war, wenn ... Kalle ... Wäre das eine Möglichkeit? Würde er es schaffen, hier sauber zu machen? Er griff nach dem Smartphone, das ihm fast aus der Hand fiel. Tim hatte Kalle rausgehauen und der hatte gesagt, wenn er mal ein Problem haben würde, könnte er helfen. Stimmte das? Aber dann gäbe es einen Mitwisser mehr. Und die Nachbarin hatte Tim gestern Abend gesehen. Sie würde ihn bestimmt beschreiben können.

Nein! Es gab keinen anderen Weg. Er musste sich von seinem bisherigen Leben verabschieden. Er blickte aus dem Fenster.

Eine Frau im adretten Anzug rannte zu einem Smart, sprang hinein und schlängelte sich in den Berufsverkehr. Die Stadt begann zu erwachen.

***

Tim betrat sein Appartement und lehnte sich von innen an die Tür. Das Blut und die Aufregung pulsierten durch seine Adern. Tief durchatmen. Geschafft. Er war unbemerkt aus ihrer Wohnung und dem Haus gelangt. Mit zittrigen Knien durchquerte er den Flur, strich über die Kommode, berührte die Metallgriffe. Die Glasschale war mal wieder überfüllt mit Kassenbons, Kaugummis, Treuepunkten von Rewe, Zahnseide und dem Fahrradreparaturset. Zeit, mal wieder auszumisten. Quatsch. Jetzt war alles egal. Sein Spiegelbild blickte ihn mit trüben Augen an. Unrasiert, die Haare zerzaust, das Hemd zerknittert, am Ärmel Blutspuren.

Er ging ins Bad, ließ die Kleidung auf den Boden fallen und stieg unter die Dusche. Er stellte das Wasser so heiß, wie er es gerade so ertragen konnte. Schloss die Augen und stützte sich an den Fliesen ab. Das Wasser belebte seine Haut. Er lebte. Noch war er frei. Neue Energie durchflutete seine Glieder. Er wusch sich mögliche DNA-Spuren und den Hauch des Todes vom Körper. Als seine Fingerkuppen schrumpelig wurden, trocknete er sich ab. Er zog sich an und stopfte die dreckige Kleidung in einen Plastikbeutel. Vanessa. Es kam ihm vor wie eine verblasste Erinnerung. Vielleicht war alles nur ein perfider Traum ohne Erwachen? Er schüttelte den Kopf, kannte die Wahrheit.

Im Arbeitszimmer zog er den Survivalguide aus dem Bücherregal. Hätte er ihn doch schon gelesen. Eine nette Idee, hatte er sich gedacht, als er das Buch bestellt hatte. Mal ein paar Tage im Wald bleiben – ohne Zelt und Komfort. Seine Hände zitterten, als er das erste Kapitel »Vorbereitungen« aufschlug. Er fand eine Checkliste, strich alles an, was sich in der Wohnung befand: Regenjacke, Mütze, Halstuch, Ersatzsocken, Ersatzschnürsenkel, Tüten, Sonnenbrille, Feuerzeug, Taschenlampe, Messer, Erste-Hilfe-Set, Rettungsdecke, Abfallbeutel, eine Schnur oder Seil, Lebensmittel, Trinkflasche, Besteck, Topf, Becher, Toilettenpapier, Taschentücher, Insektenschutzmittel.

Resigniert schüttelte er den Kopf. Wie sollte er das alles in den Rucksack bekommen? Er musste Prioritäten setzen. Er suchte die Sachen zusammen und durchforstete den Medizinschrank. Verbandszeug, Pflaster, Wundsalbe, aber kein Antimückenspray. Bestimmt nicht tragisch. Die Rettungsdecke aus der ausrangierten Verbandstasche aus dem Auto konnte auch nicht schaden. An transportablen Lebensmitteln fand er Butterkekse, eine Packung Studentenfutter, zwei Bananen, drei Äpfel, zwei Dosen Tunfisch und fünf Scheiben Brot. Frischkäse aufs Brot, mit Salami und jeweils einem Salatblatt – so wie Nicole früher ihre Schulbrote zusammengebaut hatte. Ein Kloß bildete sich in seinem Hals, er schluckte.

Nicht drüber nachdenken. Funktionieren. Wie im Gerichtssaal. Den Plan befolgen, die Strategie beachten.

Sorgfältig packte er den Rucksack. Das verdammte Ding war viel zu klein. Wieso hatte er sich damals keinen größeren zugelegt? Tim packte nur eine Rolle

Toilettenpapier und zwei Flaschen Wasser ein. Er musste unterwegs Wasser besorgen. Wasserfilter oder Wasserreinigungstabletten standen in der Checkliste. Wo sollte er die herbekommen? War nicht gerade etwas, das sich in jeder Haushaltsapotheke finden ließ. Dann musste er eben ohne auskommen. Und Funktionsunterwäsche? Auch die besaß er nicht. Dafür schlang er sich einen Fleecepullover um die Hüften und setzte die Kappe mit dem Emblem eines Pokerturniers auf. Was Besseres hatte er nicht. Das Halstuch und die Sonnenbrille sortierte er aus und steckte dafür noch die Zahnbürste ein.

Tim schulterte den Rucksack und warf einen letzten Blick in die Wohnung. Der Ambilight-Fernseher, das teure Sofa, die Playstation. All das war ihm so wichtig gewesen. Was blieb ihm davon? Was würde damit, wenn er unauffindbar blieb? So hoffte er doch. Verschollen in einem anderen Universum, fernab von der Schuld und den engen Zellen. Allein in der Freiheit. In der Natur! Ein Erlebnis auf Lebenszeit.

Es hörte sich endgültig an. Vielleicht würde es nicht so schlimm werden. Vielleicht fand er seinen Frieden und konnte sich irgendwo ein neues Leben aufbauen. Mit einem neuen Zuhause, einem Rückzugsort und neuen Freunden. Vielleicht würde er untertauchen können und mit der Zeit würde Gras über den Fall wachsen. Auch wenn sein Foto in den Medien kursieren würde, hätten die Menschen sein Gesicht in zwei oder drei Jahren vergessen. Hoffentlich. Ein neuer Name, ein anderes Leben. Aber erst mal weg von hier.

Er schloss die Tür und stieg die Treppen hinunter. Robert trottete ihm entgegen, Fluppe im Mund, brummte etwas, das eine Begrüßung sein konnte. Sein Herz pochte. Er hielt die Luft an, schielte auf seine Hände. Alles abgewaschen, da war nichts mehr. Sein Nachbar konnte nicht erkennen, was passiert war. Trotzdem hatte er das Gefühl, dass ein Wort auf seiner Stirn eingebrannt war: Mörder. Dabei war er kein Mörder im juristischen Sinne. Totschlag würde die Anklage lauten. Aber »Totschläger« würde keiner sagen. Seine Eltern, Freunde, Bekannte würden keinen Unterschied machen. Sie würden ihn einen »Mörder« nennen.

Tim atmete erleichtert auf, als er draußen auf die Straße trat. Er stieg in den blauen Ford Mustang, sein Traumauto seit Kindertagen. Mit den Fingern zeichnete er das Pferd auf dem Lenkrad nach. »Ich vermisse dich jetzt schon«, flüsterte er.

Er drehte den Schlüssel im Zündschloss. Die Lichter des Armaturenbretts leuchteten auf und die Musik sprang an. Tiësto. Sein Lieblings-DJ. Er drehte den Lautsprecherregler auf, genoss die Beats in den Ohren und das Wummern in der Brust. Genialer Subwoofer. Musik – auch darauf würde er verzichten müssen.

Er schob die Gedanken beiseite und fuhr los. Er durfte nicht sentimental werden, sondern musste zusehen, dass er untertauchte. Wer wusste schon, wann Vanessa gefunden wurde und wie schnell man ihm auf die Spur kam. Vermutlich würde sie bereits heute vermisst werden, in der Schule. Vielleicht würde noch an diesem Tag jemand in der Wohnung nachsehen. Länger als drei Tage würde es sicherlich nicht dauern.

Sein erster Weg führte ihn zur Filiale der Deutschen Bank. Er parkte auf dem Kundenparkplatz und begab sich unauffällig zum Geldautomaten. Das Gerät spuckte zweitausend Euro aus. Tim schielte zum Schalter. Sollte er es wagen? Die Polizei würde sowieso herausfinden, dass er hier gewesen war. Er erkannte neben dem Hinweisschild hinter getöntem Glas die Überwachungskamera des Automaten. Unwillkürlich zog er die Kappe tiefer ins Gesicht. Sie würden ihn ohnehin erkennen. Er reihte sich hinter einer Oma mit Stock in die Schlange. Eine gefühlte Ewigkeit musste er warten. Dauerte es immer so lange? Sonst ging er nie zum Schalter. Die alte Frau vor ihm schien ihre ganze Rente abzuholen.

Dann forderte die junge Bankangestellte ihn mit einem herzlichen Lächeln auf, zu ihm zu kommen. Um ihren Hals klimperte eine Kette und die Bluse spannte sich über der üppigen Oberweite. Er reichte ihr seine Bankkarte.

»Ich würde gerne Geld von meinem Sparkonto abheben.«

Sie lächelte ihn breit an. »Gerne. Wie viel benötigen Sie?«

Ab welcher Geldsumme wurde es auffällig? »Ich brauche fünftausend«, sagte er.

Sie nickte, holte einen Auszahlungsbeleg hervor und notierte den Betrag darauf. »Haben Sie das Geld vorbestellt?«

Er zog die Stirn kraus. »Nein. Müsste ich das?«

»Bei großen Summen wäre das hilfreich.«

»Was verstehen Sie unter großen Summen?«

»Ab fünftausend.«

»Dann machen Sie doch viertausendneunhundertneunzig daraus«, sagte er und setzte sein charmantes Lächeln auf. »In Hunderten bitte.«

Er bekam ein gekünsteltes Lächeln als Antwort. »Darauf kommt es nun auch nicht an.« Sie tippte etwas in den Computer, ließ den Beleg bedrucken und bat ihn um eine Unterschrift. Seine Hände zitterten. Siebentausend Euro würde er gleich haben. Damit würde er im Notfall Sachen kaufen können. Auch wenn er vorhatte, im Wald zu leben, wollte er nicht unvorbereitet sein.

»Darf ich fragen, wofür Sie das Geld brauchen?«

Nein! Das geht Sie nichts an! Ungläubig sah er die Bankangestellte an.

»Ich frage nur, falls Sie das Geld anlegen wollen.«

»Möchte ich nicht.«

War es unverfänglicher, sich eine Ausrede einfallen zu lassen oder es dabei zu belassen? Er setzte wieder sein Lächeln auf, mit dem er die Damen in einer Bar oder Disco ansprach.

»Ich muss die Spesenkasse in meiner Kanzlei auffüllen. Viele Geschäftsessen, wissen Sie?«

Ein bisschen überheblich, aber sie schien mit dieser Antwort zufrieden zu sein. Würde bestimmt nicht mit ihrem Chef darüber sprechen. Die Angestellte ließ ihn auf einem Sessel Platz nehmen, und kurze Zeit später bekam er das Geld in einem Umschlag überreicht.

Erleichtert verließ er die Bank und stieg in den Mustang. Die letzte Fahrt. Tiësto auf Volldampf. Das letzte Mal Gas geben. Das letzte Mal die Beschleunigungskräfte fühlen. Demnächst würde alles im Schneckentempo laufen. Der Rausch des Lebens würde für ihn unerreichbar werden. Tim Eichner verschwände von der Bildschirmfläche und eine Steinzeitversion von ihm würde durch die Wälder streifen.

Er fuhr auf den überfüllten Park-and-Ride-Parkplatz an der Universität und ergatterte einen der letzten Stellplätze. Er hoffte, dass sein Auto in der Anonymität der vielen Fahrzeuge bei einer Fahndung untergehen würde. Er verriegelte das Auto und sah ratlos auf den Schlüssel. Was tun damit? Er ließ ihn in die Hosentasche gleiten und machte sich auf den Weg Richtung Bahnhof. Ihm würde schon etwas einfallen.

Normalerweise würde er die Straßenbahn nehmen, doch heute ging er zu Fuß. Er wollte nicht von den Kameras in der Bahn eingefangen werden, er musste die Spuren verwischen.

Tim lief mit gesenktem Blick über die große Kreuzung und ein Stück die Hauptstraße entlang. Er bog in eine Seitenstraße ein, kam an zwei Friedhofsgärtnereien vorbei und betrat den Friedhof.

Blätter rauschten, eine Krähe meckerte, Singvögel zwitscherten fröhlich. Diese Geräusche würden ihn bald ständig begleiten. Die Motorengeräusche der nahe gelegenen Straße drangen in die Ruhe ein und wirkten wie ein Fremdkörper.

Eine ältere Dame mit Dauerwelle und braunem Rock kam ihm entgegen, zwei Teenager auf Fahrrädern, ansonsten war es gespenstig menschenleer. Gedenkt man der Toten nicht? Wäre er schnell bei seinen Mitmenschen vergessen? Das wünschte er sich und doch legte sich dieser Gedanke wie Blei auf seine Brust.

Tim sah sich nach einem geeigneten Platz für den Schlüssel um. Den Mülleimer schloss er aus und auch die aufgewühlte Erde, neben dem ein Bagger stand. Unter Kirschlorbeerbüschen lag ein verwitterter Tontopf,

in dem kaum mehr als eine Primel gewesen sein
konnte. Tim blickte sich um. Niemand in der Nähe.

Er kroch unter die Büsche, schaufelte mit dem Tontopf ein Loch in die Erde und legte den Schlüssel und
die Tüte mit der blutverschmierten Kleidung hinein.
Und sein Handy? Nein. Er wollte nicht beides zusammen loswerden, außerdem konnte er sich von seinem
digitalen Leben noch nicht trennen. Dafür würde er
eine andere Möglichkeit finden müssen.

Er verschloss das Loch mit Erde, kroch unter dem
Buschwerk hervor und legte den Topf unter einen anderen Busch.

Er kam an dem Krematorium und der Kapelle vorbei.
Am Hintereingang stand ein silberner Leichenwagen.
Ein Zeichen? Tim unterdrückte das ungute Gefühl und
ging weiter.

Im Volksgarten waren mehr Menschen unterwegs
und genossen die Ruhe fernab der hitzigen Stadt. Hundebesitzer gingen spazieren genauso wie Mütter mit ihren Kindern. Eine Gruppe von jungen Menschen hatte
am Grillplatz ein Feuer entfacht und lachte laut. Er be-
neidete sie um ihre Unbeschwertheit. Enten und
Schwäne badeten im See.

Nach einer Dreiviertelstunde war er am Bahnhof.
Sollte er den weniger frequentierten Nordeingang nehmen? Nein! Auch dort hingen Kameras und er hoffte, in
der Menschenmenge am Haupteingang unterzugehen,
falls die Polizei sich irgendwann die Videoaufzeich-
nungen ansehen sollte. Ein großer Mann mit Aktenkof-
fer in der Hand rannte hinein, eine fünfköpfige Familie
zog ihre Koffer hinter sich her. Eine Taube lief vor ihm
her und flog davon, als er sich näherte. Tim zog sich die

Kappe tief ins Gesicht und achtete darauf, stets den Blick gesenkt zu halten.

Vor dem Eingang lungerten zwei Obdachlose, die den Passanten ihre Pappbecher entgegenhielten. Ein zerzauster Hund lag zwischen ihnen auf einer Decke und beobachtete die Vorbeilaufenden mit müden Augen.

Tim betrat die hohe Eingangshalle. Auf der rechten Seite der Buch- und Zeitschriftenladen, in dem er sich häufiger die Tageszeitung gekauft hatte. Auf der linken Seite der Informationsschalter der Deutschen Bahn. Tim scannte die Umgebung ab, hielt nach der Polizei Ausschau, konnte jedoch keine Beamten ausmachen. *Beruhige dich*, befahl er sich. So schnell würde Vanessa nicht gefunden werden. Hoffentlich. Trotzdem fühlte er sich unwohl. Er sah auf den Abreiseplan, kaufte sich ein Ticket am Automaten und bahnte sich den Weg durch die vielen Reisenden zum Gleis. Ein letzter Blick auf sein Smartphone. Er hatte Werbemails von *web.de* und *Vorwerk* bekommen. Außerdem eine Bestätigungsmail, dass die zwei neuen Hemden versendet worden waren. Per WhatsApp hatte ihm Nicole ein Foto von Julia und Samira geschickt, wie sie im Sandkasten saßen und eine Burg bauten. Er lächelte traurig. Würde er sie jemals wiedersehen?

Er schaltete das Handy aus, zerlegte es in die Einzelteile, zerstörte die Chipkarte und warf sein digitales Leben in den Mülleimer. Er wandte sich den Schienen zu, auf einer Schwelle lag ein Trinkpäckchen. Wieso konnten die Leute ihren Müll nicht ordnungsgemäß entsorgen? Aus dem Augenwinkel nahm er wahr, wie sich ein junger Mann mit rot gefärbten Haaren, mit Anstecknadeln besetzter Lederjacke und löchriger Jeans über den

Abfalleimer beugte. Was machte der Punk da? Er steckte den Arm hinein. Er würde doch wohl nicht ... Im nächsten Moment hatte er die drei Teile des Handys in der Hand, die Tim entsorgt hatte. Der Punk sah auf, ihre Blicke trafen sich, dann rannte er den Bahnsteig entlang.

Tims Herzschlag beschleunigte sich. Sein Handy in fremder Hand. Mit all seinen Daten. Was würde passieren? Was, wenn die Fahndung lief und er es den Ermittlern übergab? Tim spurtete los, Slalom zwischen den Wartenden, die Treppen hinunter. Der Punk zehn Meter vor ihm, blickte über die Schulter, nahm mehrere Stufen auf einmal. Tim tat es ihm gleich. Der Punk verschwand um die Ecke. Scheiße! Er konnte ihn nicht mehr sehen. Tim hetzte weiter. Der Typ durfte ihm nicht entwischen. So viel Pech konnte er doch nicht haben! Er sprang die letzten Stufen hinunter und rannte um die Ecke.

Wo war der Kerl? Im ersten Moment konnte Tim ihn nicht unter den vielen Reisenden ausmachen. Dann sah er ihn. Der Typ hatte Meter gewonnen. Tim setzte ihm nach, als hinge sein Leben davon ab. Seine Schulter prellte gegen den Oberkörper einer Mutter, die ihre Tochter an der Hand hielt und ihn beschimpfte. Egal. Der Punk sah sich zu ihm um, rempelte ebenfalls gegen Menschen, stieß schließlich mit einem Anzugträger frontal zusammen, taumelte und drehte sich im Kreis. Jetzt oder nie! Tim setzte alle Kraft in die Beine, packte den Punk an der Lederjacke und drückte ihn an die Wand. Er stank nach Zigaretten und billigem Fusel. Es musste schnell gehen. Sie hatten schon zu viel

Aufsehen erregt. Tim riss ihm die Handyteile aus der Hand und stopfte sie sich in die Hosentasche.

»Verpiss dich!«, schrie der Punk und schubste ihn.

Tim wich zurück. Ihre Blicke ein Augengefecht. Passanten starrten sie an.

Zu viel Aufmerksamkeit!

Tim rannte aus dem Bahnhof, lief Richtung Nordeingang und lehnte sich an einen Baum. Er keuchte. Verdammt! Das war nicht so gelaufen, wie er sich erhofft hatte. Er warf die Handyteile auf den Boden und trat darauf. Es war nicht so einfach, sie zu zerstören. Bestimmt würden Techniker die Daten rekonstruieren können. Und jetzt? Er hob den Schrott auf. Als er sich aufrichtete, schlenderte der Punk keine zwanzig Meter entfernt über den Bahnhofsvorplatz und rauchte eine Zigarette. Er beobachtete ihn. Scheißkerl! Er würde ihn erkennen, wenn die Fahndung lief. Hoffentlich hatte er selbst so viel Dreck am Stecken, dass er mit der Polizei nichts zu tun haben wollte.

Tim stopfte die Reste seines Smartphones in seine Tasche und streifte durch die Straßen. Immer wieder sah er sich um, bis er sich sicher war, dass der Punk ihn nicht verfolgte. Dann warf er die Einzelteile seines Handys in verschiedene Mülleimer.

Aus einem Supermarkt humpelte ein beleibter Mann mit Dreitagebart und schleppte zwei Einkaufstüten. Er schwankte bei jedem Schritt. Musterte der Dicke ihn? Tim senkte den Kopf und eilte zurück zum Bahnhof.

Er musste endlich untertauchen! Durfte keine Zeit verschwenden.

Als er am Gleis auf den nächsten Zug wartete, zitterten immer noch seine Hände. Das war kein guter Start.

Er sah sich um, doch den Punk konnte er nicht erblicken. Der Bahnsteig füllte sich. Ein Mädchen im Teenageralter mit kurzem Rock und Glitzerballerinas schlich vor ihm auf und ab und tippte auf ihrem Smartphone herum, Kopfhörer im Ohr. Sie hatte noch ihr digitales Leben. Tims Atem beruhigte sich. Er konnte sowieso nichts mehr an dem Handydesaster ändern. Und woher sollte der Punk sein Reiseziel kennen? Von diesem Gleis fuhren schließlich mehrere Züge ab.

Der Regionalzug nach Minden rauschte heran. Ein roter Koloss auf Schienen. Sein Gefährt in die Freiheit. Mit einem Zischen öffnete sich die Tür. Er zögerte. Musste er wirklich in dieses beengte Gefährt einsteigen?

Er gab sich einen Ruck und betrat den Zug. Sein Brustkorb fühlte sich wie zugeschnürt an, doch er ignorierte das Gefühl. Wie lange war er nicht mehr Bahn gefahren? Als Jugendlicher vielleicht. Er hasste den Moment, in dem die Türen zugingen. Eingeschlossen in dem engen Schlauch, ohne Möglichkeit hinauszukommen – bis zum nächsten Bahnhof. Am schlimmsten war es, wenn der Zug heillos überfüllt war. Heute ging es.

Die Reisenden nahmen keine Notiz von ihm. Ein dicker Glatzkopf las *Bild*-Zeitung. Jugendliche spielten an ihren Handys herum, zwei südländische Frauen mit Kopftuch diskutierten in einer fremden Sprache – er schätzte Türkisch. Keiner sah ihn an.

Er suchte sich einen freien Zweierplatz. Die Luft war verbraucht und stickig. Er riss das Fenster auf und ließ sich auf den Sitz fallen, streifte die Kappe ab und rieb sich über die Stirn. Tim hasste Mützen und Hüte, doch er setzte sie wieder auf. Er stellte den Rucksack zwischen die Füße und lehnte den Kopf an. *Tief durchatmen. Es ist nur eine Zugfahrt. Die wirst du schon überstehen!*

Als der Zug anfuhr, kam es ihm vor, als hätte er es geschafft. Dabei fing es gerade erst an. Wer Vanessa wohl finden würde? Er verspürte Mitleid mit der Person. Ein schrecklicher Anblick. Er hatte Lust, sich zu betrinken, die Sinne zu vernebeln und in eine andere Welt abzudriften. Das konnte er sich nicht leisten. Er öffnete den Rucksack und holte das Buch heraus. In der Natur heimisch werden, back to the roots, Vorbereitungen treffen und sich auf sich selbst besinnen. Er las etwas über Handwerkszeug, die Wahl des Messers, Schleifsteine und Äxte. Er hatte das Abenteuer mit Markus gemeinsam erleben wollen. Ein Outdoor-Trip. Hoffentlich erinnerte sich sein Freund nicht daran und erzählte es nicht den Cops.

»Hallooo ...«

Erschrocken sah er in das strenge Gesicht der Schaffnerin. Hohe Stirn, klobige Nase, mindestens dreißig Kilo zu viel auf den Rippen. Sie musterte ihn eindringlich. Oder kam es ihm nur so vor? »Die Fahrkarte bitte.«

Er fummelte das Ticket aus der Hosentasche und reichte es ihr. Sie warf einen prüfenden Blick darauf, stempelte es mit dem Gerät ab und gab es ihm achtlos zurück. Weiter zum nächsten Fahrgast. Würde sie sich an ihn erinnern können? Aber warum sollte die Polizei sie befragen wollen? Sie müsste wissen, dass er mit dem Regionalexpress Richtung Minden unterwegs war. *Die Kameras auf dem Bahnhof*, fiel es ihm ein.

Es würde leicht herauszufinden sein. Hatte er überhaupt eine Chance zu entkommen?

***

»Schreibst du den Bericht?« Oliver stand an der Bürotür. In der einen Hand die leere Kaffeetasse, die andere lag auf der Klinke. Es war keine Frage. Miriam war die Neue im Team, die Schreibarbeit würde für einige Zeit an ihr hängenbleiben.

»Natürlich«, sagte sie und unterdrückte ein Seufzen. Sie setzte sich an den Schreibtisch und fuhr den Computer hoch. Ohne ein weiteres Wort war er aus dem Büro verschwunden. Er hätte sie fragen können, ob sie auch etwas trinken wollte.

Miriam rief das Programm auf, öffnete das Dokument und begann zu tippen. Der Raubüberfall auf den Kiosk direkt am Rhein beschäftigte sie seit gestern. Der Täter hatte die Besitzerin bedroht, mit einer Wodkaflasche niedergeschlagen und die Tageseinnahmen gestohlen. Zusätzlich hatte er Smartphone und Tablet-PC mitgehen lassen.

Nachdem sie heute Morgen einen Tipp bekommen hatten, hatten sie den Täter festnehmen können. Miriam war mit Oliver in der Wohnung des Verdächtigten gewesen und hatte nach Hinweisen gesucht. Im Schlafzimmerschrank hatten sie siebzehn Elektrokleingeräte gefunden und sichergestellt.

Sie trank ihr Wasser aus, brauchte etwas Neues. Eine Cola Zero wäre toll, doch sie hatte keine Lust, runter in die Kantine zu laufen. Wo blieb eigentlich Oliver? Er wollte sich doch nur einen Kaffee holen.

Sie ging zur Küche, verharrte jedoch auf dem Flur, als sie Stimmen und ihren Namen hörte.

»Du musst ihr eine Chance geben.«

»Ich weiß.« Das war Oliver. »Keiner kann ihn ersetzen.«

»Aber sie kann nichts dafür.«

Miriam schluckte. Was war da los? War Oliver deswegen so distanziert? Sie hatte sich auf die Stelle in Düsseldorf beworben und man hatte ihr gesagt, es wäre jemand in Rente gegangen. Steckte mehr dahinter?

Als ein Kollege am anderen Ende des Flurs erschien, machte sie auf dem Absatz kehrt und ging ins Büro zurück. Sie wollte nicht beim Lauschen erwischt werden, obwohl sie zu gerne weiter zugehört hätte. Sie könnte ihren Chef danach fragen, verwarf den Gedanken jedoch wieder.

Sie widmete sich erneut dem Bericht und trug die elektrischen Geräte ein, die sie in der Wohnung des Täters gefunden hatten. Sie war fast fertig, als ihr Handy vibrierte. Miriam war froh über die Ablenkung und holte es aus der Schreibtischschublade. Eine Nachricht von ihrer Schwester Denise. *Kevin lässt mich nicht in die Wohnung. Wir haben uns gestritten. Kannst du kommen?*

»Nein, verdammt«, rief Miriam und ließ das Smartphone in die Schublade fallen. »Habe ich dich nicht vor diesem Typen gewarnt?« Jahrelang hatte sie versucht, ihrer Schwester zu helfen, ihr Leben in den Griff zu bekommen. Jetzt hatte sie keine Lust mehr. Es war einer der Gründe, warum sie sich auf die Stelle in Düsseldorf beworben hatte. Sie musste weg, wollte nicht mehr in der Verpflichtung sein. Denise war mit ihren fünfundzwanzig Jahren alt genug, um sich selbst um ihr Leben zu kümmern. Wenn ihre Schwester glaubte, sie würde sich dreißig Kilometer durch den Berufsverkehr quälen, nur weil sie mit dem Finger schnippte, dann hatte sie sich geschnitten. Es war an der Zeit, an sich zu denken.

Miriam schloss die Augen und sah Tim vor sich, wie er mit dem Bier in der Hand am Geländer lehnte. Sie hatte letzte Woche das erste Mal das Training der A-Jugend geleitet. Anschließend hatten sie darüber gesprochen. Es war ihre erste Bewährungsprobe gewesen, aber er war zufrieden und hatte ihre gute Vorbereitung gelobt.

Sein Lächeln hatte direkt in ihr Herz geschienen. Seit drei Wochen war sie seine Co-Trainerin. Der letzte war abgesprungen und da sich niemand sonst fand, hatte sie sich ihm anschließen dürfen. Sie hatte sich nur angeboten, da er der Trainer war und sie bei seinem Anblick dieses freudige Kribbeln spürte. Und die letzten drei Wochen hatten sie nicht enttäuscht. Er war locker, immer mit einem coolen Spruch auf den Lippen, dennoch war er ein Gentleman und wusste, wie man sich Frauen gegenüber benahm.

Heute Abend würde sie ihn wiedersehen. Sie sah die braunen Augen, seinen Dreitagebart und das herzliche Lächeln vor sich. Ihr Herz flatterte, wenn sie an ihn dachte.

Letzte Woche hatte sie ihm erzählt, wie schwer es ihr fiel, sich in der neuen Stadt einzugewöhnen, und gehofft, er würde ihr anbieten, sie ihr zu zeigen. Er war kurz davor gewesen, als plötzlich der Herrentrainer dazu gestoßen war. Vertrautheit passé.

Vielleicht würde sie heute die Gelegenheit dazu bekommen. Hoffentlich ging der Arbeitstag schnell vorbei. Sie wollte nicht mehr warten, bis das Glück ihr zuflog, sondern es selbst in die Hand nehmen. Olga aus der Mannschaft hatte ihre Blicke gedeutet und ihr geraten, sich von ihm fernzuhalten. Er sei nichts für sie. Wahrscheinlich war sie nur eifersüchtig. Miriam wollte sich nicht mehr von anderen ihr Leben bestimmen lassen.

Sie nahm das Smartphone und verfasste eine Antwort an ihre Schwester. *Kann nicht. Habe Dienst. Du musst alleine zurechtkommen. Oder frag Papa!*

Die Tür wurde aufgerissen und Miriam schreckte auf. Sie fühlte sich ertappt. Ihr Chef Lothar Seemann steckte den Kopf herein. Er strafte sie mit einem prüfenden Blick, als er das Handy erblickte. Er war noch von der alten Schule, hatte selbst kein privates Handy, wie sie an ihrem ersten Tag von den Kollegen erfahren hatte. Sie ließ es auf den Schreibtisch sinken.

»Was kann ich für dich tun?«, fragte sie. Sie empfand es immer noch als seltsam, ihn zu duzen. Auch wenn er erst Mitte fünfzig sein mochte, erinnerte er sie an ihren Opa. Die breite Nase, die faltige Stirn und die grauen Haare. Zudem trug er jeden Tag ein kariertes Hemd.

»Bist du fertig mit dem Bericht?«, fragte er.

»Ich formuliere den letzten Satz.«

»Dann beende ihn und komm. Wir haben eine Tote in Eller.«

Miriams Pulsschlag beschleunigte sich. Das erste Tötungsdelikt in Düsseldorf. Sie legte das Handy zurück in die Schublade und beendete den Bericht. Dann schnappte sie sich ihre Jacke und stürmte auf den Flur, wo die Kollegen auf sie warteten.

***

Tim trat mit zwei anderen Passagieren auf den Bahnsteig. Ein offener Bahnhof mit drei Gleisen – mitten im Sauerland. Lennestadt Altenhundem. Jetzt hieß es, sich unauffällig zu bewegen. Er lief die Treppen hinunter und durchquerte die Unterführung. Am Ende starrte ihn von einem Plakat ein Indianer aus dunklen Augen durchdringend an. Die Stirn bemalt, eine Feder vom Scheitel bis zum Ohr. *Willst du mich warnen vor diesem Ort?*, fragte Tim ihn in Gedanken. Er erhielt keine Antwort, also stieg er die Stufen hinauf und befand sich auf einem Bahnhofsvorplatz.

Drei Taxis warteten auf Fahrgäste, Jugendliche standen an der Bushaltestelle im Kreis und scherzten. Vor ihm das Bahnhofsgebäude mit einem Pressehaus und einem Café. Menschen unterhielten sich angeregt, einige mit Zigaretten und Coffee to go, andere mit Wanderkarte und Rucksack. Nicht auf der Flucht wie er, aber auf dem Weg in die umliegenden Wälder.

Tim sah sich um. Hinter den Häusern erhoben sich bewaldete Berge. Dort musste er hin. Er ließ den Bahnhof hinter sich, überquerte die Straße, kam an einem Dönerladen vorbei. Das Wasser lief ihm im Mund zusammen. Nein. Er durfte keine Aufmerksamkeit auf sich ziehen. Der Besitzer kam heraus und wischte einen Tisch ab, sah ihm kurz in die Augen.

Tim senkte den Blick und eilte weiter. Verdammt. Schnell weg hier.

33

Tim lief an der Kirche und der Sparkasse vorbei in ein Wohngebiet hinein, den Berg hinauf. Außer Puste erreichte er den Waldrand. Er blieb stehen und lehnte sich an einen aufgetürmten Brennholzvorrat. War es wirklich sinnvoll gewesen, sich das bergige Sauerland auszusuchen?

Eine Frau mit einem kläffenden Dackel kam aus dem Wald gelaufen. »Guten Tag«, grüßte sie freundlich.

Tim senkte den Kopf und murmelte eine Begrüßung. Er musste weiter. Ein kleines Andachtshäuschen war der Mutter Gottes gewidmet, frische Blumen standen unter dem Bild. Vier Wanderwege führten in den Wald. Er wählte den Weg, der geradeaus mitten in den Wald hineinführte. Ein letzter Blick zurück. Die Häuser der Stadt waren durch die Bäume kaum zu erkennen. Ein Auto hupte laut und penetrant. Sein altes Leben – er vermisste es schon jetzt.

Was würde ihn erwarten und wie lange würde er in der Wildnis überleben? Würde ihn die Natur behutsam in Empfang nehmen oder zu seinem ärgsten Feind werden? Es gab nur eine Möglichkeit, das herauszufinden. Entschlossen stapfte er in den Wald hinein, in sein neues, ungewisses Leben.

Er blieb ein Stück auf dem Wanderweg, dann bog er ab und ging querfeldein. Viel zu gefährlich, wenn ihm auf den Wegen Spaziergänger oder Wanderer entgegenkamen. Hoffentlich war das Netz der Wege nicht zu dicht. Nach ein paar hundert Metern schaute er gen Himmel. Die Tannen bogen sich im Wind nach der Waldmelodie. Tim schloss die Augen und lauschte. Die Vögel zwitscherten unablässig, ein Konzert der Singvögel, wie bei einem einstudierten Orchester, als würden sie miteinander kommunizieren. Wie unterschiedlich ihre Laute waren, das eine mehr ein Zwitschern, das andere ein Singen oder ein Meckern. Der Wind rauschte durch die Blätter, streichelte sein Gesicht, umspielte die Wangen wie ein zärtlicher Kuss von …

Jäh öffnete er die Augen und zuckte zusammen. Was machte er hier? Er durfte nicht verweilen. Er wandte sich Richtung Osten und stapfte weiter. Der Sonne entgegen und tiefer ins Sauerland hinein. Gut, dass er die Wanderschuhe schon eingelaufen hatte.

Er beschleunigte den Schritt und redete sich ein, dass er sich bloß auf einer eintägigen Wandertour befand. Entspannen am Wochenende, weg vom Alltag, vom Stress, von den jammernden Mandanten. Wie es wohl in der Kanzlei lief? Seine Sekretärin machte sich sicherlich Sorgen. Seinen heutigen Termin mit dem Geschäftsführer, der Firmengelder veruntreut haben sollte, hatte sie bestimmt schon abgesagt. Während sein Geschäftspartner Richard vermutlich vor lauter Arbeit sein Fehlen noch nicht bemerkt hatte. Und Miriam würde ihn heute Abend beim Basketballtraining der A-Jugend vermissen. Aber sie war nicht nur als Spielerin talentiert, sondern hatte auch Ideenreichtum und Durchsetzungsvermögen als Trainerin gezeigt. Sie würde die Bande gut im Zaum halten.

Nach einiger Zeit ging Tim die Puste aus, die Berge machten ihm zu schaffen, und er musste das Tempo verringern, aber sich trotzdem so weit wie möglich vom letzten Standort entfernen. Die Polizei war nicht dumm. Sie würde seine Route nachverfolgen, ermitteln, dass er mit dem Regionalexpress nach Essen und von dort aus nach Lennestadt gefahren war. Die Frage war nur, wie lange sie dafür brauchte.

Nur, wenn er in kurzer Zeit große Distanzen zurücklegte, hatte er eine Chance. In einer Dokumentation hatte er gehört, dass Luther auf der Reise nach Rom durchschnittlich achtundzwanzig Kilometer am Tag zurückgelegt hatte. Das war ein Anreiz. Oder waren es vierundzwanzig gewesen? Egal, er konnte die gutgemachten Kilometer nicht nachvollziehen. Wie hilfreich wäre ein Smartphone mit Navigation und Tracking-App gewesen. Er könnte sich ein Neues in einer Stadt kaufen, genug Geld hatte er, aber wofür ein Handy kaufen, wenn man keinen Strom hatte? Und wahrscheinlich musste er seine Daten preisgeben. Kein Prepaidhandy ohne Ausweis. Er würde der Polizei keine neue Spur auf dem Präsentierteller liefern. Er musste sich neu organisieren, neu denken, eins mit der Natur werden.

Tim ließ sich auf einen Baumstamm nieder und streifte den Rucksack ab, knetete die Schultern. Er kam zu Atem, spürte, wie der Puls sich normalisierte. Er trank einen großen Schluck Wasser und aß eine Banane, deren Schale er in einem Plastikbeutel verstaute. Nicht, dass die Polizei ihn wegen so einer Nachlässigkeit aufspürte. Aber sie würden ihn nicht finden, er konnte es schaffen.

Zuversicht bereitete sich als warmes Gefühl in seiner Brust aus. Er beschloss, die Natur als einen Verbündeten anzunehmen. Die Sonne bildete helle Flecken auf dem Boden, tauchte den Wald in ein malerisches Licht- und Schattenspiel. Tim atmete tief ein, wobei der Duft der Freiheit ihm in die Nase stieg. Erde, Moos, Holz,

Grün, Erwachen – all das waren neue Gerüche für ihn. Es raschelte, es summte, in der Ferne klopfte ein Specht. Diese Ruhe und gleichzeitig Lebendigkeit des Waldes, die schien er noch nie wahrgenommen zu haben. An einem Wandertag waren seine Gedanken immer auf ein Ziel gerichtet gewesen, jetzt hatte er keines – zumindest kein örtliches. Er würde nicht zum Auto zurückkehren. Er schaute nur nach vorn, zu den Fichten, die wie standhafte Wächter das Tor zur Freiheit für ihn offenhielten.

Kapitel 2

Die Staatsanwältin traf gleichzeitig mit Miriam, Oliver und ihrem Chef am Tatort ein. Die Kollegen von der Schutzpolizei hatten den Eingangsbereich der Wohnung abgesperrt.

»Was haben wir?«, fragte Lothar den uniformierten Kollegen.

»Eine weibliche Leiche im Bett, ein Messer steckt in ihrem Bauch, ziemlich viel Blut, eine riesige Sauerei.«

»Kennen wir die Identität des Opfers?«, fragte Lothar.

Der Kollege nickte. »Vanessa Marks. Zwanzig Jahre alt. Sie wohnt hier.«

»Wer hat sie gefunden?«

Der Schutzpolizist zeigte den Flur hinunter. Eine Sanitäterin kniete neben einer jungen Frau, die auf dem Boden saß, die Beine angewinkelt, den Kopf mit den Armen abschirmend.

»Eine Freundin. Sina Meiers. Da Vanessa Marks heute nicht in der Schule aufgetaucht ist, wollte sie nachsehen. Sie hat einen Schlüssel und ist rein.«

Lothar klopfte dem Kollegen auf die Schulter. »Gute Arbeit.«

Sie warfen einen Blick ins Schlafzimmer, ohne den Tatort zu ruinieren. Der stechende Geruch nach Blut und Tod schlug Miriam entgegen. Sie hielt die Luft an, während sie sich einen Überblick verschaffte. Eine braunhaarige Frau lag auf dem Rücken im Bett, sie trug einen Slip und ein Shirt. Der Arzt hatte es mit der Leichenschau anscheinend nicht so ernst genommen. Eigentlich hätte er die Leiche ausziehen müssen. Das

Bettzeug war voller Blut. Auf den Teppich hatte sich jemand übergeben. Sie musste Luft holen und schluckte. Auch wenn es nicht ihre erste Leiche war, die sie sah, war es noch nicht zur Routine geworden. Meist verfolgte sie dieser Anblick in den ersten Nächten bis in die Träume.

Auf dem Bett lag ein flauschiger Teddybär, gegenüber stand ein Schreibtisch mit Laptop, an den Wänden kleine Bilder, auf der Fensterbank Parfumflacons und Fotos. Das Zimmer erinnerte sie an das eines Teenagers.

Ein Kollege von der Kriminaltechnik kam mit seinem Koffer. »Wir übernehmen jetzt. Ihr dürft gleich weitermachen.«

Sie zogen sich zurück. Lothar koordinierte die weiteren Aufgaben und beauftragte sie und Oliver, erst Sina Meiers und dann die Nachbarn zu befragen.

»Ich mach das«, sagte Miriam, als sie auf die Frau zugingen, die nun von der Sanitäterin einen Pappbecher mit einem dampfenden Getränk in die Hand gedrückt bekam. Die Augen der jungen Frau waren gerötet, das Tränen-Mascara-Gemisch hatte schwarze Streifen auf ihren Wangen hinterlassen.

Miriam kniete sich zu ihr und zeigte der Frau ihren Polizeiausweis. »Wir sind von der Kriminalpolizei. Fühlen Sie sich in der Lage, uns kurz eine Auskunft zu geben?« Als die Frau den Ausweis nicht beachtete, steckte Miriam ihn wieder ein.

Sina Meiers schniefte und wischte sich mit den Handrücken Tränen aus dem Gesicht. »Weiß nicht«, flüsterte sie.

»Sie müssen nicht«, mischte sich die Sanitäterin ein.

Miriam legte der Frau eine Hand auf die Schulter und sah ihr in die Augen. Strähnen ihres rötlichen Haares fielen ihr ins Gesicht. »Ich weiß, wie schwer es für Sie sein muss. Sie haben etwas Schreckliches erlebt und möchten sich am liebsten verkriechen. Aber Sie wollen auch, dass der Täter dafür büßt. Helfen Sie uns dabei.«

»Okay«, krächzte sie.

Miriam setzte sich zu ihr. Sina Meiers stellte den Pappbecher neben ihre Füße.

Miriam nahm die Hände der Frau und drückte sie. Sie musste die Zeugin belehren, doch in solchen Situationen fielen ihr die Formalien besonders schwer, daher fasste sie sich kurz. »Sie müssen keine Angaben machen, wenn Sie mit einem Beteiligten verwandt oder verschwägert sind. Sie dürfen die Antwort verweigern, wenn sie sich oder Angehörigen in Gefahr bringen, wegen einer Straftat verfolgt zu werden. Aber wenn Sie uns etwas erzählen, müssen Sie die Wahrheit sagen, ansonsten könnten Sie sich strafbar machen.«

»Okay«, murmelte Sina Meiers abwesend.

»Haben Sie das verstanden?«

Die Zeugin nickte.

»Erzählen Sie mir, was passiert ist.«

»Vanessa kam heute nicht in die Berufsschule. Ich habe ihr geschrieben, aber sie hat nicht geantwortet. Ich dachte erst, sie ist krank und zum Arzt gegangen. Ich hab ihr mehrere Nachrichten geschickt, es ist total untypisch, dass sie nicht zurückschreibt.«

»Das fanden Sie seltsam.«

»Ich wusste, irgendwas stimmte nicht. Wir wollten heute Nachmittag zusammen shoppen gehen. Also bin ich nach dem Unterricht zu ihr und in ihre Wohnung.«

»Sie haben einen Schlüssel.«

Frau Meiers schniefte. »Ich hab geklingelt und geklopft. Ich hab gewartet und war unschlüssig, ob ich reingehen sollte.« Sie hielt die Hände vors Gesicht und schluchzte auf. »Wie lange hätte sie dort gelegen, wenn ich nicht reingegangen wäre!«

Miriam rieb der Frau über den Rücken. »Sie sind jedoch rein.«

»Ja«, flüsterte sie.

»Und dann haben Sie Ihre Freundin gefunden.«

»Ich ... hab sie nicht angefasst, ich ...« Ihre Stimme brach.

»Es ist alles in Ordnung.«

»Ich konnte sie nicht weiter ansehen.«

»Das ist verständlich. Ist Ihnen etwas Besonderes in der Wohnung aufgefallen?«

Frau Meiers schüttelte den Kopf.

»Können Sie sich vorstellen, wer das getan haben könnte?«

Wieder verzweifeltes Kopfschütteln. »Nein, wer sollte denn Vanessa umbringen?« Sie weinte hemmungslos, ihr ganzer Körper zitterte. Miriam drückte sie an sich und übergab sie der Sanitäterin.

»Frau Meiers, das haben Sie sehr gut gemacht. Wenn Sie sich erholt haben, würden wir Sie gerne noch mal auf dem Präsidium sprechen.«

Doch die junge Frau hörte nicht mehr zu.

»Sehr einfühlsam, werte Kollegin«, sagte Oliver mit einem kurzen Lächeln. Dann wurde seine Miene wieder ernst. Es war, als hätte er das Lachen verlernt. Immer lag ein Schatten unter seinen braunen Augen, die eine tiefe Traurigkeit ausstrahlten. Es erinnerte sie an sie selbst, als sie vor drei Jahren in ein tiefes Loch gestürzt war und Trauer und Verzweiflung sie wochenlang begleitet hatten. »Danke«, sagte sie und freute sich über sein erstes Lob.

***

Ein Bach plätscherte über ein Steinbett. Tim setzte sich, aß und trank den letzten Schluck aus der Flasche. Was für eine Wohltat! Er füllte sie mit Bachwasser, obwohl er den Warnhinweis aus dem Ratgeber genau vor sich sah: Niemals aus Bächen oder Flüssen trinken, ohne das Wasser entkeimt zu haben. Die Folgen davon – Durchfall und Erbrechen – konnte er im Moment gar nicht gebrauchen. Ohne Filter oder Reinigungstabletten würde er das Wasser abkochen müssen. Aber nicht jetzt! Erst mal musste er sich so weit wie möglich von Lennestadt entfernen. Und dann stand noch das Nachtlager an.

Er las im Buch das Kapitel über Camp und Lager. Natürliche Unterstände wie Höhlen, Felsvorsprünge und dichte Baumkronen sollte man nutzen, wenn man sie fand. Der Ratgeber erklärte, wie man Pultdachunterstände oder Wigwams baute, gab Anleitungen, wie man Schnur herstellte und Knoten band. Der Autor riet, vieles zu Hause zu üben, bevor man sich in die Wildnis aufmachte.

Tim lachte auf. Wie hätte er sich auf das hier vorbereiten sollen? Er sah zum Himmel, um anhand des Sonnenstandes die Uhrzeit zu bestimmen. Von so etwas hatte er keine Ahnung, konnte sich nur auf sein Gefühl verlassen. Es war bestimmt erst sechzehn Uhr. Er rieb sich das Handgelenk an der Stelle, wo normalerweise die Armbanduhr zum festen Bestandteil ihres Trägers wurde. Nicht mehr bei ihm. Er wusste noch nicht mal, ob sie sich im Nachttischschrank oder im Flur in der Schublade befand, so sehr hatte er sich mittlerweile auf sein Handy verlassen.

Ob die Teile seines Handys noch in den Mülleimern unter Pappbechern und Bananenschalen vergraben waren oder versuchte jemand bereits, sein digitales Leben daraus zu entschlüsseln?

Ein Klopfen ließ ihn jäh herumfahren. Waren sie ihm schon auf den Fersen? Geschwind erhob er sich und scannte die Umgebung ab. Fichten so weit das Auge reichte, aber keine Polizei.

Er schloss die Lider und sah Vanessa vor sich. Das Messer in ihrem Bauch, wo ihr gemeinsames Baby drin gewesen war. Es hätte zu einem wundervollen Wesen heranwachsen können, doch er hatte diese Chance in einem kurzen Augenblick zerstört. Es schien ihm, als würde sein Kind ihm aus dem Jenseits zurufen. Seine Augen brannten, Tränen drückten sich aus seinem Inneren hervor, doch er schüttelte den Kopf und blinzelte die Traurigkeit weg. Dieses Selbstmitleid konnte er sich nicht leisten.

Als er die Augen öffnete, sah er einen Jungen durch den Wald laufen und mit einem Ast gegen die Stämme schlagen. In dem Moment wurde ihm bewusst, dass nicht *sein* Kind ihn gerufen hatte, sondern dieser Junge nach seiner Mutter, die kaum mit ihm mithalten konnte. Tims Herz begann zu rasen.

Er war noch nicht weit genug in den Wald vorgedrungen. Hastig stopfte er alles zurück in den Rucksack und rannte los.

***

Eine alte Dame in einem altmodischen Blümchenkleid öffnete Miriam und Oliver die Tür. Ein Dackel kam kläffend angelaufen, fletschte die Zähne.

»Guten Tag. Kriminalpolizei. Wir haben ein paar Fragen an Sie«, begann Oliver das Gespräch.

Die Augen der alten Frau glühten vor Aufregung. »Möchten Sie Tee oder Kaffee?«

»Nein danke«, sagte Oliver.

Sie nahmen auf dem billigen Stoffsofa Platz. Die Schrankwand vollgestellt mit kleinen Figürchen. Es roch nach Zigarettenrauch und Hund.

Die Frau hielt den kläffenden Köter auf dem Schoß, nachdem sie sich gesetzt hatte. Sie schaute sie erwartungsvoll an, als ob es etwas zu gewinnen gäbe. Hoffentlich kamen sie hier schnell wieder raus.

»Wissen Sie, was passiert ist?«, fragte Oliver.

»Ich habe von einer Leiche gehört.«

»Genau. Wir werden Sie nun als Zeugin zu dem Tötungsdelikt an Vanessa Marks befragen.«

Die Frau nickte eifrig. An einer Wand ein großes Foto von zwei Kindern mit einem Bernhardiner in der Mitte.

»Ich muss Sie darüber aufklären, dass Sie keine Angaben zur Sache machen müssen, wenn Sie mit einem Beteiligten verwandt oder verschwägert sind. Außerdem können Sie die Antwort verweigern, wenn Sie sich oder einen nahen Angehörigen damit in die Gefahr bringen würden, wegen einer Straftat oder Ordnungswidrigkeit verfolgt zu werden.«

»Da machen Sie sich mal keine Sorgen.« Die Frau wedelte mit der Hand, was ihr Köter mit einem Kläffen quittierte.

»Wenn Sie Angaben zur Sache machen können, sind Sie gehalten, die Wahrheit zu sagen, andernfalls könnten Sie sich strafbar machen.«

»Ich sage immer die Wahrheit.« Sie hob den Kopf, als sei es eine unerhörte Unterstellung.

»Haben Sie alles verstanden?«, fragte Oliver.

»Gewiss.«

»Fürs Protokoll brauche ich noch Ihren Namen und Ihren Personalausweis.«

»Hannelore Bilcher.« Sie stand auf, ohne den Hund loszulassen, und holte den Ausweis aus dem Flur.

Oliver notierte sich die Daten. »Ist Ihnen etwas Ungewöhnliches aufgefallen?«

Der Köter bellte und wand sich in den Armen von Frauchen. Konnte sie ihn nicht einfach runterlassen? Sie quälte doch das arme Tier.

»Frau Marks ist wirklich tot, ja? Schrecklich. Dass ich das noch erlebe.« Sie schüttelte betroffen den Kopf.

»Haben Sie heute oder gestern eine fremde Person im Haus gesehen?«, fragte Oliver.

»Frau Marks kam mir gestern mit einem adretten Mann im Treppenhaus entgegen.«

Oliver legte den Notizblock auf sein Knie. »Wann war das?«

»Kurz vor der *Tagesschau*. Ich hatte mir noch Zigaretten geholt«, sagte sie und zeigte auf die Schachtel auf dem Tisch. Daneben ein übervoller Aschenbecher aus Glas.

»Haben Sie ihn schon mal gesehen?«, fragte Oliver.

»Nicht, dass ich wüsste.«

»Wie sah er aus?«

»Er war attraktiv und charmant.«

»Welche Haarfarbe?«

Frau Bilcher zuckte mit den Schultern.

»Welche Kleidung trug er?«

»Neumodische, wie sie junge Männer eben tragen.«

Oliver zog scharf die Luft ein. »War er groß oder klein?«

»Auf jeden Fall größer als Frau Marks.«

Der Köter konnte sich aus dem Griff befreien und sprang zu Boden, wo er sich an die Füße von Frauchen kuschelte. Endlich Ruhe.

»Ich habe ihn mir nicht so genau angesehen. Sie hätte nächste Woche doch wieder einen anderen mitgebracht.«

»Frau Marks hatte also öfter Männerbesuch?«

Frau Bilcher nickte aufgeregt. »Sehr oft.«

»Können Sie zu den anderen irgendwelche Angaben machen?«

»Die sahen doch alle gleich aus.«

Oliver brummte zustimmend. »Ist Ihnen sonst noch etwas Besonderes aufgefallen?«

»Frau Marks hat abends oft laut Musik gehört. Ich habe das Hörgerät herausnehmen müssen, damit ich schlafen konnte. Ich habe es ihr nie gesagt, wollte es immer, na ja ...« Sie zuckte mit den Schultern, als gäbe es etwas zu entschuldigen.

»Aha«, sagte Oliver gelangweilt.

»Und ich musste ständig Pakete für sie annehmen. Es kamen fast jeden Tag welche von *Zalando* oder *Otto*. Den Postboten kenne ich jetzt -«

Oliver hob die Hand. »Vielen Dank, Frau Bilcher. Ich denke wir haben alles, was wir wissen müssen.«

»Gewiss.« Sie drückte sich aus dem Sessel hoch, was den Köter wieder anschlagen ließ. »Ich bringe Sie zur Tür.« Sie plapperte weiter, dass sie die jungen Frauen ja verstehen könnte, aber die Männergeschichten doch etwas überhandgenommen hatten. Sowas hätte es in ihrer Jugend nicht gegeben.

»Sie hören von uns. Wir müssen Ihre Aussage noch offiziell im Präsidium zu Protokoll nehmen.«

»Puh«, sagte Miriam, als sie die Wohnungstür geschlossen hatte. »Wir werden wohl kaum brauchbare Informationen von ihr bekommen.«

»Wir werden sehen.«

Sie klopften an der nächsten Tür. Ein vielleicht fünfundzwanzigjähriger Mann im Jogginganzug öffnete, Pausbacken, Brille, Lockenschopf. *Ein Nerd*, dachte Miriam, und ihr erster Eindruck wurde bestätigt, als sie einen Blick ins Innere erhaschen konnte und zwei flimmernde Bildschirme erblickte. Die Rollladen waren zugezogen, so dass die Wohnung in ein düsteres Schummerlicht getaucht war.

»Ja?«, fragte der Kerl und kratzte sich den Kopf, wobei ein paar Hautschuppen zu Boden fielen. Miriam schüttelte sich innerlich. Oliver fragte ihn nach seinen Personalien und belehrte ihn.

»Hab mich schon gewundert, was die Polizei hier macht.«

»Haben Sie irgendetwas mitbekommen?«

Der Nerd schüttelte den Kopf.

»Können Sie uns etwas zu Vanessa Marks sagen?«

Er zuckte mit den Schultern. »Ich wollte sie zum Date einladen, doch sie hat mich abserviert. Seitdem sieht sie mich nicht mal mehr an.«

»Sind sie sauer deswegen?«

»Nicht wirklich. Mir war klar, dass ich bei ihr keine Chance habe. Aber versuchen kann man es ja mal.« Sein Gesicht strahlte Gleichgültigkeit aus, aber diesen heimlichen Verehrer sollten sie bei den Ermittlungen im Hinterkopf behalten.

Auch die anderen Nachbarn konnten keine sachdienlichen Hinweise liefern. Als sie wieder zum Tatort kamen, verließ der letzte Kriminaltechniker im weißen Overall die Wohnung. »Euer Tatort«, sagte er und hob zum Abschied die Hand.

Lothar und die Staatsanwältin betraten den Flur, Miriam und Oliver folgten ihnen. Die Wohnung bestand aus Bad, Küche und einem Zimmer, das sowohl als Schlaf-, Wohn-, und Arbeitsraum fungierte. Die Küche war klein, aber zweckmäßig eingerichtet. Auf dem Kühlschrank türmte sich Obst in einer Schale, dahinter mehrere Müslipackungen. Ein Tisch mit vier Stühlen, darauf eine Vase mit Rosen. Darüber hing ein großer Wandkalender, der mit Geburtstagen vollgeschrieben war. Im Badezimmer roch es wie in einer Parfümerie. Ein pinkfarbener Duschvorhang hing in der Badewanne.

Zum Schluss betraten sie den Wohn- und Schlafraum. Die inzwischen nackte Leiche lag auf dem Bett. Das Blut. Dieser Gestank. Miriam versuchte, durch den Mund zu atmen. Sie trat näher heran. Das Messer hatten die Kriminaltechniker entfernt. Auf dem Bett befanden sich zwei Kopfkissen. Die Bettdecke zerknüllt. Die leeren Augen des Opfers starrten nach oben.

Ein Blitzlicht von Bildern zuckte durch Miriams Erinnerung. Blutstreifen auf dem Asphalt, das Motorrad in Seitenlagen, der Wind der Vergangenheit in ihren Haaren, der ihre Augen mit Tränen füllen wollte. Miriam verdrängte die Gedanken.

»Sie lagen zu zweit hier«, sagte Oliver und zeigte auf die zwei Kissen.

»Vielleicht hat sie geschlafen, als er es getan hat«, warf Miriam ein.

»Wir wissen noch nicht, ob wir es mit einem männlichen Täter zu tun haben«, sagte Lothar. »Interessant ist jedoch der positive Schwangerschaftstest, den die Spurensicherung auf dem Schreibtisch gefunden hat.«

»Deswegen wohl das Messer im Bauch«, schlussfolgerte die Staatsanwältin.

Ein Schauer lief Miriam den Rücken hinunter. Das wehrlose Wesen. War noch nicht auf der Welt und wurde kaltblütig erstochen. »Was für ein Messer?«, fragte sie.

»Ein Filetiermesser, hat die KT gesagt«, antwortete Lothar. »Beim Messerblock in der Küche fehlt so eins.«

»Klingt nicht nach einer geplanten Tat«, sagte Oliver.

»Totschlag«, flüsterte Miriam.

»Was sollen wir als Täterwissen deklarieren?«, warf die Staatsanwältin Petra Wanniger ein. »Zum Beispiel, dass das Messer aus dem Messerblock stammt?«

»Und die Messerart«, fügte Lothar hinzu.

Miriam zeigte auf das Erbrochene neben dem Bett. »Wenn das hier nicht von Sina Meiers ist, wird die DNA uns wohl schnell zum Täter führen.«

»Hoffen wir es«, sagte Lothar.

***

Erschöpft streifte Tim den Rucksack ab und lehnte sich an einen Stamm. Er fühlte sich schlapp und ausgelaugt, aber zumindest den Jungen mit seiner Mutter hatte er abgehängt. Er glaubte nicht, dass sie ihn erkannt hatten, dafür waren sie zu weit entfernt gewesen. Wenn er Glück hatte, hatten sie noch nicht mal Notiz von ihm genommen.

Tim rieb sich mit dem Handrücken den Schweiß von der Stirn und holte die Flasche hervor. Gierig trank er ein paar Schlucke, zügelte sich jedoch. Sie war nur noch halb voll. Er würde morgen nach Wasser suchen und es entkeimen müssen. Tim verschlang ein Brot und genoss fünf Kekse, die er in Viertel durchbrach und langsam im Mund zergehen ließ. Süß und butterweich umschmeichelten sie seine Zunge. Der Geschmack nach Nostalgie. Bei Oma Rosemarie hatte es nach dem Mittagessen jedes Mal einen Keks gegeben. Tim hatte immer um zwei gebettelt und dazwischen ein Stück Gouda gelegt. Herzhaft und süß, ein wunderbares Zusammenspiel. Damit war er nach draußen auf den Hof gerannt. Zur Scheune, in der Opa das Heu und Stroh für die Pferde aufbewahrte. Nicole und er hatten sich dort aus den Ballen eine Festung mit Schluchten und Tunneln gebaut, konnten darin herumtollen, hatten sich versteckt. In der Ecke gab es einen Spalt hinter einer leeren Wassertonne. Einmal hatte er sich dahinter gezwängt und ausgeharrt. Sein Pulsschlag hatte sich beschleunigt, er hatte die Hände an die Holzwand gepresst, die Augen zusammengekniffen. Auf ihre Schritte und das Geraschel des Strohs gelauscht. Er hatte sich in Gedanken bestätigen müssen, dass er hier wieder rauskam. Dass es nicht der Schuppen im elterlichen Garten war. Dass es keine Tür gab, die zufallen konnte. Trotzdem hatte ihn die Enge bedrückt.

»Wo versteckst du dich?«, rief Nicole irgendwann verärgert. Allein dafür hatte es sich gelohnt. Als sie aus der Scheune lief, kam er aus dem Versteck hervor.

»Hier bin ich!«, rief er, ein breites Lächeln auf dem Gesicht.

Sie rannte zu ihm, außer Puste. »Mann, wo hast du gesteckt?«

Er grinste. »Geheimversteck.«

»Zeig es mir!«, forderte sie und zog ihn in die Scheune. Tim zeigte es ihr.

»Wir spielen etwas anderes«, entschied sie und lief nach draußen. Beleidigt, dass sie nicht auf die Idee gekommen war, ihn dort zu suchen. Sie stürmte zu Sammy, der Sennenhündin. Nicole umarmte sie und kraulte ihren Kopf, rannte mit ihr zum Zaun der Pferdekoppel. Sammy bellte und sprang um Nicole herum. Die Sonne hatte geschienen, hatte Wärme und Fröhlichkeit in ihren Sommerstrahlen zu ihnen geschickt.

Jetzt sendete das Himmelsgestirn die traurigsten Strahlen, die es besaß. Bewegte Flecken auf dem Waldboden, unstete Schattenwandler, wie getriebene Wesen, die keinen festen Stand fanden. Die Natur in Bewegung, ihn in sich aufnehmend. Die Brise streichelte sein

Gesicht. Konnten es nicht die Strahlen der unbeschwerten Tage sein? Wo gab es die große Weltuhr, an dessen Zeigern er drehen konnte? Es war später Nachmittag. Er war gerade mal ein paar Stunden in der Wildnis und sehnte sich schon nach Hause.

Er schluckte, holte das Buch hervor und überflog das Kapitel über Lager und Unterschlupf. Der Beschreibung folgend, baute er einen Pultdachunterstand an einem umgefallenen Baum. Dafür lehnte er gerade Stöcke eng zusammen an den dicken Baumstamm. Tim sammelte in der umliegenden Umgebung Moosplatten, um sie wie Dachschindeln auf die aneinandergereihten Äste zu legen. Von unten nach oben, damit der Regen abfließen konnte.

Darunter hätte er Laub häufen sollen, doch hier gab es nur die Monokulturen der Nadelbäume, also nutzte er Tannennadeln und Tannenzweige. An Tannenbaumschonungen war er schon vorbeigekommen. Hoffentlich würde er in der nächsten Nacht auf Laubbäume treffen.

Er zog den Fleecepullover an und legte sich unter den Unterstand. Eine Spinne, so groß wie ein Golfball, krabbelte an einem Ast entlang und seilte sich ab, genau auf seinen Kopf zu.

Er wich zurück und schlug nach dem Tier. Es landete einen Meter entfernt. »Komm mir nicht zu nahe!«, rief er.

***

Nachdem Lothar persönlich die schreckliche Nachricht den Eltern von Vanessa Marks überbracht hatte, hatte er eine Lagebesprechung einberufen. Miriam, Oliver, die Staatsanwältin und Felix, der alle eingehenden Daten dokumentieren, auswerten und zusammenführen sollte, trafen sich im Besprechungsraum. Lothar würde die Sonderkommission leiten. Er hängte ein Foto des Opfers an das Whiteboard.

»Lasst uns über den Tatort sprechen.«

Sie trugen alle Informationen zusammen und holten ihren Kollegen Felix mit ins Boot. Miriam berichtete von den Zeugenvernehmungen im Haus und von der Aussage von Frau Bilcher.

»Also hat Vanessa am Tag zuvor einen Mann mit in ihre Wohnung genommen«, sagte Lothar. »Wahrscheinlich der mutmaßliche Täter.« Er malte einen Kreis auf die Wand und ein Fragezeichen hinein.

»Die Kriminaltechniker haben das Handy untersucht und mir übergeben.« Lothar hielt es wie zum Beweis in die Luft. »Ich habe mir die letzten Kontakte angesehen. Das waren Sina Meiers und drei Männer, mit denen sie in letzter Zeit per WhatsApp geschrieben hatte. Darunter Mirko Volkmann, Fabio Pausch und Tim Eichner.«

Er schrieb die Namen auf das Board und klebte Fotos dazu. Anscheinend hatte er das Handy bereits ausgelesen und die Kontaktfotos ausgedruckt. Als Lothar das Foto von Tim Eichner an die Wand hing, stockte Miriam der Atem. *Tim*, flüsterte ihr Herz. Ihr Tim? Er hatte Kontakt mit Vanessa gehabt? Tim ein Tatverdächtiger. Ihr Herz wurde schwer. Wahrscheinlich würde sich alles aufklären und sie würden heute beim Training über das Missverständnis lachen.

»*Der* Tim Eichner?«, fragte Oliver.

Ihr Kollege kannte ihn?

»Ja, genau der«, bestätigte die Staatsanwältin. »Ich würde ihm gerne persönlich die Hölle heißmachen, aber das überlasse ich lieber euch.«

»Wer ist das?«, fragte Miriam und verschwieg ihren eigenen Bezug zu ihm. Keiner musste wissen, dass sie ihn vom Basketball her kannte. Womöglich würde man ihr sonst Befangenheit unterstellen und sie würde aus der Sonderkommission fliegen. Nein. Ihre Arbeitskollegen wussten nichts von ihrem gemeinsamen Training mit ihm. Sie hatten zwar schon Telefonnummern ausgetauscht, aber noch keine Nachrichten geschrieben oder telefoniert. Auch hatte der Verein sie noch nicht auf die Internetseite als Trainerin aufgeführt. Und das Kribbeln in ihrem Bauch? Das ging keinen etwas an. Sie wollte an dem Fall mitarbeiten, wollte sehen, welches Bild die Ermittlungsergebnisse ergeben würden.

»Er ist einer der bekanntesten Strafverteidiger der Stadt«, sagte Wanniger, und dabei blitzten ihre Augen auf. Sie schien ihm nicht wohlgesonnen zu sein. Wahrscheinlich hatte er ihr bereits bei einigen Prozessen das Leben schwer gemacht. Aber das machte ihn noch lange nicht zum Mörder.

»Interessant ist der letzte Kontakt mit Tim Eichner. Das Opfer hat ihm gestern eine Nachricht geschrieben: *Ich bin schwanger.* Danach haben sie zwei Minuten miteinander telefoniert«, fuhr Lothar fort.

Das Loch unter ihr wurde größer und zog sie in die Tiefe. Hatte Tim mit dem Opfer geschlafen? Der positive Schwangerschaftstest. Er hatte ihr doch gesagt, er sei Single. Sie spürte einen Stich in ihrem Herzen. *Bin ich wirklich eifersüchtig?* Ja, musste sie sich eingestehen. Vielleicht war es nur ein Missverständnis.

»Wir sollten ihn vorladen«, sagte Oliver.

Lothar nickte.

Dann würde sich sicherlich aufklären, dass Tim nicht der Mörder war. Sie konnte sich den lebenslustigen und zuvorkommenden Mann nicht mit einem erhobenen Messer vorstellen.

»Was ist mit den anderen?«, fragte Miriam.

»Mit Fabio Pausch hatte das Opfer nur telefonischen Kontakt, dafür in der letzten Woche fünf Mal. Und mit Mirko Volkmann schien sie sich demnächst treffen zu wollen. Anscheinend haben sich die beiden in einer Disco kennengelernt, das zumindest lässt sich aus den Nachrichten entnehmen.«

Miriam schöpfte Hoffnung. Es musste nicht Tim gewesen sein. »Wir müssen alle vernehmen.«

»Das werden wir«, bestätigte ihr Chef. »Auch die Eltern, falls sie sich in der Lage dazu fühlen. Allerdings haben sie angedeutet, dass sie kaum noch Kontakt zu ihrer Tochter hatten.«

»Was ist mit Sina Meiers? Sie hat das Opfer gefunden. Wir dürfen sie nicht als Verdächtige ausschließen«, sagte Oliver.

Lothar schrieb ihren Namen an die Wand. »Miriam und Oliver, ihr nehmt euch noch mal das Handy des Opfers vor.«

Lothar beauftragte Felix mit den Vorladungen für die Eltern des Opfers, die drei Männer, Frau Bilcher und Sina Meiers. Lothar fasste noch einmal die Umstände der Tat zusammen, erklärte, dass er für den nächsten Tag eine Pressekonferenz ansetzen würde, und beendete dann die Besprechung. Er übergab Miriam das Smartphone des Opfers.

»Der Code ist ihr Geburtsjahr«, sagte er.

Miriam sah auf das iPhone. Eingefasst in einer blauen Hülle mit einem Flamingo auf der Rückseite. Im schwarzen Display spiegelte sich ihr Gesicht. Sie wollte lächeln, Hoffnung schöpfen, doch es gelang ihr nicht. Es schien, als starrten Vanessas Augen ihr entgegen und wollten ihr etwas mitteilen. Rasch ließ sie das Handy sinken und folgte Oliver ins Büro. Es galt, Fakten zu sammeln.

Kapitel 3

Tim hatte sich in die Rettungsdecke eingewickelt und zog sie bis zur Nase hoch. Mücken schwirrten um seinen Kopf. Alles juckte, das Gesicht, der Nacken, die Arme. Und er hatte kein Insektenschutzmittel. Die Sonne war untergegangen und es begann zu dämmern, bald würde es stockfinster sein. Grillen zirpten, ein Uhu rief durch die anbrechende Nacht. Hinter ihm raschelte es. Es war unheimlich, gestand er sich ein. Bestimmt nur eine Maus. Er würde die Nacht überleben, auch wenn die Mücken und ihr Sirren ihn in den Wahnsinn trieben. Und die Wurzel unter ihm drückte sich in seine Hüfte. Auch die Nadeln machten den Boden nicht bequem, stachen ihn durch die Kleidung. Und die Isolationsschicht war viel zu dünn. Er spürte, wie die Bodenkälte in seinen Körper kroch. Er hatte sich einen ungünstigen Platz zum Schlafen ausgewählt, aber wenigstens war er von oben geschützt.

Morgen würde er den Schlafplatz wohlüberlegter wählen und unbequeme Wurzeln meiden, trotzdem sehnte er sich nach einem Bett, einer kuscheligen Decke und einem kühlen Bier.

Und das nur wegen dieser Tat, an die er sich nicht erinnern konnte! Wenn er es wenigstens verstehen würde.

Seine Fingernägel schnitten ihm in die Handflächen. Hatte man Vanessa schon gefunden? Vielleicht war die Polizei ihm bereits auf der Spur. Sollten sie ihn doch finden und ihn ins Warme bringen. Vehement schüttelte er den Kopf.

»Nein! Ich gehe nicht ins Gefängnis.«

Er würde frei sein. Keine Wände, die auf ihn einstürzten und ihn erdrückten, und keine Enge, die ihm die Luft zum Atmen raubte.

Er war sieben Jahre alt und im Schuppen eingesperrt, stand vor der riesigen Tür, die Dunkelheit schwappte über ihn. Seine Hände wurden schweißnass und er rief um Hilfe, bis seine Kehle schmerzte. Er sank zu Boden, schluchzte, Tränen liefen über seine Wangen. Er schämte sich und wusste, dass Vater ihn für die Heulerei rügen würde. Nur Mädchen weinten. Jungen waren stark, zeigten keine Schwäche, mussten für die Familie sorgen.

Und was hatte sein Vater getan? Nichts dergleichen. Er war nie da gewesen, um mit ihm Fahrrad zu fahren oder Fußball zu spielen. Auch seine Mutter war oft arbeiten gewesen. Da waren immer nur Nicole und er.

Alles, was Tims Vater interessiert hatte, waren die Noten. Und wehe, wenn es keine Eins war. Es war doch alles so einfach in der Schule. Mit Mathe hatte Tim ein echtes Problem gehabt. Soviel er auch gelernt hatte, er bekam keine bessere Note als eine Drei. Irgendwann hatte er es mit dem Lernen aufgegeben und brachte Vieren und Fünfen mit nach Hause.

Das Sirren einer Mücke klang wie ein Dröhnen in seinem Ohr. Tim wedelte mit der Hand, um den Qualgeist zu verscheuchen, und spürte das Jucken am Hals. Dieses Mistvieh hatte ihn gestochen. Er blieb regungslos liegen und lauschte, doch die Mücke hatte sich verzogen. Verdammt war das kalt. Er krümmte sich zusammen und zog die Rettungsdecke höher.

Er hörte die Schimpftiraden seines Vaters. Tim hatte drei Tage Stubenarrest bekommen. Er durfte kein Fernsehen schauen, kein Buch lesen, sondern musste Matheaufgaben lösen, die Vater ihm gestellt hatte. Dass sie kaum etwas mit dem aktuellen Stoff der Schule zu tun hatten, fiel ihm entweder nicht auf oder es war ihm egal. Tim hatte ihn nicht darauf aufmerksam gemacht, denn meist hatte Nicole die Aufgaben gelöst und danach waren sie nach draußen in ihr Baumhaus gegangen. Wer sollte schon seinen Arrest kontrollieren? Nur seine Mutter war stutzig geworden, wenn mal wieder neue Grasflecken in den Jeans waren. Tim hatte es an ihrem Gesichtsausdruck ablesen können, doch sie hatte nichts gesagt, wollte ihn nicht vor Vater bloßstellen.

Einmal hatte er mit Mutter darüber sprechen wollen. Es gab Spaghetti Bolognese. Nicole war bei einer Freundin oder beim Sport. Er hatte in den Nudeln herumgestochert und nach den richtigen Worten gesucht.

»Papa ist ganz schön streng«, hatte er gesagt.

Sie saß ihm gegenüber, trug das bunte Sommerkleid, die Hitze strömte durch die offenen Fenster.

»Er meint es nur gut mit euch.«

Mit Nicole, wollte er erwidern, doch das behielt er für sich. »Nichts kann ich ihm recht machen.«

»Was meinst du?«

»Egal wie gut meine Noten sind, es ist nie gut genug.«

Sie sah ihn ernst an. »Deine Leistungen in Mathe sind wirklich nicht berauschend.«

Tim schlug mit der flachen Hand auf den Tisch. »Ich kann eben kein Mathe. Dafür hab ich in Biologie und Sport eine Eins.«

»Was ist schon Sport!«

Er hatte sie für diese Aussage gehasst. Statt einer Erwiderung hatte er sich Nudeln in den Mund gestopft.

»Ich muss jetzt arbeiten«, sagte sie und beendete das Gespräch. Es war einer jener Tage, an denen sie nachmittags Dienst in der Versicherungsagentur hatte. Nachmittags würden die Kunden Zeit haben. Und er war allein mit seinen Gedanken. Er hatte sich mit seinem Freund Thomas getroffen. Was sie gemacht hatten, wusste er nicht mehr. Wahrscheinlich Fußball gekickt oder auf dem Baumhaus herumgelungert. Am liebsten würde er die Zeit zurückdrehen und mit seinem Jugendfreund darüber sprechen – heute wäre er dazu in der Lage.

Ein Kratzen im Unterholz ließ ihn jäh herumfahren. Was war das? War die Polizei ihm auf der Spur? Er beobachtete den Wald um sich herum. Die Wipfel bogen sich im Wind. Ein umgestürzter Baum, die Wurzeln ragten mannshoch empor. Eine Maus lief keine zwei Meter von seinem Unterschlupf entfernt und verschwand in einem Erdloch. Tim würde ihr gerne folgen, in die Höhle und die Sorglosigkeit. Blutrot, leere Augen, der verzerrte Ausdruck in ihrem Gesicht, das Messer. Vanessas weiche Lippen. Er presste die Fäuste in die Augenhöhlen. Würde er diese Bilder jemals wieder loswerden?

***

Miriam und Oliver studierten Vanessas Handy, die letzten Kontakte und die Chats. Dabei eröffnete sich ihnen das Bild einer kontaktfreudigen Frau mit vielen

Männerbekanntschaften. Dutzende Fotos von Partys und tanzenden jungen Frauen in Diskotheken. Zudem hatte sie sich oft mit ihren Freundinnen zum Shoppen verabredet und zu Sina schien sie eine innige Freundschaft gepflegt zu haben. Sina übernachtete häufig bei Vanessa, daher war es nicht überraschend, dass sie einen Schlüssel zu der Wohnung besaß und sich Zutritt verschafft hatte. Es würde interessant sein, mit der Zeugin Meiers erneut zu sprechen und mehr über das Opfer zu erfahren.

Außerdem hatten sie herausbekommen, dass Fabio Pausch Vanessas Lehrer an der Berufsschule war. Es gab eine WhatsApp-Gruppe der Berufsschulklasse. Vanessa machte eine Ausbildung zur Bankkauffrau und war im ersten Lehrjahr. Kopfzerbrechen bereitete Miriam, dass Tim nicht auffindbar war. In seiner Kanzlei war er laut Aussagen der Kollegen heute nicht erschienen, sein Handy war ausgeschaltet und auch zu Hause war er nicht zu erreichen.

Lothar kam herein. »Der Durchsuchungsbeschluss für Eichners Wohnung ist eingetroffen. Fahrt ihr noch hin?«

Mit hochgezogenen Augenbrauen sah Oliver auf die Armbanduhr. »Emilia werde ich wohl heute nicht mehr ins Bett bringen.«

»Sie wird es dir verzeihen«, sagte Lothar und drückte Oliver das Formular in die Hand. Ihr Kollege hatte also eine Tochter.

Miriam stand auf. »Dann lass uns los. Wenn wir uns beeilen, schaffst du es vielleicht noch.«

»Den Schlüsseldienst habe ich bereits angerufen, da ich nicht davon ausgehe, dass ihr Eichner antreffen werdet.«

Auf dem Weg zum Auto rief sie Kathi, eine Spielerin ihrer Basketballmannschaft, an und bat sie, das Training der A-Jugend zu übernehmen. Kathi murrte zwar, sagte aber schließlich zu. Auf die Frage, was mit Tim wäre, antwortete Miriam nur, dass er nicht kommen würde. Sie vermied es, seinen Namen auszusprechen, damit ihr Kollege keinen Verdacht schöpfen konnte.

»Auch noch Verpflichtungen?«, fragte Oliver.

Miriam nickte. »Sport.« Heute mochte sie nicht zu sehr ins Detail gehen.

Oliver wollte sich hinters Steuer setzen. Miriams Knie wurden weich, sie hatte jetzt keine Lust auf Diskussionen.

»Ich fahre«, sagte sie.

Er zögerte, dann warf er ihr den Schlüssel zu. »Es ist ungewöhnlich, dass eine Frau immer fahren will.« Bisher hatte er sich zum Glück nicht beschwert.

»Du wirst dich dran gewöhnen müssen«, sagte sie mit einem Lächeln. Den Grund, warum sie sich nicht auf den Beifahrersitz setzen konnte, hatte sie ihm noch nicht verraten, doch sie würde es wohl nicht mehr lange aufschieben können.

Sie fuhren nach Golzheim und hielten vor einem mehrstöckigen weißen Haus. Das Gebäude roch nur so nach Geld. Sie gingen in einen Innenhof mit merkwürdigen Skulpturen und einem Kirschbaum, der bereits einige seiner weißen Blüten verlor.

Sie klingelten bei Eichner, doch wie zu erwarten war, kam keine Reaktion. Miriam schellte wahllos bei anderen Nachbarn, und die Gegensprechanlage ging an.

»Polizei. Bitte lassen Sie uns ins Haus«, sagte sie.

Es summte und sie konnten eintreten. Eichners Wohnung lag im dritten Stock.

Oliver klopfte heftig gegen die Tür. »Herr Eichner! Hier ist die Polizei. Machen Sie auf.«

Es blieb still. Sie mussten ein paar Minuten warten, bis der Schlüsseldienst eintraf. Ein kleiner bärtiger Mann kam die Treppen hinaufgekeucht. Oliver und er begrüßten sich mit Vornamen, sie schienen sich zu kennen.

»Die Rechnung schick bitte an die übliche Adresse«, sagte Oliver, als der Bärtige das Schloss geöffnet hatte.

Miriam zog sich die Handschuhe über, schob die Tür auf und trat ein. Es roch nach Putzmittel und Aftershave. Auf einer Kommode im Flur stand eine Glasschale mit allerlei Krimskrams. Bons, Kaugummis, Zahnseide. Darüber ein Spiegel.

Sie trat ins Wohnzimmer. Es war aufgeräumt, sauber und edel eingerichtet. Klare Linien, ein riesiger Fernseher, Kamin, Blick auf den Rhein, ein edles schwarzes Sofa, davor ein stylischer Couchtisch, auf dessen Glasoberfläche sich der Raum spiegelte. Ein Kuhfell auf dem Boden, eine offene Küche mit Kochinsel. Tim musste ein Vermögen verdienen. Ob er sich mit ihr überhaupt eingelassen hätte?

Sie ging zum Sideboard. Dort reihten sich Fotos auf, die Tim beim Fallschirmspringen, im Wald und mit zwei Kindern im Sandkasten zeigten. Hatte Tim Kinder?

»Hier hab ich was!«, rief Oliver.

Miriam ging ins Arbeitszimmer. Ein Schreibtisch, der auf einer Seite breiter war als auf der anderen, mit einer riesigen Schublade. Davor ein bequem aussehender Chefsessel, das alles auf einem grauen, flauschigen Teppich. An der rechten Wand ein Regal mit Büchern, Aktenordnern und Dekoblumen.

Oliver zeigte auf einen Zettel auf der Tischplatte. Miriam trat näher heran. Darauf war eine handschriftliche Notiz verfasst.

Sie haben das Geld vergessen. Bitte nächste Woche dran denken. MfG R.

Daneben stand eine leere Flasche Glasreiniger.

»Sieht so aus, als hätte er eine Putzfrau und ihr das Geld nicht hingelegt«, sagte Miriam.

»Wenn es hier mal Spuren gegeben haben sollte, werden wir sie nicht mehr finden.« Oliver öffnete die Schublade und zog einen Laptop heraus. »Den sollten wir mitnehmen.« In der Schublade befanden sich noch Büroutensilien, ein paar Pokerchips und ein Glasherz. Miriam nahm das Herz und betrachtete es. Auf einer Seite war der Name »Svenja« eingraviert. *Ein Erinnerungsstück, das ihm wichtig ist*, dachte Miriam und verspürte einen Stich.

»Wer ist Svenja?«, sagte sie laut.

Oliver warf einen Blick über ihre Schulter. »Ich denke, die Antwort werden wir im Laptop finden. Sicherlich auch wer R-Punkt ist.«

»Ich habe eine bessere Idee.« Miriam nahm den Telefonhörer von der Station, scrollte durch das Telefonbuch und schrieb sich Namen und Telefonnummern auf. Darunter auch eine Renate.

Das könnte die Putzfrau sein. Ansonsten viele Männernamen, eine Nicole, die Eltern, aber keine Svenja. Er schien also nicht mehr regelmäßig mit ihr in Kontakt zu stehen oder er nutzte in letzter Zeit nur noch das Handy.

Miriam folgte Oliver ins Bad. »Die Zahnbürste fehlt«, kommentierte er.

»Ansonsten sieht es nicht nach Aufbruch aus. Der Rasierer, das Aftershave, das Deo, Duschgel – alles noch da.«

»Vielleicht hatte er unangetastete Sachen im Schrank und hat die mitgenommen.«

»Keine Anzeichen einer Frau«, sagte sie. Sie öffnete den Mülleimer, um zu sehen, ob er dort etwas entsorgt hatte. Doch im Müll befanden sich bloß leere Toilettenpapierrollen und eine Zahnbürstenschachtel.

Sie inspizierten noch das Schlafzimmer. Ein Wasserbett mit einem grauen, schlichten Bezug. Auf dem Nachttischschrank ein Foto von einer Frau mit zwei Kindern. War das Svenja? Sie würden es herausfinden. Über dem Bett hing ein abstraktes Gemälde in den Farben Schwarz, Weiß und Beige. Es erinnerte sie entfernt an eine brennende Kerze. Die Struktur war uneben und aufgeraut. Das Bild folgte einer gewissen Symmetrie und strahlte gleichzeitig eine Unruhe und Gewalttätigkeit aus. Neben dem Bett befand sich die Glastür, die zum Balkon hinausführte. Gegenüber der große Schlafzimmerschrank. Oliver schob die Schiebetür zur Seite.

»So ordentlich war noch nicht mal meine Oma«, sagte Miriam. Die Hemden waren akkurat nebeneinander gehängt wie auf dem Bild eines Werbekatalogs. Hosen und T-Shirts sorgfältig aufgefaltet. Miriam entdeckte einen Schuhkarton und nahm ihn heraus. Darin befanden sich Rahmen mit Fotos. Die meisten zeigten das immer gleiche Ehepaar, mal jünger, mal älter. Auf einem war Tim selbst und die Frau darauf abgebildet, die Miriam eben auf einem Foto mit den zwei Kindern gesehen hatte. Miriam studierte die Gesichter und erkannte die Ähnlichkeit. Es handelte sich um seine Eltern und höchstwahrscheinlich seine Schwester. Sie verstaute alles wieder und stellte den Karton zurück.

»Schau mal!«, sagte Oliver. In den Schubladen des Nachtisches befanden sich neben Unterwäsche und Socken auch drei Packungen Kondome. Eine war angebrochen. »Vielleicht haben Vanessa Marks und Tim Eichner gut zusammengepasst.«

»Wir sollten keine zu eiligen Schlüsse ziehen«, sagte Miriam schärfer als beabsichtigt.

Oliver brummte zustimmend. »Außerdem sollten wir für heute Schluss machen. Hier gibt es nichts mehr für uns.«

***

Als Miriam am Präsidium in ihren Golf einstieg, vibrierte ihr Handy. Denise hatte sie zweimal angerufen und ihr drei Nachrichten geschrieben: *Warum meldest du dich nicht? Miri, ich brauch dich. Miri, ruf mich bitte sofort an, wenn du das liest.* Miriam seufzte und wählte die Nummer ihrer Schwester.

»Na endlich«, schrillte Denise' verweinte Stimme durchs Telefon.

»Ich war im Dienst.«

»Und da kannst du nicht mal eben auf dein Handy sehen?«

»Glaubst du, ich setze wieder meinen Job für dich aufs Spiel?«

»Jetzt übertreibst du.«

»Du erinnerst dich an das Disziplinarverfahren?«, fragte Miriam empört.

»Aber es ist doch nicht dazu gekommen!«

Miriam ballte die Hand. Aber nur weil sie ihrem Chef eine Stunde erklärt hatte, wie schwierig ihre Schwester war und warum sie deshalb mehrmals zu spät zum Dienst erscheinen musste und einen Einsatz verpennt hatte. Sie seufzte und steckte den Schlüssel ins Zündschloss. »Also, was gibt es?«

»Miri, ich brauch dich. Kannst du herkommen?«

»Ich habe gerade Feierabend gemacht und fahre jetzt nach Hause. Ich muss mich ausruhen. Morgen wird ein stressiger Tag.«

In der Tat überlegte sie, ob sie noch zur Sporthalle fahren sollte. Sie glaubte eigentlich nicht daran, aber was, wenn Tim beim Training und alles ein großes Missverständnis war? Vielleicht ließe sich heute noch alles aufklären.

»Kevin hat mich vor die Tür gesetzt. Ich sitze sozusagen auf der Straße.«

»Geh zu Papa.«

»Ach, du weißt doch, wie es ist.«

Ja, sie wusste es. Ihr Vater wünschte sich so sehr, eine bessere Beziehung zu Denise aufbauen und ihr helfen zu können, doch ihre Schwester ließ es nicht zu. Das Gesicht ihrer Mutter tauchte vor ihrem inneren Auge auf. Das Lächeln, dann das Blut, das zerbeulte

Motorrad, der Asphalt ... Denise ließ seitdem niemanden mehr an sich heran. War ein Meister darin, ihre Mitmenschen um Hilfe zu bitten und sie im nächsten Moment weit von sich zu stoßen. Jeder von ihnen ging auf ihre Weise mit dem Verlust um. Aber Miriam konnte ihre Schwester nicht mehr auffangen. Das war vorbei.

»Lass dir was einfallen«, sagte sie.

»Miri!« Denise schluchzte.

»Was ist überhaupt passiert?«

»Kevin, also ... ich ...« Ihre Stimme brach. »Die Band hat eine neue ... Sängerin und ... er ... also er war mit ihr alleine essen, wollte mich nicht dabei haben.«

»Du glaubst, er hat eine andere.«

»Natürlich hat er das!«, erwiderte sie empört. »Ich hab ihn zur Rede gestellt, aber er wollte nichts davon hören.«

Er war bestimmt der Meinung, sie sollte sich nicht so anstellen und interpretiere in die Situation zu viel hinein. Vielleicht würde Denise durch diese Gegebenheit endlich Vernunft annehmen. Kevin hatte einen schlechten Einfluss auf sie. Seit sie mit ihm zusammen war, hatte sie ihre Ausbildung abgebrochen und mit dem Kiffen angefangen. Auf der anderen Seite tat es Miriam im Herzen weh, ihre Schwester so niedergeschlagen zu erleben.

Miriam seufzte. »Na gut, dann komm zu mir!«

»Holst du mich ab?«

»Nein! Ich muss noch etwas erledigen.«

»Aber wie soll ich denn -«

»Bus und Bahn?«, fragte Miriam gereizt.

»Um die Uhrzeit?«, protestierte ihre Schwester.

Miriam atmete tief durch. Sie hatte all dies beenden wollen und nun ging es doch weiter. Sie musste einen Schlussstrich ziehen, sonst würde ihre Schwester sie noch in zwanzig Jahren um Hilfe bitten und ihr eigenes Leben nicht in den Griff bekommen.

»Ich leg jetzt auf.«

»Nein, Miri, nein!«

»Schreib mir, wie du dich entschieden hast. Spätestens zweiundzwanzig Uhr bin ich zu Hause.« Dann legte sie auf und warf ihr Handy auf den Beifahrersitz. Vielleicht sollte sie ihren Vater anrufen, aber das konnte Denise ebenso gut selbst machen. Sie war nicht ihre Babysitterin.

Das Handy vibrierte, doch sie ignorierte es, drehte das Radio voll auf und fuhr zur Sporthalle. Inbrünstig sang sie *Shine* von *Years & Years* mit und versuchte, auf andere Gedanken zu kommen. Es war einundzwanzig Uhr, als sie auf den Parkplatz fuhr. Sie hatte die Trainingstasche im Kofferraum, doch für eine halbe Stunde lohnte es sich nicht mehr, sich noch umzuziehen. Also ging sie ohne Sportsachen zur Halle. Als sie die Tür aufzog, hielt sie die Luft an, lehnte sich über das Geländer und scannte die Halle nach Tim ab. Die Damen machten ein Spiel gegen die Herren. Tim konnte sie nirgendwo erblicken. Es wäre auch zu schön gewesen. Miriam ging hinunter zum Spielfeld.

Ihre Trainerin kam zu ihr. »Wir haben dich vermisst.«

»Sorry, dass ich nicht abgesagt habe. Ich musste bis gerade arbeiten.«

Brigitte nickte verständnisvoll, obwohl Miriam dafür einen Euro in die Mannschaftskasse hätte zahlen müssen. Aber sie war die Neue, bei ihr drückte man noch ein Auge zu.

»War Tim heute da?«, fragte sie.

»Nicht gesehen.«

Miriam ging zum Trainer der Herrenmannschaft und bekam die gleiche Antwort. »Er hat sich nicht abgemeldet«, fügte er hinzu.

Ein Kloß schnürte ihr die Kehle zu, und ihr Magen schien zu rebellieren. Schweigend starrte sie aufs Spielfeld. Eine Spielerin fing einen Ball ab, fegte zum gegnerischen Korb und erzielte einen Zwei-Punkte-Wurf.

Sie hatte ihm näherkommen wollen. Miriam musste sich mit dem Gedanken anfreunden, dass Tim eine Frau umgebracht hatte. Sie biss die Zähne zusammen, bis ihre Kiefer schmerzten und der Trainer sie fragte, ob irgendwas nicht stimmte.

***

Die Nacht hatte den Wald ins Stockfinstere getaucht. Tim konnte weder Schemen noch Umrisse erkennen. Am liebsten hätte er mit der Taschenlampe die Umgebung ausgeleuchtet, doch er widerstand der Versuchung, um die Batterien zu schonen. Es zirpte, knackte und sirrte.

Kalt war es geworden, die Rettungsdecke hielt ihn kaum warm, er zitterte jetzt schon. Es war Mitte Mai und tagsüber warm gewesen, doch die Nachtkälte kroch in jede Faser seines Körpers. Das Schlimmste war die Kälte vom Boden. Was würde er nur im Winter tun?

Vielleicht sollte er nach Süden, nach Italien, aber wollte er wirklich über die Alpen? Darüber sollte er jetzt nicht nachgrübeln, sondern an den nächsten Tag denken.

Etwas raschelte und er zuckte zusammen. Er hatte gar nicht gewusst, dass er so schreckhaft war. Tim schloss die Augen und atmete tief durch. Er wollte nur schlafen, doch seine Sinne verfolgten die nächtlichen Geräusche des Waldes. Die Kälte ließ seinen Körper ausbluten. Tim versuchte sich einzureden, dass es nur für eine Nacht war, doch er konnte den Gedanken nicht festhalten. Immer wieder tauchte Vanessas seelenloses Gesicht vor seinem inneren Auge auf. Wer sie wohl vermissen würde? Ihre Eltern, aber wer noch? Er hatte zu wenig von ihr gewusst – zu wenig, um mit ihr eine Familie zu gründen. Aber das war doch kein Grund, um sie und das Kind umzubringen. Er versuchte, sich ein kleines Wesen vorzustellen, eine Mischung aus seinem und ihrem Antlitz …

Ein schriller Schrei ließ ihn zusammenzucken. Was war das? Reglos blieb er liegen. Er hatte tatsächlich geschlafen. Er hörte nur das Zirpen und Rascheln. Vermutlich ein harmloses Tier – und er ließ sich davon wecken. Seine Schulter und seine Hüfte schmerzten. Diese verdammte Wurzel. Seine Schläfe juckte, er kratzte sich, dieser Mückenstich machte ihn wahnsinnig. Mittlerweile war er durchgefroren. Hoffentlich kam bald die wärmende Sonne.

Tim schloss die Augen, versuchte zu schlafen. Seine Gedanken waren auf das Jucken fixiert, er wollte sich kratzen, unterdrückte den Drang. Erneut ein Rascheln. Wie sollte man hier schlafen?

Er wollte an etwas Schönes denken. Der Fallschirmsprung zum Beispiel. Wie der Wind durch seine Haare fegte, die Erde ihm entgegen rauschte, er die Freiheit in jeder Faser seines Körpers spüren konnte. Sein bester Freund Markus nicht weit von ihm und seinem Sprungpartner entfernt. Dieser Angsthase schrie die ganze Zeit. Tim hatte ihn überredet. Als sie gelandet waren, hatte Markus ihm auf die Schulter geklopft und sich mit einem Augenzwinkern für das unvergessliche Erlebnis bedankt. Ein Monat später die Mannschaftsfahrt nach Hamburg. Die Kneipen der Stadt unsicher gemacht, getanzt in den Discotheken, mitgegrölt, bis das Kratzen in der Kehle überhandnahm ...

Kapitel 4

Miriam tapste mit nackten Füßen in die Küche und stellte die Kaffeemaschine an. Sie rieb sich über die Augen, ihr Schädel brummte. Hätte sie sich nur gestern früher hingelegt. Aber die Recherche zu Tim Eichner hatte sie nicht losgelassen, und so waren Stunden im Internet daraus geworden. Es gab Artikel über Spiele seiner Basketballmannschaft und deren Aufstieg in die Verbandsliga. Spitzenspieler Tim. Wie es aussah, verdankte die Mannschaft ihm den Aufstieg. Sie hatte im gemeinsamen Training mit den Herren selbst gesehen, dass er ein herausragender Spieler war.

Außerdem hatte sie mehrere Artikel über das Gerichtsverfahren eines Drogendealers, Eichners Mandant, gefunden. Karl Beltschew, genannt Kalle, hatte angeblich seine Frau erschossen. Die Medien waren sich einig, dass Kalle schuldig war und die wasserdichte Beweislage ihn für Jahre hinter Gittern bringen würde. Tim hatte Beweise vorgelegt, die zeigten, dass der Beschuldigte sich zur Tatzeit nicht in Deutschland, sondern in den Niederlanden aufgehalten hatte. Die Verkehrsdaten des Handys und die Kreditkartenbenutzung sowie eine Zeugenaussage bestätigten dies. Eine zweite DNA-Spur auf der Leiche deutete auf einen anderen Tatverdächtigen hin. Tim hatte für seinen Mandanten einen Freispruch erlangt und der Täter war bis heute nicht gefasst worden. Kein Wunder, dass Eichner bei der Staatsanwältin nicht beliebt war.

Bei *Instagram* fand Miriam viele Fotos von seinem letzten Urlaub in den Alpen und einige einer Mannschaftsfahrt in Hamburg. Malerische Bilder von Bergen, Seen, weiten Wäldern, Nahaufnahmen von Blumen. Tim bewies ein gutes Auge für die Motive.

Der *Facebook*-Account war weniger ergiebig. Es gab ein Foto von Tim, wie er mit einem Fallschirm landete. Alles Weitere konnte nur sehen, wer mit ihm befreundet war. Miriam zuckte mit den Schultern. Das würden sie schon herausbekommen, wenn sie den Laptop untersuchten. Sie schlürfte einen Schluck Kaffee und stellte ihr Handy an. Sicherlich, all diese Recherchen hätte sie auch auf dem Präsidium erledigen können, und eigentlich war es eher die Aufgabe von Felix oder einem Kollegen aus der IT-Abteilung. Aber sie wollte sich selbst ein Bild machen. Wo war Tim nur? Konnte es nicht einen anderen Täter geben?

Das Display ihres Smartphones leuchtete auf und zeigte den Eingang einer Nachricht ihrer Schwester an. *Das merke ich mir.*

Miriam schüttelte den Kopf. Denise war gestern nicht mehr aufgetaucht. Es war ihr wohl zu umständlich gewesen, mit der Bahn zu fahren. Wut stieg in ihr auf. Was dachte sich ihre Schwester? Am liebsten hätte sie ihren Vater angerufen, doch der schlief wahrscheinlich noch. Er besaß ein Restaurant und kehrte meist erst gegen Mitternacht nach Hause zurück. Vielleicht würde sie in der Mittagspause Zeit finden, mit ihm über Denise zu sprechen.

Miriam machte sich fertig und fuhr ins Präsidium. Oliver saß bereits im Büro.

»Guten Morgen. Na, hast du deine Tochter gestern noch ins Bett bringen können?«, fragte sie mit einem Lächeln.

»Natürlich nicht«, gab er grimmig zurück.

»Was steht heute an?« Sie setzte sich und fuhr den PC hoch. In Wuppertal hatte das ihr Kollege für sie erledigt, wenn sie noch nicht da war. Und sie hatte es für ihn getan, wenn sie früher im Dienst war.

»Das erfährst du gleich in der Lagebesprechung.«

Sie sah ihn einen Moment fassungslos an, dann starrte sie auf den Bildschirm. Wie sehr hatte sie sich auf diese Stelle und die Veränderung gefreut. Sie schluckte die aufkommende Wut herunter und ging betont gelassen in die Küche. Im Kühlschrank fand sie ein Sixpack Cola. Sie wusste nicht, wem das gehörte, doch sie nahm sich eine Flasche, öffnete sie und trank einen großen Schluck. Das Getränk war erfrischend kühl an dem warmen Tag. Sie hatte das Gefühl, die Klimaanlage lief nur auf Sparflamme, dabei waren heute bis zu dreißig Grad angesagt.

Lothar kam herein, begrüßte sie und ließ sich einen Kaffee aus dem Vollautomaten in seine DEG-Metro-Stars-Tasse laufen. Das Emblem des hiesigen Eishockeyvereins war von den vielen Waschgängen in der Spülmaschine bereits verblichen.

»Alles in Ordnung?«, fragte er.

Sie zuckte mit den Schultern. »Ich denke.« Anscheinend gelang es ihr nicht, ihre Wut zu verbergen.

»Was ist los?«, fragte er besorgt.

War es klug, ihm von den Schwierigkeiten mit Oliver zu erzählen? Sie war die Neue, musste sich ins Team integrieren. Aber irgendwas war da. So konnte es nicht weitergehen.

»Oliver ist sehr verschlossen, er ...« Sie suchte nach den richtigen Worten.

Lothar sah zu Boden, strich sich über den Nacken und brummte zustimmend. »Du musst ihm Zeit geben.«

»Zeit wofür?«

Lothar sah ihr in die Augen. »Er hat seinen Partner verloren.«

Miriam schluckte. »Ich dachte, der ist in Rente gegangen.«

Wieder der Griff zum Nacken, er schien sich unwohl zu fühlen. »Pass auf, ich hab es dir nicht gesagt, weil ich dir den Einstieg nicht erschweren wollte. Aber anscheinend macht es die Sache nur komplizierter, wenn du es nicht weißt.«

»Wenn ich was nicht weiß?« Sie bekam einen trockenen Hals. Deswegen war Oliver so abweisend zu ihr. Er verarbeitete einen großen Verlust.

»Sein Partner ist erschossen worden.«

»Was?« Ihr Herz setzte einen Schlag aus. Sie sah Blut auf Asphalt, verbeultes Metall, ein Motorradhelm. Miriam verbannte den aufkommenden Gedanken aus dem Kopf. Wie musste es Oliver erst gehen? Eine Kugel im Körper des Partners. Zu wissen, dass er niemals wieder im Büro auftauchte und an seinem Schreibtisch saß – den sie nun eingenommen hatte. Ein Schauer lief ihr den Rücken hinunter. »Im Dienst?«

»Das ist nicht so einfach zu erklären.«

»Warum gab es keine Info im Intranet?« Normalerweise wurden solche Informationen für alle Polizisten im System zugänglich gemacht, da sich sowieso die

Medien darauf stürzten. Und auch in den Nachrichten hatte sie nichts von einem Polizistenmord gehört.

»Es ist kompliziert.«

In dem Moment kam eine Kollegin herein. Lothar legte Miriam eine Hand auf die Schulter. »Gibt ihm Zeit. In zehn Minuten ist Lagebesprechung.« Er nahm seine Tasse und ging hinaus.

»Ist die aus dem Kühlschrank?«, fragte die blonde Kollegin mit einem bitteren Lächeln.

»Ja. Entschuldige. Ich hole dir heute Mittag eine neue Cola aus der Kantine.«

Die Kollegen streckte ihr lächelnd die Hand entgegen. »Sabrina. Ich glaube, wir kennen uns noch nicht. Abteilung IT-Fachlichkeit.«

Miriam erwiderte den Handschlag und nannte ihren Namen und ihre Abteilung.

»Arbeitest du nicht an dem Fall Marks?«

»Richtig«, bestätigte Miriam.

»Ich untersuche gerade den Laptop des Opfers.«

»Und?«, fragte Miriam aufgeregt.

Sabrina lehnte sich an den Kühlschrank und verschränkte die Arme. »Unglaublich, mit wie vielen Männern man gleichzeitig chatten kann.«

***

Ein Rotkehlchen hatte sich auf einem Ast niedergelassen und zwitscherte in die Morgendämmerung, vor dem Hintergrund eines vielstimmigen Vogelchors. Was trieb diese Tiere an, so früh aufzustehen?

Tim kroch aus dem Unterschlupf, rieb sich die Erde und Nadeln aus dem Gesicht und klopfte die Kleidung ab. Sein ganzer Körper schmerzte, doch am schlimmsten war die Schulter. Er streckte sich, massierte sich den Nacken. Und das war erst die erste Nacht. Außerdem waren seine Glieder eiskalt und er zitterte am ganzen Körper. Das nächste Lager musste er besser gegen die Bodenkälte isolieren.

Er machte ein paar Hampelmänner und Kniebeugen, um sich aufzuwärmen. Dann verschlang er zwei Brote und eine Banane und trank den letzten Rest aus der Flasche. Der linderte nur im geringen Maße seinen Durst. Was würde er für eine Flasche Mineralwasser und einen frisch gebrühten Kaffee geben! Wie gerne würde er zu Hause im Bett liegen und gleich zur Kanzlei fahren.

Hatte man Vanessa schon gefunden? Vanessa – und sein Kind. Er beugte sich zur Seite und spuckte aus. Sein. Kind. Er biss die Zähne zusammen. Wie hatte das nur passieren können? Du sollst nicht töten. Das fünfte Gebot. Er war nicht gläubig, warum kam es ihm in den Sinn?

Er rieb sich so fest über die Stirn, bis seine Haut brannte. Tot. Schuld. Mörder. *Er* war ein Mörder. Seine Kiefer mahlten. Wie um Himmels willen hatte es dazu kommen können, und wieso konnte er sich an die folgenreichsten Stunden seines Lebens nicht erinnern? Er konzentrierte sich auf den Ablauf, auf die Details, die ihm entglitten wie Erinnerungsfetzen an einen Traum kurz nach dem Aufwachen. Er hatte Vanessas Anrufe ignoriert. Bis hierhin hatte er alles richtig gemacht. Doch die Nachricht von der Schwangerschaft hatte alles verändert, war wie ein Schlag ins Gesicht und gleichzeitig die Erfüllung einer lang ersehnten Hoffnung gewesen. Das Treffen im Café, ihr Gesäusel von einer gemeinsamen Zukunft, der Test mit den zwei Strichen und der Sekt.

»Aber du bist schwanger«, hatte er gesagt, als sie mit ihm angestoßen hatte. Was hatte sie erwidert? Er sah das Schulterzucken vor sich und ihre Lippen, die sich bewegten, aber die Töne erreichten sein Erinnerungsohr nicht. Kinder, Kinderkriegen, Vaterschaft. Genau, sie hatte ihm beteuert, nur er könnte der Vater sein. Diese unglaubliche Nachricht. Er war also doch nicht zeugungsunfähig.

Svenja schob sich vor sein inneres Auge. Ja, er hätte in diesem Moment am liebsten seine alte Verlobte angerufen und ihr die freudige Botschaft überbracht, doch wahrscheinlich hätte sie den Anruf nicht mal angenommen. Sie war mittlerweile verheiratet und hatte eine Tochter, wie er bei Facebook gesehen hatte. Ein halbes Jahr nach ihrer geplatzten Hochzeit war sie mit einem anderen Mann vor den Altar getreten. Kurze Zeit später kam das Kind. Ein ungeheuerlicher Gedanke blitzte auf und ließ den Boden unter seinen Füßen aufreißen. War das Kind vielleicht von ihm? Nein, das konnte nicht sein. Das hätte Svenja ihm nicht angetan, auch wenn sie ihn einen Tag vor ihrer Hochzeit sitzen gelassen hatte. Und angeblich nur, weil es mit den Kindern nicht geklappt hatte. Svenja war passé.

Tim lenkte die Gedanken zurück zu dem schrecklichsten Abend seines Lebens. Er hämmerte sich gegen die Stirn. Wieso arbeitete sein Gehirn nicht, wie es sollte? Er sah die leere Sektflasche auf dem Tisch, die er komplett geleert haben musste. Aber solche Aussetzer von einer Flasche Sekt? Wahrscheinlich hatte er noch was getrunken, aber was?

Egal, wichtiger war es, zu erfahren, wie das Messer in Vanessas Bauch gelandet war und warum. Hatte sie ihm gedroht, ihn beschimpft oder hatten sie sich gestritten? Hatte er mit ihr geschlafen, sich neben sie gelegt und gewartet, bis sie eingeschlafen war? Oder war es Totschlag im Affekt gewesen? Vielleicht hatte sie sich gewehrt und um ihr Leben gefleht.

Er kam zu keinem Ergebnis.

Mittlerweile war die Sonne aufgegangen und der Vogelchor war noch lauter und fröhlicher geworden. Der Wald begann zu erwachen – er musste weiter. Also baute er den Unterschlupf auseinander, warf die Stöcke und Moosplatten weit von sich. Keiner sollte erkennen, dass hier jemand genächtigt hatte.

Er wandte sich Richtung Osten. Bergab kam er gut voran, den nächsten Berg wieder hinauf wurden seine Beine allerdings müde und schwer. Hoffentlich gewöhnten sie sich rasch an die täglichen Märsche.

Er gelangte in einen Mischwald, das Unterholz wurde dichter, und er kam an einen Wanderweg. Er wagte ein paar Schritte darauf zu gehen, denn hier war das Fortkommen deutlich einfacher und schneller. Als er Hundebellen vernahm, ging er erneut querfeldein. Doch es dauerte nicht lange, bis er wieder auf einen Weg stieß. Kinderlachen drang zu ihm. Er verbarg sich hinter einem Busch und wartete.

Ein ungefähr zehnjähriger Junge kam direkt auf ihn zu. Tim hielt die Luft an. Bis jetzt konnte der Junge ihn nicht sehen, aber das würde sich gleich ändern. Der Junge blieb keine drei Meter vor ihm an einem Baum stehen und öffnete den Reißverschluss seiner Hose. Tim regte sich nicht und atmete erleichtert auf, als der

Junge sich wieder zum Gehen wandte. Doch dann drehte er sich um und schlich zu ihm hinter den Busch, starrte ihn an.

Tims Knie wurden weich, aber er versuchte, eine coole Miene aufzusetzen und sich verschlafen die Augen zu reiben.

»Was gibt's?«, fragte er gezwungen locker.

»Bist du ein Spanner?«, konterte der Junge scharf. Seine himmelblauen Augen sahen ihn skeptisch an, die blonden Locken wirbelten im Wind umher. Ein Unschuldsgesicht mit braunen Sprenkeln auf der Nase, für die ihn die Mädchen später lieben würden.

»Wie bitte?«, entgegnete Tim und runzelte die Stirn. »Wie kommst du darauf?«

»Hast du mich beim Pissen beobachtet?«

Tim schüttelte den Kopf. »Nein, ich«, Ausrede! Er brauchte dringend eine gute Ausrede, »beobachte die Vögel.«

»Vögel?«, fragte der Junge misstrauisch.

»Ja, der Fraktus Morotus – das ist eine Meisenart –, der lässt sich hier gut beobachten.« Hoffentlich hatte der Blondschopf keine Ahnung von Vögeln.

»Fraktus was? Hört sich an wie ein Virus.«

»Es ist eine Art, die in Deutschland kaum zu finden ist. Sie kommt aus dem Norden. Aber an dieser Stelle habe ich meistens Glück.«

»Aha«, antwortete er gelangweilt.

Tim legte den Finger auf die Lippen. »Aber erzähl es keinem. Ich möchte diesen Platz nicht mit einer Schar anderer Vogelliebhaber teilen.«

»Schon klar.«

»Versprichst du es?« Tim kreuzte hoch erhoben die Finger und sah ihn auffordernd an.

Der Junge zuckte mit den Schultern und kreuzte ebenfalls Zeige- und Mittelfinger. »Na klar!«

»Ehrenwort?«

Er nickte. »Ehrenwort. Viel Spaß noch, Vogelmann.« Er stapfte zurück zum Wanderweg. Hoffentlich berichtete er seinen Eltern, oder wer auch immer ihn begleitete, nicht von dieser Begegnung.

Rasch stand Tim auf und lief in den Wald zurück, bis er die Stimmen nicht mehr hörte. Er lief einen Bogen, dann wandte er sich erneut Richtung Osten. Seine Kehle war mittlerweile trocken und der Durst schien ihn von innen zu verbrennen. Er brauchte Wasser. Er dachte an die Flasche mit dem Bachwasser. Sollte er? Nein. Tim wollte nicht wegen eines Liters ein Feuer entfachen. Er zwang sich weiter. Er würde schon einen Bach oder einen See finden. Bald!

***

Miriam saß als Erste im Besprechungsraum. Während sie auf die anderen wartete, strich sie mit den Fingern über die kondensierte Colaflasche und hing ihren Gedanken nach.

Oliver hatte seinen Partner verloren. Was war passiert? Hätte es ihn selbst treffen können, gab er sich die Schuld? Aber warum machte er *ihr* das Leben schwer? Er wollte keine neue Kollegin. Das war klar. Aber seinen Partner bekam er so oder so nicht mehr zurück. Wie konnte sie ihn von sich überzeugen?

Die Tür ging auf und ihre Kollegen kamen herein. Felix setzte sich neben sie. »Bist du heute übermotiviert?«, fragte er und grinste ihr zu. Wie jeden Tag trug er einen Pullunder über dem Hemd. Die schwarzen Haare hatte er mit Gel nach hinten gestylt und auf seiner klobigen Nase saß eine altmodische Brille. *Der bräuchte dringend mal ein Umstyling.* Aber zumindest war er stets gut gelaunt und hatte ein Lächeln für sie übrig.

»Ich bin immer übermotiviert«, gab sie scherzhaft zurück.

Sabrina präsentierte, was die Analyse des Laptops von Vanessa Marks ergeben hatte. Sie schloss das Gerät an einen Beamer an und ließ Partyfotos an die Leinwand werfen, erklärte, dass das Opfer in diversen Dating-Chatrooms unterwegs war. »Sie hat mit mindestens fünf Männern gechattet, die sie treffen wollte.«

»Hast du dich in die Chats eingeloggt?«, fragte Oliver.

»Das war nicht nötig. Sie hat einige Chatverläufe mit den einschlägigen Daten der Verehrer als Word-Dateien abgespeichert. Es gibt sogar eine Excel-Datei, in der sie den Männern Noten nach einem Schulsystem gibt. Da drin sind fünfunddreißig Namen enthalten.«

Felix pfiff durch die Zähne.

»Welche Männer haben die besten Noten erhalten?«, fragte Miriam.

»Mirko Volkmann, Fabio Pausch und Tim Eichner«, erklärte Sabrina. »Die drei Namen stehen an oberster Stelle.« Sie öffnete die Datei, und eine Tabelle wurde in Großformat an die Leinwand geworfen.

Miriam trank den letzten Schluck aus der Flasche, ihre Kehle wurde trocken, es war einfach zu warm in diesem Raum. Sie sah zur Decke. Gab es hier keine Klimaanlage?

»Die Namen kennen wir doch.« Lothar zeigte auf das Whiteboard, das teilweise durch die Leinwand verdeckt wurde.

»Wofür manche Leute Excel-Tabellen erstellen«, flüsterte Felix, so dass es nur Miriam hören könnte. Er zog die Stirn kraus und schüttelte leicht den Kopf, als wäre er selbst Teil der Datei und fühlte sich persönlich angegriffen.

»Haben wir noch etwas Interessantes?«, fragte Lothar.

»Ich habe einen E-Mail-Kontakt mit dem Vater gefunden, in dem das Opfer ihn um Geld bittet.«

»Wie viel?«, fragte Lothar.

»Zweitausend Euro.«

»Gibt es eine Antwort?«

Sabrina nickte und öffnete den E-Mail-Account und die Mail. Sie las ein paar Sätze vor. »*Dass du die Frechheit besitzt, dich noch mal bei uns zu melden. Du bist eine Schande für die ganze Familie. Untersteh dich, uns noch einmal zu belästigen.*«

Miriam schluckte. »Das sind harte Worte.«

Wie konnte ein Vater so etwas schreiben? Es musste etwas in dieser Familie vorgefallen sein. Was hatte Vanessa Marks getan, das ihren Vater so erzürnt hatte? Dabei hat sie ihn um Hilfe gebeten. Auch wenn er dem Wunsch nicht nachkommen konnte oder wollte, hätte er wenigstens ein paar aufmunternde Worte für sie aufbringen können.

Sie erinnerte sich an das Telefonat mit ihrer Schwester und Schuldgefühle übermannten sie. Hatte sie ähnlich hart gehandelt?

Auch sie hatte ihr keine aufmunternden Worte entgegengebracht – jedoch zwei Vorschläge gemacht. Denise hätte zu ihr kommen oder sich an ihren Vater wenden können. Miriam atmete tief durch. Sie war nicht so hart wie der Vater des Opfers, außerdem hatte Denise –

»Wann kommen ihre Eltern ins Präsidium?«, fragte Lothar und holte Miriams Gedanken zurück in den Besprechungsraum.

»Heute«, antwortete Felix. »Sie wollen es schnell hinter sich bringen.«

Lothar nickte zufrieden. »Erwarten wir noch jemanden heute?«

»Fabio Pausch, den Berufsschullehrer von Vanessa Marks. Er wird nach dem Unterricht direkt hierherkommen.«

»Gut«, sagte Lothar. »Miriam, Oliver, ihr werdet die Befragungen durchführen.«

Miriam warf ihrem Partner einen Seitenblick zu, wollte sich durch Blickkontakt Bestätigung holen, doch der nickte bloß ihrem Chef zu.

»Irgendetwas Neues von Eichner?«, fragte Lothar.

Miriam berichtete kurz von der Wohnungsdurchsuchung und dem Zettel der Putzfrau. »Ich habe die Nummern aus dem Telefon abgeschrieben und werde die Kontakte durchtelefonieren.«

»Sehr gut. Die Kriminaltechniker werden sich heute seine Wohnung zwecks DNA-Proben und Fingerabdrücke vornehmen«, antwortete Lothar.

Er wies Sabrina an, sich Eichners Laptop vorzunehmen, sobald sie mit dem PC des Opfers fertig war.

»Natürlich.«

Lothar beendete die Besprechung und entließ sie. Miriam beobachtete Oliver, als er aus dem Raum ging. Strammen Schrittes mit ernster Miene. Wie sollte sie nur mit ihm zusammenarbeiten? Ihr graute es vor den anstehenden Vernehmungen.

***

Tim keuchte und setzte sich auf einen umgestürzten Baum. Der Durst brannte in seiner Brust. Er würde nicht mehr länger warten können, sondern das Bachwasser aus der Flasche abkochen. Die Sonne stand mittlerweile hoch am Himmel und schickte ihre brennenden Strahlen auf die Erde. Es musste schon um die Mittagszeit sein. Es war schweißtreibend warm. Mindestens fünfundzwanzig Grad, vielleicht mehr. Hatte der Wetterbericht diese Wärme angesagt? Er konnte sich nicht erinnern, wann er das letzte Mal auf die Wetter-App geschaut hatte, es war nicht so wichtig gewesen. Er schloss die Augen, hörte das Rauschen des Meeres, die Wellen schwappten an den feinen Sandstrand, die Kinder planschten im seichten Wasser, zwei Geschwisterkinder spielten Federball, ein kleiner alter Mann südländischen Typs saß in einem Campingstuhl und las eine italienische Tageszeitung. Tim streichelte Svenjas Rücken. Sie ließ sich davon nicht beirren, sondern war weiterhin in den Thriller versunken. Sieben Bücher hatte sie mitgenommen. Strandurlaub hieß für sie Lesezeit. Er hatte sich mit ihr die Wasserfälle in Riva del Garda ansehen wollen, doch am ersten Tag wollte sie lieber entspannen.

»Wir könnten morgen eine Bootstour machen«, sagte er.

Sie blätterte um, ihr Blick flog über die Zeilen, schien die Worte in sich aufzusaugen wie ein Ertrinkender den letzten Sauerstoff an der Oberfläche.

»Oder in den Bergen wandern.«

»Bei dieser Hitze?«

Aha! Zumindest hatte sie zugehört. Tim drehte sich zu ihr und streichelte ihren Nacken. »Ich hätte da auch eine andere Idee.« Er lehnte sich zu ihr und knabberte an ihrem Ohrläppchen. »Vielleicht hat unser Kind nur auf diesen Urlaub gewartet«, hauchte er in ihr braunes Haar.

»Das klappt doch sowieso nicht.«

»Wer weiß. Die tolle Atmosphäre, der wunderschöne Ort, Sonne, Strand, Entspannung.« Er umfasste ihre Hüfte, zog sie an sich und küsste ihre Wange.

»Lass mich, ich lese«, wehrte sie ihn halbherzig mit einem Grinsen ab. Tim küsste sie leidenschaftlich und fordernd, bis sie ihr Buch zuschlug und den Kuss erwiderte. Er schmeckte nach Melone, Sommerwind und nach dem Versprechen einer gemeinsamen Zukunft. Nach dem Wunsch einer Familie. Wo war das Familienglück? Tim nahm die Mineralwasserflasche und trank gierig.

Nein, das hatte er damals nicht getan, doch nun drängte sich dieses Wunschdenken in die Synapsenverbindungen. Wasser! Das Meeresrauschen wurde stärker, immer intensiver. Die Vergangenheit schien ihn in sich aufsaugen zu wollen. Nein, es war nicht die Erinnerung, die sein Bewusstsein flutete, sondern die Gegenwart, die Melodie des Waldes.

Tim schlug die Augen auf und lauschte angestrengt. War da nicht ein Plätschern oder Wasserrauschen? Oder war es der Wind, der die Blätter in den Baumkronen aufwirbelte, das Rascheln, das alles übertünchte?

Er sprang auf und spurtete los, über umgestürzte Bäume, den Abhang hinunter. Wasser fand man immer in Senken, er war auf dem richtigen Weg. Das Rauschen wurde lauter. Er rutschte auf einem moosbewachsenen Stein aus, fiel und landete mit dem Hintern auf einer Astspitze.

Er schrie auf, der Schmerz trieb ihm die Tränen in die Augen. Fluchend stand er auf und rieb sich die Stelle. Nicht so schlimm, hoffte er. Er eilte weiter, umsichtiger diesmal, hielt sich an den Stämmen und Ästen fest, es ging steil bergab.

Und jetzt sah er ihn. Den Bach. Er rauschte die Schlucht hinunter, an den Seiten wuchsen Farne und Löwenzahn. Am liebsten hätte er sich niedergekniet und den Mund in den Bachlauf gehalten und gierig getrunken, aber er besann sich auf die Warnung aus dem Buch.

Er joggte ein Stück den Bach entlang, bis er eine flache Stelle am Ufer fand. Er riss sich den Rucksack von den Schultern, kramte das Buch, den Topf und die Flaschen hervor. Er überflog das Kapitel zum Feuermachen. Den Ort auswählen und vorbereiten, das brennbare Material entfernen und bei nassem Boden ein Fundament aus lebendem Holz aufbauen.

Der Boden war bedeckt mit Gräsern und Laub. Er schob das Laub beiseite, bis die Erde darunter zum Vorschein kam. Als Nächstes brauchte er Zunder – Birkenrinde, Kiefernzapfen, aber auch trockenes Farnkraut oder Gräser eigneten sich dafür. Laub war eher zweite Wahl, da es mehr schwelen würde, als Hitze zu liefern. Außerdem benötigte er Anzündhölzer und größeren Brennstoff. Da er den Topf erhitzen wollte, entschied er sich für das Sternfeuer, bei dem vier Holzklötze in der Form eines Kreuzes aneinander platziert wurden. In dessen Mitte sollte das Feuer entfacht werden, worauf ein kleiner Topf Platz hatte.

Tim suchte in der Umgebung nach den Materialien, fand Stöcke und auch dickere Hölzer, doch die Suche nach Zunder gestaltete sich schwieriger. Der umliegende Wald bot ihm Gräser und auch Rinde, wobei diese nicht so trocken war, wie erhofft. Tim brachte alles zu seinem Feuerplatz und holte das Päckchen Taschentücher hervor. Er zerknüllte ein Tuch, legte es mit dem Zündzeug auf die freigekratzte Stelle und entzündete es mit dem Feuerzeug.

Kapitel 5

Oliver kam mit der Tasse dampfendem Kaffee ins Büro.

»Schreibst du den Bericht über die Wohnungsbesichtigung von Eichner?«, fragte Miriam.

Er brummte zustimmend, ließ sich auf den Schreibtischstuhl fallen und lehnte sich nach hinten.

Miriam schluckte. »Was ist heute los mit dir?«

Er starrte lange in den Kaffee. Sie glaubte schon, dass er ihr nicht antworten würde, als er sie endlich ansah. »Ich hatte gestern Streit mit meiner Frau.«

»Das tut mir leid«, sagte sie. »Ging es darum, dass du spät nach Hause gekommen bist?«

Er nickte. »Emilia war wie vermutet schon im Bett.«

»Aber deine Frau muss doch wissen, dass in unserem Beruf –«

»Darum ging es ja. Sie hasst es, dass ich bei der Polizei bin, und liegt mir seit Monaten in den Ohren, dass ich mir einen anderen Job suchen soll.«

»Du könntest die Abteilung wechseln, dich in den Innendienst versetzen lassen.«

Oliver haute mit der flachen Hand auf den Tisch. »Das will ich aber nicht. Ich mag meinen Job.« Er sank in sich zusammen und flüsterte: »Auch wenn es manchmal schwer ist.«

So privat hatte ihr Kollege noch nie mit ihr gesprochen. Sollte sie sich noch weiter vorwagen?

»Schwerer als normal?«, fragte sie vorsichtig.

Oliver starrte wieder in die Tasse, seine Augen wurden trübe. Er seufzte tief. »Ich möchte nicht drüber reden«, sagte er und wandte sich dem PC zu. Vertrauter

Moment adé. Aber sie hatte das Gefühl, irgendwann zu ihm durchdringen zu können. Sie holte die Liste mit den Telefonnummern hervor und wählte als Erstes die Nummer dieser Renate.

»Hallo«, meldete sich eine ältere Frau.

»Kriminalkommissarin Miriam Waltz. Mit wem spreche ich?«

»Polizei? Habe ich etwas verbrochen?«

»Würden Sie mir zuerst Ihren Namen sagen? Dann kann ich Ihnen erklären, worum es geht.«

»Renate Schopenhauer.«

»Vielen Dank, Frau Schopenhauer. Haben Sie einen Moment Zeit? Ich würde Ihnen gerne ein paar Fragen stellen.«

»Was ist passiert?«

»Woher kennen Sie Tim Eichner?«

Stille am Ende der Leitung.

»Sind Sie die Putzfrau von Herrn Eichner?«

Die Frau brachte bloß ein: »Äh«, hervor.

Miriam konnte ihre Verunsicherung spüren. »Falls Sie Bedenken haben sollten, dass ich wegen Schwarzarbeit anrufe, sind Ihre Sorgen unbegründet. Ich ermittle wegen einer anderen Strafsache und werde keine Daten an Kollegen weitergeben.«

»Was für eine Sache?«, fragte Frau Schopenhauer skeptisch.

»Wegen eines Tötungsdelikts.«

Die Frau zog scharf die Luft ein. »Ich habe nichts damit zu tun.«

»Das weiß ich, aber Sie könnten uns sehr behilflich sein, indem Sie uns ein paar Fragen beantworten.«

Die Frau willigte schließlich ein, und Miriam belehrte sie kurz.

»Noch mal. Woher kennen Sie Tim Eichner?«, fuhr sie fort.

»Ich putze jede Woche bei ihm.«

»Wann waren Sie zuletzt in der Wohnung?«

»Gestern.«

»Um wie viel Uhr?«

»Wie immer. Von zehn bis dreizehn Uhr.«

»Kam Ihnen irgendetwas seltsam vor? War etwas anders als sonst?«

»Er hat vergessen, mir das Geld hinzulegen.«

»Und noch etwas?«

»Nein.«

Schade. Wenn jemand Tims Wohnung kannte, dann die Putzfrau.

»Oder doch. Ich habe mich gewundert, dass er den Aktenordner heute nicht mit zur Arbeit genommen hat. Er benutzt immer den gleichen, ein Erbstück seines Großvaters.«

Miriam machte sich eine Notiz und strich sich über die Stirn. Auch wenn sie es nicht wahrhaben wollte, sprachen immer mehr Indizien gegen Tim.

»Und ich hab mich gewundert, dass Herr Eichner bei dem tollen Wetter die Regenjacke angezogen hat.«

Regenjacke und Zahnbürste fehlten. Tim hatte sich eindeutig aus dem Staub gemacht. Die Frage war nur, wohin er gegangen war.

»Können Sie sich vorstellen, wo er untergetaucht sein könnte, wenn er nicht gefunden werden möchte?«

»Nein«, sagte Frau Schopenhauer schockiert. »Was ist überhaupt passiert?«

»Das darf ich Ihnen zu diesem Zeitpunkt nicht sagen.«

»Steckt Herr Eichner in Schwierigkeiten?«

»Auch dazu leider nicht. Aber Sie haben uns sehr weitergeholfen. Könnten Sie in nächster Zeit aufs Präsidium kommen, um die Aussage zu unterschreiben?«

Frau Schopenhauer bestätigte und Miriam beendete das Telefonat. Sie starrte auf die Notizen und strich mit dem Finger über das Wort »Regenjacke«. Was war an jenem Abend nur passiert?

»Und?«, fragte Oliver.

Miriam sah auf. »Die Schlinge um Eichner scheint sich immer mehr zuzuziehen.«

***

Das Taschentuch wurde schwarz und zog sich zusammen. Die Flamme sprang auf ein paar Gräser über. Tim hielt das Feuerzeug an ein Laubblatt und entzündete es ebenfalls. Die Flamme ernährte sich von dem trockenen Blatt und verebbte so schnell wieder, wie sie gekommen war. Das durfte doch nicht wahr sein, er brauchte endlich etwas zu trinken! Er pustete. Jeder Luftstrom brachte ein paar Stellen zum Glimmen. Tim hielt sehr kleine Stöcke an die Glutstellen und blies von Neuem, aber das dünne Geäst fing kein Feuer. Er legte weitere dazu und holte das nächste Taschentuch hervor. Wieder quoll das Feuer kurz an, um dann zu verebben. Tim pustete und pustete, die Augen brannten ihm von dem beißenden Qualm, der ihm entgegenströmte. Aber die Glut erlosch.

Wieso brannte das Holz nicht? Verdammt! Er brauchte mehr Zunder, trockene Gräser, kleinste Stöckchen.

Tim machte sich erneut auf die Suche nach dem richtigen Material und entfernte sich mehrere hundert Meter von seinem auserwählten Feuerplatz. Er sammelte Laub und Gräser in den Hosentaschen und begab sich an einen zweiten Versuch. Der stechende Durst nahm ihm mittlerweile die Konzentration und der Bach plätscherte verführerisch neben ihm her. Jetzt *musste* es funktionieren. Er platzierte den Zunder auf ein Häufchen und stellte die trockenen Stöckchen wie ein Tipi darum herum. Tim zog das dritte Taschentuch aus der Packung und stopfte es in die Mitte.

Den Trick mit dem Papiertuch konnte er nicht jedes Mal machen. Jetzt waren nur noch sieben in dem Päckchen und auch das Feuerzeug würde nicht ewig halten. Er würde lernen müssen, mit den Materialien des Waldes Feuer zu machen. Doch heute war sein erstes Mal und er brauchte endlich das entkeimte Wasser, sonst ging er keine zehn Schritte mehr.

»Bitte, bitte, lass es funktionieren«, flüsterte er und entzündete das Tuch. Die Flamme sprang sofort auf die vielen Gräser und das Laub über und wuchs auf zehn Zentimeter an. Schnell legte er weitere kleine Hölzer darauf. Der Klumpen Zunder entwickelte sich zu einem orangefarbenen zuckenden Feuerball, der die Stöckchen in sich einverleibte. Tim lächelte. Am liebsten hätte er einen Freudensprung gemacht. Doch stattdessen legte er weitere Hölzer hinzu. Sie fingen ebenfalls Feuer. Er hatte es geschafft!

Nun fügte er immer größere Stöcke dazu, bis er dicke Äste für das Sternfeuer daran schob.

Es dauerte eine Weile, bis sie brannten und er sie so weit zusammenschob, dass er den Topf darauf stellen konnte. Er füllte ihn mit Bachwasser und wartete, bis es kochte.

Sobald das Wasser abgekühlt war, trank er den ganzen Topf leer – eineinhalb Liter. Dann wiederholte er die Prozedur dreimal, bis sein Durst gestillt war und seine beiden Flaschen mit trinkbarem Wasser gefüllt waren. Er aß einen Apfel und sein letztes Butterbrot.

Bald musste er sich um neue Vorräte bemühen. Er besaß nur noch die angebrochene Packung Butterkekse, das Studentenfutter, zwei Äpfel und zwei Dosen Tunfisch. Leider enthielt sein Survivalratgeber keinen Hinweis auf essbare Wildpflanzen. So Survival war es dann doch nicht. Sollte er jemals die Gelegenheit bekommen, wieder in ein normales Leben zurückzukehren, und über einen Internetzugang verfügen, würde er dem Autor schreiben, dass sich das Buch bloß für einen Pfadfinderausflug eignete. Aber er würde auch mit diesem stümperhaften Ratgeber im Wald überleben. Er konnte es schaffen!

***

Miriam hatte bei einigen Nummern kein Glück. Unter der Handynummer, die einem Markus zugeordnet war, meldete sich endlich jemand.

»Wulke«, sagte eine männliche Stimme.

»Kriminalkommissarin Miriam Waltz. Haben Sie einen Moment Zeit?«

»Um was geht es?«

»Woher kennen Sie Tim Eichner?«

»Er ist mein bester Freund. Ist ihm etwas zugestoßen?«

Miriam jubelte innerlich. Der beste Freund konnte ihr sicherlich einiges über Tim sagen. Vielleicht hatte er eine Vorstellung davon, wo Tim sich aufhielt. In ihr keimte immer noch ein Fünkchen Hoffnung, dass er nicht der Täter war.

»Nein, ich denke nicht.«

»Was heißt das? Ich versuche schon den ganzen Tag, ihn zu erreichen.«

»Wir auch.«

»Hat er etwas verbrochen?«

»Dazu kann ich im Moment keine Aussage machen. Könnten Sie ins Präsidium kommen, wir hätten ein paar Fragen an Sie?«

Die Bürotür öffnete sich und Lothar trat ein. »Da sind -« Er hielt inne, als er sah, dass sie den Hörer in der Hand hatte. Er beugte sich zu Oliver und fuhr im gedämpften Ton fort. »Die Eltern des Opfers sind da.«

Oliver und Miriam nickten einander zu.

»Wann?«, ertönte Markus' Stimme durchs Telefon.

»Können Sie heute noch Zeit entbehren?«

Sein Atem rauschte in der Ohrmuschel. »Puh, also ich hab gleich noch eine Hausbesichtigung. Frühestens um sechzehn Uhr.«

»Das wäre perfekt.«

Auch Fabio Pausch würde am Nachmittag vorbeikommen, aber dann musste halt einer warten oder sie würden sich aufteilen. Miriam bedankte sich und beendete das Telefonat.

»Also los«, sagte Oliver und stand auf.

Die Eheleute Marks saßen auf einer Bank im Flur. Herr Marks war ein hochgewachsener Mann mit grauen Haaren, Brille und Silberblick. Seine Anzughose hatte er viel zu hoch über das weiße Hemd gezogen. Sein Händedruck war fest und bestimmt.

Frau Marks war fast ebenso groß, trug ein buntes Kleid, das bis zu ihren Knöcheln reichte, Ohrreifen in einem passenden Muster zu den Armringen. Ihre braunen Locken gingen ihr bis zur Hüfte. Sie musste mindestens zehn Jahre jünger sein als ihr Mann. Beide lächelten zur Begrüßung.

Miriam hatte sich die Eltern des Opfers anders vorgestellt. Verschlossener. Sie wirkten überraschend weltoffen und herzlich.

Wo war die Trauerkleidung? Herr Marks trug zwar einen schwarzen Anzug, doch ihr Sommerkleid passte nicht zu einer Trauerstimmung.

Sie führten die beiden in den Vernehmungsraum und Oliver eröffnete das Gespräch, indem er sie belehrte, die Personalausweise verlangte und die Personalien aufnahm. Miriam klappte derweil den Laptop auf und öffnete das entsprechende Dokument. Sie würde die Vernehmung direkt dokumentieren.

»Fühlen Sie sich in der Lage, eine Aussage zu machen?«, fragte ihr Kollege.

Herr Marks nickte und strich über seine Krawatte. »Wir glauben nicht, dass wir Ihnen weiterhelfen können.«

»Warum nicht?«, erkundigte sich Oliver.

»Wir haben seit einem Jahr keinen Kontakt mehr zu unserer Tochter.«

Oliver warf ihr einen Seitenblick zu. Der E-Mail-Verkehr bewies etwas anderes. Vanessas Bitte um das Geld war drei Monate her.

»Wann haben Sie Vanessa das letzte Mal gesehen?«, fragte Oliver.

»Letztes Jahr im August. Sie hat ihre Sachen gepackt und ist abgehauen.«

»Abgehauen? Was meinen Sie damit?«

»Sie hat es mit uns nicht mehr ausgehalten, wie sie meinte, und sich eine eigene Wohnung besorgt.«

»Gab es Streit zwischen Ihnen?«

»Öfter.«

»Jetzt erzähl doch mal, Rudi«, keifte Frau Marks und stieß ihn mit dem Ellenbogen in die Seite. Mit den Händen gestikulierend übernahm sie das Ruder. »Vanessa hatte eine Ausbildung zur Bankkauffrau begonnen, aber nicht eingesehen, etwas zur Haushaltskasse beizusteuern. Sie war notorisch pleite. Ich habe mehrmals versucht, ihr den Umgang mit Geld beizubringen.« Sie schüttelte resigniert den Kopf, wobei ihre Ohrringe in Bewegung kamen. »Aber keine Chance. Das war wie auf Granit beißen. Und das als angehende Bankerin. Eine Schande für meinen Mann, der ihr die Ausbildung bei seinem Arbeitgeber besorgt hat. Da mussten wir durchgreifen.«

»Und dann?«

»Hat sie uns eines Tages am Frühstückstisch mit den Neuigkeiten überrascht, dass sie sich eine Wohnung gemietet hätte. Wenn sie uns Miete zahlen müsste, könnte sie das Geld auch für ihre eigene Bude ausgeben, hat sie uns an den Kopf geworfen.«

»Vanessa schien also einen Freiheitsdrang zu haben.«

»Aber sie kam alleine gar nicht klar!«

Oliver spielte mit dem Kugelschreiber herum. Das machte er, wenn er sich unwohl fühlte. Das hatte sie in den letzten zwei Wochen beobachtet. Schien er anderer Meinung zu sein als Frau Marks? Denn was war so verwerflich daran, eine junge Frau ziehen zu lassen? Damit sahen sich alle Eltern irgendwann konfrontiert.

»War das der Grund, warum Sie sich nicht mehr gesehen haben?«

»Nein«, sagte Herr Marks, doch seine Frau hob die Hand, um ihm Einhalt zu gebieten.

»Sie werden es kaum glauben.« Sie starrte ihnen in die Augen, als würde sie beim Kaffeeklatsch den Freundinnen die neuste unerhörte Nachbarschaftsgeschichte auftischen. Wie redete diese Frau bloß von ihrer Tochter?

»Was denn?«, fragte Oliver weiter.

»Sie hat nicht nur ihre Sachen gepackt, sondern sich auch an meinem Schmuck bedient und ihn verhökert. Echter Goldschmuck von meiner Mutter.«

»Von ihrer Oma also«, schlussfolgerte Oliver.

Frau Marks schüttelte den Kopf. »Nein, ich ...« Sie sah kurz ihren Mann an, um sich dann wieder ihnen zuzuwenden. »Ich bin nicht ihre leibliche Mutter. Rudi und ich haben uns erst vor vier Jahren kennengelernt.« Sie legte ihrem Mann die Hand auf den Unterarm. »Es war Liebe auf dem ersten Blick, nicht wahr, Schatz.«

Miriam war fassungslos. Ihr Mann hatte gerade seine Tochter verloren und sie führte sich auf wie eine Schauspielerin. War die nicht mehr ganz dicht?

Miriam hätte sie am liebsten angeschrien und zurechtgewiesen, doch sie biss sich auf die Zunge, starrte gebannt auf den Bildschirm und tippte die Aussage in den Laptop.

»Wo finden wir Vanessas Mutter?«, erkundigte sich Oliver.

Herr Marks räusperte sich. »Sie ist vor fünf Jahren verstorben.«

»Das tut mir leid«, sagte Oliver. Das musste es sicher nicht. Herr Marks hatte anscheinend schnell Ersatz gefunden. Ob das Vanessa so gut gefallen hatte, war fraglich. War das der wahre Grund gewesen, warum sie ausgezogen war? Aber der Bruch mit ihren Eltern hatte höchstwahrscheinlich nichts mit ihrer Tötung zu tun.

»War Vanessas Diebstahl der Grund, warum der Kontakt abbrach?«, fuhr ihr Kollege fort.

»Natürlich«, entgegnete Frau Marks. »Ich habe von ihr gefordert, dass sie den Schmuck zurückbringt, aber da hatte sie meine geliebten Erbstücke schon zu Geld gemacht. Von da an war sie für mich gestorben.«

Deswegen trug sie also heute kein Schwarz. Für sie schien der Spruch eine unerhörte Ernsthaftigkeit zu besitzen.

»Wir haben E-Mails auf dem Laptop Ihrer Tochter gefunden, die belegen, dass Sie vor drei Monaten mit ihr geschrieben haben. Vanessa hat Sie um Geld gebeten.«

»Das ist richtig«, sagte Herr Marks. »Ich habe ihr klargemacht, dass wir ihr nichts geben würden.«

»Hatten Sie danach noch Kontakt mit ihr?«

Herr Marks sah auf den Tisch und schüttelte den Kopf.

»Können Sie sich vorstellen, wer ein Interesse gehabt haben könnte, Ihre Tochter umzubringen?«

Die Augen des Mannes wurden trübe und wässrig. Wenigstens bei ihm machte sich Traurigkeit bemerkbar. Sie ist verdammt noch mal Ihre Tochter, hätte Miriam am liebsten geschrien.

»Hatte Ihre Tochter finanzielle Schwierigkeiten?«, fragte Oliver.

»Immer«, sagte Frau Marks empört. »Sie war ständig pleite, wie ich schon erwähnte.«

»Wissen Sie, ob Ihre Tochter jemandem Geld schuldete?«

»Nein«, sagte Herr Marks.

»Ich denke, das war's«, sagte Oliver. »Falls wir noch etwas wissen möchten, melden wir uns bei Ihnen.«

Miriam druckte das Vernehmungsprotokoll aus und ließ es von beiden unterschreiben. Als die Eheleute Marks den Raum verlassen hatten, lehnte sie sich im Stuhl zurück, atmete tief ein und fuhr sich durch die Haare. »Puh, so eine Stiefmutter kann einem echt das Leben schwermachen.«

»Was hältst du von ihr? Könnte sie ihre Stieftochter auf dem Gewissen haben?« Oliver verschränkte die Arme auf dem Tisch.

»Nein, ich glaube nicht, dass sie so weit gehen würde. Aber wir sollten sie im Hinterkopf behalten.« Traurig, dass sie es überhaupt in Erwägung ziehen mussten, aber die meisten Morde begingen nun mal Angehörige oder Bekannte.

Sie bekamen gleichzeitig eine SMS auf ihre Diensthandys. Oliver zog seins aus der Hemdtasche. Er trug heute ebenfalls ein bunt kariertes Hemd, ganz im Stil des Chefs.

»Und?«, fragte Miriam und schielte mit aufs Display. »Eine Streife hat Eichners Auto gefunden.«

***

Tim stapfte über Wurzeln und Äste, Sträuchern und tief hängenden Zweigen ausweichend, hielt inne und stützte sich an einem Baum ab. Auf der Wildwiese inmitten des Waldes mit hohen Gräsern und Blumen grasten ein Reh und ihr Kleines. Er ließ sich nieder, strich sich über die schweißfeuchte Stirn und beobachtete die Tiere. Die Mutter hob alarmiert den Kopf und blickte sich um, kaute dabei weiter. Tim blieb regungslos sitzen und hielt die Luft an. Hatte sie ihn gewittert? Sie senkte den Kopf, um weiterzufressen. Vorsichtig, um nicht zu viele Geräusche zu verursachen, holte Tim die Vorräte aus dem Rucksack und breitete sie vor sich aus. Er hätte schon wieder essen können, doch er zwang sich, den Proviant aufzuheben. Er besaß nur noch zwei Äpfel, fünfzehn Butterkekse, eine Packung Studentenfutter und zwei Dosen Thunfisch. Die Vorräte würden ihn heute noch versorgen. Und dann?

Die Ricke putzte mittlerweile das Köpfchen des Rehkitzes. Es sah aus, als würde sie das Kleine mit tausend Küssen überhäufen.

Eine erfrischende Brise kühlte Tims Gesicht. Er strich über die Rinde des Stamms, die bei der geringsten Berührung abblätterte. Der Baum wirkte fest und stabil, doch schien er außen verletzlich zu sein. So verletzlich wie er?

Welche Nahrung könnte ihm der Wald bieten?

Tim kramte in seinem Gedächtnis nach essbaren Wildpflanzen, die er kannte. Himbeeren und Brombeeren, wobei die Beeren noch nicht reif sein würden. Auch Bucheckern gab es erst im Herbst. Brennnessel und Löwenzahn. Seine Oma hatte früher die Löwenzahnblätter in den Salat gegeben, als er zu viel für die Kaninchen gesammelt hatte. Nicole hatte sich beschwert, sie seien ihr zu bitter. Wie hießen die beiden gescheckten Karnickel noch? Das Schwarze mit den weißen Flecken war der Liebling seiner Schwester. Der Name begann mit »B«. Blacky, Bruno, Berni? Nein. Es war … Er lag ihm auf der Zunge, aber er kam nicht drauf.

Doch, Bunny! Nicole hatte ihn Bunny genannt, obwohl ihr Großvater schallend gelacht hatte, als er es das erste Mal gehört hatte. Und das andere war braunweiß und ein Weibchen gewesen. Das hatte er sich geschnappt, als Nicole mit Bunny gespielt hatte. Tim hatte es auf den Arm genommen und seine Finger in dem kuschelweichen Fell vergraben. Er hatte dabei den Namen geflüstert – immer und immer wieder. In das Ohr des unschuldigen Wesens. Aber wie war nur dieser verdammte Name?

Könnte er doch nur Nicole fragen und zurück in diese Zeit reisen. Wenn er noch mal von vorne anfangen könnte. Er würde nicht den gleichen Fehler begehen. Er würde kein Verhältnis mit Vanessa beginnen, geschweige denn zu ihr in die Wohnung gehen, um sich den Schwangerschaftstest zeigen zu lassen.

Wieder blitzte das Bild der Leiche vor seinem inneren Auge auf. Dieser schreckliche Anblick. Das Blut, das Messer, der Geruch des Todes.

Er presste die Finger an die Stirn, Tränen schossen ihm in die Augen. Scheiße verdammt. Er hatte einen Menschen und ein Ungeborenes auf dem Gewissen und damit sein eigenes Leben zerstört. Seine Nackenhaare stellten sich auf. Er hatte noch nie die Hand gegenüber einer Frau erhoben. Auch nicht bei Svenja – und sie hätte einen Schlag ins Gesicht verdient gehabt, aber Frauen schlug man nicht.

Einem Kerl hatte er mal die Nase gebrochen, als er mit Nicole in einer Kneipe gewesen war. Es lief irgendwelche Musik aus den Achtzigern, es war düster, an der Decke hing im Sommer immer noch die Karnevaldeko. Sie hatten sich ein Schälchen Erdnüsse geteilt und jeder sein Bier getrunken. Wenn Tim sich recht erinnerte, hatte Nicole Marius noch nicht kennengelernt und sie hatten über ihren letzten Freund gelästert, der per SMS mit ihr Schluss gemacht und nicht die Eier in der Hose für eine Konfrontation gehabt hatte. Sie hatte lamentiert, dass sie als alte Jungfer sterben würde. Tim hatte sie aufgemuntert und war zur Theke gegangen, um neue Getränke zu holen. Ob er neues Bier oder etwas Stärkeres bestellt hatte, das wusste er nicht mehr.

Er hatte ein Grölen vernommen, dem er keine Beachtung geschenkt hatte. Als er sich mit den Getränken umdrehte und zu Nicole zurückwollte, stockte er einen Sekundenbruchteil. Zwei Typen mit Baggypants und Baseballkappen belagerten seine Schwester. Der eine legte den Arm um sie, sie wich zurück, der Schrecken in ihrem Gesicht.

Tim stellte die Gläser auf einem fremden Tisch ab und eilte zu ihr. Und dann passierte es: Der Typ neben ihr grabschte ihr unters Shirt.

Mit ein paar großen Schritten war Tim dort und schlug dem Kerl mit voller Kraft ins Gesicht. Es knackte, wie wenn ein Ast bricht. Der Typ stöhnte auf und wurde nach hinten geschleudert, Blut spritzte aus der Nase auf sein weißes Shirt. Der andere war vor Schreck ebenfalls außer Gefecht gesetzt. Tim zog seine überraschte Schwester vom Stuhl und aus der Kneipe. Der Blutende stolperte hinter ihnen aus der Tür. »Ich zeig dich an«, keifte er.

»Und dir droht eine Klage wegen sexueller Belästigung«, konterte Tim, während er Nicole weiterzog. Die Typen verfolgten sie zum Glück nicht.

Nicole sah ihn flehend an. »Das machen wir doch nicht wirklich!«

Er schüttelte den Kopf und zog sie an sich. »Bist du okay?«

»Gut, dass du da warst.«

Auch er war froh und hoffte, sie immer beschützen zu können. Sie lehnte den Kopf an seine Schulter.

Wenn er an den Kerl dachte, kochte wieder Wut in ihm hoch.

Was hatte ihn bei Vanessa so wütend werden lassen, dass er zu einem Messer gegriffen hatte?

Ein Rascheln hinter ihm holte ihn aus den Gedanken. Auch das Reh auf der Wiese schaute alarmiert in seine Richtung, die Ohren aufgestellt, weder kauend, noch sich irgendwie regend. Tim sah hinter sich und erschrak. Er erblickte ein Wildschwein, keine zwanzig Meter entfernt. Es grunzte angriffslustig, visierte ihn an. Hinter sich fünf Frischlinge. Aus dem Augenwinkel sah er, wie das Reh mit dem Kitz zwischen Sträuchern und Bäumen verschwand.

Tims Hände verkrampften sich. Was sollte man noch mal tun, wenn man Wildschweinen begegnete?

Kapitel 6

Miriam kannte Tims Auto, aber es war etwas anderes, es hier auf dem Park-and-Ride Parkplatz zu sehen. Der blaue Mustang passte zu Tim. Sie hatte sich vor Kurzem noch vorgestellt, bald mit ihm durch die Straßen zu düsen, mit geöffneten Fenstern, der Fahrtwind in ihren Haaren. Wo war diese Hoffnung geblieben?

Zwei Kriminaltechniker durchsuchten den Wagen. Oliver und Miriam traten ans Auto heran.

»Und, gibt es irgendetwas Bemerkenswertes?«

Der Kriminaltechniker im weißen Overall kam aus dem Innenraum hervor und wischte sich mit dem Ärmel den Schweiß von der Stirn. »Dreck und Erde im Fußraum, ein Autoatlas von Großbritannien und eine Packung Kondome im Handschuhfach, falls das interessant sein sollte. Alles Weitere wird die Analyse ergeben.«

»Großbritannien«, murmelte Oliver.

»Er wird doch nicht so dumm sein und uns den Hinweis frei Haus liefern«, sagte Miriam und sah sich um. Es gab mehrere S-Bahn-Station und Bushaltestellen in der Nähe, für die der Parkplatz angelegt war. Sie studierten die Fahrpläne. Von hier aus kam man in diverse Stadtteile und in die Nachbarstädte Neuss und Erkrath.

»Wo ist er hingefahren?«, sinnierte ihr Kollege.

»Wer weiß, ob er überhaupt mit öffentlichen Verkehrsmitteln weitergefahren ist.«

»Warum sollte er sonst hier geparkt haben?« Sie wischte sich eine schweißfeuchte Strähne aus dem Gesicht.

Die Sonne brannte unbarmherzig vom Himmel. *Jetzt im Freibad liegen und ein kühles Eis genießen.* Miriam verscheuchte den Gedanken ebenso schnell, wie er gekommen war.

»Was würdest du tun?«, fragte er.

Miriam sah zu, wie eine Bahn einfuhr. Die Passagiere erhoben sich von den Bänken und drängten sich an den Türen zusammen. Als diese sich öffneten, sprang ein Sportler mit einem eingeklappten Fahrrad heraus und baute es auf den Bahnsteig auseinander. Nach ein paar Handgriffen saß er auf dem Rad und fuhr davon. Zwei junge Frauen kamen angerannt und schafften es gerade noch, einzusteigen. Als die Bahn wieder anfuhr, wehte Miriam für einen Moment ein angenehmer Fahrtwind entgegen. »Angenommen er hat Frau Marks getötet, wird er sich aus dem Staub gemacht haben. Er muss irgendwo untertauchen. Ich würde die Stadt verlassen, also mit der U-Bahn zum Bahnhof fahren und von dort aus in die Ferne.«

»Ich denke auch, dass er zum Bahnhof gefahren ist.« Oliver sah auf seine Fortuna-Armbanduhr. Dass er kaum ein Spiel seiner Lieblingsmannschaft verpasste, hatte sie schon mitbekommen. »Ich hab Hunger. Gehen wir was essen?«

»Gerne. Was schwebt dir vor?«

»Hast du Lust auf Burger?«

»Kein Fastfood bitte.«

Er schüttelte den Kopf und hatte sogar ein Lächeln für sie übrig. »Nein, besser!«

Oliver lotste sie zu einem Burgerladen im amerikanischen Stil. Laute Hiphop-Musik empfing sie, die Einrichtung war spartanisch, aber funktional. Sie mussten an der Theke bestellen und konnten die Burger mit verschiedenen Toppings versehen.

Miriam wählte das Lunch-Menü mit Hamburger, Pommes und hausgemachter Limonade mit Himbeergeschmack. Oliver bestellte einen Cheeseburger mit Onion Rings und Beef-Salami, dazu Süßkartoffelpommes. Sie setzten sich in den hinteren Teil des Lokals, dort waren alle Tische frei. Miriam begutachtete die vielen Porträtbilder an der Wand, erkannte berühmte Persönlichkeiten wie Obama, Che Guevara, Franklin und eine Schauspielerin, deren Namen ihr nicht einfiel.

»Wir müssen uns die Videoaufnahmen vom Bahnhof ansehen«, sagte Oliver.

Miriam nickte. »Schreib doch schon mal Wanniger wegen der Anordnung. Diese großen Daten wird uns keiner schicken, da müssen wir wohl selbst zur Deutschen Bahn.«

Er zückte sein Handy und tippte etwas.

»Wir sollten uns jedoch nicht auf Eichner versteiften«, gab Miriam zu bedenken. »Heute kommt der Pausch und den Volkmann müssen wir auch noch sprechen.«

Oliver ließ das Smartphone zurück in die Brusttasche fallen. »Glaubst du wirklich, es könnte ein anderer gewesen sein?«

Nein, sie glaubte es nicht und hoffte es insgeheim. »Wir müssen die Fakten sammeln, es spielt keine Rolle, was ich glaube.«

»Eichner ist flüchtig, hatte zuletzt Kontakt mit dem Opfer. Was willst du mehr?« Oliver verschränkte die Arme vor der Brust.

»Ich weiß«, sagte Miriam und starrte auf das Bild eines Menschen mit einer Wollmütze auf dem Kopf und einem Tuch bis zur Nase hochgezogen, so dass man nur die Augen sehen konnte. Wer hatte für dieses Bild Modell gestanden und was hatte er zu verbergen? War er auch jemand auf der Flucht?

Ihre Nummer erschien auf dem Bildschirm und Oliver holte ihr Essen. Der Burger schmeckte köstlich. Sie durfte bei ihrem Kollegen die Süßkartoffelpommes probieren. Miriam war skeptisch gewesen, doch sie musste zugeben, dass sie eine gute Abwechslung zu den normalen Pommes boten. War jetzt der richtige Moment gekommen, Oliver nach seinem Partner zu fragen? Sie biss in den Burger und legte sich die Worte im Kopf zusammen.

»Ich wollte dich noch was fragen«, sagte sie.

»Was denn?«, fragte ihr Kollege schmatzend und schob sich ein paar Sticks in den Mund. »Also?«

»Dein alter Partner.«

Sein Blick verdüsterte sich schlagartig. War es falsch gewesen, das Thema in diesem Moment anzusprechen? Jetzt war es raus und sie konnte keinen Rückzieher mehr machen.

»Ich weiß, wie es ist, einen geliebten Menschen zu verlieren, dass es belastend ist«, gestand sie.

»Das ist es«, sagte er trotzig und steckte sich einen Kartoffelstick in den Mund.

»Wenn ich dich irgendwie unterstützen kann, dann ...«

Er nickte und atmete tief durch. »Also gut. Es ist sowieso an der Zeit, dass du es erfährst. Helmut, er war ...«

In dem Augenblick klingelte ihr Diensthandy. *So ein Mist. Der ungünstigste Zeitpunkt.* Sie legte den Burger ab, befreite ihre Finger mit der Serviette vom Fett und hob ab. Es war ihr Chef. »Wo bleibt ihr?«

»Pause!«, entgegnete sie und hoffte, dass der gereizte Ton bei ihrem Chef nicht ankam.

»Der Zeuge Markus Wulke ist vor zehn Minuten eingetroffen.«

Sie verabschiedete sich, legte auf und steckte ihr Handy ein.

»Was ist?«, erkundigte sich Oliver.

»Kann man sich das Essen hier einpacken lassen?«

***

Tims Herz raste, er spürte das Pochen hinter den Schläfen. Die Wildsau grunzte, woraufhin die Frischlinge quietschten und sich hinter der Mutter versteckten. *Meine Güte, waren diese Viecher riesig. War er in ihr Revier eingedrungen?* Er sah sich um. Die Erde war überall aufgewühlt. *Wieso war ihm das nicht früher aufgefallen?* Er war so gebannt von dem Reh und dem Kleinen gewesen und hatte keinen Gedanken an mögliche Gefahren durch Tiere verschwendet. *Kein Wunder, hieß es doch, dass Wildschweine Menschen nur äußerst selten angriffen.* Und in Kindertagen hatte Opa ihnen mal erzählt, dass sie auf einen Baum klettern sollten, wenn sie einem im Wald begegneten. Aber Tim war sich nicht sicher, ob sein Opa das ernst gemeint hatte – oder ob er es nur deshalb empfohlen hatte, weil Tim so gern auf Bäumen rumgeklettert war.

Das Schwein gab erneut ein tiefes Grunzen von sich und kam zwei Schritte näher. Ohne das Tier aus dem Auge zu lassen, griff er nach den Vorräten und stopfte sie zügig, aber ohne hektische Bewegungen in den Rucksack. Vielleicht sollte er seine Sachen einfach hier lassen. Nur was, wenn er die Stelle nicht wiederfand oder das Wildschwein und seine Brut sich nicht von hier entfernten? Nein. Er schulterte den Rucksack auf einer Seite, schlich rückwärts und trat auf die Lichtung.

Hoffentlich flog in dem Moment kein Hubschrauber der Polizei über ihn. Aber warum sollten sie genau jetzt hier sein? Und das Rotorenrattern würde er hören. Nur die üblichen Geräusche des Waldes drangen an seine Ohren. Vogelgezwitscher, das Rauschen der Blätter, ein Rascheln im Unterholz und das leise Quieken der Frischlinge.

Schritt für Schritt wich er zurück, bis er sich mitten auf der Wildwiese befand. Die Sau war ihm bis zur Baumgrenze gefolgt und beobachtete ihn misstrauisch. Hier würde er nicht auf einen Baum klettern können. Hoffentlich ließ ihn das Tier ziehen.

Irgendwann hatte er die gegenüberliegenden Fichten erreicht. Er drehte sich um und lief, sich immer wieder umblickend, ob das Schwein ihm folgte, aber dem war nicht so. Er hatte sich außer Gefahr gebracht, blieb kurz stehen, um wieder zu Atem zu kommen.

Tim ging weiter Richtung Osten, fand trockene Gräser und tote Äste, die er in einer Tüte sammelte. Für das nächste Feuer. Diesmal würde er besser vorbereitet sein. Er überquerte ungesehen eine Straße und einen Wanderweg und gelangte an einen See. Dort nutze er die Gelegenheit, entfachte ein Feuer, kochte Wasser ab, trank ausreichend und füllte die Flaschen auf. Diesmal ging es einfacher und er benötigte kein Taschentuch, um die Flammen zu erhalten. Nur das Feuerzeug war die Schwachstelle. Er hielt es gegen die Sonne. Es war nicht mal mehr halbvoll. Wie lange hielt so ein Ding? Bisher hatte er sich nie darüber Gedanken machen müssen, er rauchte ja nicht. Irgendwann würde er ein Neues brauchen oder er musste lernen, ohne moderne Hilfsmittel Feuer zu machen. Holz auf Holz reiben. Auch darüber stand nichts in dem Ratgeber. Der empfahl einen Feuerstahl und eine Messerklinge, wobei durch das darüber Schaben des Messers Funken erzeugt würden. Guter Tipp. Leider für ihn zu spät.

Er verspürte erneut Hunger. Auch wenn es unvernünftig war, aß er bis auf eine halbe Packung Studentenfutter und zwei Butterkekse, seine ganzen Vorräte auf. Seine Notration. Falls ihm der Kreislauf absackte oder der Kohldampf ihn in den Wahnsinn trieb. Er musste sich unbedingt neue Vorräte verschaffen.

Tim hielt auf dem weiteren Weg nach Pflanzen Ausschau, fand Brombeersträucher mit unreifen Früchten und ein paar Brennnesseln. Aber er war noch nicht so weit, dass er dieses Gestrüpp essen wollte. Ihm würde schon etwas einfallen. Wie lange konnte ein Mensch ohne Essen überleben? Bei der nächsten Rast fand er einen Hinweis im Buch. Das hing von der körperlichen Verfassung ab und konnte von ein paar Tagen bis zu mehreren Wochen dauern. Aber er musste laufen, sein Körper benötigte jeden Tag viel Energie. Wenn er dem Magen keine Kalorien zuführte, würde er gezwungen sein, an Ort und Stelle zu bleiben. Das konnte er sich nicht leisten.

Die Polizei würde seine Spur aufnehmen und ihm nachjagen. Wer wusste schon, wie weit sie waren.

***

Sie nahmen Markus Wulke mit ins Vernehmungszimmer. Miriam schob Oliver den Laptop hin und legte die Arme auf den Tisch. Sie hatten abgesprochen, dass sie diesmal die Rollen tauschten. Sie schloss kurz die Augen und konzentrierte sich. Zeugenbefragung, Routine. Dem Täter eine Spur näher kommen. Sie wollte sich vor ihrem Kollegen beweisen und zeigen, dass sie eine vertrauenswürdige Partnerin sein konnte.

Sie sah den Zeugen an. Seine stahlblauen und eindringlichen Augen fokussierten sie. Die Muskeln zeichneten sich unter dem gestreiften Shirt ab, er hatte beinahe eine Glatze, die wenigen Haare bis auf einige Millimeter abrasiert. Ein schelmisches Lächeln auf dem Gesicht.

»Also, was ist mit Tim?«, fragte er.

Ein sympathischer Kerl, so wie Tim. Sie sah kurz auf die Akte vor sich. *Konzentrier dich!*

Sie ließ sich von ihm den Ausweis zeigen und notierte sich die Personalien. »In welcher Beziehung stehen Sie zu Tim Eichner?«

»Wir sind Freunde.«

»Wann und wo haben Sie sich kennengelernt?«

»An der Uni. Wir haben zusammen Jura studiert. Ich hab schnell gemerkt, dass das nichts für mich ist. Jetzt bin ich Immobilienmakler.«

»Wir befragen Sie als Zeuge im Tötungsdelikt von Vanessa Marks.«

»Tötungsdelikt?«, fragte Herr Wulke besorgt und sah ihnen abwechselnd in die Augen. »Was soll das heißen?«

Miriam fuhr unbeirrt fort. »Sie müssen keine Angaben zur Sache machen, wenn Sie mit einem Betroffenen verwandt oder verschwägert sind. Weiterhin können Sie die Antwort auf solche Fragen verweigern, deren Beantwortung Sie selbst oder einen nahen Angehörigen in die Gefahr bringen würde, wegen einer Straftat oder Ordnungswidrigkeit verfolgt zu werden. Wenn Sie Angaben zur Sache machen können, müssen Sie die Wahrheit sagen, ansonsten machen Sie sich strafbar. Haben Sie das verstanden?«

Der Zeuge rieb nervös die Hände aneinander. »Das habe ich. Was ist passiert?«

»Tim Eichner ist ein wichtiger Zeuge in dem Tötungsdelikt, weil er das Opfer kurz vor ihrem Tod kontaktiert hat.«

»Verdächtigen Sie ihn?«, fragte er empört und breitete die Arme aus.

»Dazu kann ich Ihnen zu diesem Zeitpunkt keine Auskunft geben.«

»Was? Sie bestellen mich hierher, ich soll gegen meinen Freund aussagen?«

»Sie sagen nicht gegen ihn –«

»Und wie nennen Sie das sonst?«

Das lief nicht wie geplant. »Wir müssen Tim Eichner finden, um ihm ein paar Fragen zu stellen, und wir hoffen, dass Sie uns bei der Suche behilflich sein können.«

»Damit Sie ihn des Mordes anklagen, obwohl er es nicht war?«

»Wieso kann er es nicht gewesen sein?«

»Hach, Sie verdächtigen ihn also!« Er lehnte sich mit verschränkten Armen im Stuhl zurück.

Miriam gab ihm Zeit, sich ein wenig zu beruhigen.

Er starrte sie an. »Was ist passiert?«

»Sie wurde erstochen.«

Er sah sie mit großen Augen an. »Was?«

»Kennen Sie Vanessa Marks?«, fuhr sie fort.

»Tim hat mir von ihr erzählt.«

»Was genau?«

Er sah auf die Tischplatte und strich mit den Händen darüber. »Das wollen Sie nicht wissen.«

»Doch, das wollen wir.«

»Männergespräche.«

»Bitte seien Sie offen zu uns«, mischte sich Oliver ein. Herr Wulke sah ihm einen Moment starr in die Augen, dann räusperte er sich.

»Er hat von ihr geschwärmt. Letzten Mittwoch, als wir uns auf ein Bier getroffen und das Champions-League-Spiel München gegen Monaco gesehen haben.«

»Was genau hat er gesagt?«, fragte Miriam, obwohl sie es eigentlich nicht hören wollte.

Herr Wulke schürzte die Lippen. »Er sagte, sie sei eine Bombe im Bett, sie wüsste wie … sie einem Mann Freuden bereiten könnte. Die ganze Nacht hätten sie es getrieben. Aber sie sei viel zu jung. Noch ein Kind. Er hatte sie abgehakt.«

Miriam schluckte. Alles, was sie über Tim Eichner in Erfahrung brachte, sollte ihr klarmachen, dass er kein Mann für sie war. Aber das warme Gefühl in ihrer Brust ließ sich von rationalen Erkenntnissen nicht vertreiben. Es war ein Gespräch unter Männern gewesen, vielleicht hatte sich Tim nur seinem Freund gegenüber aufspielen wollen.

»Was hat er noch von Vanessa Marks erzählt?«

»Dass er sie beim Bäcker angequatscht hat.«

»Wissen Sie, was sie beruflich gemacht hat?«

»Sie war noch in der Ausbildung. Was genau ...« Er zuckte mit den Schultern.

Natürlich hatte er sich eher für die Sexgeschichten interessiert. »Würden Sie Tim Eichner zutrauen, einen Menschen zu töten?«

»Sie wollen ihm also doch einen Mord anhängen!«

»Wir wollen ihm nichts anhängen. Ich bitte Sie, einfach die Frage zu beantworten.«

Herr Wulke strich sich über den Kopf. »Niemals! Er liebt Frauen über alles, auch wenn er sich nie an eine binden kann.«

Wieso konnte sich Tim nicht auf längerfristige Beziehungen einlassen? War es das, wovor sie die Basketballkollegin warnen wollte? »Möglicherweise ist er ihrer überdrüssig geworden«, sagte Miriam und hasste sich für diese Aussage.

Der Zeuge schüttelte heftig den Kopf. »Dazu muss er sie nicht umbringen. Es ist ihm egal, was Frauen über ihn denken, und er macht ihnen von Anfang an klar, worum es geht. Eine kurze Affäre. Er ist kein Beziehungstyp.«

»Gibt es dafür einen Grund?«

Herr Wulke breitete empört die Arme aus. »Sie wollen, dass ich sein Privatleben vor Ihnen ausbreite?«

»Wir möchten, dass Sie uns helfen.«

»Wenn Sie ihn gefunden haben, können Sie ihn das selber fragen. Ich glaube nicht, dass ich das Recht dazu habe.«

»Also gut. Könnte es sein, dass sie ihn erpresst hat?«, fuhr Miriam fort.

»Erpresst? Womit denn?«

Da gab es etwas, doch die SMS mit der Nachricht, dass Vanessa schwanger war, behielt sie für sich. »Sagen Sie es mir! Sie kennen ihn besser als wir.«

»Nein! Niemals. Er war es nicht.«

»Wissen Sie, wo sich Ihr Freund aufhält?«

Wulke schüttelte den Kopf.

»Hat er Sie in den letzten vierundzwanzig Stunden kontaktiert?«

»Ich habe Ihnen doch gesagt, dass ich selbst versucht habe, ihn zu erreichen.«

»Haben Sie eine Ahnung, wo er sein könnte? Entfernte Verwandte, ein Haus am Meer, Lieblingsorte?«

Herr Wulke atmete tief durch, seine Nasenlöcher blähten sich. »Ich. Habe. Keine. Ahnung.« Seine Augen blitzten wütend auf.

Miriam sah auf die Akte, in der die Fotos des Opfers waren. Sollte sie Herrn Wulke die zeigen? Vielleicht würde er dann nicht so vehement seinen Freund verteidigen. Aber was nützte es? Sie glaubte ihm, dass er nicht wusste, wo Tim sich versteckte. Sie musste ihre Strategie ändern.

»Was können Sie uns noch über Tim Eichner erzählen? Was ist er für ein Typ? Was macht er? Wie lebt er?«

Der Zeuge schluckte. »Er ist witzig, gesellig, ein Lebemensch. Er steht auf Frauen, würde ihnen niemals Gewalt antun.«

Er unterstrich den Satz mit einer entschiedenen Handbewegung. »Er hat Erfolg im Beruf, leitet eine Anwaltskanzlei, ist ein angesehener Strafverteidiger. Nur seinen Eltern kann er es nie recht machen. Er ist großzügig und gutmütig. Er ist der beste Freund, den ich kenne.«

Eindringlich sah er sie an. Er meinte es ehrlich.

»Das Verhältnis zu den Eltern ist also angespannt?«

»Mehr als das. Er sieht sie nur zu Geburtstagen und den Feiertagen.«

»Was ist da vorgefallen?«

»Sagen wir es mal so, der Vater ist recht schwierig.«

Sie würde den Vater bestimmt bald kennenlernen. »Ist Tim schon einmal gewalttätig geworden?« So ein Mist, sie hatte nur den Vornamen genannt. Sie musste umsichtiger vorgehen.

»Nicht, dass ich wüsste.«

Sie stellte noch Fragen zu Tims Privatleben, doch Herr Wulke weigerte sich, weitere Auskünfte zu geben. Also beendete sie die Vernehmung und Oliver ließ den Zeugen die Aussage unterschreiben.

»Und, was denkst du?«, fragte Oliver, als Markus Wulke den Raum verlassen hatte.

Sie sah ihren Kollegen an. Ihr Kopf sagte etwas anderes als ihr Herz. »Wir müssen Tim Eichner finden.«

***

Miriam versuchte zum dritten Mal, Fabio Pausch zu erreichen, doch es ertönte bloß das Freizeichen. Sie legte auf und schüttelte den Kopf. »Nichts.«

Oliver sah entnervt auf die Armbanduhr. »Meine Frau bringt mich um, wenn es heute wieder so spät wird.«

Es war mittlerweile siebzehn Uhr. So lange konnte der Unterricht des Zeugens nicht gehen. Miriam suchte im Internet nach dem Berufskolleg, das die angehenden Bankkaufleute unterrichtete, und rief im Sekretariat an. Es nahm keiner mehr ab. Von solchen Arbeitszeiten konnten sie nur träumen!

Miriam gab »Fabio Pausch« bei Google ein, und nach zwei Klicks hatte sie seine Adresse gefunden. »Komm, wir statten Herrn Pausch einen Besuch ab.«

Oliver sah sie mit großen Augen an. »Jetzt?«

»Wenn er nicht zu uns kommt, gehen wir zu ihm. Vielleicht hat er etwas zu verbergen. Und wenn wir uns beeilen, kannst du deine Tochter heute ins Bett bringen.«

»Überredet«, sagte er und erhob sich ebenfalls.

Herr Pausch wohnte in einem modernen Reihenmittelhaus in Meerbusch. Die Fenster waren verschiedengroß und die Fassade in Vierecken in Grau und Weiß gestrichen. Auf dem Flachdach waren Solarplatten installiert. Als sie zum Haus gingen, kam ihnen ein Jugendlicher auf einem verdreckten Mountainbike entgegen, der sie skeptisch beäugte.

»Du oder ich?«, fragte Oliver, als er den Klingelknopf betätigte. Die Haustür, die Steinplatten, alles wirkte neu, hatte kaum Gebrauchsspuren.

»Übernimm du. Ich werde mir die Wohnung genauer ansehen«, sagte Miriam.

Die Tür öffnete sich und ein Mann um die vierzig in Jogginganzug erschien.

Er hatte schwarze Haare, buschige Brauen und einen Bart am Kinn und über dem Mund. Er lächelte sie erwartungsvoll an, in den dunkelbraunen Augen lag eine kleine Irritation.

»Fabio Pausch?«, erkundigte sich ihr Kollege.

»Ja, genau.« Er hielt den Oberkörper nach vorn gebeugt, die Tür mit einer Hand hinter sich zuhaltend, als wolle er sie abwimmeln und gleich wieder rein.

»Kriminalpolizei. Wir haben Sie auf dem Präsidium vermisst.«

»Ach ja.« Herr Pausch schlug sich an die Stirn. »Das hab ich ganz vergessen.«

»Wir haben ein paar Fragen an Sie. Könnten wir reinkommen?«

Herr Pausch sah kurz über die Schulter und öffnete die Tür komplett. »Natürlich!«

Auf der linken Seite lag die modern eingerichtete Küche. Es roch köstlich nach Pizza. »Meine Frau ist am Kochen«, kommentierte er.

Als seine Frau den Besuch bemerkte, schwankte sie ihnen entgegen und gab ihnen lächelnd die Hand. Sie war hochschwanger.

»Hallo«, sagte sie mit einem Akzent, den Miriam auf die Schnelle nicht zuordnen konnte. Sie musterte sie verstohlen: dunkle Haut, kurze schwarze Haare, Hängeohrringe aus braunen Perlen und Ringen – insgesamt eine hübsche Erscheinung.

Herr Pausch führte Miriam und Oliver ins Wohnzimmer und ließ sie auf dem Sofa Platz nehmen. Die Einrichtung wirkte neu, doch überall lagen Dinge herum. Auf dem Sessel Zeitschriften, ein Buch über Babys, auf den Schränken Handys, Geldbörse, Fotoapparat,

Taschentücher, Zettel, Zigaretten. Zwischen drin kleine Tiere aus Holz: Elefanten, Tiger, Affen. Über dem Sofa ein Panoramabild einer afrikanischen Savanne mit einem einzigen Baum und einer Giraffenfamilie darunter.

»Darf ich Ihnen was zu trinken anbieten? Einen Kaffee, Bier oder eine grüne Limonade mit Vanillegeschmack – eine Spezialität meiner Frau.«

Wo waren sie hier gelandet? In einem erstklassigen Café?

»Nichts, danke.«

»Ich hoffe, es stört Sie nicht, wenn ich etwas trinke?«

Bevor sie antworten konnten, war er aus dem Raum verschwunden. In der Ecke befand sich ein Katzenkratzbaum mit einer Leiter, vielen Rückzugsmöglichkeiten und einer Hängematte. Das Band einer Stange war aufgekratzt und zerfetzt.

Die Fotos an der Wand zeigten Frau Pausch mit mehreren dunkelhäutigen Frauen, auf manchen war auch Herr Pausch abgebildet. In einem Rahmen ein Dokument der Cambridge-Universität. Miriam schaute es sich von Nahem an: Lucy Beecroft hatte vor zehn Jahren einen Abschluss in International Business Communication absolviert.

Als Herr Pausch mit einem Glas Limonade zurückkam, setzten sie sich. Er lächelte sie freudestrahlend an – anscheinend hatte er noch nicht mitbekommen, dass seiner Schülerin etwas zugestoßen war. »Was kann ich für Sie tun?«

Oliver erklärte, dass die Aussage später auf dem Präsidium schriftlich fixiert werden musste.

»Ich komme, sobald ich Zeit finde.«

Auf der Terrasse stapelten sich leere Blumentöpfe; die billigen weißen Plastikstühle wirkten deplatziert. Dahinter eine erdige Fläche, in einer Ecke steckten Spaten und Grabegabel. Im Garten wartete noch viel Arbeit auf die bald werdenden Eltern.

»Morgen!«, sagte ihr Kollege mit Nachdruck.

»Meine Bankfachleute schreiben morgen eine Klausur. Ich werde an dem Tag direkt mit den Korrekturen anfangen.«

»Sie werden sich die Zeit nehmen müssen.«

In einem Fotorahmen auf dem Regal sah man eine Gruppe von Menschen. Ein Klassenfoto von ihm mit seinen Schülern?

Fabio Pausch nahm einen Schluck von der Limonade. »Sie sind doch jetzt hier. Könnten wir uns beeilen? Das Abendessen ist gleich fertig.«

Oliver holte Notizblock und Kuli hervor. »Sie wissen, dass es um Ihre Schülerin Vanessa Marks geht?

»Das hat man mir am Telefon mitgeteilt.«

»Wissen Sie, was passiert ist?«

Pausch schüttelte den Kopf.

»Es tut uns leid, Ihnen mitteilen zu müssen, dass sie das Opfer eines Tötungsdelikts geworden ist.«

»Was?« Der Zeuge riss die Augen auf. »Sie ist tot?«, krächzte er.

»In dieser Sache werden wir Sie nun befragen.«

Herr Pausch starrte auf die Tischplatte.

Oliver belehrte ihn, doch der Zeuge schien nicht zuzuhören. »Haben Sie mich verstanden?«

»Ich denke schon«, sagte Herr Pausch, ohne den Blick zu heben.

»Wann haben Sie Vanessa Marks das letzte Mal gesehen? – Herr Pausch?«, Oliver lehnte sich vor, um den Blick des Zeugen einzufangen, und wiederholte die Frage.

»Ja, ich … entschuldigen Sie. Ich bin etwas überrumpelt.«

»Wir können uns vorstellen, dass es schwer für Sie sein muss«, mischte sich Miriam ein. »Aber es ist für unsere Ermittlungen entscheidend, dass Sie uns ein paar Fragen beantworten.«

Herr Pausch rieb sich über die Stirn und sah sie an. »Natürlich. Ich … also ich habe sie das letzte Mal am Montag in der Schule gesehen.«

»Was unterrichten Sie?«

»Englisch und Bankbetriebslehre. Ich sehe meine Bankfachleute jeden Tag, wenn sie Schule haben.«

»Was meinen Sie damit?«

»Sie haben Blockunterricht, jeweils sechs Wochen am Stück, dann sind wieder in den Banken.«

»Wie ist Ihr Verhältnis zu den Schülern?«

»Sie liegen mir sehr am Herzen. Es ist …« Herr Pausch stockte, sah zu Boden. »Es ist schwer zu begreifen, dass Vanessa nicht mehr wiederkommen wird. Es …« Er brach ab und schirmte die Augen mit den Händen ab.

»Glauben Sie uns, wir tun alles, um den Täter zu fassen«, sagte Miriam.

Herr Pausch sah auf, die Augäpfel wässrig. »Das ist gut zu wissen.«

»Sie hatten in den letzten zwei Wochen fünfmal telefonischen Kontakt mit Vanessa. Worum ging es da?«, fuhr Oliver fort.

»Um die anstehende Klausur«, antwortete er wie aus der Pistole geschossen.

Miriam beobachtete sein Gesicht und suchte nach Auffälligkeiten, ein verräterisches Zucken am Augenlid, ein kurzes Entgleiten der Mundwinkel. Aber da war nichts, bis auf Fassungslosigkeit und Trauer.

»Ist es üblich, dass Sie mit Ihren Schülern telefonieren?«

»Nein. Aber ich baue einen persönlichen Kontakt zu ihnen auf. Wir haben eine WhatsApp-Gruppe, in der sie mir Fragen stellen können. Es sind erwachsene Menschen, ich will ihnen auf Augenhöhe begegnen.«

»Warum haben Sie dann mit Vanessa telefoniert?«, fuhr Oliver fort.

Pausch trank einen Schluck. »Sie hatte Probleme bei der Abrechnung von Wertpapiergeschäften.«

»Darüber haben Sie gesprochen?«

Der Zeuge nickte. »Sie wollte, dass ich ihr Nachhilfe gebe. Das habe ich abgelehnt. Aber ich habe ihr Bücher empfohlen und an einem Abend bin ich mit ihr eine Aufgabe durchgegangen.«

»Vier Mal hat Frau Marks Sie angerufen, das letzte Mal haben Sie Ihre Schülerin kontaktiert. Weshalb?«

Der Zeuge rieb sich über die Stirn. »Warum ist das so wichtig, wenn Sie ihren Mord aufklären wollen?«, fragte er.

Bei dem Wort »Mord« wurde Miriam hellhörig. Sie hatten nicht von Mord, sondern von Tötung gesprochen. Aber viele Menschen machten bei der juristischen Trennung keinen Unterschied. Wahrscheinlich interpretierte sie zu viel in dieses Detail hinein, weil sie sich an die Hoffnung klammerte, jemand anders als Tim Eichner könnte der Täter gewesen sein.

»Bitte beantworten Sie einfach die Frage«, forderte Oliver ihn auf. In dem Moment steckte Frau Pausch den Kopf durch den Türrahmen. »Das Essen ist fertig«, sagte sie. Jetzt erkannte Miriam, dass seine Frau einen britischen Akzent hatte. Das passte zu ihrem Studium in Cambridge.

»Wir sind gleich fertig«, beschwichtigte Herr Pausch. Woher wollte er das wissen? Klang, als wolle er sie rausschmeißen. An Miriam und Oliver gewandt, fuhr er fort: »Ich hatte ihr ein Übungsbuch empfohlen. Dann habe ich ein Exemplar gefunden, das ich nicht mehr brauchte. Das wollte ich ihr mitteilen, bevor sie sich ein Neues bestellt.«

»Warum haben Sie ihr keine WhatsApp geschrieben?«

Herr Pausch zuckte mit den Schultern. »Ich wollte sichergehen, dass sie es schnell erfährt, da sie sich an diesem Tag das Buch bestellen wollte.«

Oliver tippte mit dem Kugelschreiber auf das Notizbuch. »Hatten Sie eine Affäre mit Vanessa Marks?«

»Was?« Schockiert verzog Herr Pausch das Gesicht. »Natürlich nicht. Ich verbitte mir diese Unterstellung.« Er hob drohend den Finger. »Erwähnen Sie davon ja nichts in Gegenwart meiner Frau.«

Ein paar Sekunden später kam sie mit zwei dampfenden Tellern in den Raum und stellte sie energisch auf den Esstisch.

Warum trug Vanessa Marks ihren Lehrer in die Liste mit den Männernamen ein, wenn sie keine Affäre hatten? Was steckte wirklich hinter dieser Liste?

»Eine letzte Frage noch. Wo waren Sie am Montagabend?«, fragte Oliver.

»Das kann ich Ihnen sagen«, mischte sich Frau Pausch ein, trat zu der Couch und stützte die Hand in die Hüfte. »Hier. Wir haben einen Film geguckt und sind früh ins Bett, weil ich müde war.« Sie strich sich über den kugelrunden Bauch. »Und wenn Sie uns jetzt bitte entschuldigen würden. Unsere Tochter hat Hunger.«

Sie standen auf und ließen sich von Herrn Pausch zur Tür bringen. »Morgen kommen Sie bitte aufs Präsidium«, sagte Oliver.

Diesmal war der Zeuge damit einverstanden.

»Und?«, fragte Miriam, als sie zum Auto gingen.

»Die Trauer schien echt zu sein.«

»Aber das mit den Anrufen war nicht ganz logisch.«

»Du glaubst, er hat etwas zu verbergen?«

Sie zuckte mit den Schultern, hoffte es so sehr. »Möglich.«

»Seine Frau hat ihm gerade ein Alibi gegeben.«

»Was ist denn das Alibi einer Ehefrau wert?«

Sie erreichten das Auto. Oliver schloss auf und sah sie mit hochgezogener Augenbraue über das Dach hinweg an. »Ich denke, viel!« Oliver sah auf seine Uhr. »Beeilen wir uns. Emilia wartet.«

***

Tim suchte sich einen umgestürzten Baum für den Unterschlupf. Zur Isolierung gegen die Bodenkälte baute er ein Jägerbett. Er wollte nicht so frieren wie letzte Nacht; diesmal war er schlauer. Zwischen zwei

Baumstämmen lud er viel Laub, legte eine Art Lattenrost aus quergelegten Stöcken da drauf und sammelte haufenweise Laub, um es auf die Schlafstelle zu platzieren. Viele Blätter waren vermodert, da dieses Jahr noch keine neuen Blätter gefallen waren, aber er musste nehmen, was ihm zur Verfügung stand.

Er lehnte längere Stöcke an den umgefallenen Baum, dessen Durchmesser mehr als ein Meter maß. Wie lange hatte diese Buche auf der Erde verweilt und das Wimmeln und Zwitschern im Wald miterlebt? Er erinnerte sich daran, wie ihm sein Opa erklärt hatte, dass man anhand der Jahresringe das Alter eines Baumes bestimmen konnte. Im Winter stellte ein Baum das Wachstum ein, wobei die dunklere Schicht entstand. Aber um die Ringe zu zählen, musste man den Stamm durchsägen. Tim strich über die raue Rinde, die teilweise mit Moos bewachsen war. Ein schwarzer Käfer krabbelte aus einem Loch, schien ihn kurz zu mustern und dann zu entscheiden, zu fliehen.

Als Tim so viele Stöcke an den Baum gestützt hatte, dass er darunter passte, deckte er diese wieder mit Moos und Laub ab. Für die Vorder- und Rückseite sammelte er ebenfalls viel Holz. Danach legte er sich erschöpft in seinen Unterschlupf. Seine Beine waren schwer geworden und die Schultern schmerzten. Es war sein zweiter Tag in der Wildnis, und er fühlte sich, als hätte er einen Marathon hinter sich. Aber das Schlimmste daran war, dass seine Vorräte so gut wie aufgebraucht waren. Sein Magen grummelte. Jetzt einen Döner oder Pommes mit Currywurst. Auch ein Vollkornbrot mit Käse wäre wunderbar. Irgendwas zu essen. Er aß das letzte bisschen vom Studentenfutter.

Die zwei letzten Kekse wollte er nicht anrühren. Besser, er tat so, als gäbe es sie nicht. Sein Zukunfts-Ich würde ihm in den nächsten Tagen dafür danken.

Er drehte sich auf die Seite. Hatte die Polizei Vanessa bereits gefunden? War man ihm auf die Schliche gekommen? Und ... wusste es seine Schwester schon? Er erinnerte sich daran, wie Nicole früher auf dem Hof seiner Großeltern Seil gesprungen war. Während er das braunweiße Kaninchen auf dem Arm hatte und ihm über die Ohren strich. Nelly. Ja, so war ihr Name. Wie hatte er den vergessen können? Er fütterte sie mit frischen Löwenzahnblättern. Nahm sie mit hinter die Scheune zu dem alten Trecker, auf den er hinaufkletterte und die Sonne genoss. Nelly verputzte genüsslich die Blätter. Er hatte ein paar butterweiche Kekse in der Tasche, die er sich einen nach dem anderen in den Mund steckte. Sie schmeckten süß, nach Sommerferien und Bauernhoftagen – mit Ruhe vor seinem Vater. Immer wieder zog er neue hervor und aß sie gierig, doch das unbändige Hungergefühl blieb. Ob Oma Ilona schon das Mittagessen auf dem Tisch stehen hatte? Er setzte Nelly in den Käfig zurück und schlich in die Küche. Auf der Herdplatte stand ein dampfender Topf. Er zog sich einen Stuhl heran, kletterte hinauf und spähte hinein. Es duftete köstlich nach Bohnen, Möhren und Würstchen. Natürlich war das Gemüse aus Omas liebevoll angebauten Garten. Tim ließ die Kelle in die Suppe sinken, hob sie gefüllt heraus und führte sie zum Mund. Er schloss die Augen und freute sich auf das wohlig warme Gefühl in seiner Kehle und im Magen. Kurz bevor seine Lippen das Metall berührten, schrie seine

Oma hinter ihm. »Halt, Junge! Du verbrennst dir die Schnute!«

Erschrocken ließ er die Kelle in die Suppe fallen, wobei Spritzer auf seinem Hemd und seiner Wange landeten. Heiß und brennend. Er wischte sie sich mit dem Ärmel weg und stolperte von dem Stuhl herunter.

»Verschwinde aus meiner Küche, ich rufe euch, wenn es Essen gibt«, sagte sie mit einem wohlwollenden Lächeln.

Tim öffnete die Augen. Die Äste des Unterschlupfs zehn Zentimeter über ihm. Die Waldgeräusche dröhnten in seinen Ohren. Ein Schauer durchfuhr ihn und er dachte: *Ich bin in der Freiheit gefangen.* Keine Mauern eines Gefängnisses, die auf ihn einstürzten, dafür die Weiten des Waldes, dessen unsichtbare Barrieren ihn in Form von Kälte, Einsamkeit und wilden Tieren zermürben würden.

»Oma, bitte kannst du mich zum Essen reinrufen?«, flüsterte er. Bohnensuppe. Sein Magen krampfte sich zusammen. Butterkekse waren ebenso gut. Er holte die beiden aus dem Rucksack und hielt sie in den Händen wie einen kostbaren Schatz. Er konnte nicht bis morgen warten. Er musste sie essen. Jetzt. Tim biss eine kleine Ecke des Kekses ab und genoss den süßen Buttergeschmack, der sich auf seine Zunge legte. Schluckte nicht, sondern ließ sich von den Erinnerungen in die Vergangenheit tragen – zu Nicole, Bunny und Nelly und den Großeltern.

Kapitel 7

Oliver fuhr direkt nach Hause, nachdem sie wieder beim Präsidium angelangt waren. Miriam ging noch mal ins Büro. Sie wollte die Aussage von Pausch niederschreiben, solange die Erinnerung frisch war. Sie hatte bei dem Zeugen ein ungutes Gefühl, konnte es jedoch nicht genau fassen. Als sie mit der Dokumentation fast fertig war, kam Lothar herein.

»Du bist ja noch da.« Er setzte sich zu ihr und ließ sich von ihr auf den neusten Stand bringen.

»Was für ein Motiv könnte Fabio Pausch haben?«, fragte er.

»Vielleicht hatte er ein Verhältnis mit seiner Schülerin und sie hat ihn erpresst. Er hat viel zu verlieren, seine Frau ist hochschwanger.«

»Das mag sein, aber das Opfer hat Tim Eichner eine Nachricht geschrieben und nicht ihm.«

Miriam suchte in der Kriminalkommissarkramkiste nach einem passenden Motiv, doch es ließ sich keins finden. »Ich sage nur, dass wir ihn im Kreis der Verdächtigen nicht vergessen dürfen.«

»Klar«, meinte ihr Chef. »Ich habe noch etwas für euch: Der Schwangerschaftstest war ein Fake.«

»Was? So was gibt es?«

»Ja, ich hab es im Internet recherchiert, nachdem die KT es mir mitgeteilt hatte. Für sieben Euro gibt es welche bei eBay. Sie werden als Spaßartikel für Junggesellenabschiede verkauft.«

»Also war Vanessa Marks vermutlich nicht schwanger.«

Lothar nickte. »Ich habe den Obduktionsbericht noch nicht, aber ich werde da mal Druck machen.«

»Die Frage ist, was sie damit erreichen wollte. Da müssen wir die Datei mit den Männernamen unter einem ganz anderen Gesichtspunkt sehen.«

»Erpressung könnte ein mögliches Motiv sein.«

»Wissen wir schon, wann die Freundin von Marks hier erscheint?«, fragte sie.

»Nein. Sie ist in psychologischer Behandlung.«

»Ich werde sie morgen anrufen. Vielleicht hab ich Glück und sie spricht mit mir.«

»Gut. Miriam, ich wollte dich noch fragen, wie es mit Oliver läuft. Und mich gleichzeitig entschuldigen, dass ich dich nicht auf diese besondere Situation vorbereitet habe.«

Sie nickte und schenkte ihrem Chef ein Lächeln. Mit einer Entschuldigung hatte sie nicht gerechnet. »Ich hab das Gefühl, er taut langsam auf, aber ich muss ihm wirklich Zeit lassen.«

»Das denke ich auch.«

»Er hätte mir beinahe erzählt, was passiert ist, doch dann kam etwas dazwischen.« Dass es Lothars Anruf war, wollte sie ihm nicht auf die Nase binden.

»Die Gelegenheit wird sich noch ergeben.«

»Bestimmt«, sagte sie. Wenn sie erst mal wusste, was ihr Kollege durchgemacht hatte, konnte sie ihn besser unterstützen.

»Es ist für Oliver sehr persönlich, nimm ein bisschen Rücksicht.«

»Natürlich.«

»Ich mache Feierabend.« Lothar stand auf. »Das solltest du auch.«

»Ich schreibe noch das Vernehmungsprotokoll zu Ende.«

Eine halbe Stunde später fuhr sie ebenfalls nach Hause. Sie ließ das Autofenster herunter und genoss den warmen Fahrtwind. Noch vor ein paar Jahren hätte sie sich abends auf ihr Motorrad gesetzt, wäre bis nach Radevormwald gefahren und hätte den Geschwindigkeitsrausch ausgekostet. Sie und die Maschine waren eins gewesen, hatten den Asphalt und die Kurven geliebt – bis zu jenem Tag, an dem ihre Familie zerbrochen war.

Danach war sie kein einziges Mal mehr auf ein Motorrad gestiegen, sondern hatte ihr eigenes an einen Kumpel ihres Vaters verkauft. Sie brauchte volle Kontrolle über ein Fahrzeug. Ein Zweirad konnte ihr das nicht mehr bieten. Sie hatte Angst, die Räder würden ihr wegrutschen. Vier Räder boten Sicherheit. Bei einem Auto musste sie nun selbst das Steuer in der Hand halten. Sie konnte keinem fremden Fahrer mehr vertrauen, musste das Auto spüren und sich auf ihre eigene Reaktionsfähigkeit verlassen können.

Miriam hatte ganz vergessen, ihren Vater wegen ihrer Schwester anzurufen. Und ihre Schwester hatte sich auch nicht mehr gemeldet. Zu Hause schrieb sie ihr eine SMS. *Ist alles in Ordnung bei dir? Ihr Magen grummelte.* Sie fand eine Fertigpizza im Eisfach und schob sie in den Backofen.

Derweil setzte sie sich vor den Laptop und surfte bei Facebook.

Sie scrollte durch Urlaubsfotos, alte Hochzeitsfotos, Sonnenbilder, Werbeanzeigen zu Sportklamotten und Konzertfotos diverser Bands. Eine Mitspielerin der alten Basketballmannschaft hatte ein Foto von der Saisonabschlussfeier gepostet. Sie hatten den zwei Trainern Strohhüte aufgesetzt und beide tranken aus dem gleichen Eimer – vermutlich Sangria. Ihr Vater hatte vom letzten Spare-Ribs-Event Fotos hochgeladen. Das soziale Netzwerk schlug ihr neue Freundschaften vor, unter anderem Oliver Zilinski. Sie zögerte einen Moment, dann klickte sie auf »Hinzufügen«. Vielleicht würde sie hier mehr über ihn erfahren.

Kurze Zeit später hatte er die Anfrage bestätigt. Wahrscheinlich hatte er Facebook auf dem Handy installiert. Davor hatte sie sich bisher gescheut, weil sie nicht in Versuchung geraten wollte, sich unterwegs in den endlosen Sphären der digitalen Welt zu verlieren.

Sie zögerte. Sollte sie ihren Kollegen bei Facebook hinterherspionieren? Aber alles, was er postete, war öffentlich. Was sprach dagegen, durch sein Profil zu surfen? Sie klickte auf seinen Namen. Ein Foto zeigte seine Tochter von hinten, wie sie auf dem Fahrersitz eines Autos saß und das Lenkrad umfasste. Miriam erfuhr, dass er sich die neue Serie von *Games of Thrones* angesehen hatte. Er mochte also Fantasyfilme oder -serien. Ein Bild auf dem heimischen Sofa, er und seine Tochter trugen Trikots von Fortuna Düsseldorf, die Tochter hielt sich ein Bilderbuch vors Gesicht. Ein Foto von einer Hochzeit oder Taufe. Er im Anzug, seine Tochter im rosafarbenen Prinzessinnenkleid und einer Schleife im Haar – wer es mochte. Bei diesem Bild war das Gesicht seiner Tochter verzerrt. Oliver hielt sich nicht sklavisch an die Empfehlungen der Polizei, keine Bilder seiner Kinder zu posten, aber immerhin war nirgendwo das Gesicht zu erkennen.

Sie fand noch viele weitere Fotos von ihm mit seiner Tochter, seine Frau tauchte kein einziges Mal auf. Miriam suchte in seiner Freundesliste nach dem Nachnamen Zilinski und fand eine Alex. Eine schlanke braunhaarige Frau, die sich auf dem Titelbild mit Locken und undurchsichtiger Sportsonnenbrille präsentierte. Miriam scrollte durch die Bilder und fand Porträtfotos, auf denen Alex lasziv in die Kamera schaute. Auf einem Foto sah man sie im knappen Minirock mit einem Cocktail in der Hand auf einem Barhocker sitzen. Wen hatte Oliver sich da an Land gezogen?

Jäh schreckte Miriam verbrannter Geruch auf. Sie rannte in die Küche.

»So ein Mist!« Sie riss den Backofen auf. Ihre Pizza war schwarz. Und jetzt? Sie öffnete den Kühlschrank und fand einen abgelaufenen Joghurt, den sie ungeöffnet in den Müll warf, eine Paprika, ein Stück Gurke, Mozzarella und Gouda. Sie musste unbedingt einkaufen gehen. In der Brotbox befand sich die letzte Scheibe Vollkornbrot, die sie sich mit Käse belegte, dazu die Gurke.

Und sie hatte sich so auf die Pizza gefreut.

***

Tims Magen zog sich zusammen. Er konnte an nichts anderes denken als an Essen. Jetzt einen saftigen Burger in seinem Lieblingsladen oder eine Pizza Calzone, Pommes mit Currywurst, Rinderbraten mit Knödeln, egal was, Hauptsache heiß und fettig.

Der nächste Tag kündigte sich an. Er hatte die zweite Nacht in der Wildnis überlebt und dank des Jägerbetts nicht so gefroren wie zuvor. Er streckte sich und baute den Unterschlupf auseinander, warf die Stöcke weit von sich, verteilte das Laub großzügig und träumte währenddessen davon, in der Pizzeria in seinem Viertel zu sitzen. Aus den Boxen säuselte Eros Ramazottis *Cose Della Vita*, vor ihm ein kühles Altbier. Und dann brachte ihm die Bedienung die Pizza. Er stellte sich vor, wie er sich mehrere Stücke in den Mund stopfte und wie die Geschmäcker von Tomate, Käse, Pilze und Salami auf seiner Zunge explodierten.

Als nach ein paar Minuten nichts mehr von seinem Nachtlager zu sehen war, schulterte er den Rucksack und setzte seine Wanderung fort. Auch wenn seine Beine sich mit jeder Zelle dagegen wehrten, musste er weiter und etwas Essbares finden. Der Wald lag im Dämmerlicht, die Sonne war noch nicht aufgegangen. Seine Beine waren schwer wie Blei, doch er zwang sich, einen Fuß vor den anderen zu setzen. Es war wie beim Basketball, ein Korb nach dem anderen brachte der Mannschaft den Sieg – allerdings kämpfte er beim Spiel nicht allein. Er sah Miriam vor sich. Die blonden Haare hatte sie zu einem Zopf gebunden, die Hoffnung in ihren Augen, die er von so vielen Frauen kannte. Dabei zog sie oft eine Braue hoch, was ihr einen unverwechselbaren Ausdruck verlieh. Beinahe hätte er sie zu einem Date eingeladen, doch dann hatte sich sein Trainer dazugestellt, mit ihm angestoßen. Sie war nicht sein Typ, mit ihr hatte er keine Affäre anfangen wollen. Er ballte die Hand. *Belüg dich nicht selbst!* Das Problem war, dass sie vom Typ her Svenja so ähnlich war. Blonde Haare, groß, sportlich, dieses besondere Etwas im Gesicht, das ihn herausforderte.

Tim blieb mit dem Fuß an einer Wurzel hängen und stürzte. Er fing sich mit den Händen ab, schürfte sich den Handballen auf. Er hörte ein Ratschen und spürte gleichzeitig einen stechenden Schmerz am Bein.

»Scheiße«, rief er und blieb einen Moment regungslos liegen, um sich von dem Schreck zu erholen. Er richtete sich auf und sah die Schramme am Bein. Nicht tief, aber ein paar Blutstropfen flossen hinunter in die Socke. In die Hose hatte ein Ast ein fünf Zentimeter großes Loch gerissen. Fuck! Er versorgte die Wunde mit einem Pflaster. Das war nur passiert, weil er kaum Kraft hatte, die Beine anzuheben. Der Wald saugte die Energie aus ihm heraus, er spürte förmlich, wie sie in den Boden abfloss. »Gib mir etwas zurück!«, rief er.

Tim stand auf und zwang sich, beim Weitergehen die Umgebung nach Essbarem abzuscannen. Durch den Laubboden trieben an einigen Stellen grüne Pflänzchen, neue Bäumchen, kleine Blümchen mit blauen Blütenblättern und gelben Fruchtknoten – so hießen sie doch, oder? Wenn er nur seinen Großvater fragen könnte. Wieso hatte dieser ihm nicht noch mehr über die Natur beigebracht, zum Beispiel über essbare Wildpflanzen.

Nach einiger Zeit fand er Klee, kniete sich hin und ließ einen Stängel und die drei Blätter durch seine Finger gleiten. Eine ärgerliche Pflanze in jeder gut gepflegten Wiese, aber definitiv essbar. Er riss eine Kleepflanze ab und steckte sie sich in den Mund. Sie schmeckte herb und zitronig und gar nicht übel. Er zupfte mehrere ab und schob sie hinterher. Es tat gut, etwas zwischen die Zähne und in den Magen zu bekommen, aber satt machte es nicht.

An einer anderen Stelle fand er Löwenzahnpflanzen, wovon er sowohl die Blüten als auch die Blätter aß. Sie schmeckten leicht bitter und nach einem Gemüse, das er nicht zuordnen konnte.

Als er an einen Bachlauf kam, entzündete er ein Feuer, um Wasser abzukochen. Er gab Brennnesseln mit dazu, die das Ufer säumten, um einen anderen Geschmack zu bekommen. Ein Hase hoppelte nicht unweit seines Rastplatzes vorbei. Tim lief das Wasser im Mund zusammen. Jetzt ein Gewehr und das Tier auf einem Spieß braten.

Er machte sich wieder auf den Weg, doch mit Klee und Löwenzahn würde er nicht überleben können. Er brauchte etwas Kalorienreicheres. Wäre er vor drei Tagen Herr seiner Sinne gewesen, könnte er jetzt zum Türken fahren und sich einen Döner mit einer doppelten Pommesportion bestellen.

Wie hatte es bloß zu dieser Situation kommen können? Darauf wusste er noch immer keine Antwort. Vanessa musste ihn gereizt haben. Hatte sie irgendwas gegen Nicole oder ihre Kinder gesagt? Hatte Vanessa sie bedroht? Es gab keinen Grund, warum sie das getan haben sollte. Oder hatte sie ihn erpresst? Was wäre das Schlimmste, was sie ihm hätte antun können? Sie hätte ihm drohen können, ihr gemeinsames Kind abzutreiben. Damit wäre er klargekommen. Vielleicht hatte sie ihren letzten Liebesakt auf Video aufgenommen und wollte es in der Kanzlei rumzeigen. Peinlich, aber nicht dramatisch, dabei gab es nichts zu verlieren. Richard würde ihn belächeln, aber deswegen musste man keinen Menschen umbringen.

Und doch war jeder Mensch dazu in der Lage, einen anderen zu töten – unter gewissen Umständen. Was hatte *ihn* dazu gebracht?

Hatte Vanessa ihm Drogen ins Getränk getan? K.o.-Tropfen würden zu den Erinnerungslücken passen, aber sie machten nicht aggressiv, sondern willenlos. Er hatte mal von einer Badesalz-Droge gelesen, die extrem aggressiv machen sollte und zu Gewaltexzessen und Selbstverstümmelungen führen konnte. War es so etwas gewesen und hatte damit Vanessa ihr eigenes Grab geschaufelt, indem sie ihm so ein Zeug untergejubelt hatte? Oder war er ein Schlafwandler und hatte schon öfter Menschen ermordet? Tim schüttelte den Kopf. *Was für abwegige Gedanken!* Es musste einen handfesten Grund für diese Tat gegeben haben.

Er hörte ein Rauschen und kam nach ein paar hundert Metern an eine Straße. Das Loch in seinem Bauch nahm ihm die Fähigkeit, klare Gedanken zu fassen. Sollte er sich in die Zivilisation wagen, um neue Vorräte zu kaufen?

***

Vor ihrem Büro fing Oliver sie ab. »Wir sollen zum Chef.«

»Ich bring das eben in die Küche«, sagte sie und wies mit den Blicken auf die Beutel in ihren Händen. Sie hatte es heute Morgen endlich geschafft, einkaufen zu gehen und genug Cola und Cola Zero für die nächsten zwei Wochen zu besorgen. Nun konnte sie ihre Schuld bei Sabrina begleichen.

»Was ist los?«, fragte sie ihren Kollegen, als sie Lothars Büro betraten.

»Wir haben gleich einen Termin am Bahnhof, um uns die Videoüberwachungen anzusehen.«

Ihr Chef erwartete sie. Sein Schreibtisch war aufgeräumt wie immer, die Stifte akkurat in einem Holzschiffchen sortiert, daneben ein Foto von seinen zwei Töchtern, seiner Frau und dem Labrador. Das Foto war ausgeblichen, die Kinder noch Teenager, es musste mehrere Jahre alt sein, wenn nicht Jahrzehnte.

War ein neuer Kaktus auf der Fensterbank dazugekommen? Miriam meinte sich zu erinnern, bei ihrem ersten Gespräch fünf Pflanzen gezählt zu haben, mittlerweile waren es sechs. Lothar berichtete Oliver von dem gefakten Schwangerschaftstest.

»Interessant«, sagte der und rieb sich über das Kinn. »Wir haben gestern Pausch zu Hause besucht und er hat einige bemerkenswerte Äußerungen gemacht. Als ich gestern Abend darüber nachgedacht habe –«

Lothar hob die Hand. »Pausch fällt als Verdächtiger raus.«

»Was?«, fragte Miriam erstaunt. »Warum?« Ein Kloß bildete sich in ihrem Hals und sie ahnte, dass sie das, was jetzt kommen würde, nicht hören wollte.

»Die KT hat Fingerabdrücke auf der Tatwaffe gefunden.«

»Und sie passen zu wem?«, fragte Miriam ungeduldig. Der Kloß wurde dicker und nahm ihr die Luft zum Atmen.

»Tim Eichner.«

Miriam schluckte und biss die Zähne zusammen. Die Gewissheit biss sich in ihr Herz wie ein spitzer Pfeil.

Du wusstest es doch schon vorher, sagte sie sich. Doch das Fünkchen Hoffnung hatte gebrannt bis zu diesem Moment, als Lothar es mit einem Schwall Wasser gelöscht hatte. Zisch und weg. Ihr Herz wurde leer, sie sah aus dem Fenster. Ein paar Quellwolken zogen vorbei, die aussahen wie weiche Wolle. Sah Tim auch diese Wolken? Was hatten die Ermittlungen noch für einen Sinn? Ein Teil von ihr wünschte sich, dass sie Tim niemals finden würden. Der Polizistensinn erinnerte sie an ihre Pflicht. Jeder musste für seine verbrochenen Taten einstehen. Aber eigentlich hatte sie wegen Befangenheit in dieser Sonderkommission nichts verloren. Ach, es ging gerade auch alles schief! Und schuld daran war sie selbst. Denise hatte gestern nicht auf ihre SMS geantwortet und ihren Vater hatte sie immer noch nicht angerufen. Ihr Kollege wollte sie nicht. Der Mann, für den ihr Herz schlug, hatte offensichtlich einen Menschen auf dem Gewissen. Sie fühlte sich leer und ausgelaugt. Sie hatte geglaubt, dass sie ihr Leben in den Griff bekommen würde und neu anfangen konnte.

Ihr Augenlid begann zu zucken. Nicht schon wieder. Sie hatte dieses Anzeichen von Nervosität drei Monate nach dem Tod ihrer Mutter als ständigen Begleiter gehabt. Sie wünschte sich, sie könnte sie in die Arme schließen und ihr ihr Leid klagen. Mutter würde ihr über den Kopf streichen und sagen, dass alles gut werden würde. Danach würde sie Miriam mit ins Restaurant an die Theke zerren und mit ihr die neusten Liköre probieren.

Wenn ihre Eltern das Lokal für die zweiwöchigen Ferien geschlossen hatten, waren sie in ferne Länder gefahren und hatten dort nach Spezialitäten gesucht. Der chinesische Litschi-Likör oder der Orangen-Likör aus Curacao waren Miriams Lieblinge. Mit ihnen würden die Sorgen vergehen und in ein Lächeln verwandelt – solange man nicht zu viele davon trank. Und dann würde sie sich alles von der Seele reden können. Oft hatte sie mehr erzählt, als sie wollte, und nach einer erneuten Umarmung mit ihrer Mutter und einem ausgiebigen Schlaf hatte sie sich besser gefühlt.

Dieses Gefühl der Heimat war für immer verloren. Trotzdem bekam sie das unbändige Bedürfnis, ihren Vater anzurufen. Jetzt. Egal, ob er schlief oder nicht. Sie musste es probieren.

Oliver fasste sie an der Schulter. »Und?«

Sie atmete tief durch. »Wie bitte?«

»Du wolltest Sina Meiers noch mal anrufen?«

Sie nickte. »Ja, das werde ich heute machen.« Was hatte das noch für einen Sinn? Sie mussten Tim finden, sonst nichts. Er würde gestehen, der Fall war vorbei und sie musste ihn vergessen. Vielleicht wäre es nie etwas mit ihnen geworden.

»Die Eltern von Eichner kommen heute«, fuhr Lothar fort.

Sie wusste, was sich dabei ergeben würde. Sie konnten sich nicht vorstellen, dass ihr Sohn zu solch einer Tat fähig sei. Wie auch? Eltern konnten das nie.

»Außerdem haben wir die Schwester ausfindig gemacht. Aber es geht keiner ans Telefon; kümmert ihr euch darum? Die Daten findet ihr im Programm.«

Miriam nickte mechanisch.

»Wenn Pausch auftaucht und ihr unterwegs seid, werde ich mich um die erkennungsdienstliche Erfassung kümmern und ihn die Aussage unterschreiben lassen, die du gestern erstellt hast«, sagte Lothar. »Und nun los, ihr habt nicht mehr viel Zeit.«

Oliver stand auf und sie tat es ihm gleich. Er hatte Ringe unter den Augen, es schien gestern spät geworden zu sein. Hatte er sich wieder mit seiner Frau gestritten oder hatten sie einen Versöhnungsabend gefeiert? Wenigstens hatte er eine Familie. Sie hatte gar nichts.

»Ich muss kurz telefonieren«, sagte sie, als sie das Büro verließen, und steuerte einen leeren Besprechungsraum an.

»Kannst du das nicht während der Fahrt erledigen?«

Sie schüttelte den Kopf, schlüpfte in den Raum und schloss die Tür hinter sich. Sie nestelte das Handy aus der Hosentasche und wählte die Nummer ihres Vaters. Es war zu früh, viel zu früh für ihn. Egal. Sie musste etwas Vertrautes hören. Als sich seine kratzige Stimme verschlafen meldete, schossen ihr Tränen in die Augen. Was sollte sie sagen? Sie wusste es nicht. Sie durfte ihm nichts von dem Fall erzählen und ihre Sorgen mochte sie nicht vor ihm ausbreiten und trotzdem erhoffte sie sich Trost.

»Ich bin's«, krächzte sie.

»Was ist passiert?«, fragte er besorgt und gleich viel wacher.

»Hab ich dich geweckt?«, erkundigte sie sich, um Zeit zu schinden.

»Ich wollte sowieso gleich aufstehen.« Das war bestimmt gelogen. Oder standen die Einkäufe fürs Restaurant heute an? Sie kannte die Abläufe nicht mehr, hatte sich aus dem Familienunternehmen zurückgezogen, nachdem ihre Mutter von ihnen gegangen war.

Dabei musste es für ihren Vater genauso schwer gewesen sein.

»Hat sich Denise bei dir gemeldet?«, fragte sie.

»Nein. Müsste ich mir Sorgen machen?«

»Ich weiß nicht. Sie hatte Streit mit Kevin.«

»Na, das ist doch mal ein Anfang.« Sie hörte sein Schmunzeln, musste unwillkürlich lächeln. »Ja, vielleicht.«

»Aber das ist nicht der Grund, warum du anrufst.« Er kannte sie zu gut.

»Ich musste mal deine Stimme hören«, gestand sie.

»Wird es dir zu viel in der großen Stadt?«

»Es ist schwer, mit den Kollegen warm zu werden und hier keinen zu kennen.«

»Du kennst doch schon welche vom Basketball.«

Miriam hätte am liebsten laut aufgelacht, doch sie biss sich auf die Lippe.

»Manchmal wünschte ich, ich wäre in Wuppertal geblieben.«

»Nein«, sagte er liebevoll. »Du *musstest* gehen. Du bist die Starke, die Taffe. Du schaffst das, wie du immer alles geschafft hast.« Seine Stimme klang warm und weich, fast wie die von ihrer Mutter. Ihr Vater hatte recht. Bei ihrem alten Chef hatte sie keinen guten Stand mehr, nachdem sie wieder und wieder zu spät zum Dienst erschienen war. Sie hatte sich nach etwas Neuem umsehen müssen und außerdem tat es ihr gut, Abstand zu Denise zu gewinnen.

»Du glaubst also an mich?«

»Warum sollte ich das nicht, mein Kätzchen?« So hatte er sie früher genannt, wenn sie die wilden Katzen auf dem Hof des Restaurants gefüttert hatte. »Und jetzt

blas keine Trübsal. Geh zur Arbeit und mach dein Ding.
Die Kollegen warten bestimmt schon auf dich. Mach
nicht noch einmal den Fehler und lass dir Unpünktlich-
keit nachsagen.«

Sie presste die Lippen aufeinander und verschwieg,
dass sie bereits auf dem Präsidium war. Er hatte recht.
Sie musste hier raus, Oliver wartete auf sie.

»Du gehst deinen Weg. Das war schon immer so. Auch
wenn er steinig ist.«

Das stimmte. Zwar waren die Fingerabdrücke auf der
Tatwaffe identifiziert worden, aber das war nicht das
Ende des Falls. Erst wenn sie die Ermittlungen abgeschlossen, sie Tim Eichner gefunden und vernommen
hatten, konnte sie sich über den Täter sicher sein. Sie
musste weiter ihre Arbeit machen und Fakten sammeln. Das Fünkchen Hoffnung flammte erneut auf.

***

In einigem Abstand folgte Tim der Bundesstraße. Alle
paar Minuten fuhr ein Auto vorbei. Das war nichts im
Vergleich zu dem Verkehrsaufkommen in Düsseldorf.
Nach mehreren Straßenkreuzungen fuhren deutlich
mehr Autos und sogar ein Bus vorbei. Der Wald endete
und mündete in Wiesen und Feldern.

Tim blieb stehen und strich über die Rinde einer
Fichte. Sie war rau und brüchig. Ein Zeichen? Sollte er
sich zurückziehen? Sein Herz pochte heftig wie nach einem Sprint. Was, wenn er erkannt werden würde?
Dann war alle Mühe umsonst gewesen. Sie würden ihn
in eine dieser engen Zellen sperren, deren Wände in seiner Vorstellung immer näher rückten, bis sie ihn

erdrückten. Sein Magen krampfte. Waren seine Ängste nicht hausgemacht, eine Zelle mit Pritsche und Essen nicht besser als das hier? Nein, Knast war keine Option. Aber das Loch im Magen nahm schmerzhafte Züge an und zog bis in den Kopf. Er musste essen, wenn er weiterkommen wollte. Er zog die Kappe tief ins Gesicht und steuerte die Straße an. Vielleicht war es unauffälliger, sich als Wanderer am Straßenrand auszugeben und nicht durch die Felder zu streifen, wo ihn trotzdem jeder sehen konnte. Flucht nach vorn hieß die Devise.

Heute waren einige Quellwolken am Himmel und es war nicht mehr so heiß, dennoch brannte die Sonne auf seinen Nacken. Tim kam an mehreren Wohnhäusern vorbei. Je weiter er ging, desto unwohler fühlte er sich. Er heftete den Blick auf den Boden. Hatte sich die Gardine im Fenster bewegt? Er wagte nicht, aufzuschauen. Ein Mann in grüner Hose, kariertem Hemd und Wanderstiefel kam ihm entgegen. Ein Wanderer oder der Förster? Tims Herz klopfte noch heftiger, als sie aneinander vorbeigingen.

Dann sah er einen kleinen Laden. Hier kannte bestimmt jeder jeden. Aber er wollte nicht umkehren. Sein Magen krampfte wieder und trieb ihn zum Eingang. Ein Mann um die fünfzig mit blauem Hemd und Lederweste kam heraus, winkte der Kassiererin zum Gruß. Ja, hier kannte man sich. Egal. Jetzt tat er den Schritt auf die Schwelle. Ein Blick in die Ecken, keine Kameras. Vielleicht war es doch ein Vorteil, in einen kleinen Supermarkt gegangen zu sein.

Als er die Gemüse- und Obstauslagen sah, lief ihm das Wasser im Mund zusammen. Er griff zu, wollte sich den Bauch vollschlagen, nahm Äpfel, Birnen und

Bananen mit. Daneben der Spargel. Jetzt Schweinemedaillons mit Spargel und Sauce Hollandaise. Ein Traum. Er musste praktischer denken und erinnerte sich an die Hinweise des Ratgebers. Haferbrei sei eine der besten Quellen für langfristige Energie. Also nahm er zwei Pakete Haferflocken, dazu Pumpernickel, Nüsse, energiereiche Fruchtriegel und Trockenpflaumen. Noch eine Laugenstange und ein Brötchen. Schokolade und Kekse. Am liebsten hätte er sofort die Packung aufgerissen, doch er hielt sich zurück.

Als er vor dem Regal mit den Getränken stand, die Arme vollgepackt, schob eine Mutter ihren Kinderwagen vorbei. Darin ein Junge, höchstens zwei Monate alt. Es lief ihm kalt den Rücken hinunter. Auch er wäre beinahe Vater geworden. Er schluckte trocken. Wie wäre es gewesen, ein Kind zu haben? Die kleine Nase zu küssen, über die Stirn zu streicheln, den eigenartigen Duft einzuatmen. Svenja und er hatten vier Jahre lang versucht, ein Kind zu bekommen. Vier Jahre, in denen Svenja jeden Monat mindestens einen Tag lang schlechte Laune hatte, wenn sie ihre Periode bekommen hatte. Die Schwangerschaftstests lagen im Badezimmerschrank bereit, falls sie ein paar Tage überfällig war. Das passierte ein paarmal. Irgendwann waren sie zu den Ärzten gegangen.

»Alles in bester Ordnung«, versicherte ihr die Frauenärztin.

Dann war er an der Reihe gewesen. Musste Untersuchungen über sich ergehen und das Sperma testen lassen. Die Frau in dem grünen Kittel hatte ihn in einen kleinen Raum geführt, in dem er ungestört sein sollte. Kein Fenster, dafür Schmuddelzeitschriften auf einem

Beistelltisch. Die weißen Wände waren auf ihn zuge-
rast. Ein Schamgefühl hatte ihn übermannt und er
wäre am liebsten geflohen, doch das traurige Gesicht
von Svenja, das ihm vor Augen schwebte, hatte ihn davon abgehalten.

Danach war er aus dem Gebäude gestürmt und hatte
sich an diesem Abend mit Cuba Libre betrunken. Als sie
das Ergebnis bekamen, hatte Svenja drei Tage nicht mit
ihm geredet.

Am Wochenende danach hatte er sie in ein japani-
sches Restaurant eingeladen, und bei Sushi und Sake
hatten sie über ihre Zukunft gesprochen. Er hatte ihr
aufgezeigt, dass sie andere Optionen besaßen: die Welt
bereisen und das Leben zu zweit genießen oder mit einer Adoption einem Kind ein erfülltes Leben schenken.
Svenja hatte an dem Abend wieder gelacht und das
hatte ihn für alle Unannehmlichkeiten entschädigt.

Einen Monat später waren sie nach New York geflogen. Raus aus dem Trott, rein ins Vergnügen – zusam-
menwachsen. Eine Bootstour zur Freiheitsstatue, fla-
nieren durch Brooklyn und das Chaos Manhattans be-
wundern. Als sie bei Dunkelheit das Empire State Buil-
ding hochgefahren waren und die Aussicht über das
Lichtermeer genossen, hatte er den Ring aus der Tasche
gezogen. Sie wollte runter, weil ihr kalt war. Er über-
zeugte sie, noch zu verweilen und sie willigte mürrisch
ein.

Sie hielt sich an der Reling fest und bestaunte die
Stadt, die niemals schläft. Er stellte sich hinter sie,
schlang die Arme um sie und schob ihr den Ring an den
Finger. Sein Herz klopfte die ganze Zeit und er hatte
Angst, dass sie ablehnen würde, doch sie drehte sich

freudestrahlend um und küsste ihm das »Ja« auf die Lippen. Der Wind wirbelte ihre Haare vor ihre Münder und sie bekamen einen Lachanfall. Wenn ihre Liebe solch schwere Umstände überstehen konnte, war es pures Liebesglück – so hatte er zumindest gedacht. Bis zu dem Tag vor ihrer Hochzeit, der sein Leben gesprengt und in tausend Splitter verwandelt hatte.

Tims Arme wurden schwer und er bemerkte, dass er nicht länger in diesem Supermarkt verweilen sollte. Er würde nie Kinder haben und mit diesem Gedanken musste er sich anfreunden. Er selbst hatte sich seine Zukunft kaputtgemacht. Tim entschied sich für eine große Flasche Saftschorle und ging zur Kasse. Er nahm noch ein Feuerzeug und einen Leinenbeutel dazu; die Sachen würden nicht alle in den Rucksack passen. Die Lokalzeitung landete auch auf dem Kassenband. Weder sein noch das Foto von Vanessa schmückte die Frontseite. Er schöpfte Hoffnung, dass man ihn nicht erkennen würde. Die junge Verkäuferin zog alles über den Scanner, der jedes Mal piepte. Wie wohltuend vertraut dieses Geräusch klang. Bei früheren Einkaufsgängen hatte es ihn nur genervt.

»Siebenundzwanzig Euro siebzig«, flötete die Kassiererin.

Er fummelte das Portemonnaie aus der Hosentasche und zahlte mit einem Hunderter.

»Sammeln Sie Punkte?«, fragte sie. Ihre braunen Augen fixierten ihn.

Ein dicker Kloß raubte ihm die Luft zum Atmen. Erkannte sie ihn? War sein Foto schon im Fernsehen gewesen?

Die zarte Nase, die hohen Wangenknochen und die schmalen Augen ließen auf ein asiatisches Elternteil schließen. Ihre Haut war schneeweiß; der knallrote Lippenstift bildete einen extremen Kontrast dazu.

»Nein, danke.« Er nahm das Wechselgeld, packte zügig die Sachen in den Beutel und wandte sich Richtung Ausgang. Als er die zwei Polizisten sah, die den Laden betraten, stockte ihm der Atem. Jetzt war es vorbei.

Kapitel 8

Miriam fädelte sich in den Verkehr ein.

»Und welches Telefonat war so wichtig?«, fragte Oliver. »Du weißt, wie es Lothar mit den Handys –«

Sie wedelte mit der Hand. »Ich weiß.« Vor ihr ein roter Fiat, dessen Fahrer das Gaspedal nicht zu kennen schien.

»Willst du es mir nicht erzählen?«

Du erzählst mir doch auch nicht alles, wollte sie erwidern, aber sie biss sich auf die Zunge. Was nützte es, biestig zu sein, wenn sie sich eine gute und vertrauensvolle Zusammenarbeit wünschte? Vielleicht konnte sie so erreichen, dass ihr Kollege auch von sich etwas preisgab.

»Mein Vater ... ich ...« Sie rieb sich über die Stirn. »Meine Schwester hat Stress mit ihrem Freund.« Die ganze Wahrheit wollte sie ihm nicht auftischen.

»Wie alt ist sie?«, fragte er.

»Eigentlich alt genug, um auf sich selbst aufzupassen«, sagte sie gereizt.

Oliver sah sie mit hochgezogenen Augenbrauen von der Seite an. »Oh, heißes Thema.«

Miriam seufzte. »Sie ist fünfundzwanzig, hat ihre Ausbildung abgebrochen und bittet mich ständig um Hilfe. Ich dachte, das würde aufhören, wenn ich aus der Stadt bin, aber Pustekuchen.«

»Brauchst du einen Tag frei?«

Sie musste lächeln. »Wir haben ein Tötungsdelikt auf dem Schreibtisch, ich bin die Neue, ich nehme mir bestimmt keinen Tag Urlaub.«

»Ich rede mit Lothar und halte dir den Rücken frei.«

Was war denn mit Oliver los? Hatte er ein schlechtes Gewissen? So langsam ahnte sie, was für ein loyaler Kollege und Partner er sein konnte. Er trug den Ehering an der linken Hand, das war ihr noch nie aufgefallen. Trug man den nicht üblicherweise rechts?

»Vielen Dank für dein Angebot, aber nein. Das Telefonat war alles, was ich brauchte.«

Sie parkte auf dem kleinen Parkplatz zur rechten Seite des Bahnhofes. Ein alter Mann mit Gehstock diskutierte lautstark mit einem Taxifahrer über einen Festpreis zu seinem Hotel. Eine Bettlerin mit schmutziger Jacke und Kopftuch saß kniend auf einem Stück Pappe und hielt den Passanten einen Pappbecher entgegen. Die Menschen taten ihr leid, doch in Deutschland gab es genug Organisationen, die Obdachlosen Hilfe anboten. Oliver und sie sprachen zwei Männer vom Sicherheitsteam der Deutschen Bahn an und wurden von ihnen zu einer Frau in ihrem Alter gebracht, die sie erwartete. Sie führte sie in einen abgelegenen Raum. Dort hielten zwei Mitarbeiter diverse Bildschirme im Blick, die unterteilt jeweils in vier Ansichten verschiedene Abschnitte des Bahnhofes zeigten. Die Reisenden strömten nur so vorbei.

Die Mitarbeiterin wies auf einen Schreibtisch an der Wand, auf dem nur ein Bildschirm Platz hatte. »Für welchen Zeitraum interessieren Sie sich?«

»Von Montagabend bis Dienstagmittag«, antwortete ihr Kollege.

»Geht das etwas genauer?«

Oliver atmete tief ein. »Also Montag ab zweiundzwanzig Uhr bis ...«

»Bis um zwölf am nächsten Tag«, fuhr Miriam fort.

»Welche Kamera wollen Sie sich ansehen?«

Miriam und Oliver tauschten einen kurzen Blick. »Alle«, sagte Miriam.

»Okaaay«, sagte die Mitarbeiterin gedehnt. Ihre Augen standen etwas zu weit auseinander und die Stirn war zu hoch für das schmale Gesicht.

»Sie wissen, wie viele Kameras wir haben?«

»Wir fangen mit der Kamera im Eingangsbereich an«, schlug Miriam vor.

»Haupteingang?«, fragte sie.

»Er wird doch bestimmt den Nordeingang benutzt haben«, sagte Oliver.

»Da bin ich mir nicht so sicher«, sagte Miriam. »Ich würde durch den Haupteingang rein und hoffen, dass man mich in der Menschenmenge nicht sofort erkennt.«

»Also der Haupteingang?«, fragte die Mitarbeiterin.

Miriam nickte. »Ja, bitte. Erst mal den.«

Sie öffnete eine Datei und ein Bild erschien. »So können Sie vor und zurückspulen.« Sie fuhr mit dem Cursor über Pfeiltasten am unteren Ende des Bildes und erklärte, wie sie andere Kameraeinstellungen und Uhrzeiten eingeben konnten. Auf einer Liste waren die Standorte den Kameranummern zugeordnet.

»Ich lasse Sie jetzt alleine. Wenn Sie mich brauchen, wählen Sie die vierundzwanzig«, sagte sie, zeigte auf das Telefon und zog gleichzeitig ihr Mobilgerät aus der Hosentasche. »Dann komme ich zu Ihnen.«

»Vielen Dank«, sagte Miriam und setzte sich. »Dann wollen wir mal.«

»Moment«, sagte Oliver, rief auf seinem Diensthandy das Foto von Tim auf und legte es vor sie. »Wir müssen uns vorher sein Gesicht einprägen.«

Sie brauchte nicht hinzusehen, sie tat es trotzdem, um ihren Kollegen nicht misstrauisch werden zu lassen. Dieses Gesicht hatte sich in ihr Herz geschrieben. Wenn es in dem besagten Zeitraum von der Kamera erfasst worden war, würde sie Tim erkennen.

***

Tim senkte den Kopf und ging schnellen Schrittes an den zwei Polizisten vorbei. Die beiden interessierten sich nicht für ihn und er kam unbemerkt aus dem Supermarkt, dennoch schlug ihm das Herz bis zum Hals und er spurtete den Weg zurück, den er gekommen war. Die Autos rauschten an ihm vorbei, das Blut pochte hinter seinen Schläfen. Schnell weg von hier.

Er drehte sich immer wieder um, doch keiner verfolgte ihn. Er glaubte, dass jeden Moment der Streifenwagen neben ihm halten, die Polizisten ihn überwältigen und ins Auto zerren würden. Nichts dergleichen geschah.

Er kam bis zum Wald und lief noch ein gutes Stück weiter, bis er sich in Sicherheit fühlte. Dann gönnte er sich eine Pause und setzte sich auf einen Baumstamm. Er wischte sich den Schweiß von der Stirn und versuchte, Atem und Pulsschlag zu beruhigen. Er hatte es geschafft. Er war zurück in der Wildnis.

Auch wenn er sich so auf dieses Essen gefreut hatte, schlang er das Brötchen, die Laugenstange und eine Banane rasch hinunter – er wollte schnell weiter. Er schlug kurz die Zeitung auf und scannte die Überschriften. Eine kleine Meldung unter Regionales, dass eine junge Frau in Düsseldorf erstochen aufgefunden worden und der mutmaßliche Täter auf der Flucht war. Mehr gab die Zeitung nicht her. Vielleicht hatte es am Vortag einen ausführlichen Bericht gegeben.

Man hatte also Vanessa gefunden, und die Polizei suchte nach ihm. Er schluckte. *Du Blödmann*, schalt er sich, *was hattest du anderes erwartet?* Er faltete die Zeitung zusammen und stopfte sie in den Rucksack.

Er musste weiter, orientierte sich nach Norden, um die Stadt zu umrunden und ging los. Allerdings schneller, als es gut war: Bald schon taten ihm die Beine weh und die Arme wurden schwer, weil er den Beutel abwechselnd in der einen und dann in der anderen Hand trug. Er band ihn an den Schulterriemen fest, so dass er die Hände frei hatte.

Der Wald war eng durchzogen mit Wanderwegen. Er musste immer wieder abwarten, bis Hundebesitzer oder Wanderer passiert waren, um ungesehen die Wege zu überkreuzen.

Vielleicht sollte er die Richtung ändern. Wenn er nur eine Karte hätte und er sich orientieren könnte. Wo gab es den dichtesten Wald?

Hatte alles noch einen Sinn? Wütend kickte er Steine vor sich her. Was war das nur für ein Leben! Er konnte doch nicht ständig darum bangen, ob er genug zu essen bekam, die nächste Wasserquelle fand oder ihm das Wetter wohlgesonnen war! Was würde er im Winter machen?

Wenn er es wirklich schaffen wollte, musste er sich einen festen Ort suchen, an dem er sich niederlassen konnte. Eine Höhle oder eine verlassene Hütte.

Außerdem sollte er sich eine bessere Ausrüstung verschaffen. Ein Feuerstein und ein Buch über essbare Wildpflanzen wären hilfreich.

Tim kam an eine Lichtung und entdeckte in der einen Ecke einen Hochsitz, auf den er zusteuerte.

Die Leiter war wackelig, die Sprossen an den Seiten etwas morsch. Ob dieser Hochsitz noch benutzt wurde, war fraglich. Tim rüttelte heftig an der Konstruktion. Sie hielt, also kletterte er hinauf.

Ein zerschlissenes Kissen lag auf dem Holzbrett, machte das Sitzen aber bequem. Ein Fernglas lehnte in der Ecke. Der Sitz wurde also noch benutzt, er durfte sich nicht zu lange hier aufhalten ... Aber warum sollte der Förster ausgerechnet jetzt vorbeikommen?

Tim lehnte sich zurück, aß eine Banane und ein paar Trockenpflaumen. Eine Hummel verirrte sich bis in seine Höhe, umflog ihn und schwirrte wieder fort. Seit wann war das Summen dieser Tiere so laut?

Mit dem Fernrohr scannte er die Umgebung ab. Ein Eichhörnchen kletterte einen Baum empor, Rehe oder Wildschweine zeigten sich nicht. Tim legte sich mit angezogenen Beinen auf die Sitzfläche und bettete den Kopf auf das Kissen. Ein bisschen Ruhe würde ihm guttun, nur nicht zu lange. Die Wunde an seinem Bein tuckerte, aber er ignorierte es. Mit seinem Jugendfreund Thomas war er auch einmal auf einen Hochsitz geklettert. Als sie oben herumgesprungen waren, hatte das ganze Ding gewackelt. Im Spiel waren sie Seeräuber gewesen, die auf dem Schiffsmast nach Beute Ausschau gehalten hatten. Es war ein unbeschwerter Tag gewesen. Seine Lider wurden schwer, er wollte nur kurz die Augen schließen.

Tim schreckte hoch. War eingenickt. Wo war er? Im Hochsitz. Ein Gedanke, ein Bild. Der Beginn eines Traums. Er griff nach dem Erinnerungsfetzen wie nach einem wegtreibenden Rettungsring auf hoher See. Alles auf Anfang. Vanessa. Schwanger. Sekt. Er war aggressiv geworden, wegen des Alkohols. Er war so wütend geworden, dass er sie hatte umbringen müssen.

Sie hatte gedroht, ihn der Vergewaltigung zu bezichtigen, wenn er nicht bei ihr blieb, sich um das Kind kümmerte und ihr die Ehe versprach. Sie hatte die Anschuldigung bei Facebook einstellen wollen, wenn er ihr keinen Schwur leistete.

Tim hatte sich zu ihr gebeugt, hatte sie geküsst, besänftigt und vorgegeben, das Glas in der Küche nachfüllen zu wollen – für den besonderen Moment.

Er kam mit dem Messer zurück.

Hinter dem Rücken.

»Und? Soll ich es bei Facebook einstellen oder stehst du zu mir?« Ein hämisches Grinsen auf ihrem Gesicht.

Er trat zu ihr, drückte sie aufs Bett.

Sie kicherte, glaubte, er wollte eine Liebesrangelei mit ihr beginnen.

Er umfasste den Griff des Messers noch fester, ließ den Arm mit einem Ruck nach vorn schnellen, in ihren Bauch.

Fest.

Tief.

Das Messer gedreht.

Sie röchelte, bäumte sich auf, fasste an ihren Bauch, spuckte Blut, schaute ihn ungläubig an, bis der Lebensgeist aus ihren Augen erlosch und sie aufs Bett sank.

Er legte sich neben sie, ausgelaugt und erschöpft. Die Gefahr war gebannt. Wenn sie die Drohung wahr gemacht hätte, wäre sein Ruf als Strafverteidiger ruiniert gewesen, auch wenn er seine Unschuld hätte beweisen können. Wer würde einen Anwalt beauftragen, der wegen eines Sexualdelikts angeklagt gewesen war? Niemand. Er hätte die Kanzlei und die Wohnung verloren, genauso wie das Gesicht vor seiner Familie und den Freunden. Und das nur durch eine Anschuldigung. Egal, ob sie wahr war oder nicht.

Das war das Schlimmste, was Vanessa hatte tun können. So hatte sie ihn zum Mörder gemacht. Er hatte neben ihr die Augen geschlossen, hatte sich nur kurz ausruhen wollen. Dann hatte ihn der Schlaf übermannt.

Verdammt, wie hatte er das vergessen können? Keine Zweifel mehr, keine Leugnung. Er war Vanessas Mörder. Tims Brustkorb fühlte sich an, als würde eine dicke Eisenkette ihn zusammendrücken. Diese Bilder würden ihn sein Leben lang nicht mehr verlassen, jetzt, nachdem er sie heraufbeschworen hatte.

Ich bin ein Mörder, hämmerte es in seinem Kopf wie ein Presslufthammer auf Granit.

***

»Da!«, rief Miriam aufgeregt und zeigte auf den Bildschirm. Auch wenn ihre Augen mittlerweile müde geworden waren, hatte sie ihn in der ersten Millisekunde erkannt. Der Gang, das Gesicht, sein Wesen. Das war Tim.

»Noch mal zurück«, befahl Oliver.

Sie spulte zurück. Ihr Kollege verglich das Standbild mit dem Foto. »Wie hast du das so schnell gesehen?« Er klopfte ihr anerkennend auf die Schulter.

»Glück.«

»Hoffentlich hast du öfter so viel Glück bei den Ermittlungen.« Er notierte sich die Uhrzeit, die auf dem Bildschirmrand eingeblendet wurde. Neun Uhr zweiundvierzig. »Dann lass uns mal die anderen Kameraeinstellungen ansehen, vielleicht erfahren wir, wo er hingefahren ist.«

Miriam klickte sich durch die Kameraansichten. Sie sahen, wie Tim sich im Terminal vor dem Ticketautomaten aufhielt und zum Gleis ging.

»Kannst du die Gleisnummer erkennen?«, fragte Oliver.

»Ich glaube: sieben.«

Sie sahen auf der Liste nach, welche Kamera auf dem Gleis installiert war und schalteten um. Dort sahen sie, wie Tim etwas in den Mülleimer warf und wartete. Ein anderer Mann nahm etwas heraus und Tim rannte ihm hinterher.

»Was ist denn da los?«, fragte Oliver.

Sie verfolgten auf unterschiedlichen Kameras mit, wie es zu einer Verfolgungsjagd kam, wie Tim den Mann überwältigte und ihm was aus der Hand riss.

»Was ist das?«, fragte ihr Kollege.

»Ich glaube, das ist ein Handy.«

Dann verschwand Tim aus dem Bahnhofsgebäude.

»So ein Mist, wir haben ihn verloren.«

»Aber er hat ein Ticket gekauft. Vielleicht kommt er zurück. Wir sollten die nächsten Stunden durchgehen.«

Oliver stöhnte auf und sah auf die Uhr. »Ich hole uns etwas zu essen, mach du schon mal weiter.«

Sie nickte und widmete sich den Bildschirmen, den hinaus- und hineinströmenden Geschäftsleuten, Reisenden und urig aussehenden Gestalten.

Bald hatte sie eine Cola Zero und ein Käsebrötchen vor sich stehen. Überrascht sah sie ihn an. Er hatte sich ihr Lieblingsgetränk gemerkt. Ihre Augen wurden müde, dann tauchte Tim wieder auf einem Video auf. »Da ist er. Mal sehen, wo er hingeht.«

Sie konnte verfolgen, dass er zum Gleis sieben ging und in einen Zug einstieg, aber nicht, welcher das war. Miriam rief die Mitarbeiterin des Sicherheitsteams der Deutschen Bahn an, die bald darauf zurückkkam. Sie tippte etwas in den PC ein und sagte: »Das war der R10615 Richtung Minden.«

»Können Sie uns sagen, an welchen Bahnhöfen der Zug gehalten hat?«, fragte Miriam.

Die Mitarbeiterin händigte ihnen die Liste aus und brannte die interessanten Videosequenzen auf CD.

Als sie rausgingen, studierte Miriam die Auflistung. »Essen, Bochum, Dortmund, Hamm, Ahlen, Gütersloh, Bielefeld, Porta Westfalica. Wir müssen wissen, wo er ausgestiegen ist.«

»Das finden wir heraus. Bald haben wir ihn!«, antwortete Oliver mit einem wohlgefälligen Lächeln.

Während der Fahrt zum Präsidium rief Oliver die Staatsanwältin an, damit sie den Beschluss für die Veröffentlichung des Bildmaterials bekamen.

Danach versuchte er, Tims Schwester zu erreichen. Sowohl auf dem Festnetzanschluss als auch auf dem Handy nahm keiner ab. Vielleicht mussten sie dort vorbeifahren. Als sie auf der Polizeidienststelle eintrafen, warteten die Eltern von Tim auf sie.

Miriam übergab Felix die Video-CD und die Liste der Bahnhöfe.

»Ich kümmere mich darum«, sagte er. »Bei den kurzen Videosequenzen werde ich die Bundespolizei mal belästigen.«

Irgendwas war anders an ihm, doch sie konnte auf den ersten Blick nicht sagen, was es war. Der karierte Pullunder war bestimmt nicht neu und sah eher so aus, als hätte er seinem Urgroßvater gehört. Über sein schwarz-weißes Hemd mit den Ananasfrüchten als Muster hatte sie sich schon mal gewundert.

»Warst du beim Friseur?«, fragte sie schließlich.

Felix nahm die Brille ab. »Die ist neu.«

Wie hatte sie das übersehen können? Endlich hatte er das altmodische Ding gegen etwas Modernes eingetauscht. Ein eckiges Gestell in den Farben Grau, Dunkel- und Hellblau.

»Steht dir.«

Er setzte sie wieder auf und lächelte.

»Wenn du noch den Pullunder weglässt, verdrehst du allen Kolleginnen im Präsidium den Kopf.« Sie zwinkerte ihm zu, hoffte, es kam scherzhaft rüber und er würde die Botschaft trotzdem verstehen.

Trotzig antwortete er: »Pullunder gehören zu mir wie Verdächtige zu einem Fall. Ohne ist beides deprimierend und unvollständig.«

Sie legte ihm die Hand auf die Schulter. »Ich will auf keinen Fall, dass du deine gute Laune verlierst«, meinte sie und ging zu Oliver in den Besprechungsraum.

»Hast du die beiden schon gesehen?«, fragte er.

»Nein, sollte ich? Wo sind sie überhaupt?«

»Sie stehen bei Lothar im Büro. Der Vater beschwert sich über Verleumdung.«

»Ich erlöse mal unseren Chef.« Miriam ging zu Lothars Büro und hörte bereits auf dem Flur die laute Stimme eines Mannes. Ihr Chef versuchte, Tim Eichners Vater zu beruhigen. Sie hatte sich gewünscht, diese Menschen bei einer anderen Gelegenheit kennenzulernen. Miriam streckte den Rücken durch und trat ein. »Herr und Frau Eichner?«

Alle drei Anwesenden drehten sich zu ihr um. Herr Eichner sah sie feindselig an. Dieser Ausdruck wurde verstärkt durch die tiefliegenden Augen und die Narbe, die sich quer über seine Stirn zog, als hätte ein Indianerhäuptling die Haut aufgeritzt, um ihm zu skalpieren. Er trug einen schwarzen Anzug, war ebenso groß wie Tim und von stattlicher Gestalt. Die Hände in die Hüften gestemmt, baute er sich vor ihr auf. »Und wer sind Sie?«

»Miriam Waltz, Kriminalkommissarin. Wir haben das Vergnügen, uns zu unterhalten.«

»Vergnügen würde ich das nicht nennen«, sagte er scharf.

Was für ein aufgeblasener Kerl. Sie hatte bloß die Situation auflockern wollen. Anscheinend musste man sich bei ihm an Dienst nach Vorschrift halten, um nicht nachher eine Anfechtung am Hals zu haben. »Sie haben recht. Verzeihen Sie meine Wortwahl. Bitte folgen Sie mir in den Vernehmungsraum.«

Frau Eicher war wesentlich kleiner. Ihre grauen Augen wirkten müde, die Lippen waren schmal. Sie trug einen Hosenanzug und eine Perlenkette. Die beiden sahen aus, als kämen sie von einer gesellschaftlichen Veranstaltung oder von einer Beerdigung – nur dass Frau Eichner mit dem Braun nicht die richtige Farbwahl getroffen hatte. Sie waren ihr auf Anhieb unsympathisch. Ob es anders gewesen wäre, wenn Miriam sie unter anderen Umständen kennengelernt hätte? *Kaum vorstellbar.*

»Wir werden Ihnen nicht helfen können«, sagte Herr Eichner, während sie ihr folgten.

Miriam achtete nicht darauf, öffnete die Tür und ließ den Zeugen den Vortritt.

Frau Eichner blickte auf den Boden, als sie eintrat, Herr Eichners Augen verengten sich zu Schlitzen und auf seiner Stirn entstand eine Zornesfalte. Wie hatten diese Menschen einen so sympathischen Mann wie Tim großziehen können?

»Ich wiederhole mich nur ungern«, sagte Herr Eichner und setzte sich mit verschränkten Armen auf einen der Stühle. »Aber ich weiß nicht, was wir hier sollen.«

»Hat man Ihnen gesagt, weswegen Sie hier sind?«, fragte Miriam, als sie Platz genommen hatten.

Oliver zog den Laptop zu sich.

»Nur, dass es um unseren Sohn geht.«

»Wir ermitteln in dem Tötungsdelikt an Vanessa Marks.«

»Kenne ich nicht«, sagte Herr Eichner entschieden.

Sie ließ sich von den beiden die Ausweise zeigen.

Oliver übernahm die Daten fürs Protokoll. »Sie wohnen nicht zusammen?«, fragte er überrascht.

»Wir haben uns getrennt«, antwortete Frau Eichner leise.

»Nur für Sie haben wir uns heute zusammengerauft«, keifte Herr Eichner und rutschte etwas von seiner Frau weg.

»Für Ihren Sohn«, berichtigte Miriam, doch er ging nicht darauf ein.

»Wir wollen uns scheiden lassen«, bekundete er.

Die Ehe galt heutzutage nichts mehr. Lag Tims Bindungsangst in der Familie begründet? Ob sie noch jemals die Chance bekam, diesen Menschen kennenzulernen?

Sie sah ihn vor sich, lächelnd, mit dem Bier in der Hand – zum Greifen nahe.

Oliver räusperte sich. Ein Zeichen, dass sie eine zu lange Pause hatte verstreichen lassen und sich auf die Vernehmung konzentrieren musste.

Sie belehrten die beiden über ihre Rechte sowie über das Aussageverweigerungsrecht in Bezug auf Angehörige. Das war der springende Punkt. Wenn Sie Pech hatten, würden sie gar nichts von ihnen erfahren.

»Was werfen Sie unserem Sohn vor?«, fragte Tims Vater.

»Wir verdächtigen Ihren Sohn, Vanessa Marks getötet zu haben.«

»Was?« Frau Eichner hob die Hand zum Mund, strich über ihre Lippen. »Tim soll einen Menschen getötet haben?« Sie schüttelte den Kopf. »Nein, nicht mein Tim.«

Sie erntete einen vernichtenden Blick von ihrem Mann. Ihre Haut an Stirn und Augenpartie war faltig, als sei sie vom Leben gezeichnet.

»Wir würden ihn gerne als Täter ausschließen und müssten dafür dringend mit ihm sprechen. Doch er ist verschwunden. Wissen Sie, wo er sich aufhält?«

»Er ist verschwunden?«, fragte Frau Eicher erstaunt.

»Wenn wir es wüssten, würden wir es Ihnen nicht erzählen«, wandte Tims Vater ein.

»Es wäre zum Wohle Ihres Sohnes, wenn Sie mit uns kooperieren würden«, fuhr Miriam fort.

»Ach, und was, bitte schön, sollte es unserem Sohn nutzen? Abgesehen davon hab ich ihn das letzte Mal zu Weihnachten gesehen. Und du Heidi?«

»Ich habe vor zwei Wochen mit ihm telefoniert. Er hat mir zum Geburtstag gratuliert. Ich habe ihn zum Kaffee eingeladen, doch er kam nicht.« Sie blickte auf ihre Hände, die Augen wirkten traurig und matt. Was war das nur für ein Verhältnis? Auch wenn sie Schwierigkeiten mit Denise hatte, würde sie ihre Schwester an ihrem Geburtstag besuchen.

»Eine Vanessa hat er nicht erwähnt, aber er redet nie über seine Freundinnen. Nur Svenja haben wir kennengelernt.«

Miriams Herz schlug schneller. Es war der Name auf dem Glasherz, das sie in der Schreibtischschublade gefunden hatte.

»Wer ist Svenja?«, fragte sie instinktiv, obwohl es nicht für den Fall relevant sein würde.

»Seine Verlobte. Sie hat ihn einen Tag vor der Hochzeit ver–«

»Heidi«, rügte Herr Eichner sie scharf. »Das gehört nicht hierher.«

Miriam schluckte. Sie hätte gern mehr erfahren, doch Herr Eichner hatte recht. Und trotzdem. Eine Ungeheuerlichkeit. Einen Tag vor der Hochzeit den Partner zu verlassen – das hatte seine Mutter doch sagen wollen. Ihr Herz wurde schwer. War das der Grund für alles? Dafür, dass Tim sich nicht mehr an Frauen binden konnte und er Vanessa getötet hatte? Ein Kind bedeutete Bindung. Hatte er so große Angst davor, dass er zu einem Messer gegriffen hatte? Sie musste sich mit dem Gedanken abfinden, in einen Totschläger verliebt zu sein, und ihre Gefühle unterdrücken. Es war utopisch, noch an ein Wunder zu glauben. Tim war ein Täter – sie musste ihn finden und überführen.

»Wo würde Ihr Sohn hingehen, wenn er nicht gefunden werden möchte?«

Miriam erwartete weitere Gegenwehr von Tims Vater, aber ausnahmsweise gebot seine Frau ihm Einhalt, indem sie die Hand hob. »Clemens, bitte. Sie wollen doch nur mit Tim reden. Er wird seine Unschuld beweisen können.«

»Warum ist er wohl verschwunden?«

»Du glaubst doch nicht, dass er eine Frau getötet hat?«

Er zuckte mit den Schultern. »Wer weiß das schon?«

»Und das sagst du jetzt vor den Polizisten? Ein toller Vater bist du!« Sie wandte sich Miriam zu. »Tim hat früher viel Zeit bei meinen Eltern verbracht. Sie haben –«

»Heidi!« Herr Eichner haute auf den Tisch. »Hör auf.«

Oliver stand auf. »Herr Eichner, begleiten Sie mich bitte nach draußen. Da Sie uns nicht helfen möchten, ist Ihre Vernehmung hiermit beendet.«

Herr Eicher schaute irritiert zwischen Oliver und seiner Frau hin und her. »Aber du kommst mit.«

»Ihre Frau bleibt noch«, wandte Miriam ein.

»Ich lasse meine Frau nicht alleine hier«, sagte er und verschränkte die Arme.

»Erstens dachte ich, dass Sie sich scheiden lassen wollen. Und zweitens entscheiden das nicht Sie, sondern wir.« Olivers Tonfall ließ keine Widerworte zu, er hielt ihm die Tür auf.

Einen Moment stand Herr Eichner unschlüssig dort, dann verließ er den Raum. »Ich warte draußen auf dich.«

Als die Tür wieder zu war, forderte Miriam Frau Eichner auf, fortzufahren.

Diese strich sich die kinnlangen Haare hinters Ohr. »Meine Eltern hatten einen Bauernhof, auf dem unsere Kinder gerne waren. Seit dem Tod meiner Mutter letztes Jahr im November ist er verlassen. Wir haben ihn noch nicht verkauft, weil ...« Sie fuhr mit den Fingern über die Tischplatte. »Es war ein Streitthema mit meinem Mann.«

»Sie glauben, Tim könnte sich dort aufhalten?«

»Es ist das Einzige, was mir einfällt.«

»Bitte nennen Sie uns die Adresse.«

»Ich kann Sie begleiten, wenn Sie möchten. Ich muss sowieso mal wieder nach dem Rechten sehen.«

Miriam wechselte mit Oliver einen Blick. Dieser nickte ihr zu.

»Gut. Dann fahren wir gemeinsam dorthin.«

***

Das Boot schwankte auf dem tosenden Meer. Der Sonnenuntergang hatte den Himmel blutrot gefärbt. Die Farbe spiegelte sich in den Wellen und drang durch ein Leck ins Innere. Tim wollte aufstehen, doch sein Körper war wie am Boden festgeklebt, seine Glieder bewegungsunfähig, der Kopf auf der Reling. Ein weit entferntes Knarzen drang an sein Ohr. Das Boot drohte unterzugehen und ihn zu verschlucken. Vanessas Gesicht am Himmel durchbohrte ihn mit einem vernichtenden Blick, der das Blut in seinen Adern zum Stocken brachte. Mit einer riesigen Hand griff sie nach seiner Kehle und drückte ihm die Luft ab.

»Was machen Sie hier?«

Tim schlug die Augen auf und war im ersten Moment orientierungslos. Der Himmel war nicht blutrot, sondern von den Wipfeln der Fichten durchzogen. Er lag nicht in einem Schiff, sondern in einem Bretterhäuschen.

Dann prasselten die Bilder auf ihn ein: der Wald, Vanessa, das Blut. Die Gewissheit der Schuld riss ein Loch in sein Herz. Die Polizei fahndete nach ihm und er war auf der Flucht.

Ruckartig setzte er sich auf, sein Herz begann zu rasen. Er war tatsächlich eingeschlafen und der Förster wollte seinen Platz beanspruchen.

Der Mann war kein typischer Vertreter seiner Berufsgruppe. Er trug zwar eine grüne Funktionshose und eine Fleeceweste über dem kurzärmligen Hemd, das ein Emblem der Forstverwaltung aufwies, aber seine Unterarme und sein Gesicht waren mit Totenköpfen und Schlangen tätowiert. Die langen Haare hatte er zu einem Zopf gebunden und der Spitzbart reichte bis zur Brust.

»Entschuldigen Sie, ich ...«, faselte Tim, seine Gedanken ordnend.

»Dies ist keine Obdachlosenunterkunft«, sagte der Förster barsch und stemmte die Hände in die Hüften. Mehrere Siegelringe zierten seine Finger.

Tim blickte an sich hinunter. Sah er so verwahrlost aus? Vielleicht war das gut so. Hoffentlich würde der Förster ihn nicht als den flüchtigen Täter identifizieren.

Tim rappelte sich auf und griff nach dem Rucksack. »Bin schon weg.«

»Wenn ich dich hier noch einmal sehe, rufe ich die Polizei.«

Das würde nicht geschehen. Tim trat auf die Leiter und hatte das Gefühl, das Konstrukt würde in sich zusammenklappen wie ein Kartenhaus. Er fröstelte. Wie lange hatte er geschlafen? Er sah die Armbanduhr des Fremden, konnte aber das Ziffernblatt nicht erkennen. »Wie spät ist es?«, fragte er unvermittelt.

Der Förster zog die Stirn kraus und sah auf die Uhr. »Kurz vor fünf. Jetzt verschwinde.«

Eine Pokemonuhr. Wie passte das zu diesem Kerl?

»Danke«, sagte Tim. Er kletterte die Sprossen hinunter, die Beine weich wie Wackelpudding.

Geschwind entfernte er sich. Er meinte, die Blicke im Nacken zu spüren. Hatte der Förster ihn erkannt und rief gerade die Polizei? Nein, dann hätte er sich anders verhalten, hätte versucht, ihn in ein Gespräch zu verwickeln, ihn zum Bleiben zu bewegen und unauffällig zu telefonieren. Oder hatte er einfach nur zu große Angst vor ihm gehabt und alarmierte im Nachhinein die Ordnungshüter?

Tim schluckte trocken. Würde er an Gott glauben, würde er beten, doch er glaubte nicht. Wenn es eine höhere Instanz gab, warum sollte sie sich um ihn scheren, wo er sich nie an sie gewandt hatte? Ihm blieb nur, zu hoffen – auf sein Glück, den Zufall …

Seine Beine trugen ihn davon, so schnell sie konnten. Die Äste knackten unter den Schuhen, das Laub raschelte. Auf einem Ameisenhaufen an einem Fichtenstamm wimmelte es von fleißigen Arbeitern. Wie gern würde er mit einem dieser kleinen Tierchen tauschen. Schlicht seinen Job tun, funktionieren, nicht auf der Flucht sein, nicht die Angst zu spüren, erwischt zu werden.

Tim stapfte weiter, zügig, wollte nur weg. Ein frischer Wind zog auf, er rieb sich die Arme. In der Ferne hörte er Donnergrollen. Oh nein! *Halte dich bei einem Gewitter niemals im Wald oder unter Bäumen auf.* Diese Regel kannte jedes Kind. Er sah nach oben. Eine Baumkrone neben der nächsten. Wie sollte er hier diese lebensrettende Weisheit befolgen?

Kapitel 9

Der Bauernhof von Tims Großeltern lag in der naheliegenden Stadt Haan in ländlicher Gegend. »Wir konnten Ihre Tochter bisher nicht erreichen«, sagte Miriam zu Frau Eichner.

Tims Mutter saß auf dem Rücksitz und starrte aus dem Fenster. Ihre Hände lagen zusammengepresst auf den Beinen.

»Frau Eichner?«

Langsam wandte sie ihr den Kopf zu. Sie sah aus, als sei sie um Jahre gealtert. »Manchmal möchte sie mit niemandem reden.«

»Warum?«

Frau Eichner zuckte mit den Schultern. »Sie hat viel zu tun mit den beiden Kleinen.«

Miriam glaubte nicht, dass dies der einzige Grund war.

Das Navigationsgerät erklärte, dass sie ihr Ziel erreicht hatten. Sie fuhr auf einen Hof. Zur linken Seite lagen eine Pferdekoppel, eine Scheune und die Ställe. Eine weißgraue Katze flüchtete um die Häuserecke. Auf der rechten Seite befanden sich das Wohnhaus, die Garage und ein Schuppen. Das Anwesen war weitläufig. Hier mochte es zahlreiche Verstecke geben.

Als sie den Dienstwagen parkte, wurde neben der Garage ein hellblauer Touran sichtbar.

»Kennen Sie das Auto?«, fragte Oliver.

»Das ist Nicoles«, antwortete Frau Eichner.

Miriam verkniff sich ein Lächeln. Manche Dinge fügten sich von selbst. Nun konnte sich Tims Schwester nicht mehr dem Gespräch mit ihnen entziehen.

In dem Moment trat Nicole aus der Haustür, zusammen mit ihren Töchtern. Die Kleinere, vielleicht zwei Jahre alt, versteckte sich hinter den Beinen der Mutter, wagte einen schüchternen Blick. Beide waren komplett in Rosa gekleidet. Die Große, ungefähr sechs, hatte einen Haarreif mit einer Schleife im Haar, die Kleine Spangen. Wie konnte man das seinen Kindern nur antun? *Wart ab, bis du in der Situation bist*, ermahnte sich Miriam. Möglicherweise ließ sich diese Farbwahl in dem Alter nicht verhindern.

Miriam stieg aus und ging zielstrebig auf Nicole zu. Diese hatte die breite Nase und die hohe Stirn von ihrem Vater geerbt, was sie aber nicht unattraktiv machte. Sie trug die braunen Haare wie ihre Mutter schulterlang, darin eine Perlenkette wie ein Haarband. Ihr buntes Tanktop erinnerte an ein Wasserfarbenbild, das ihre ältere Tochter gemalt haben könnte. Dazu trug sie einen langen Leinenrock und Sandaletten mit Perlen und Quasten behängt. *Die würde gut in einen Hippie-Film der Sechziger passen.*

Miriam hielt ihr den Dienstausweis hin und stellte sich vor.

»Schön, dass wir Sie hier antreffen. Wir haben mehrmals versucht, Sie zu erreichen.«

»Weswegen wollten Sie mit mir sprechen? Und wieso sind Sie mit meiner Mutter hergekommen?«

Frau Eichner trat hinzu: »Was machst du hier?«

»Das Gleiche könnte ich dich fragen. Wieso bringst du die Polizei hierher?«

»Sie sind wegen Tim da.«

»Was ist mit ihm?«, fragte Nicole besorgt.

»Hat Vater dich noch nicht erreicht? Ich dachte, er wollte dich anrufen.«

Nicole schüttelte den Kopf.

»Wissen Sie, wo sich Ihr Bruder aufhält? Wir sind auf der Suche nach ihm«, mischte sich Oliver ein.

»Nein, ich kann ihn nicht erreichen. Und er antwortet nicht auf meine Nachrichten.«

»Die Polizei will überprüfen, ob Tim sich hier versteckt«, sagte Frau Eichner.

»Warum?« Nicole sah Oliver und sie erwartungsvoll an.

»Sollen wir vielleicht reingehen und uns setzen?«, fragte Miriam.

»Ich glaube nicht, dass das eine gute Idee ist«, gab Nicole zurück.

Die große Tochter zog an dem Rock ihrer Mutter. »Können wir jetzt fahren?«

»Gleich.« Sie strich ihrer Tochter über die Haare und nahm die Kleinere auf den Arm.

Miriam beugte sich zu Oliver und flüsterte ihm ins Ohr, dass er schon mal nach Tim suchen sollte, während sie mit Tims Schwester sprechen würde.

Er nickte und wandte sich an Frau Eichner: »Würden Sie mich bei der Suche nach Ihrem Sohn begleiten? Sie kennen den Hof besser als ich und können mich auf verborgene Winkel aufmerksam machen.«

»Natürlich«, sagte sie, und die beiden entfernten sich.

»Setzen wir uns«, sagte Miriam und zeigte auf die Holzbänke, die neben der Tür unter einem Vordach standen.

Ein schöner Platz, um bei lauen Sommerabenden ein Glas Wein zu trinken. Widerwillig ließ sich Tims Schwester dort mit den beiden Kindern nieder. Warum wollte sie nicht mit ihnen reden? Hatte sie Tim zur Flucht verholfen?

»Bevor wir uns unterhalten, muss ich Ihre Personalien aufnehmen. Haben Sie Ihren Ausweis zur Hand?«

Tims Schwester verzog unwillig das Gesicht. »Warten Sie kurz.« Sie verschwand im Haus. Unsicher blickten die beiden Mädchen Miriam mit großen Augen an. Einen Augenblick später kam ihre Mutter mit einem Portemonnaie zurück.

Miriam notierte sich die Daten. Nicole hieß mit Nachnamen Kempel und war fünf Jahre älter als Tim.

»Was soll das Ganze überhaupt?«, fragte Frau Kempel ungeduldig.

Miriam gab ihr den Ausweis zurück. »Wir ermitteln in einem Tötungsdelikt von –«

»In einem *was*?«, fragte Nicole Kempel unvermittelt.

»In einem Tötungsdelikt.«

Nicole Kempel lehnte sich zu ihrer großen Tochter vor. »Kannst du mit Samira rutschen gehen?«

Die Tochter nickte, nahm ihre Schwester an die Hand und lief zu den Spielgeräten. Es sah nach einer selbstgebauten Konstruktion aus, die für mehrere Generationen gebaut zu sein schien – unkaputtbar.

»Und was soll Tim damit zu tun haben?«, fragte sie und blickte in die Ferne, als sähe sie dort ihre Vergangenheit.

»Wir verdächtigen Ihren Bruder, Vanessa Marks getötet zu haben.«

»Das kann nicht sein.«

Miriam klärte Nicole Kempel über das Aussageverweigerungsrecht auf und wies sie darauf hin, bei einer Aussage die Wahrheit zu sagen. »Warum sind Sie hier?«, fragte sie dann.

»Erinnerungen.«

»Können Sie mir das erklären?«

Tims Schwester holte tief Luft. »Heute vor einem Jahr haben wir erfahren, dass meine Oma Brustkrebs hatte. Im November ist sie gestorben. Ich wollte ihr nahe sein und mich noch mal von ihr verabschieden. Die Sachen durchsuchen, ob ich etwas verwahren möchte.«

»Wieso wurde das Haus noch nicht verkauft?«

Nicole zog die Augenbrauen hoch. »Wenn es nach meinem Vater ginge, wäre es längst weg. Meine Mutter bringt es nicht übers Herz.«

Die beiden Kinder rutschten zusammen und die Kleine kicherte vergnügt. Wie schön eine unbeschwerte Kindlichkeit doch war.

»Wieso haben Sie unsere Anrufe nicht entgegengenommen?«

Nicole Kempel strich sich über die Perlenkette im Haar und sah sie unverwandt an. »Muss ich auf diese Frage antworten?« Es lagen Trauer und Trotz in ihren Augen.

»Wir fahnden nach Ihrem Bruder. Er ist nicht auffindbar. Wenn Sie nicht ehrlich zu uns sind, könnten wir glauben, Sie haben ihm bei der Flucht geholfen.«

Tims Schwester runzelte die Stirn und schüttelte den Kopf. »Natürlich nicht.«

»Dann würde ich vorschlagen, Sie sagen uns die Wahrheit.«

Die Zeugin seufzte. »Es gibt Zeiten in meinem Leben, in denen möchte ich mit niemandem reden. Als sich der heutige Tag näherte, bin ich wieder in dieses tiefe Loch gefallen. Die Ärzte nennen es Depressionen. Ich bin froh, wenn ich in diesen Tagen den Haushalt geregelt bekomme und mich um Julia und Samira kümmern kann.«

Miriam nickte und ließ ihr ein bisschen Zeit. Sie beobachteten die Mädchen beim Spielen. Die Kleine saß auf der Schaukel und wurde von ihrer Schwester angeschubst.

»Wissen Sie, wo Tim sich aufhalten könnte?«, fragte Miriam nach einer Minute.

»Bis auf hier ... vielleicht bei seinem Freund Markus oder im Wald wandern.«

»Wandern?«, fragte Miriam überrascht. »Wir suchen ihn seit drei Tagen.«

Nicole Kempel schüttelte gedankenverloren den Kopf. »Und Sie sind sicher, dass er es war? Ich meine, Tim würde doch nicht ...« Ihre Stimme brach.

»Die Indizien sind erdrückend, aber bisher gibt es keine handfesten Beweise. Daher müssen wir mit ihm sprechen, um die Situation aufzuklären. Er war einer der letzten Personen, die mit Vanessa Marks Kontakt hatte.«

Nicole Kempels Augen schöpften Hoffnung. »Tim würde niemandem was zuleide tun.«

»Kennen Sie Vanessa Marks?«

»Nein, nie gehört.«

Ihre Töchter kamen zu ihnen gelaufen, die Kleine legte den Kopf auf Frau Kempels Oberschenkel.

Die Zeugin erhob sich. »Sie müssen mich entschuldigen. Ich werde jetzt reingehen.«

»Zeigen Sie mir bitte noch das Innere des Hauses«, forderte Miriam sie auf.

Nicole Kempel willigte ein und nahm sie mit. Eine Treppe führte in den ersten Stock. Zur rechten Seite befand sich ein überschaubares Wohnzimmer, das so aussah, als ob hier noch jemand leben würde. Die Schubladen waren aufgezogen und durchwühlt. Das war das einzige Anzeichen, dass hier etwas anders war, als es sein sollte.

Miriam durchsuchte das Schlafzimmer, schaute unterm Bett und im Kleiderschrank nach, dann ging sie in die Küche, ins Esszimmer und ins längst ungenutzte Kinderzimmer. Hier schien die Zeit stehen geblieben zu sein.

Nirgendwo eine Spur von Tim. Miriam wies Nicole Kempel darauf hin, dass sie die Aussagen auf dem Polizeipräsidium unterschreiben musste, und verabschiedete sich.

Wie wäre es gewesen, wenn sie Tims Schwester unter anderen Umständen kennengelernt hätte? Miriam umrundete das Haus und fand Oliver und Tims Mutter in der großen Scheune. Im hinteren Teil stand ein alter Trecker, dessen Reifen keine Luft mehr hatten und unter der Last des Gefährts eingefallen waren. Daneben ein paar Heuballen.

»Und?«, fragte sie.

Oliver schüttelte den Kopf. »Hier ist niemand.«

»Im Haus auch nicht.«

»Dann sollten wir zurück ins Präsidium. Hier verschwenden wir nur unsere Zeit.«

***

Eine heftige Böe brachte das Blätterdach zum Rauschen und kündigte den Regen an. Es wurde kühl. Tim zog sich den Fleecepullover und die Regenjacke über. Eine Drossel flog meckernd über seinen Kopf hinweg, als wollte sie ihren Protest gegen das nahende Unwetter kundtun.

Er nahm die Vorräte und stopfte sie mit in den Rucksack, dafür kamen die Trinkflaschen in den Leinenbeutel, der immer noch an den Schultergurten hing. Nicht, dass die Haferflocken durchweichten. Die blaugraue Wolke bedeckte wie ein Deckel die Baumkronen und tauchte die Umgebung in ein düsteres Zwielicht. Nicht hell, nicht dunkel, weder Tageslicht, noch tiefschwarze Nacht – wie in einer Zwischenzeit.

Ein greller Schein, und gleichzeitig donnerte es so laut, dass er zusammenzuckte und glaubte, der Blitz wäre direkt neben ihm eingeschlagen. Im nächsten Augenblick prasselte es los.

Tim presste sich an einen dicken Baumstamm, in der Hoffnung, sich vor dem Regen schützen zu können, doch das hier war kein leichter Regenschauer, sondern ein Sturzbach. Zuerst hielten die Blätter den Regen etwas ab, dann platschten dicke Tropfen auf ihn nieder. Seine Regenjacke hielt dem stand, nicht aber seine Schuhe und seine Hose. Sie durchweichten in kürzester Zeit und er verfluchte den Tag, an dem er sich entschieden hatte, in die Wildnis zu gehen. Er drückte sich an den Baum und sah vor sich Linien in den Stamm geritzt. Als er den Kopf in den Nacken legte, erkannte er das eingeritzte Herz mit einem M, einem D und ein Pluszeichen in der Mitte. Die Ritzen in der Rinde waren in den Jahren auseinandergedriftet. An diesem Fleckchen Erde waren mal zwei Menschen gewesen, die sich geliebt und diesen Ort als etwas Besonderes erkoren hatten.

Auch Svenja und er hatten ein Symbol der Liebe gehabt: Glasherzen, in denen sie ihre Namen hatten eingravieren lassen. Wo war seins? Immer noch in der Schreibtischschublade? Sie hatten sie während der Hochzeitszeremonie mit auf das Kissen mit den Ringen legen wollen. Ihm war eine kirchliche Hochzeit nicht wichtig gewesen, doch Svenja hatte darauf bestanden. Das volle Programm. Traumhochzeit mit Herzchenluftballons und Kutsche. Die Einladungskarten hatten sie selbst gebastelt genauso wie die Tischdekoration. Er wäre beinahe verrückt dabei geworden, die Perlen hundertfünfzigmal aufzufädeln und an die Gläser zu knoten. Und wofür das Ganze? Für die schlimmste Demütigung seines Lebens.

Er hatte am Tag vor der Trauung das Outfit mit Markus beim Herrenausstatter abholen wollen, als sie sich vor ihn gestellt hatte. Svenja hatte ihn mit ihren blauen Augen schuldbewusst angesehen und ihn ins Wohnzimmer gezogen. Sie hatte ihn gezwungen, sich zu setzen, hatte die Beine überschlagen und die Hände über die Knie gelegt. Ein Anzeichen, dass sie sich unwohl fühlte.

»Was ist? Ich muss den Anzug abholen!«, hatte er gesagt.

»Ich muss dir was sagen.«

Bei diesen Worten war in ihm bereits etwas zerbrochen. Er hatte mit einer Hiobsbotschaft gerechnet, hatte es an ihrem Gesichtsausdruck ablesen können und an der Tatsache, dass sie ihn nicht mehr ansah.

»Was?«, hatte er gefragt. Seine Stimme scharf wie ein Schwert.

Der nächste Satz war aus ihr herausgespritzt wie Gift. »Ich werde dich morgen nicht heiraten.« Sie hatte das olivgrüne Sommerkleid getragen, das er so gerne an ihr gemocht hatte. Es hatte ihre sportliche Figur betont und sie trotzdem elegant aussehen lassen. Er hatte sich schon darauf gefreut, sie am Abend zu vernaschen. Dazu war es nicht mehr gekommen.

»Sag, dass das nicht dein Ernst ist.«

Erst jetzt hatte sie den Mut gehabt, ihn anzusehen. »Doch. Ich glaube nicht, dass es mit uns funktioniert.«

In diesem Moment hatte sich die Leere in seiner Brust ausgebreitet, die bis heute nicht verschwunden war. »Und wieso nicht?«

»Ich kann mir ein Leben ohne Kinder nicht vorstellen.«

Die Leere war zu einem stechenden Schmerz geworden, wie kleine Nadelstiche, die seinen Brustkorb von innen malträtierten. »Darüber haben wir doch gesprochen. Ich dachte, das sei geklärt.«

Sie stand auf und gestikulierte wild mit den Armen. »Ich will *eigene* Kinder, nicht welche von einer Fremden adoptiert.«

Er erhob sich ebenfalls, Wut hämmerte in seinem Kopf. »Hättest du dir das nicht früher überlegen können?«

Sie zuckte mit den Schultern, murmelte ein: »Tut mir leid«, und verschwand.

Die Leere war schlimm, und sie vergrößerte sich, als er auf die Gästeliste blickte, die sie ihm auf den Tisch gelegt hatte. Die Gewissheit der Demütigung. Hundertfünfzig Gäste – und allen musste er absagen. Er hatte versagt, war nicht in der Lage gewesen, Kinder zu zeugen und Svenja glücklich zu machen. Er hatte sie dazu gebracht im Urlaubs-Höhen-New-York-Feeling »Ja« zu einer Zukunft zu sagen, die sie nicht wollte. Sie hatte eine Leere gespürt, die er nicht hatte füllen können. Seine Liebe hatte nicht ausgereicht und er hatte ihre Ängste und Sorgen nicht bemerkt.

»Svenja«, hatte er rufen wollen, doch seine Lippen waren verschlossen geblieben und sie war bereits aus der Wohnung verschwunden, bevor er sich die Worte zurechtlegen konnte.

Tim strich über die nasse eingeritzte Linie des Herzes in der Rinde. Eine Wunde im Baum. Ein Versprechen für zwei Menschen, die hoffentlich glücklich miteinander geworden waren. Die Sehnsucht stach in seine Brust. Er hatte sich sein Leben anders vorgestellt. Die Melodie seiner Zukunftsträume zerplatzte, als der Donner ihn in den regennassen Wald zurückholte. Vanessa. Hätte er sich bei ihr doch auch wie ein Versager verhalten, dann würde das Messer noch im Messerblock stecken und er würde auf seinem Sofa sitzen, etwas Warmes essen und sich von einer sinnlosen Fernsehsendung berieseln lassen.

***

Miriam schrieb die Aussage von Nicole Kempel nieder und Oliver fertigte den Bericht über die Durchsuchung des verlassenen Bauernhofes an. Sie versuchte, Sina Meiers zu erreichen, doch die ging nicht an ihr Handy. Danach trafen sie sich zur Besprechung mit Lothar und Felix.

Miriam berichtete von der Sichtung des Videomaterials im Düsseldorfer Bahnhof. Die Anordnung der Staatsanwältin, dass sie das Material veröffentlichen durften, lag mittlerweile vor. Miriam legte die CD in den Laptop und ließ über den Beamer die Szenen an die Leinwand spielen.

»Also ist Tim Eichner am Dienstagmorgen mit dem Zug Richtung Minden gefahren«, folgerte Lothar und notierte die Daten an dem Whiteboard.

»Ich habe herausgefunden, dass er um 11:27 Uhr am Essener Hauptbahnhof ausgestiegen ist und um 11:34 Uhr in den Abellio Rail NRW Richtung Siegen eingestiegen ist«, teilte Felix mit.

»Weißt du schon, welches Ziel er hatte?«, fragte der Chef.

»Nein, aber das werde ich morgen haben.«

»Sehr gut. Tim Eichner hat also die Stadt verlassen. Seine Kleidung, die Kappe und der Rucksack sehen so aus, als ob er eine Wandertour machen wollte«, fuhr Lothar fort.

Miriam meldete sich zu Wort. »Auch Eichners Schwester hat erwähnt, dass er im Wald wandern sein könnte.«

»Hier würde ich mich gerne einschalten«, sagte Sabrina von der IT-Abteilung. Sie sollte eigentlich erst zum Schluss über die Analyse von Tims Laptops berichten. »Die Chronik von Eichners Browser hat ergeben, dass er sich vor zwei Wochen im Netz über Survivalwochenenden informiert hat.«

»Interessant«, sagte Lothar. »Könnte es sein, dass er nur einen Survivaltrip im Wald machen will?«

Hoffnung keimte in Miriam auf. Aber dann hätte Tim ihr Bescheid gesagt, dass er nicht zum Training kommen würde.

»Warum weiß dann keiner davon?«, gab Oliver zu bedenken. »Er hat sich weder Urlaub genommen, noch irgendjemandem Bescheid gegeben. Außerdem hat er sein Handy am Bahnhof weggeworfen. Das schreit doch nach Flucht.«

Lothar nickte. »Das sehe ich auch so.« Er schrieb auf das Whiteboard *Flucht in den Wald* mit einem Fragezeichen versehen. »Was hat der Computer noch hergegeben?«

»Viele Urlaubsfotos vom Wandern. Alpen, Seen, Italien. Sie sehen aus, als hätte sie ein Professioneller geschossen. Bilder von einem Zeltlager mit Kindern. Sieht nach Vereinssport aus. Außerdem Fotos aus Diskotheken und Kneipen. Er scheint oft mit seinem Freund Markus auf Achse zu sein. Und Familienfotos. Wie ich durch die Kontakte herausgefunden habe, handelt es sich dabei um seine Schwester und ihre Kinder.«

»Irgendwelche bemerkenswerten Kalendereinträge?«, erkundigte sich ihr Chef.

»Er war viel in der Sporthalle, hat Basketball gespielt und war der Starspieler in der Mannschaft. Zudem trainiert er eine Jugendmannschaft.«

Miriam spürte, wie Hitze in ihr Gesicht stieg. Hoffentlich würde Sabrina nicht ihren Namen nennen. Wenn nun herauskam, dass sie Tim Eichner kannte, dann würde sie nicht nur vom Fall abgezogen werden, sondern könnte auch ihren Job verlieren. Sie schielte zu Sabrina, doch die Kollegin schenkte ihr keine Aufmerksamkeit, sondern fuhr unbeirrt fort.

»Auffallend sind die unterschiedlichen Frauennamen im Terminkalender. Anscheinend hatte er viele Dates mit verschiedenen Personen.«

»Taucht der Name Vanessa Marks auf?«

Sabrina nickte. »Vor zwei Wochen am Samstag war er mit ihr in der Pizzeria *Maurizio*.«

»Gab es noch ein weiteres Treffen?«, fragte Miriam.

Sabrina schüttelte den Kopf. »Kein weiterer Termin.«

»Das muss nichts heißen«, wandte Oliver ein.

Lothar hob den Schwangerschaftstest hoch. »Wir haben herausgefunden, dass dies ein Fake war. Ich habe heute beim Rechtsmediziner angerufen. Der Obduktionsbericht liegt nicht vor, aber er hat mir bestätigt, dass Vanessa Marks nicht schwanger war.«

Felix pfiff durch die Zähne. »Ein heißes Spiel hat das Opfer getrieben.«

»Wir dürfen die Liste mit den Männern nicht vergessen. Vielleicht hat sie mit allen das Gleiche abgezogen.«

Miriam suchte in der Akte vor sich die Excel-Datei. Tim Eichner stand ganz oben. Warum? Danach kam Fabio Pausch. Hatte sich ihr Lehrer auf eine Affäre mit ihr eingelassen? So unbesonnen war er nicht rübergekommen und seine Frau hatte ihm ein Alibi gegeben. War nur die Frage, wie glaubhaft dieses Alibi war. Auf Platz drei stand Volkmann. Ihn hatten sie noch nicht befragt. Und was war mit den anderen zweiunddreißig Männern? Miriam hob die Tabelle hoch. »Wenn es eine Masche des Opfers war, sind alle Personen auf der Liste Tatverdächtige.«

»Wir sollten alle überprüfen«, sagte Felix.

»War der Pausch heute zur Unterschrift da?«, erkundigte sich Miriam.

»Nein«, antwortete Lothar.

Der viel beschäftigte Lehrer hatte Nerven. Waren ihm seine Klausurkorrekturen doch wichtiger gewesen.

»Felix, kümmere dich darum und ruf den Lehrer an.« Lothar tippte auf das Whiteboard. »Aber dieser Eichner ist auf der Flucht. Ich werde morgen eine Pressekonferenz geben und eine Öffentlichkeitsfahndung einleiten.«

Jetzt würde es nur noch eine Frage der Zeit sein, bis Tim gefunden wurde. Miriam sah auf die skurrile Tabelle. Und wenn sie etwas übersahen? Vielleicht war jemand anders der Täter. Möglicherweise sogar jemand, der nicht in dieser Excel-Datei zu finden war.

»Ich würde gerne noch mal mit Sina Meiers, der Freundin des Opfers sprechen. Ich habe sie bisher nicht erreicht. Womöglich übersehen wir ein wichtiges Detail.«

»Gut. Mach das«, sagte ihr Chef und beendete die Besprechung.

»Ich mache Feierabend«, verkündete Oliver, als er mit ihr auf den Flur trat.

Sie nickte. »Ich werde noch bei Sina Meiers vorbeifahren.«

»Was? Aber nicht alleine!« Oliver wurde zornig.

»Wir erreichen sie nicht – vielleicht kann ich sie dazu bewegen, morgen ins Präsidium zu kommen.«

Er schüttelte entschieden den Kopf. »Keine Alleingänge.«

Ihr Kollege hatte recht, die Vorschrift sah vor, dass sie immer zu zweit unterwegs waren. Zu ihrer eigenen Sicherheit. Aber es war keine große Sache und Frau Meiers wohnte auf dem Weg zu ihr nach Hause. Sie war nicht der Typ, vor dem man Angst haben musste. »Ich klingle nur und schaue, ob sie da ist. Was ist schon dabei?«

»Ich komme mit.«

»Ich dachte, du hast heute Training.«

Er stellte sich vor sie. »Ich hab schon einmal einen Partner wegen so einer Dummheit verloren. Kein zweites Mal.«

Sie schluckte, sah in seine Augen, die sowohl Zorn als auch Trauer widerspiegelten. Das steckte also dahinter. Sie sah ihn fragend an, doch er ging nicht darauf ein. Es war nicht der richtige Moment.

Er wandte sich um und setzte sich in Bewegung. »Fahren wir nun zu Meiers?«

Sie rannte ihm hinterher und hielt ihn am Arm zurück. »Hör mal. Es ist spät, du willst nach Hause, ich will dich nicht aufhalten.«

»Ich lasse dich nicht alleine dahinfahren.«

»Also gut. Ich werde nicht fahren. Zumindest nicht allein. Vielleicht begleitet mich Felix, und wenn nicht, machen wir es morgen zusammen.«

»Sicher?«, fragte er mit hochgezogenen Augenbrauen.

»Versprochen.«

Er hob den Finger. »Ich verlasse mich auf dich. Bis morgen«, sagte er und drehte sich um.

»Schönen Abend«, flüsterte Miriam. Olivers Partner hatte also einen Alleingang getätigt. Und er wollte sie nicht auch verlieren. Was war da passiert?

Sie brachte Eichners Unterlagen zurück ins Büro und verschloss sie im Schrank. Oliver hatte die Schreibtischschublade aufgelassen. Miriam wollte sie schließen, da fiel ihr Blick auf eine Todesanzeige. Sie trat näher heran und nahm sie heraus.

Helmut Olbertz verstarb plötzlich und für uns alle unfassbar. Der Entschlafene hat pflichtbewusst sein Leben dem arbeitsreichen Beruf geopfert. Du fehlst uns sehr!

In tiefer Trauer
Ehefrau Gabriele mit Kindern und Enkelkindern.

Die Seebestattung findet im engsten Familienkreis statt. Von Beileidsbekundungen bitten wir Abstand zu nehmen.

Miriams Hände zitterten. Sie blickte zum Kalender. Olivers Partner war genau vor zwei Monaten gestorben.

Sie legte die Anzeige zurück und schloss die Schublade. Dann setzte sie sich an ihren Computer. Sie ließ die Finger lange über der Tastatur schweben. Sollte sie? Oliver würde sie verurteilen. Sie sollte ihm die Chance geben, es ihr zu erzählen. Nur ein kurzer Blick in die Akte.

Wenn sie wusste, was Helmut zugestoßen war, konnte sie Fettnäpfchen zukünftig vermeiden. Sie tippte »Helmut Olbertz« ins polizeiliche System ein und drückte auf Enter.

***

Tim verzweifelte daran, ein Feuer zu entfachen. Das Holz und der Zunder waren nass, genau wie der Boden. Es dämmerte bereits und er hatte sich noch keinen Unterschlupf gebaut. Davor hatte der Ratgeber so eindringlich gewarnt. Seine Hände zitterten, er fror, die Hose und die Schuhe waren durchweicht, als sei er durch Wasser gewatet. Und nun wollte dieses verdammte Zeug kein Feuer fangen. Er hatte nur noch ein letztes Taschentuch übrig, was er zur Hilfe beim Anzünden nutzen konnte. Eines. Eine letzte Hoffnung, sonst würde er heute Nacht frieren und hatte nicht mal die Chance, seine Kleidung trocken zu bekommen.

Also ein letzter Versuch. Beten – würde beten helfen? Er würde so gerne glauben, so gerne auf jemanden hoffen können, der bei ihm war und ihm half.

Er glaubte nicht, dennoch schickte er ein Stoßgebet gen Himmel. *Bitte lass das Holz brennen.* Tim drehte mit dem Daumen das Rädchen des Feuerzeuges und entzündete das Papiertuch. Es kräuselte sich, zog sich zusammen, doch das Feuer sprang kaum an die Blätter und Gräser über. Diese glühten kurz auf, es zischte, rauchte und stank. Die Flamme erlosch.

»Scheiße«, brüllte er und warf das Feuerzeug weit von sich. Er schrie, raufte sich die Haare und schlug sich mit den Fäusten gegen die Stirn. Der erste Regen, und schon war er am Ende.

Tim atmete tief durch. Jetzt nicht die Nerven verlieren. Er stand auf und suchte das Feuerzeug. Verdammt! Wo hatte er es hingeworfen? Er schob Blätter beiseite, warf Äste weg, scannte den Boden ab. Wo war das Scheißding? Die Lichtverhältnisse waren ihm keine große Hilfe, das Feuerzeug im unscheinbaren Blau. Ohne Feuer war er aufgeschmissen!

Ein Flugzeug fegte über ihn hinweg. Zivilisation – es gab sie noch. Er suchte weiter und fand das Feuerzeug schließlich am Fuße einer Distel.

Und was sollte er nun tun? Wenn es stockfinster war, konnte er nicht weitergehen, also musste er sich mit dem Unterschlupf beeilen. Zuerst das Jägerbett für die Isolierung gegen die Bodenkälte, das war heute wichtiger denn je.

Er verkeilte mehrere Äste quer zwischen zwei Bäumen. Da dran baute er sein Pultdach. Es wurde immer dunkler, doch seine Augen gewöhnten sich an die Lichtverhältnisse. Er schob eine Menge Laub auf das Lager und fand dabei eine verdreckte und löchrige Jacke, die er mit als Abdeckung nutzte.

Auch wenn der Regen aufgehört hatte, tropfte es immer wieder vom Blätterdach, wie eine Warnung des Waldes. Er aß Obst und einen Fruchtriegel. So gerne hätte er sich Haferflocken gemacht und etwas Warmes im Bauch gehabt. Er schlang die Arme um die Beine und versuchte, den Körper am Zittern zu hindern. Die Kälte fraß sich in sein Inneres.

Ein Rascheln kam näher.

Tim spähte in die Dunkelheit. Irgendwas rannte auf ihn zu. Mit rasender Geschwindigkeit. Sein Herz setzte einen Schlag aus. Er wich zurück, dann sah er im Schatten der Bäume einen Schemen ein paar Meter vor ihm vorbeispringen. Ein Reh.

Erleichtert atmete er auf.

Er zog die Hose aus und hängte sie über Zweige zum Trocknen auf. Hoffentlich würde es heute Nacht nicht wieder regnen. Er krabbelte in den Unterschlupf und bedeckte sich mit Laub. Vielleicht würde ihn das vor der Unterkühlung bewahren.

Innen zog er die Schuhe aus und versuchte, die Rettungsdecke um seinen Körper zu schlingen, was sich schwieriger gestaltete, als vermutet. Sie ließ sich in dem engen Unterschlupf kaum bewegen. Er zog kräftig an der Folie und hörte dann das reißende Geräusch.

»Neeeinnn!«

Tränen stiegen ihm in die Augen. Was für einen Sinn hatte dieses Leben noch? Keinen. Noch nicht mal zum Feuermachen war er zu gebrauchen und er schaffte es nicht, sich vor dem Regen zu schützen und sich Essen zu besorgen. Er könnte aufgeben, einfach hier liegen bleiben und sich nicht mehr rühren. Auch bei zwischenmenschlichen Beziehungen hatte er versagt.

Aufgeben! Das war alles, was er jetzt wollte.

Tim schloss die Augen und ließ den Tränen freien Lauf. Er machte sich gefasst auf die kälteste Nacht seines Lebens.

Kapitel 10

Miriam fand eine Akte im Programm, auf die sie keinen Zugriff hatte. Das hatte sie noch nie erlebt. Was war bloß mit Olivers Partner geschehen? Sie gab den Namen Helmut Olbertz bei Google ein, fand jedoch keine relevanten Einträge. Seltsam.

Sie schaltete den Computer aus und ging zum Nachbarbüro. Felix saß noch am Arbeitsplatz. Miriam lehnte sich an den Türrahmen und verschränkte die Arme. »Hast du auch kein Privatleben?«, fragte sie. Eigentlich hätte sie in einer Stunde Basketballtraining, aber im Moment verspürte sie keine Lust. Wahrscheinlich fühlte sie sich nach der körperlichen Betätigung besser, aber sie wollte es davon abhängig machen, ob der Kollege auf ihre Bitte einging. Auf seinem Schreibtisch lagen zwei leere Schokoladenpackungen, daneben ein paar Krümel. Wenn das Lothar sehen würde. Oder hatte er sich daran schon gewöhnt?

Er ließ sich nicht beirren und starrte auf den Bildschirm. »Wo ist der verfickte Eichner?«

Sie stellte sich hinter ihn und sah die Videosequenz mit an. Ein Zug fuhr in den Bahnhof ein und man sah Fahrgäste ein- und aussteigen.

»Hier ist er nicht«, sagte Felix und klickte eine weitere Datei an. Ein anderer Bahnsteig, derselbe Zug, eine spätere Uhrzeit.

»Wo ist das?«, fragte Miriam.

»Lennestadt-Altenhundem.«

»Wo auch immer das sein mag.«

»Bestimmt weiter weg als die Karpaten.«

Im nächsten Moment machte ihr Herz einen Satz und sie wusste nicht, ob sie sich freuen oder diesen Abend verfluchen sollte. »Da ist er.«

Felix kniff die Augen zusammen und ging mit dem Kopf näher an den Bildschirm heran. »Tatsächlich. Wie hast du ihn so schnell erkannt?«

»Ich hab Übung im Sichten von Videomaterial.« Sie zwinkerte ihm zu.

Er nickte, klickte ein paarmal mit der Maus, um die Datei abzuspeichern und sie der Akte Vanessa Marks hinzuzufügen.

»Ich wollte noch Sina Meiers einen Besuch abstatten, aber Oliver ist schon weg. Würdest du mich begleiten?«

Er lehnte sich im Stuhl zurück und sah sie mit hochgezogenen Brauen an. »Ich? Nein. Ich bin ein Sesselpupser per excellence. No way.«

Miriam zuckte mit den Schultern. »Okay.« Damit war es entschieden und sie würde heute noch zum Sport gehen.

»Wie, so einfach? Keine Gegenwehr? Wo ist die Überzeugungskraft?«

Sie lächelte und trat zur Tür. »Ich gehe mich um mein Privatleben kümmern. Meine Trainerin erwartet mich sowieso.«

»Was machst du?«

»Basketball.«

Felix runzelte die Stirn. »Spielt der Tatverdächtige nicht auch Basketball?«

So ein Mist. Ihre Knie wurden weich und sie musste sich am Türrahmen festhalten. Das hätte sie nicht sagen dürfen.

Andererseits gab es genug Vereine in Düsseldorf. Und auch im selben Sportverein hätten sie sich nicht über den Weg laufen müssen. »Wo du es sagst. Stimmt.«

»Vielleicht kennen ihn deine Mitspielerinnen?«

Sie zuckte mit den Schultern, zwang sich, nicht seinem Blick auszuweichen. Verdammt, die Brille stand ihm echt gut. »Unerheblich. Bald haben wir ihn.« Sie zeigte auf den Bildschirm. »Gib die Info schon mal an die örtlichen Kollegen weiter.«

»Was glaubst du, was ich mache, während du zum Training gehst?« Er grinste.

Sie sah zu Boden, lächelte. So einen Kollegen hatte sie sich immer gewünscht. Und als Partner? Nein, Felix war nicht ihr Typ. Aber warum? Weil er nicht ihrem Schönheitsideal entsprach? Dafür war er witzig, vor ihrer Nase und nicht unerreichbar wie eine verglühende Sternschnuppe. Er hatte keinen Menschen auf dem Gewissen, war liebenswürdig und fleißig. Nein, das Kribbeln fehlte. So konnte es nichts werden.

»Mach nicht mehr zu lange«, sagte sie und hob zum Abschied die Hand. Es würde ihr guttun, den Kopf freizukriegen. Laufen, auspowern – das war etwas, das sie jetzt brauchte. Doch als sie aus dem Gebäude kam, wartete jemand an ihrem Auto, mit dem sie nicht gerechnet hätte.

»Na endlich. Ich dachte schon, ich müsste hier übernachten«, sagte Denise.

Miriam hielt die Luft an und war für einen Moment nicht in der Lage, sich zu rühren. Die Haut ihrer Schwester war fleckig, die Haare zerzaust und ungepflegt, die Augen klein und trübe. Was war nur mit ihr los?

Miriam nahm sie in den Arm und roch den aufdringlichen Geruch eines neuen Parfums. »Was machst du hier?«, fragte sie.

»Deine Einladung annehmen. Gehen wir was essen?« Denise stellte sich an die Beifahrertür und klopfte ungeduldig mit den Fingern aufs Dach.

Miriam schloss auf. Es war klar, wer zahlen würde.

»Ich kenne einen guten Italiener«, sagte sie. Wenn sie darüber nachdachte, hatte sie großen Hunger. Seit dem Käsebrötchen im Bahnhof hatte sie nichts mehr zu sich genommen.

»Lieber was zum Mitnehmen. Ich hätte Bock auf McDonalds«, sagte Denise und ließ sich auf den Beifahrersitz fallen. Miriam setzte sich und warf ihre Handtasche auf den Rücksitz. »Das ist doch kein Essen.«

Denise strich eine Strähne hinters Ohr. Sie hatte die braunen lockigen Haare ihrer Mutter geerbt. Die Ohrringe in Form von Schrauben waren neu. Wie konnte man so etwas hübsch finden? Der Stil ihrer Kleidung hatte sich schon im Teenageralter unterschieden, Denise hatte meist schwarze Röcke und Netzoberteile getragen, wobei Miriam es sportlich und farbenfroh mochte.

So abgewrackt hatte ihre Schwester allerdings noch nie ausgesehen. Denise' Jeans hatte Löcher, die nicht von der Modeindustrie als Zierde angebracht worden waren, die Lederjacke wirkte, als sei sie vom Trödel und die Haare waren verfilzt und fettig. Was würde ihre Mutter dazu sagen, wenn sie Denise heute sehen könnte?

Miriam fuhr los. Nichtsdestotrotz war sie froh, dass ihre Schwester bei ihr war. Sie war gespannt, was sie über sich und ihren Freund erzählen würde, und fragte sie nach Kevin.

»Der muss mal zappeln. Er hat mich dreimal angerufen und mir acht Nachrichten geschrieben.« Sie lachte schrill und zog einen Joint aus dem Rucksack.

»Was machst du da?«, protestierte Miriam.

»Rauchen!«, sagte Denise wie selbstverständlich und zündete das Ding an.

»Dir ist schon bewusst, dass ich bei der Polizei arbeite, oder?«

»Du wirst mich doch nicht verpfeifen.« Denise ließ das Fenster herunter und blies den Rauch in die Abendluft. Der süßliche Geruch zog in Miriams Nase und nahm sie mit in die Vergangenheit.

Die Skaterfreunde von ihrem Ex-Freund Leon hatten mal Gras mit zum Skateboardplatz gebracht. Sie hatte daran gezogen und sich danach ruhig und entspannt gefühlt. Sie hatte am Rand gesessen und den anderen beim Fahren zugesehen. Die Ohrstöpsel in den Ohren hatte sie sich von der Musik treiben lassen und Leons Wasservorrat leergemacht. Es war ein tolles, entspanntes Gefühl gewesen.

Sie hatte sich dennoch geweigert, noch mal was zu nehmen. Sie konnte sich das bei ihrem Beruf nicht leisten. Auch Leon hatte sie das Kiffen verboten. Ob das der Grund für das Ende ihrer zweijährigen Beziehung gewesen war? Sein bester Kumpel hatte ihr nach dem Aus einmal gesteckt, dass Leon sich jetzt öfter einen zöge.

Miriam hatte Leon mal mit seiner neuen Freundin durch das Fenster in einem Café entdeckt. Eine hübsche Brünette mit langen Beinen. Sie hatten Händchen gehalten und gelacht. Schnell hatte sie sich abgewendet und war weitergelaufen. Kurz danach hatte sie sich entschieden, sich auf die Stelle in Düsseldorf zu bewerben.

Miriam ließ sich von ihrer Schwester breitschlagen und fuhr zu McDonalds. Sie bestellte zwei Hamburger Royal TS Menüs. In der Wahl ihrer Lieblingsburger waren sie sich bereits als Kinder einig gewesen. Manche Dinge änderten sich nie.

»Bitte ein McFlurry dazu«, bat ihre Schwester.

Miriam orderte zwei. Auf die mehr Kalorien kam es nicht mehr an. Sie schrieb eine Absage an ihre Trainerin, während sie auf die Bestellung warteten. Dann fuhr sie nach Hause.

Denise sah sich interessiert in der Wohnung um. Sie hatte sie bisher noch nicht gesehen, sich geweigert, beim Umzug zu helfen.

»So nett haben wir's in Wuppertal nicht«, kommentierte sie, als sie sich bequemte, in die Küche zum Essen zu kommen. Die Pommes waren schon weich und kühl.

Wenn Denise arbeiten gehen würde, hätte sie auch das Geld, sich eine solche Wohnung zu leisten. Vor allem waren die Mieten in ihrer Heimatstadt wesentlich günstiger als in Düsseldorf.

Miriam hatte bei der Wohnungssuche Glück gehabt. Sie hatte sie nur bekommen, weil ihre Basketballkollegin jemanden kannte, der hier ausgezogen war. Die alte Vermieterin war froh gewesen, ohne Umstände ihr Eigentum neu zu vermieten. Und Miriam war glücklich, keine höhere Miete zahlen zu müssen. Ein Glücksgriff. Sogar eine Garage gehörte dazu. Das war nicht selbstverständlich. Sie wusste, dass viele Kollegen abends mehrmals um den Block fahren mussten, bis sie einen Parkplatz fanden.

Miriam setzte sich, schüttete die Pommes auf einen Teller und verteilte die Burger.

»Also, erzählst du mir, was mit Kevin ist?«, fragte sie.

Denise ließ sich auf den Stuhl plumpsen und seufzte. »Ach, Kevin ist ein Arschloch.« Sie nahm einen großen Bissen von ihrem Hamburger.

»Geht's auch präziser?«

»Die Neue von der Band, ich hab dir doch von ihr erzählt.«

Miriam nickte und biss ebenfalls in den Royal TS. Wie lange hatte sie sich das nicht mehr gegönnt? Sie musste zugeben, dass es besser schmeckte, als sie es in Erinnerung hatte. Das sollte die letzte Ausnahme sein. Sie hatte sich vorgenommen, zu Hause mehr frisch zu kochen, da sie auf der Arbeit meist Ungesundes zu sich nahm. Mal eben ein Käsebrötchen oder zum Burgerladen. Sie wollte nicht in zehn Jahren aussehen wie Cindy aus Marzahn, doch sie musste ihren Vorsatz auch in die Tat umsetzen.

»Und?«

»Sie haben sich bei den Proben geküsst.«

Miriam riss die Augen auf. »Bist du sicher?«

Denise nickte. »Max hat es mir gesteckt. Er hat sie erwischt, als er aus dem Hinterraum neues Bier holen wollte.«

»Und jetzt?« Schlecht wäre es nicht, wenn Denise sich von Kevin distanzieren würde. Vielleicht würde es dann auch mit den Drogen aufhören. Miriam musste ihrem Vater unbedingt davon erzählen. Irgendwie mussten sie ihre Schwester davon überzeugen, wieder auf den richtigen Weg zu kommen.

»Wir haben uns gestritten. Er hat beteuert, dass er mich liebt und dass er mit mir zusammen sein will.«

»Und du hast ihm verziehen?«

Sie schüttelte den Kopf, stopfte den letzten Bissen des Burgers in sich hinein und schlang ihn hinunter. »Ich hab ihm gesagt, wenn er unsere Beziehung retten will, muss er sich etwas einfallen lassen.«

»Was stellst du dir vor?«

Denise grinste und zog das Handy aus der Hosentasche. Sie besaß das neuste iPhone und Miriam fragte sich, woher sie das Geld dafür hatte.

»Hier. Er schreibt: *Mein Mäuschen! Fehler sind dazu da, um daraus zu lernen. Ich lerne und trage dich auf Händen. Was kann ich für dich tun?* Eine halbe Stunde später: *Du bist sauer. Verständlich. Wir gehen zum Konzert von Popperklopper. Ich zahle. Ist das ein Argument? Ich liebe dich, nur dich.*«

»Und du glaubst, dass er sein Versprechen hält?«

»Nicht nur das. Es wird sicherlich noch besser.«

In dem Moment gab ihr Smartphone das typische Geräusch einer eingehenden WhatsApp von sich. Denise las vor: »*Bitte antworte, mein Mäuschen. Ich war dumm. Das Ganze ein Riesenfehler. Ich zerbreche. Bitte melde dich. Wie kann ich dich überzeugen? Pink?*«

»Was meint er mit *Pink*?«, fragte Miriam.

Denise stopfte sich die letzten Pommes in den Mund und wischte sich die Hände an der Jeans ab. »Können wir rausgehen? Und hast du Alk?«

Miriam holte Bier aus dem Kühlschrank und folgte ihrer Schwester auf den kleinen Balkon, auf dem bloß zwei Stühle und ein winziger Tisch Platz hatten. Denise drehte sich erneut einen Joint.

»Das ist doch nicht dein Ernst!« Miriam stellte wütend die Bierflaschen auf den Tisch.

»Ich muss mich entspannen.« Denise lehnte sich zurück und fummelte ein Feuerzeug aus der Hosentasche.

»Wenn du dir noch so ein Ding anzündest, schmeiße ich dich raus.«

»Du setzt mich vor die Tür?«

»Ich will, dass du mit dem Zeug aufhörst.«

Miriam nahm Denise den Joint aus der Hand, zerriss ihn und warf ihn über die Brüstung.

»Hey!« Denise sprang auf und sah ihrer Entspannungshilfe wehmütig hinterher. »Du hast gerade fünf Euro weggeworfen.«

Miriam packte ihre Schwester an der Jacke und sah ihr in die Augen. Die Iriden ihrer Mutter, nur den gleichen Lebensmut fand sie darin nicht. »Ich meine es ernst. Ich will, dass du die Finger von dem Zeug lässt. Es macht dich kaputt.«

»Mensch, sieh mich doch an. Ich *bin* kaputt.« Die Flecken in ihrem Gesicht und die unreine Haut ließen darauf schließen, dass Marihuana nicht das Einzige war, was sie konsumierte. Wie tief war ihre Schwester gesunken? Wie konnte Miriam sie vor ihrem eigenen Unheil bewahren?

»Dann hör auf mit dem Scheiß und nimm endlich dein Leben in die Hand. Was würde nur Mutter sagen?«

Denise riss sich los und hob den Finger. »Lass Mama aus dem Spiel!«

»Ist doch wahr! Wir haben sie verloren, aber anstatt sie stolz machen zu wollen, wirfst du dein Leben weg!«

Die Augen ihrer Schwester wurden wässrig. »Weil das Leben ohne sie keinen Sinn mehr macht.«

Miriam nahm Denise in den Arm. Erst wehrte sie sich, dann ließ sie es geschehen. »Ich vermisse sie auch«, flüsterte sie. »Auch dich werde ich vermissen, wenn du nur noch für die Drogen existierst.«

Denise begann zu schluchzen, ihr ganzer Körper bebte. »Es gibt da etwas, was ich dir noch nicht erzählt habe«, krächzte sie.

***

Tim zitterte am ganzen Körper. Die Morgendämmerung hatte noch nicht eingesetzt, aber einige Vögel kündigten bereits den nächsten Tag an – hoffentlich ein Sonnentag. Immer wieder hatte die Kälte ihn aus den Träumen gerissen, seine Füße waren gefühlte Eisklötze gewesen. Er hatte mitten in der Nacht die Socken aus- und die Ersatzsocken angezogen, doch es hatte nicht geholfen. Die nasse Kälte war von seinen Zehen über die Knochen bis in den Oberkörper gezogen.

Verdammt, er musste sich bewegen. Seine Glieder gehorchten den Befehlen des Gehirns nur zögerlich, sie waren steif und fühlten sich wie Fremdkörper an. Sein Schädel brummte, war leer und ausgelaugt. Seine Schuhe waren feucht und eisig. Dort sollte er nun rein? Er zog die trockenen Socken aus und stattdessen die klammen über die steifen Füße. Sie waren nicht nur nass – sie stanken. *Er* stank.

Wann würde er sich endlich reinigen können und sich in seiner Haut wieder wohlfühlen?

Tim schüttelte sich, als er in die Schuhe stieg. Er hasste Regen, den Wald, sein Leben. Hungern, frieren und keine sozialen Kontakte. Worin bestand der Sinn seines erbärmlichen Lebens? Ein Druck hinter den Augen entstand, der die Tränen ankündigte, die gleich Bahn brechen würden. Er war ein Mann und Männer weinten nicht. Wie mit einem Katapult wurde er mehr als zwanzig Jahre zurückgeschleudert.

Er hatte mal wieder eine Fünf in der Mathearbeit mit nach Hause gebracht, Stubenarrest und Standpauke inklusive. Sein Vater hatte ein Matheübungsbuch für die sechste Klasse gekauft. Tim sollte die ersten Aufgaben lösen. Textaufgaben zum Thema große natürliche Zahlen. Nach fünf Minuten hatte er aufgegeben, sich vor das Fenster gesetzt und nach draußen gesehen.

Im Apfelbaum ließ sich ein Schwarm Vögel nieder. Er zuckte zusammen, als etwas mit einem lauten »Pock« gegen die Scheibe knallte. Er hatte Angst, dass sie jeden Moment zerbersten würde, doch sie hielt.

Thomas versteckte sich hinter den Hortensien und winkte ihm zu. Er war alleine zu Hause gewesen. Tim verließ sich darauf, dass Nicole die Aufgaben am Abend lösen würde und stahl sich aus dem Haus.

Er und sein Freund streiften durch die Straßen und gelangten zu einem Rohbau, an dessen Fassade ein Baugerüst stand. Vor dem Eingang Paletten mit Baumaterial, der riesige Kran daneben.

»Komm, wir klettern da hoch«, sagte Thomas.

Auf der Baustelle herrschte kein Betrieb. Tim schluckte sein mulmiges Gefühl herunter und folgte seinem Freund. Er wollte sich nicht blamieren, nicht der Feigling sein. Sie setzten sich auf das Gerüst und rauchten ihre erste Zigarette. Thomas hatte die Schachtel von seinem älteren Bruder stibitzt.

Sie ließen die Beine baumeln und lästerten über die zwei neuen Mädels aus der Klasse, die aus dem entfernten Bayern zu ihnen gezogen waren. Dieser unverständliche Akzent und die lächerlichen Kleider.

Plötzlich fuhr ein Kleintransporter eines Elektrounternehmens rückwärts in die Einfahrt.

»Lass uns abhauen«, rief Thomas und sprang auf. Tim hetzte ihm hinterher, über das Gerüst, bis zu der wackeligen Leiter. Immer der Blick zu dem Auto. Jemand stieg aus. Tim hatte Angst vor der erneuten Standpauke des Vaters. Er wollte die letzten Stufen springen, ließ los, fiel und landete unglücklich. Er knickte mit dem Fuß um und stürzte mit dem Arm auf einen herumliegenden Spaten.

Schmerz schoss vom Oberarm in seinen Kopf. Er schrie und hasste sich im selben Moment dafür. Thomas packte ihn an seinem gesunden Arm und zog ihn auf die Beine. Zwei Männer im Blaumann kamen auf sie zu gerannt. Tim und sein Freund waren schneller, verschwanden durch den Hinterhof. Als sie ein paar Straßen weiter gelaufen waren, brach Tim zusammen. Sein Arm schmerzte zu sehr, das Blut lief in Strömen aus der Wunde. *Jungs weinen nicht*, diese Mahnung seines Vaters hämmerte in seinem Kopf, doch die Tränen liefen unbarmherzig über seine Wangen.

»Du musst ins Krankenhaus«, sagte Thomas keuchend.

»Mein Vater bringt mich um«, antwortete er, obwohl er wusste, dass er keine andere Wahl hatte. Thomas brachte ihn zu seinen Eltern, die ihn in die Notaufnahmen fuhren. Der Arzt tauchte gleichzeitig mit seinem Vater auf. Thomas' Eltern hatten ihn angerufen. Er stand daneben, als der Arzt ihn betäubte und die Wunde nähte. Tim stiegen die Tränen in die Augen. Es tat nicht wirklich weh, aber der Druck in der Hand, die Gewissheit, dass eine Nadel durch seine Haut stach, trieb ihm einen Schauer durch den Körper.

»Wer auf ein Baugerüst klettern kann, muss auch die Konsequenzen tragen können«, sagte sein Vater scharf und erntete dafür einen rügenden Blick des Arztes, was ihn aber nicht davon abhielt, weiterzuschimpfen. Als bei Tim die erste Träne lief, kam sein berühmter Spruch. »Jungs weinen nicht.«

Tim hatte versucht, die Tränen zurückzuhalten und hatte danach nur noch heftiger geschluchzt.

Heute konnte er die Tränen zurückhalten, doch was nützte es ihm? Keiner sah seine Tränen, aber die ganze Welt kannte seine Schuld. Er lachte höhnisch auf. Ha! Wer einen Menschen umbrachte, musste die Konsequenzen tragen.

Tim stützte sich an einem Baum ab, spuckte aus. Was musste Nicole von ihm denken? War er für sie gestorben? Abgrundtiefe Scham übermannte ihn. Er wollte seine Eltern und seine Schwester nie wiedersehen, sich in einer einsamen Höhle verkriechen und nur noch schlafen, die Gewissheit durch das Eintauchen in die Traumwelt ertränken.

Vielleicht würde die Kälte ihm das Leben aus den Gliedern ziehen. Er fror am ganzen Körper. Obwohl er

Schuhe trug, hatte er bei jedem Schritt das Gefühl, durch kalten Matsch zu waten. Im Osten ging endlich die Sonne auf.

***

Miriam legte ihren Arm auf Denise' Schulter. Sie hatten sich gestern bis Mitternacht unterhalten. Dieses Gespräch war längst überfällig gewesen. Dass ihre Schwester so weit gesunken war, hatte sie nicht gedacht.

Denise hatte ihr erzählt, dass sie in einem Stripclub arbeitete, um sich die Drogen und die Wohnung zu finanzieren. Kevin dealte mit dem Zeug und bewegte sich in kriminellen Kreisen, weshalb Denise Angst um ihn hatte.

Miriam war verpflichtet, das ihren Kollegen zu melden. Doch, wenn sie das tat, würde ihre Schwester den Kontakt zu ihr abbrechen und sie hatte gar keinen Einfluss mehr auf sie.

Ein Kloß bildete sich in ihrem Hals. Wie konnte sie ihre Schwester vor all dem bewahren? Die Drogen machten sie kaputt, das sah jeder, der ihr ins Gesicht schaute.

Ob sie bisher nur Gras geraucht hatte, hatte Miriam sie gestern gefragt. Natürlich, hatte sie geantwortet. Denise hatte an ihren Ringen herumgefummelt – ein Zeichen, dass sie log. Miriam hatte weiter nachgebohrt, doch Denise war bei ihrer Aussage geblieben.

Was sollte sie tun? Vielleicht mit dem Kollegen von der Drogenfahndung sprechen. Privat. Mit der Frage, wie man am besten an Drogenabhängige appellieren konnte. Sie würde ihm verschweigen müssen, um wen es ging. War das zu riskant und sie sollte lieber das Internet bemühen?

Leise erhob sie sich und schlich aus dem Bett. Sie machte sich einen Kaffee, setzte sich an den Laptop und las sich durch die Beratungsseiten für Angehörige von Drogenopfern. Man solle den Betroffenen keine Vorwürfe machen und ihm aufzeigen, wie sich sein Verhalten geändert hatte. Man solle ihn auf das Konsumverhalten ansprechen und fragen, was der Betroffene davon hält. Es sei jedoch schwer, die anderen zu überzeugen. Sie müssten selbst Einsicht zeigen.

»Was machst du da?«, fragte Denise. Verschlafen stand sie im Türrahmen.

Miriam hatte sie nicht kommen hören. Schnell schloss sie die Seite und öffnete stattdessen ihren Facebook-Account. »Ich surfe ein bisschen«, sagte sie.

»Hast du einen starken Kaffee?«, fragte Denise und tapste in die Küche.

»In der Thermoskanne«, rief sie ihr hinterher. Sie scrollte durch die Einträge und plötzlich lächelte Tim sie von einem Foto an. Es war ein Urlaubsfoto in einem Treckingshirt. Es war nur nicht die Art Post, die sie sich für ihn wünschte. Es war das Fahndungsfoto der Polizei. Sie ballte die Hand. Auch wenn sie sich um ihre Schwester kümmern musste, lag die erste Priorität im Moment bei dem Fall. Sie musste sich in ihrem Job beweisen, um ihr eigenes Leben unter Kontrolle zu bringen.

Sie fuhr den Computer herunter und folgte Denise in die Küche. Ihre Schwester saß am Küchentisch, ein Bein angewinkelt auf dem Stuhl, in einer Hand eine

Tasse Kaffee, in der anderen ihr Handy. Jäh riss sie die Augen auf. »Er meint das mit Pink wirklich ernst«, rief sie erstaunt. »Krass!«

»Was meinst du?«

»Kevin hat einen Flug in die Staaten gebucht. Wir gehen zum Pink-Konzert.« Sie sprang auf und hüpfte jubelnd im Kreis.

»Ist nicht dein Ernst. Ich dachte, er hätte keine Kohle!«

»Er hat sich was bei Justus geliehen.«

»Nein.« Das war der Typ, von dem Kevin die Drogen bezog. Miriam schüttelte den Kopf, ging auf Denise zu. »Nein. Das lässt du nicht zu.«

Ihre Schwester grinste breit und presste die Hände vor ihre Brust. »Er liebt mich.«

»Er wird danach richtig in der Scheiße stecken.«

»Er kriegt das hin. Er hat einen Plan.« Denise war im Begriff, die Küche zu verlassen, doch Miriam packte sie am Arm. »Das geht schief. So etwas geht immer schief.«

Denise' Augen leuchteten euphorisch. »Liebe schafft alles. Und Liebe ist alles, was ich will. Nach Mutters Tod brauchen wir neue Liebe, da waren wir uns doch gestern einig.«

»Aber doch nicht so!«

Denise schüttelte den Kopf. »Du willst mich nicht verstehen, oder?« Entschieden drängte sie sich an ihr vorbei. Sie duschte und verschwand, noch bevor Miriam zum Präsidium aufgebrochen war.

Wie konnte sie ihre Schwester davon abhalten? Darüber zerbrach sie sich die ganze Fahrt zum Präsidium den Kopf, doch sie kam zu keinem Ergebnis.

Oliver war noch nicht da, und sie versorgte sich mit einer Cola Zero aus der Küche.

Sina Meiers. Das war ihre nächste Station. Sie versuchte erneut, sie zu erreichen. Auch diesmal ging sie nicht an ihr Handy. Miriam suchte im Internet nach der Festnetznummer und erreichte die Mutter.

»Sina fühlt sich noch nicht in der Lage, mit Ihnen zu sprechen.«

»Es ist sehr wichtig«, beharrte Miriam.

»Ihr geht es nicht gut.«

»Das kann ich mir vorstellen. Aber sie will sicherlich, dass der Täter gefasst wird. Und dabei könnte sie uns behilflich sein.«

Die Mutter zögerte. »Also gut. Aber sie wird nirgendwo hinfahren. Sie müssen herkommen.«

»Das ist kein Problem.«

Sie verabredeten, dass sie direkt vorbeikommen konnten.

Oliver trat ins Büro. Er trug eine Blumenkette und einen Strohhut.

Miriam ließ sich die Adresse bestätigen, verabschiedete sich von Frau Meiers und legte auf. »Wie siehst du denn aus?«, fragte sie.

Er grinste und stellte eine Plastiktüte ab. »Felix hat heute Geburtstag und fährt bald nach Spanien. Da haben wir gedacht, wir schenken ihm etwas Sinnvolles.«

Miriam lehnte sich im Stuhl zurück. »Wer ist wir? Und wovon werden die Geschenke bezahlt?«

»Wir haben ein Sparbuch von der Abteilung.«

»Und wann gedachtet ihr, mir das zu erzählen?«

Er zuckte mit den Schultern. »Ich dachte, Lothar hätte das getan. Ich gebe dir später die Kontonummer. Fünf Euro pro Monat.«

Miriam nickte und presste die Lippen zusammen. Sie wollte jetzt keine Grundsatzdiskussion beginnen und versuchte, sich nicht darüber zu ärgern. »Wir können Sina Meiers einen Besuch abstatten.«

»Hast du sie erreicht?«

»Ihre Mutter.«

Oliver nickte. »Na gut, aber ich muss zuerst Felix’ Schreibtisch schmücken.«

***

Auf der Fahrt berichtete Miriam ihren Kollegen, dass Felix den Ankunftsbahnhof von Tim Eichner herausgefunden hatte.

»Und warum wollen wir dann Meiers vernehmen, wenn wir uns nach Lennestadt aufmachen sollten?«

»Weißt du, wie weit das entfernt ist?«

»Sag es mir«, forderte Oliver sie auf.

»Hundertdreißig Kilometer. Ohne Stau sind das eineinhalb Stunden. Wir sollten das den dortigen Kollegen überlassen.«

Er schüttelte entschieden den Kopf. »Wir müssen selbst dorthin.«

Miriam hatte keine Lust, so weit zu fahren, doch vielleicht führte kein Weg daran vorbei. »Aber erst mal vernehmen wir Meiers.«

Ihr Weg führte sie nach Düsseldorf Wersten zu einer Doppelhaushälfte in einem Wohngebiet. Der Vorgarten war wild bewuchert mit kleinen Bäumen und

Blumen. Ein ausgedientes Fahrrad mit einem Lenkrad-
korb voller Margeriten lehnte an einem Stamm.

Miriam betätigte die Klingel. Eine große Frau mit rötlichen lockigen Haaren öffnete ihnen. Es musste sich
um Sinas Mutter handeln, denn die beiden sahen sich
so ähnlich, dass man sie für Schwestern halten konnte.

Frau Meiers ließ sie herein und führte sie zu einem
Zimmer im ersten Stock. Sie klopfte an die Tür. »Sina!
Die Polizei ist hier.«

Es dauerte einen Moment, bis Sina Meiers öffnete.
Die Haare waren zerzaust, sie hatte rote Augen und ein
blasses Gesicht. Sie trug eine Jogginghose und ein langes Shirt, das ihr bis zu den Knien reichte, ihre Füße
waren nackt. Sie sah müde und abgemagert aus.

Miriam trat einen Schritt vor. »Es tut mir leid, dass
wir Sie stören und ich verstehe, dass es Ihnen nicht gut-
geht. Aber wir brauchen Ihre Hilfe. Könnten Sie ein
paar Minuten für uns entbehren? Ich verspreche
Ihnen, es wird schnell gehen.«

Sina Meiers nickte, drehte sich um und setzte sich auf
ihr Bett, zog die Beine an ihren Körper.

Es gab nichts, wo sie sich hätten hinsetzen können.
Auf dem Schreibtischstuhl stapelten sich Klamotten
und eine Sporttasche.

Der Schreibtisch war vollgestellt mit Schminkutensi-
lien und einem Laptop. An der Wand hingen Poster von
malerischen Sonnenuntergängen.

»Also?«, fragte Frau Meiers.

»Wie fühlen Sie sich?«, fragte Miriam.

Oliver schloss die Tür hinter sich.

»Wie soll ich mich schon fühlen? Aber Sie sind sicher nicht hier, um mich nach meinem Befinden zu fragen.« Sie strich sich die rötlichen Haare hinter die Ohren.

»Nicht nur, aber auch das ist uns wichtig.«

Sina Meiers sah aus dem Fenster. »Ich kann noch nicht begreifen, dass Vanessa nicht mehr zurückkommt. Ich warte jede Minute darauf, dass sie mir eine Nachricht schreibt oder zur Tür reinschneit.« Sina Meiers rannen Tränen über die Wangen. Sie schniefte. »Jede Nacht habe ich Albträume. Sie liegt dann immer wieder blutüberströmt im Bett. Tot!« Sie legte die Hände vors Gesicht und schluchzte. Dann kämpfte sie gegen die Tränen, atmete tief durch und sah sie wieder an.

»Es tut uns sehr leid«, sagte Miriam, kniete sich zu ihr und legte die Hand auf ihre Schulter.

»Bitte stellen Sie Ihre Fragen«, sagte Sina Meiers.

Miriam erhob sich. »Hatte Vanessa einen Freund?«, begann sie, nachdem sie die Zeugin erneut auf das Aussageverweigerungsrecht hingewiesen hatte.

Sina Meiers schüttelte den Kopf. »Nein, sie ...« Sie sah wieder aus dem Fenster, ihre braunen Augen füllten sich mit Tränen.

Miriam gab ihr Zeit, doch es kam nichts mehr. Das laute Ticken der billigen Wanduhr dröhnte in Miriams Kopf.

»Also war sie in keiner festen Beziehung?«, hakte Miriam nach.

Oliver holte den Notizblock hervor und notierte sich etwas.

Die Zeugin schüttelte nur den Kopf, ohne den Blick von dem Fenster zu wenden.

»Hat sie sich häufiger mit Männern getroffen?«

Sina Meiers sah ihr in die Augen. »Wieso fragen Sie das denn, wenn Sie schon alles wissen?«

»Wir wissen nicht alles. Wir hoffen, dass Sie uns helfen können, Vanessa Marks besser zu verstehen. Damit wir uns ein genaueres Bild vom Täter machen können.«

Sina Meiers rieb sich über ihr Ohr, an dem sich Ringe in Regenbogenfarben befanden. »Sie hat Männern gern schöne Augen gemacht, um beim Feiern so wenig wie möglich ausgeben zu müssen.«

»Und ist sie mit ihnen nach Hause gegangen?«

Sina Meiers nickte. »Aber sie sagte, sie liebe keinen von ihnen.«

»War sie in Dating-Chats unterwegs?«, fragte Miriam.

»Wir haben uns letzte Woche dort angemeldet«, sagte das Mädchen stockend. »Haben uns einen Spaß draus gemacht.«

»Warum Spaß? Was hat sie sich davon versprochen?«

»Das habe ich mich selbst öfter gefragt«, flüsterte sie und starrte wieder in die Ferne.

Miriam sah Fotos von den beiden Freundinnen an der Wand hängen. »Sind Sie zusammen auf Männerfang gegangen?«

»Wir sind rausgegangen, aber mir ging es nie um die Männer.«

»Warum nicht? Haben Sie einen Freund?«

Sina Meiers schüttelte den Kopf, sah zu Boden und zog die Beine noch näher an sich heran. Tränen tropften auf ihre Füße. Miriam hätte sie am liebsten in den Arm genommen, aber das schien ihr nicht angemessen. Diese Zeugin trauerte wirklich. Sie wäre nicht in der Lage gewesen, Vanessa Marks ein Messer in den Bauch zu rammen. Oder doch? Einer Eingebung folgend, stellte sie eine Frage, dessen Tragweite sie selbst erst begriff, als sie sie aussprach. »Waren Sie in Vanessa verliebt?«

Überrascht sah Sina Meiers sie an. Ihre Lippen bebten. »Woher ...?« Sie griff sich an die Ohrringe und sah zu Boden. »Ja, ich habe sie geliebt. Ich habe sie angefleht, ihre Männergeschichten aufzugeben, doch sie hat nicht aufgehört.«

»Kennen Sie die Excel-Datei mit den Männernamen?«

Sina Meiers nickte, ohne den Blick zu heben.

»Was bedeuten die Noten hinter den Namen?«

Die Zeugin schloss die Augen und schüttelte leicht den Kopf.

»Bitte sagen Sie es uns. Es könnte uns zu Vanessas Mörder führen.«

Sina Meiers holte tief Luft. »Jetzt ist es eh egal, Sie wissen ja schon alles.« Sie sah auf, der Blick plötzlich fest und entschlossen, als ob bei ihr ein Schalter umgelegt worden war. »Sie liebte teure Kleidung und schicke Schuhe. Das kostete. Mit dem Ausbildungsgehalt konnte sie sich das nicht leisten. Vanessa hatte sich deswegen mit ihrer Familie überworfen. Sie träumte davon, einen reichen Mann zu heiraten, nur um ausgesorgt zu haben. Sie gab den Männern Schulnoten, wer dafür am ehesten infrage kam.«

Miriam schluckte. Tim Eichner stand ganz oben auf ihrer Liste. Hatte Vanessa ihn heiraten wollen? Miriam ballte die Hand. Hatte sie ihm eine Schwangerschaft vorgegaukelt, damit er sie zur Frau nahm und sie sich exklusive Klamotten kaufen konnte?

»Hat sie die Männer erpresst?«, fragte Miriam weiter.

Sina Meiers riss die Augen auf. »Niemals. Sie hat gehofft, dass sich ein Mann unsterblich in sie verliebt.«

»Das hat Ihnen natürlich nicht gefallen«, sagte Oliver scharf.

»Was wollen Sie damit andeuten?«

»Ihre große Liebe ist lieber mit den Männern in die Kiste gestiegen als mit Ihnen. Sie haben einen Schlüssel zur Wohnung. Da könnte der Verdacht aufkommen, dass Sie –«

»Sie wollen doch wohl nicht andeuten, dass ich Sie umgebracht habe!«, sagte Sina Meiers empört.

»Sie haben ein Motiv und die Gelegenheit dazu gehabt«, wandte Oliver ein.

»Wo waren Sie am Montagabend und in der Nacht?«, fragte Miriam.

»Zu Hause. Ich habe gelernt und nachts habe ich geschlafen. Fragen Sie meine Eltern«, sagte sie trotzig.

»Das werden wir«, sagte Oliver.

»Wenn Sie es nicht gewesen sind? Können Sie sich vorstellen, wer Vanessa umgebracht haben könnte?«, fragte Miriam.

Die Zeugin schüttelte den Kopf. »Höchstens ihre Stiefmutter. Die hat sie gehasst. Aber ich hab sie nie kennengelernt.«

Miriam nickte. Wahrscheinlich war das besser so. »Sagt Ihnen der Name Tim Eichner etwas?«

»Sie hat erzählt, dass sie einen Tim beim Bäcker getroffen hat, und gemeint, dass sich das Beste unverhofft ergibt.«

»Wie oft haben sich die beiden getroffen?«

»Sie waren einmal beim Italiener essen.«

»Und das war's?«

Sina Meiers zuckte die Schultern. »Soweit ich weiß.«

»Was können Sie uns zu den Eltern sagen?«

»Vanessa hat den Kontakt abgebrochen, ihre Stiefmutter muss wohl eine Bestie gewesen sein.«

»Noch etwas. Hatte sie eine Affäre mit Ihrem Berufsschullehrer?«, fragte Miriam.

Die Zeugin riss erstaunt die Augen auf. »Mit wem? Mit Haberl, Kubach oder Pausch?«

»Pausch?«

Entschieden schüttelte sie den Kopf. »Nein, sicherlich nicht. So dumm war Vanessa nicht. Und nun möchte ich gerne alleine sein.« Sie stand auf.

»Was halten Sie davon, wenn Sie mit aufs Präsidium kommen, um die Aussage direkt zu unterschreiben, und dann bringen wir sie nach Hause?«, bot Miriam an.

Sina Meiers verschränkte die Arme vor der Brust. »Nicht heute.«

»Also gut, aber lassen Sie nicht zu lange auf sich warten.«

Sina Meiers nickte. »Noch eine Bitte.« Sie biss sich auf die Unterlippe. »Bitte erzählen Sie meinen Eltern nicht, dass ich ... also ...«

Miriam legte ihr eine Hand auf die Schultern. »Wir werden uns von Ihren Eltern bestätigen lassen, dass Sie am Montagabend hier gewesen sind. Ansonsten bleibt das Gespräch unter uns.«

Sina Meiers lächelte schwach. »Danke.«

***

Dunkle Wolken zogen heran. Nicht schon wieder! Seine Hose war wieder trocken, die Schuhe waren noch nass und die Füße eisig. Tim schien es, als würde nur die Bewegung sie vor dem Absterben bewahren. Er hatte den Fleecepullover und die Regenjacke angezogen. Wo waren die sommerlichen Temperaturen hin? Ein kühler Wind pfiff durch den Wald und ließ die Blätter in ein bedrohliches Rauschen verfallen. Es donnerte. Nein! Nein! Nein!

Tim beschleunigte den Schritt, wollte vor dem Unwetter fliehen. Sein Magen meldete sich erneut, doch jetzt konnte er unmöglich haltmachen. Nichtsdestotrotz sammelte er Gräser und stopfte sie in die Hosentasche für das nächste Feuer.

Es begann zu tröpfeln und er suchte Schutz unter einem Busch. Zum Glück war der Regen nicht so stark wie beim letzten Mal und hörte nach ungefähr zehn Minuten wieder auf. Die Wolken brachen auf und ließen die Sonne durch. Es war fast Mittag.

Er aß Obst und ein paar Trockenpflaumen, sein Magen beruhigte sich. Jetzt ein Feuer und sich aufwärmen. Er scannte den Boden ab: nasse Blätter und Äste. Wie sollte er hier ein Feuer entfachen? Er fluchte. Wie hatte er geglaubt, länger als ein paar Tage durchhalten zu können?

»Du musst nur noch dieses Schuljahr durchhalten«, hatte Thomas zu ihm gesagt, als er sich mal wieder über Vater geärgert hatte. »Dann kannst du eine Ausbildung machen und dir eine eigene Wohnung suchen.«

Erst wollte Tim Rettungssanitäter werden, anstatt Betriebswirtschaft zu studieren und in die Unternehmensberatung einzusteigen, wie es der Plan seines Vaters gewesen war.

»Ich werde keine machen«, hatte er geantwortet. Sie saßen am Rand eines Freibades und ließen die Beine ins Wasser baumeln. Bei einem Besuch eines Berufsinformationszentrums hatte er herausgefunden, dass er Strafverteidiger werden und den Menschen helfen wollte, denen niemand mehr beistand. Seien sie nun schuldig oder nicht. Tim wollte endlich das machen, womit er glücklich wurde.

Und er hatte seinen Traum verwirklicht: Das Studium durch Nebenjobs finanziert, hatte die eigene Kanzlei und sich einen guten Ruf aufgebaut. Er hatte durchgehalten und seinem Vater getrotzt.

»Auch jetzt werde ich durchhalten«, flüsterte Tim.

Er zog den Survivalratgeber aus der Tasche und las erneut das Kapitel übers Feuermachen. Kiefernharz oder Birkenrinde konnte die Lösung bedeuten. Man sollte Äste von Bäumen nehmen, die äußere nasse Schicht abschneiden und aus dem Inneren Späne schneiden.

Er würde nicht aufgeben.

Tim kroch unter dem Busch hervor und stapfte weiter. Die Sonnenstrahlen tanzten auf dem Waldboden. Er streckte das Gesicht der Sonne entgegen, die Wärme schickte ihm neue Hoffnung.

Kapitel 11

Sie trafen sich erneut zur Lagebesprechung. Felix trug die Blumenkette und den Strohhut erhobenen Hauptes. Eine Anstecknadel im Design eines Tempo-30-Schildes an der Brust. Damit erübrigte sich die Frage nach seinem Alter.

»Alles Gute! Musst du noch die Rathaustreppe fegen?«, fragte Miriam.

»Wer weiß, was meine Freunde sich einfallen lassen«, sagte er mit einem Augenzwinkern.

Sie setzten sich und Miriam berichtete von der Vernehmung von Meiers.

»Vanessas Freundin hatte also ein Motiv für den Mord«, folgerte Lothar und zeichnete ein Ausrufezeichen hinter den Namen an dem Whiteboard.

»Das stimmt, aber die Mutter hat das Alibi bestätigt. Zur Tatzeit soll sie zu Hause in ihrem Zimmer gewesen sein«, fuhr Miriam fort.

»Sie könnte sich rausgeschlichen haben«, wandte Oliver ein.

Lothar warf ihr einen fragenden Blick zu. »Was denkst du dazu?«

Sina Meiers Trauer schien echt gewesen zu sein, aber vielleicht täuschte sie sich. Sie zuckte mit den Schultern. »Möglich.«

Lothar nickte und fügte dem Namen auf dem Whiteboard ein Fragezeichen hinzu.

»Die Kollegen aus Lennestadt haben sich im Ort mit dem Bild von Eichner schlaugemacht. Weder die

Kollegen vom Bahnhof, von einem Zeitschriftenladen oder einem Café haben ihn gesehen«, fuhr ihr Chef fort.

»Wir werden selbst hinfahren und Befragungen durchführen«, sagte Oliver.

Ihr Chef zog die Augenbrauen hoch. »Das sind hundertdreißig Kilometer.«

»Wer weiß, vielleicht finden wir mehr als die Kollegen vor Ort heraus.«

Lothar sah auf seine Armbanduhr. Es war mittlerweile elf Uhr durch. »Für heute könnte es schon zu spät sein.«

»Wir machen uns gleich auf den Weg.«

»Was ist, wenn er von dort aus in den Wald gegangen ist?«, wandte Miriam ein.

»Seitdem sind mindestens siebzig Stunden vergangen«, sagte Felix.

»Zu Fuß käme er zwanzig Kilometer pro Tag vorwärts. Wenn er trainiert ist, dreißig.«

Felix schloss einen Laptop an den Beamer an, rief das Programm zur Ringfahndung auf und ließ das Bild an die Leinwand strahlen. »Das sind 90 Kilometer Radius und damit haben wir 25.445 Quadratkilometer, die wir durchsuchen müssten.«

»Unmöglich«, sagte Lothar. »Aber vielleicht ist er von dort aus weitergefahren. Mit dem Bus oder einem Taxi. Wir wissen nicht, ob er auf einem Survivaltrip ist.«

Dann würden sie ihn niemals finden. Der Bereich war zu groß und mit jedem Tag konnte er sich weiter entfernen. War Tim wirklich so Outdoor erfahren? Hätte er sie mit in die Wildnis geführt und ihr die Bäume und Pflanzen nähergebracht, wären sie sich nähergekommen? Sie hätte sich gerne darauf eingelassen.

»Felix, recherchierst du, ob Eichner Kontakte in Lennestadt hat?«, fragte Oliver. »Am besten innerhalb der nächsten zwei Stunden.«

»Jawohl, Sir«, sagte Felix grinsend und zog den Strohhut leicht nach unten.

»Was ist mit Pausch? War der zur Unterschrift da?«, fragte Miriam.

Lothar schüttelte den Kopf und blickte Felix fragend an. »Jaja, ich habe natürlich kein Privatleben und mache an meinem Geburtstag liebend gerne Überstunden.«

»Und was ist mit dem Volkmann? Wann kommt der zur Vernehmung vorbei?«, fragte Miriam weiter.

»Der war beruflich drei Tage in Übersee und hat angeboten, morgen aufs Präsidium zu kommen«, sagte Lothar.

»Am Wochenende arbeite ich am liebsten«, sagte Oliver und rieb sich über die Stirn. Er klopfte Miriam auf die Schulter und stand auf. »Los, je eher wir wegkommen, desto eher können wir wieder zurückfahren.« An die Rückfahrt im Freitagfeierabendverkehr wollte sie gar nicht denken.

Sie verabschiedeten sich und gingen zum Auto. Oliver steuerte den Fahrersitz an, doch Miriam protestierte. »Ich fahre.«

»Ich bin mal dran«, wandte Oliver ein. »Oder hast du ein Problem mit meinem Fahrstil?«

Sie biss sich auf die Unterlippe. Ihre Hände wurden feucht, als sie daran dachte, sich auf den Beifahrersitz setzen und die Kontrolle abgeben zu müssen. Sie atmete tief durch. Sie sollte es probieren. Außerdem konnte sie dann einen Anruf tätigen.

»Also gut.« Ihre Knie wurden weich, als er das Auto anließ und losfuhr. Krampfhaft hielt sie sich an der Tür fest und sah gebannt auf die Straße.

»Entspann dich«, sagte er. »Ich fahre seit zwanzig Jahren unfallfrei.«

Miriam schloss die Augen, sah wieder das Blut, die kaputte Maschine und das Gesicht ihrer Mutter vor sich. Sie atmete tief durch, versuchte sich zu beruhigen.

»Verrätst du mir, warum du so ein schlechter Beifahrer bist?«

Sie schluckte, es war an der Zeit mit der Wahrheit rauszurücken. »Meine Mutter ist bei einem Motorradunfall gestorben. Seitdem muss ich die Kontrolle über ein Fahrzeug haben und kann mich auch nicht mehr auf eine Maschine setzen.«

»Das tut mir leid.«

»Muss es nicht. Es reicht, wenn du mich fahren lässt.«

Er lächelte. »Aber dieses Mal hältst du es aus?«

Sie nickte. »Ich muss sowieso noch einen Anruf tätigen.« Miriam zog ihr Handy aus der Hosentasche. »Kann ich dich um ein Versprechen bitten?«

»Welches? Dass ich nicht verrate, dass du während der Dienstzeit privat telefonierst?«

»Dass du das, was du gleich hören wirst, für dich behältst.«

»Wenn du von keiner Straftat erzählst«, sagte er scherzhaft.

Sie sah ihn von der Seite an. »Darum geht es.«

Er warf ihr einen fragenden Blick zu. »Deine Schwester?«

Sie nickte. »Habe ich dein Wort?«

Er schluckte, sah wieder auf die Straße, musste vor einer roten Ampel halten. Eine Mutter schob einen Kinderwagen über den Fußgängerweg, ein Bernhardiner ging an der Leine brav bei Fuß.

»Wie schlimm ist es?«, fragte er.

»Kleine Drogendelikte.«

»Du hast mein Wort.«

Erleichtert wählte sie die Nummer ihres Vaters. Auch wenn Oliver mithören konnte, musste sie mit ihm sprechen. Nach dem ersten Klingeln meldete er sich.

»Hey, Paps.« So hatte sie ihn vor Mutters Tod genannt. Vielleicht war es an der Zeit, alte Gewohnheiten aufleben zu lassen. Sie hatte das Gefühl, dass sie näher zusammenrücken mussten, wenn sie Denise vor sich selbst retten wollten.

»Was gibt's? So oft hast du mich seit Langem nicht mehr angerufen.«

»Hat sich Denise bei dir gemeldet?«

»Nein. Sollte sie?« Er klang besorgt.

»Sie hat heute Nacht bei mir übernachtet.« Sie berichtete ihm von dem Gras und dass Kevin Denise zu dem Pink-Konzert in die USA bringen wollte.

»Ohne Geld?«, fragte ihr Vater.

»Er will sich einen Vorschuss bei seinem Drogenboss besorgen.«

Oliver und ihr Vater zogen gleichzeitig die Luft ein. »Scheiße«, sagte ihr Vater. »Es ist schlimmer, als ich gedacht habe.«

»Gestern Abend hatte ich das Gefühl, ich dringe zu ihr durch, aber heute Morgen ist sie mir wieder entglitten.«

»Auf mich hört sie gar nicht.«

»Was machen wir jetzt?«, fragte sie.

»Ich werde ein paar Freunde fragen, ob sie das Problem lösen.«

»Nein, Paps. Das wird sie dir nie verzeihen.« Sie konnte sich die Methoden dieser Freunde vorstellen. Kevin würde danach im Krankenhaus liegen und nie mehr so aussehen wie vorher. Auch wenn sie sich um ihre Schwester Sorgen machte, war das nicht der richtige Weg.

»Das würde Mutter nicht gefallen«, sagte sie hart.

Stille.

»Paps?«

»Du hast recht. Ich rede mit ihr und versuche, sie zur Vernunft zu bringen.«

»Fahr lieber hin.«

»Du weißt, dass ich dafür keine Zeit habe.«

»Nimm dir die Zeit«, forderte sie ihn auf. »Sag Angelina und Sören, sie müssen das Restaurant für zwei Stunden alleine stemmen.«

»Was würde Mama sagen?«, sinnierte ihr Vater leise.

»Sie würde sagen, die Familie ist wichtiger als alles andere.«

»Ja, das würde sie. Danke, dass du mich daran erinnerst. Ich fahre gleich los.«

»Danke. Und schreib mir, sobald du mehr weißt.«

»Ich melde mich. Pass auf dich auf, mein Kätzchen.«

»Das werde ich.« Miriam legte auf und steckte das Handy in die Hosentasche.

»Das hört sich nicht gut an«, sagte Oliver. Sie sah aus dem Fenster. Sie überholten einen roten LKW einer Speditionsgesellschaft. »Sie stürzt sich ins Verderben und will es nicht wahrhaben.«

»Und du gibst dir die Schuld, wenn du es nicht verhinderst?«

»Ist es nicht so ähnlich wie bei dir und Helmut?«

Oliver atmete tief ein. »Das war etwas ganz anderes.«

»Inwiefern?«

Er starrte stumm auf die Straße. Sie glaubte, dass er nichts mehr antworten würde, doch dann holte er tief Luft.

***

Tim erkannte das kleine Steinhaus erst, als er ein paar Meter davorstand. Es hatte eine Tür- und eine Fensteröffnung, war an den Wänden und auf dem Dach mit Efeu und anderen Pflanzen bewachsen. Die Steinwände das Experimentierfeld von Graffiti-Sprühern, die ihre Signaturen und einen weinenden Löwenkopf hinterlassen hatten. Er sah verzerrt aus, die Ausläufer seiner Mähne verflüchtigten sich im Steppenwind. Was machte dieser Wüstenjäger im Wald? Seine Augen luden Tim in das Haus ein und baten ihn um Gesellschaft.

»Ich bleibe bei dir«, sagte Tim. Er steckte den Kopf in das Haus. Der Raum maß vielleicht sechs Quadratmeter, allerdings konnte er nicht aufrecht darin stehen. Das machte nichts, es war der perfekte Unterschlupf. Womit hatte er das verdient? Hier würde er ein Feuer machen können und seinen Körper zur Ruhe kommen lassen. Ein paar Tage würde er sich gönnen.

Dieses Haus schien keiner zu bewohnen, bis auf ein paar Spinnen und eine Eidechse, die er aus einem Blätterhaufen verscheuchte. Er schob die Blätter mit dem

Fuß zusammen, das perfekte Zunderzeug. Darunter befanden sich auch ein paar Äste. Er sammelte draußen weitere und fand eine Birke, von der er ein paar Rindenstreifen abzog und alles für ein Feuer vorbereitete.

Wenn er jetzt einen Bach in der Nähe hätte, wäre es perfekt. Morgen würde er die Umgebung erkunden. Er besaß noch eine halbe Flasche Fruchtsaftschorle und eine halbe Flasche Wasser. Im Ratgeber fand er einen Hinweis zur Wassergewinnung mit Hilfe von Sonnendestillation, wobei man eine Plastiktüte zu drei Vierteln mit grünen Pflanzen füllen und sie oben zusammenbinden sollte. Wenn die Tüten ins direkte Sonnenlicht gelegt wurden, entstünde Wasserdampf, der sich an dem Plastik zu flüssigem Wasser verwandeln würde. Um genügend Trinkwasser zu gewinnen, sollte man mehrere Destillationsvorrichtungen anlegen. Tim füllte fünf Plastikbeutel und platzierte sie in die Sonne.

Anschließend machte er sich daran, ein Feuer zu entzünden, wählte dafür den Steinboden des Hauses direkt am Eingang. Mit den trockenen Blättern und Ästen und der Birkenrinde klappte es sofort. Tim zog die Schuhe, Socken und die Hose aus und legte es nah ans Feuer. Er erwärmte ein paar Haferflocken in Wasser und fügte eine kleingeschnittene Birne und einen Apfel hinzu. Endlich mal wieder eine warme Mahlzeit.

Es schmeckte so köstlich, als säße er in einem Sternerestaurant und äße ein Drei-Gänge-Menü. Das Schicksal meinte es endlich gut mit ihm. Vielleicht sollte er hierbleiben und sich in dem Steinhaus einrichten. Er könnte sich ein Bett und einen Stuhl bauen. Werkzeuge wie Hammer und Nägel würde er sich schnitzen. Er musste nur zusehen, wie er die Fensteröffnung und die Tür abgedichtet bekam – und das möglichst heute.

Er sammelte Äste und schnitt sie in der Länge ab, so dass er sie in das Fenster klemmen konnte, gerade so auf Spannung, so dass sie hielten. Die Zwischenräume dichtete er mit Gräsern und Laub ab. Hier würde nicht mehr viel Wind durchkommen. Dafür sammelte sich der Rauch des Feuers unter der Decke. Es war keine so gute Idee gewesen, es hier zu entfachen. Er ließ es ausgehen und schob mit einem Stock die noch glühenden Hölzer vor den Eingang. Mit der Regenjacke wedelte er den Rauch aus dem Haus. Trotzdem stank alles danach, seine Kleidung, er, der Innenraum. Egal. Was aber sollte er mit der Tür tun? Auch dafür hatte er eine Idee. Endlich würde ihm mal etwas gelingen. Durchhalten! Er würde durchhalten.

***

»Helmut ... er wurde erschossen«, sagte Oliver mit belegter Stimme.

»Wie ist es dazu gekommen?«, fragte Miriam.

»Wir arbeiteten an dem Mordfall einer alten Frau aus dem Pflegeheim. Der Arzt hat einen natürlichen Tod festgestellt, dieser Stümper. Tod durch Ersticken – das Typische. Mehrere Pfleger und Pflegerinnen galten als Verdächtige, aber Helmut hatte eine andere Idee. Wir sind abends die Listen der Reinigungskräfte durchgegangen und ihm ist eine Unregelmäßigkeit aufgefallen. Ich wollte nach Hause zu ...« Er stockte.

»... deiner Tochter«, half ihm Miriam.

Oliver nickte. »Dann ist er alleine zu der Reinigungskraft. Inoffiziell, auf dem Weg nach Hause, weil es bei ihm um die Ecke lag. Der Typ erschoss ihn eiskalt.«

»Was für ein Motiv?«

»Es war der Stiefsohn, der sich den Job im Pflegeheim besorgt hatte. Alle wähnten ihn in Mexiko, wo er mittlerweile lebte.«

Miriam schluckte, beobachtete Oliver von der Seite. Der starrte nach vorn, die Lippen zusammengepresst, die Hand umklammerte so fest das Lenkrad, dass sich die Knöchel abzeichneten.

»Helmut hatte mit dem Täter in der Jugend Fußball gespielt und wähnte sich in Sicherheit. Ein alter Kumpel könne ihm nichts anhaben.«

»Ein Gespräch unter alten Bekannten«, folgerte Miriam.

»Genau. Helmut wird sich schuldig gefühlt haben, wollte es selbst richten.«

»Wieso schuldig?«

Oliver warf ihr einen traurigen Seitenblick zu. »Der Täter hatte Helmut vor einem Jahr per Mail gefragt, wo sich seine Mutter aufhielt. Und er hatte es ihm geschrieben.«

Miriam schloss die Augen einen Moment. »Oje.«

Oliver nickte. »Hätte ich gewusst, was er vorgehabt hatte, wäre ich nicht nach Hause gefahren. Aber er hatte es mir nicht gesagt.«

»Er wollte seinen Fehler bereinigen und ist ins Verderben gerauscht.«

Oliver schwieg.

»Ist der Täter gefasst?«

»Er ist tot.«

»Tot? Aber ...« Ihr blieben die Worte im Halse stecken.

»Er hat sich die nächste Kugel in den Kopf geschossen.«

Miriam sah aus dem Fenster. Bäume rauschten vorbei. Oliver fuhr schnell, zu schnell nach ihrem Geschmack, doch sie behielt ihr Unbehagen für sich. Sie saßen nicht auf einem Motorrad, sondern im sichereren Auto.

Fühlte sich das wie Gerechtigkeit an? Wohl kaum. Der Täter hatte sich feige seiner Strafe entzogen und viele Menschen in tiefe Trauer gestürzt. Er hatte begriffen, welche Konsequenzen er bei zwei Morden zu tragen hatte, dass er lieber den feigen Weg gewählt hatte.

Hatte Tim das womöglich auch vor? Den feigen Weg wählen? Sich selbst töten, um sich den Konsequenzen zu entziehen? Vielleicht fanden sie ihn deswegen nicht. Vielleicht hatte er sich an einem abgelegenen Ort das Leben genommen und sie würden in drei Jahren noch nach ihm suchen.

Ein Schauer lief ihr den Rücken hinunter. Das durfte nicht sein. Sie war sich immer noch nicht sicher, dass er der Täter war. Der Obduktionsbericht war noch nicht da und dieser Pausch verhielt sich mehr als merkwürdig, da er nicht mal kurz zum Präsidium zur Unterschrift kam. Sina Meiers hatte ein eindeutiges Motiv. Und den Volkmann hatten sie noch nicht mal verhört.

Bleib am Leben, Tim, dachte sie.

Vielleicht war er nur in den Tatort hineingeraten und jemand anders hatte Vanessa Marks auf dem Gewissen. Nur wer?

Die Stiefmutter? Hatte der Vater der Tochter mit Geld aushelfen wollen und der Stiefmutter hatte das nicht gefallen? Miriam sollte unbedingt den Vater noch mal allein vernehmen.

»Helmut hinterlässt eine Frau, zwei Töchter und drei Enkelkinder«, fuhr Oliver fort.

Sie fühlte die Leere, die diese Familie spüren musste. Sie vermisste ihre Mutter so sehr. Aber was war ein Unfall im Gegensatz zu dieser grausamen Tat? Und doch wurde ihre Mutter genauso unvermittelt aus dem Leben gerissen wie Helmut. Ohne Abschied, ohne Ankündigung.

Sie sah Oliver an. Die Schuldgefühle waren in sein Gesicht gezeichnet. Vielleicht war es für ihn noch schwieriger als für Helmuts Familie. Das Gefühl, den Partner im Stich gelassen zu haben.

»Du kannst nichts dafür«, sagte Miriam.

»Ich hätte ihn nicht alleine gehen lassen dürfen.«

»Er hat dir nichts davon erzählt.«

»Ich wollte unbedingt zu meiner Tochter«, presste er hervor.

»Du weißt nicht, ob er trotzdem alleine gefahren wäre. Vielleicht hatte er wirklich geglaubt, seinen Fehler wiedergutmachen zu müssen.«

Oliver zuckte mit den Schultern. »Ich hätte etwas merken müssen. Ich kannte ihn besser als jeder andere im Büro.«

Entschieden schüttelte Miriam den Kopf. »Nein. Es war seine Entscheidung, alleine zu fahren. Gib dir nicht die Schuld für seinen Tod.«

Er lächelte gezwungen. »Dafür nicht. Nur dafür, dass ich ihn nicht begleitet habe.«

»Läuft das nicht aufs Gleiche hinaus?«

»Ich habe wohl das gleiche Problem wie du mit deiner Schwester.«

Sie lächelte. »Wir sind uns wohl ähnlicher, als wir uns eingestehen wollen.«

***

Tim sammelte viele Stöcke, um daraus eine Art Tür zu bauen. Er legte zwei kräftige Stämme parallel zueinander und band dazu quer lange Äste.

Als er alle befestigt hatte, war sein Band komplett aufgebraucht. Er würde sich neues Tauwerk herstellen müssen, er hatte die Hinweise dazu im Ratgeber gesehen.

In die Zwischenräume seiner improvisierten Tür steckte er Laub und Pflanzen, um die Luftdurchlässigkeit zu minimieren. Er lehnte sein Konstrukt vor die Türöffnung und trat ein paar Schritte zurück. Perfekt! Er war doch zu etwas fähig und konnte der Natur ein Schnippchen schlagen.

Derweil hatte sich Wasser in den Plastiktüten gesammelt und er ließ es in den Topf fließen. Es war nicht genug.

Tim ließ den Blick schweifen. Auf der einen Seite ein Mischwald mit Gestrüpp im Untergrund, Farnen und vielen Pflanzen. Zur anderen Seite begann der Kiefernwald, dessen Boden kaum bewachsen war, als ob das Steinhaus auf einer ökologischen Grenze gebaut worden wäre.

Tim entfachte ein neues Feuer vor dem Haus und stellte die Wanderschuhe davor. Sie würden nach Rauch stinken – aber hoffentlich bald trocken sein.

Wann war er je so durchweicht gewesen? Er erinnerte sich an eine Fahrradtour mit seinen Eltern und Nicole. Sie waren von den Großeltern bis nach Hause gefahren. Auf halber Strecke am Unterbacher See hatte sie ein Wolkenbruch überrascht. Sie hatten sich unter Bäumen untergestellt, aber auch das hatte nichts genutzt. Sie waren bis auf die Unterwäsche durchweicht gewesen. Nicole und er waren schließlich in den Pfützen herumgehüpft. Vater hatte geschimpft, Mutter gelacht. Sie war zu ihnen gekommen und sie hatten sich zu dritt an den Händen gehalten und im Kreis gedreht. Vergnügt hatten sie gekreischt. Für Vater war alles nur ein Ärgernis gewesen.

Hatte ihr Vater jemals gelacht? Tim konnte sich nicht daran erinnern. Nur mit Regeln könne man gut durchs Leben kommen. Ernst und Fleiß waren Tugenden, mit denen man erfolgreich sein konnte. An den Fleiß hatte sich Tim gehalten und es weit in seinem Beruf gebracht. Dennoch war alles umsonst gewesen.

Das Studium, der Aufbau der Kanzlei, der unermüdliche Einsatz bei den Fällen. Ein Tag hatte alles zunichtegemacht.

Im Feuer knackte es, die Flammen loderten, tanzten im Takt, bewegten die Hüften wie eine Brasilianerin beim Karneval. Immer in Bewegung und doch am selben Platz, als hielte das Holz sie fest.

Es juckte in der Kniekehle und er kratzte sich. Er musste sich unbedingt waschen. Den nächsten Fluss, den er fand, würde er dafür nutzen. Er kratzte sich intensiver. Da war irgendwas.

Er zog das Hosenbein hoch, doch bekam es nicht bis zum Knie. Also zog er die Hose von oben runter und sah den schwarzen Fleck an seinem Bein.

Kapitel 12

Die Landschaft wurde bergiger und einsamer. Sie fuhren kurvige Straßen durch Wälder und vorbei an Tannenbaumschonungen.

»Da sind wir«, Oliver zeigte auf das Ortseingangsschild von Lennestadt. Er steuerte den Bahnhof an und parkte in einer gepflasterten Seitenstraße. Eine junge Mutter schob einen Kinderwagen vor sich her, ansonsten war der Bürgersteig leer – und das nicht weit von der Innenstadt entfernt.

Sie gingen zu dem kleinen Bahnhof und sahen sich um. Auf dem Vorplatz luden Tische und Bänke des Cafés zum Verweilen ein. An einem öffentlichen Bücherschrank konnte man sich mit Lektüre versorgen. Daneben Aushänge mit den Lokalnachrichten, einem Stadtplan und einer Wanderkarte der Region.

Sie betraten das Bahnhofgebäude, in dem sich ein Café und eine Eisdiele die Räumlichkeit teilten. Die Gasträume wirkten mit den bunten Stühlen modern und verspielt zugleich. Über der Eistheke hingen riesige Lampen mit gemustertem Stoff verziert.

Miriam und Oliver zeigten den Verkäuferinnen das Foto von Tim. Die rothaarige Bedienung mit dem Piercing in der Nase schüttelte desinteressiert den Kopf. Auch die anderen gaben an, Tim nicht gesehen zu haben.

Als Nächstes steuerten sie die zwei Taxis an, die vor dem Bahnhof warteten.

Ein korpulenter Mann mit Vollbart saß im ersten Fahrzeug und blies Zigarettenrauch aus dem geöffneten Fenster. Interessiert sah er auf, als sie näher kamen. »Wo möchten Sie hin?«

Oliver zog das Foto hervor und hielt es dem Fahrer unter die Nase. »Haben Sie diesen Mann in den letzten Tagen gesehen?«

Der Taxifahrer kniff die Augen zusammen, sah sich das Bild an und schüttelte den Kopf. »Nie gesehen.«

»Danke.« Ihr Kollege steckte das Foto wieder ein. Auch der zweite Taxifahrer beteuerte, Tim nicht zu kennen.

»Scheibenkleister«, sagte Oliver.

Sie fragten in einer Bäckerei, einem Lottoladen und einer Pizzeria nach, doch hatten keinen Erfolg.

»Wir hätten gar nicht herkommen müssen«, maulte Miriam. Und dafür die lange Fahrt.

»Lass uns hier reingehen.« Oliver zeigte auf den Döner-Laden.

Sie nickte. Als ob Tim so blöd gewesen und in einen Imbiss gegangen wäre. Schweigend folgte sie ihrem Kollegen. Erstaunlicherweise nickte der Türke hinter den Tresen. »Ja, den habe ich letztens vorbeigehen sehen. Ich habe noch über seine Kappe geschmunzelt.«

»Wann war das?«, fragte Oliver.

Er zuckte mit den Schultern.

»Kann es vor drei Tagen, am Dienstag gewesen sein?«

»Möglich.«

»Um welche Uhrzeit?«

»Irgendwann um die Mittagszeit.«

»In welche Richtung ist er gegangen?«

»Dort entlang und dann ist er in die nächste Straße eingebogen.«

Das war die Seitenstraße, in der sie geparkt hatten. Sie kehrten zum Auto zurück und gingen die Straße weiter bis zu einer T-Kreuzung.

»Und jetzt?«, fragte Miriam. »Wo sollte er hier hin? Man landet im Nirgendwo.« Sie zeigte den Berg hinauf zum Wald.

»Wir klingeln und befragen die Anwohner«, schlug Oliver vor.

»Wir können doch nicht die ganzen Einwohner Lennestadts befragen.«

»Nein, nur die in dieser Straße.«

Sie willigte ein, schließlich sollte der weite Weg nicht umsonst gewesen sein, doch die Anwohner hatten ihn noch nie gesehen. Ihnen kam eine ältere Frau mit einem Dackel an der Leine entgegen. Miriam sprach sie an, zeigte ihren Dienstausweis und hielt ihr ein Foto hin. »Haben Sie diesen Mann gesehen?«

Die Frau nickte eifrig. »Ja, vor ein paar Tagen. Er ist mir beim Gassi gehen begegnet.«

»Wo war das?«

Sie zeigte die Straße hinauf. »Dort wo es in den Wald hineingeht. Er war ziemlich unfreundlich, hat nicht gegrüßt.«

»Haben Sie vielen Dank.«

Die Frau ging weiter, drehte sich noch zweimal zu ihnen um.

»Also haben wir unsere Vermutung bestätigt«, sagte Miriam.

»Eichner ist in den Wald gegangen, ob zum Wandern, Zelten oder -«

»So ein Quatsch! Der ist geflohen!«, sagte Oliver scharf.

***

Verdammtes Mistvieh. Die Zecke hatte bereits sein Blut angezapft und war auf die Größe eines Cent-Stückes angeschwollen. Früher auf dem Hof von seinen Großeltern hatte er öfter eine Zecke gehabt, die seine Oma geschickt entfernt und die Bissstelle mit einer selbst hergestellten Salbe versorgt hatte. »Ein Wunderheilmittel für jede Wunde. Das Rezept von meiner Urgroßmutter«, hatte sie ihm ins Ohr geflüstert, ihn vom Stuhl gehoben und ihm einen Klaps auf den Hintern gegeben. »Und nun raus mit dir.« Sie hatte ihm nie die Rezeptur verraten oder hatte er es nur vergessen? Er könnte sie nun gut gebrauchen: Aber erst mal musste dieser Blutsauger aus ihm heraus. Die Haut um die Bissstelle hatte sich entzündet.

Tim zog die Pinzette aus dem Taschenmesser. Wie und mit diesem kleinen Ding sollte er das Vieh heile aus seiner Kniekehle ziehen? Er würde das Tier nur zerdrücken. Genau das sollte man nicht tun. »Es ist wichtig, die Zecke mit Kopf herauszuziehen«, ertönte die warnende Stimme seiner Oma.

Die Pinzette seitlich haltend, versuchte er es. Er konzentrierte sich, hielt die Luft an. Seine Finger waren feucht, sodass ihm die Pinzette entglitt und auf den Boden fiel. Scheiße, jetzt war sie dreckig und weit von einem sterilen Zustand entfernt. Er pustete die Erde von dem Metall und wischte die Pinzette an der Hose ab. Tim zog, bekam die Zecke nicht zu fassen. Noch mal, diesmal riss er den Körper heraus, er platzte auf, Blut quoll heraus. Der Kopf steckte noch in der Haut. Scheiße. Er rieb die Pinzette an der Hose sauber und holte mit einer entschiedenen Handbewegung den Rest des Tieres aus seiner Haut. Es juckte. Er rieb über die Stelle und kontrollierte sie. Nichts mehr. Nur die Rötung. Hoffentlich hatte er sich keine Borreliose eingefangen. Das würde er in ein paar Tagen oder Wochen bemerken, wenn sich rote Ringe um die Stelle bilden würden. Das hätte ihm gerade noch gefehlt.

Er zog die Hose wieder hoch und schlang die Arme um die Beine. Konnte man an einem Zeckenstich sterben? Würde ihm der Wald das Leben kosten?

Wie er diese Biester hasste. Genauso wie die Anhänglichkeit der Frauen. Marina – die Frau, die er auf dem Festival kennengelernt hatte, war so ein Typ gewesen. Das war kurz nach Svenja gewesen. Tim hatte runterkommen und etwas anderes sehen müssen. Tanzen und Alkohol schienen ihm eine gelungene Kombination, um den Schmerz und die Demütigung zu ertränken. Das Bier im Blut, die Beats im Körper, so hatten sie sich unter freiem Himmel zu dem Takt bewegt.

Jäh befand sie sich vor ihm und tanzte ihn an, als wäre es das Selbstverständlichste der Welt. Sie sah gut aus, trug ein Tanktop mit dem Logo des Festivals, das ihre Brüste betonte. Die Sommersprossen auf dem Gesicht ließen sie unschuldig wirken, der Kurzhaarschnitt modern und erwachsen. Sie hatte beim zweiten Lied die Arme um seinen Hals geschlungen und ihm tief in die Augen geschaut. Sehnsucht und Verlangen hatten sich darin im bunten Licht der Scheinwerfer gespiegelt. Seine Hände waren unter ihr Shirt gewandert, sie hatte sich nicht gewehrt und lasziv auf ihrer Unterlippe gekaut.

»Bist noch frei?« Sie hatte einen österreichischen Akzent.

»Du wohl auch«, hauchte er, zog sie zu sich und küsste sie. Sie war wild, taktvoll auf der Tanzfläche, stürmisch in der hintersten Ecke des Geländes, als er sie an einem Baum genommen hatte.

Anschließend hatte sie mit ihm ins Zelt kommen wollen. Sie hatte nicht genug kriegen können. Marina war die nächsten beiden Tage nicht von seiner Seite gewichen, hatte ihn auf jeden Floor begleitet, ihre Freundin im Schlepptau, die sich oft mit Markus unterhalten hatte.

Marina hatte von ihren Problemen mit ihrer Mutter erzählt und über die viele Arbeit im Referendariat lamentiert. Sport und Religion. Sie wusste wohl nicht, was ein Jurastudium bedeutete. Er ließ es unkommentiert und küsste ihr den Ärger von den Lippen. Nachts ließ sie ihre Freundin allein und kam mit zu ihm ins Zelt. Die Hardstylebässe aus dem Zelt der Nachbarn, die eine ganze Anlage aufgebaut hatten, beflügelten ihre Aktivitäten. Marina hatte das Wochenende zu einem unverwechselbaren und aufregenden Erlebnis gemacht.

»Wann kann ich dich besuchen kommen?«, hatte sie beim Abschied gefragt.

»Wir sollten es dabei belassen.«

»Was?«, fragte sie empört. »Du fickst mich die letzten drei Tage und dann willst du mich nicht wiedersehen?«

Er erschrak über ihre harte Wortwahl.

Markus stand am Wagen und winkte ihn heran.

Tim gab ihm ein Zeichen, dass er noch einen Moment brauchte, auch wenn er sich am liebsten wortlos abgewandt hätte. Er mochte sie, aber mehr nicht. Sie würde ihn sowieso enttäuschen, genauso wie Svenja. Die Frauen waren alle gleich. Erst festbeißen, das Blut aussaugen und sich fallen lassen, wenn man den Wirt nicht mehr brauchte.

»Ich dachte, das war klar«, antwortete er.

Sie zog die Stirn in Falten. »Nein. Da war doch was zwischen uns. Hast du es nicht gespürt?« Sie trat näher und strich über seine Brust, er wich einen Schritt zurück.

Er spürte die Enttäuschung, die er auch durchlebt hatte. Besser sie erfuhr sie in diesem Moment, als er zwei Monate später. Er würde keine neue Erniedrigung verkraften.

»Fernbeziehungen sind nichts für mich«, versuchte er sich rauszureden.

Ihre Gesichtszüge wurden weicher und sie griff nach seinen Händen. »Also wenn es darum geht, ich komme gerne –«

Er zog die Hände zurück. »Es geht nicht nur darum.« Hart, aber fair musste er sein, auch wenn er ihre Gefühle verletzte und ihre Hoffnung zersprengen würde. Falsche Versprechungen würden ihr nicht weiterhelfen. Sie halfen niemandem. Lieber von Anfang an die Verhältnisse klären. Bei ihr hatte er es zu spät getan. Er konnte keiner Frau mehr vertrauen. In allen sah er nur Svenja, die seine Gefühle mit Füßen trat.

Die Sommersprossennase kräuselte sich. Süß und naiv. Fremd und nah.

»Es war eine unvergessliche Zeit«, sagte er und beugte sich vor, um ihr einen Abschiedskuss zu geben, doch sie wich zurück. Ihre Augen waren traurig. Er konnte sie nicht trösten, es berührte ihn nicht einmal und das war das Schlimmste. Tim murmelte ein: »Tut mir leid«, drehte sich um und stieg ins Auto.

»Und wann habt ihr das nächste Date?«, fragte Markus lachend im Auto.

***

In der einen Hand einen Kaffee, in der anderen eine Cola Zero trottete Miriam bis zum Vernehmungsraum. Sie war müde und hätte am liebsten ausgeschlafen, doch Mirko Volkmann hatte sich für acht Uhr angekündigt. Wie er bei einem Jetlag aus Übersee so früh aufs Präsidium kommen wollte – und dann an einem Samstag – war ihr schleierhaft.

Miriam atmete tief ein und drückte den Rücken durch, bevor sie eintrat. Oliver saß am Laptop und schlürfte am Kaffee. Er trug heute statt dem obligatorischen Hemd und den schicken Schuhen ein Freizeitshirt und Sneakers.

Der Zeuge saß ihm gegenüber. Er war im Tennisoutfit mit Polohemd, Sporthose und weißer Baseballkappe von Nike aufgekreuzt. Die dezente Brille und der Ohrring passten zu seinem Style.

»Ich hoffe, Sie halten sich kurz. Ich habe in einer Stunde ein Tennisturnier«, sagte er und lächelte

gekünstelt, wobei Grübchen in seinen Wangen hervortraten. Das fing ja gut an.

»Also gut.« Miriam setzte ihm den Kaffee vor und
nahm Platz, während sie einen großen Schluck von der
Cola Zero trank. Sie wies ihn auf seine Rechte hin und
sagte dann: »Wir werden Sie als Zeuge zu dem Tötungsdelikt an Vanessa Marks befragen.«

»Vanessa ist tot?«, fragte er mit hochgezogenen
Brauen. Er wirkte schockiert, schob die Brille ein Stück
weiter auf die Nase und legte die Arme auf den Schreibtisch. »Und was hat das mit mir zu tun?«

»Wann haben Sie Frau Marks das letzte Mal gesehen?«

»Puh«, sagte er und lehnte sich im Stuhl zurück. »Lassen Sie mich überlegen. Ich habe sie im *Kuhstall* kennengelernt.«

Miriam warf Oliver einen fragenden Blick zu, der
ohne zu zögern, die Aussage mittippte. »Das ist eine
Schlagerkneipe«, kommentierte er.

Der Zeuge nickte. »Vanessa hat mich angequatscht
und ist mir den ganzen Abend nicht von der Seite gewichen. Das muss vor vier Wochen gewesen sein.«

»Können Sie uns das Datum nennen?«, fragte Miriam.

Volkmann zückte sein Handy und sah in seinem
elektronischen Kalender nach. »Es war der einund-
zwanzigste April.«

»Haben Sie Frau Marks danach noch mal gesehen?«

Er schüttelte den Kopf. »Nein, ich ...« Er zögerte, wich
ihrem Blick aus. Verheimlichte er ihnen etwas? Sie versuchte, seine Mimik zu entschlüsseln, doch sie wurde
aus seinen Zügen nicht schlau. »Sie hat mich in den un-
zähligen Nachrichten um ein Treffen gebeten. Aber ich

hatte zu viel auf der Arbeit zu tun und habe sie immer vertröstet.«

»Wollten Sie sich mit ihr treffen?«

Er nahm die Kappe ab und strich sich über die hohe Stirn. »Ich wusste es nicht. Sie war so jung und ...« Erschrocken sah er auf. »Sie hat sich doch nicht wegen mir umgebracht, oder?«

»Es war kein Selbstmord.«

Erleichtert atmete er aus. War das eine Täuschung?

»Sie wurde erstochen«, sagte Miriam geradeheraus und beobachtete Volkmann.

Seine Pupillen weiteten sich, er schluckte. »Erstochen?«, krächzte er. War er ehrlich erschrocken über ihren Tod oder dass sie ihm auf die Schliche gekommen waren? Der schnieke Tennisspieler war ihr nicht geheuer.

»Wissen Sie, wer das gewesen sein könnte?«

»Ich?« Er schüttelte den Kopf. »Nein. Ich kannte sie kaum.«

»Was machen Sie beruflich?«

»Ich bin Maschinenbauingenieur und dafür zuständig, dass die Maschinen bei unseren Kunden ordnungsgemäß aufgebaut werden.«

»Deswegen waren sie in den Staaten?«, fragte Miriam.

Er nickte. »Von Dienstag bis gestern. Ich musste einem Kunden mit einer Maschine helfen.«

Das bedeutete, dass er am Tatabend noch in Deutschland gewesen war.

»Haben Sie mit Frau Marks geschlafen?«

Empört lachte er auf. »Das sind nicht gerade Kuschelrock-Fragen.«

»Würden Sie bitte einfach die Frage beantworten?«

Er starrte ihr lange in die Augen, bevor er antwortete: »Ja, das habe ich. Einvernehmlich. Wenn Sie das wissen wollen. Sie ist an dem Abend mit zu mir gekommen.«

»Hat Vanessa Marks Ihnen erzählt, dass Sie schwanger war?«

»Schwanger? Nein!«

»Wo waren Sie am Montagabend?«, fragte Miriam.

»Verdächtigen Sie mich?«, fragte er empört. »Muss ich einen Anwalt hinzuziehen?«

»Sagen Sie es mir«, forderte Miriam ihn auf.

»Das ist lächerlich. Für wann genau brauche ich ein Alibi? Montagabend. Ich war lange auf der Arbeit, habe mir beim Chinamann um die Ecke Hähnchen süßsauer geholt und anschließend meinen Koffer gepackt. Ich habe mit meiner Mutter telefoniert, um mich zu verabschieden. Das können Sie gerne überprüfen.« Er tippte auf dem Smartphone herum und nannte ihnen die Telefonnummer.

»Das werden wir.« Wobei ein Anruf kein Alibi war. »Ist Frau Marks Ihnen auf die Nerven gegangen mit ihren Nachrichten?«, fuhr Miriam fort.

»Was? Nein!«

»Haben Sie Vanessa Marks einen Dolch in den Bauch gerammt?«, fragte sie und achtete auf seine Reaktion. Doch er stolperte nicht über die Frage und das Detail der falschen Tatwaffe.

Er stand auf. »Ich muss jetzt zu meinem Turnier. Falls Sie noch einmal mit mir sprechen wollen, werde ich einen Anwalt hinzuziehen.«

Oliver druckte das Formular aus und ließ es den Zeugen unterzeichnen.

»Und was denkst du?«, fragte Miriam, als Volkmann gegangen war.

»Ich glaube nicht, dass er es war«, sagte Oliver. »Kein Motiv.«

»Vielleicht hat sie mit ihm das Gleiche abgezogen wie bei Eichner und er gibt es nur nicht zu.«

»Möglich. Aber Eichner ist flüchtig.«

Scheiße, das stimmte. In dem Moment klingelte ihr privates Handy. Sie hatte vergessen, es auf lautlos zu stellen. Zum Glück war es nicht in der Vernehmung losgegangen. Es war ihr Vater. Hatte er endlich mit Denise gesprochen? Sie ging ran.

»Miriam«, sagte er atemlos. Nur einmal hatte sie ihn so reden hören: Als ihre Mutter den tödlichen Unfall hatte. Alarmiert setzte sie sich aufrecht hin. »Was ist passiert?«

»Denise ... sie ...« Seine Stimme brach.

»Nun sag schon.«

»Denise hat eine Überdosis genommen.«

***

Tims Schulter schmerzte und sein ganzer Körper fühlte sich steif an, obwohl er sich auf viel Laub gebettet hatte. Der Steinboden war härter gewesen als der Waldboden, auf dem er die letzten Tage genächtigt hatte, aber zumindest waren seine Schuhe mittlerweile trocken geworden.

Er trat hinaus und wurde von den morgendlichen Sonnenstrahlen begrüßt. So lange hatte er nicht mehr geschlafen, seit er in der Wildnis war. Vielleicht war das Steinhaus sein Glücksfund gewesen und er musste sich nur ein richtiges Bett bauen.

Er aß eine Banane, einen Apfel, ein paar Nüsse und öffnete das Paket Pumpernickel. Er kontrollierte die Plastiktüten, in denen sich ein bisschen Wasser für das Frühstück gesammelt hatte. Damit konnte er seinen Wasserhaushalt nicht ausgleichen. Er brauchte einen Bach oder See in der Nähe, aus dem er grenzenlos Wasser schöpfen konnte. Sollte er sich von dem sicheren Haus entfernen und nach einer Wasserquelle suchen?

Er sah den Löwen an. »Weißt du, ob hier ein Fluss in der Nähe ist? Nein? Dann gehe ich nachsehen. Wartest du auf mich?«

Es war ihm, als ob der Graffitikopf ihm leicht zunickte.

Tim war froh, einen Gefährten zu haben, der ihn mit den traurigen Augen dennoch aufmuntern konnte. Tim packte die Wasserflaschen und den Topf in den Rucksack sowie das Feuerzeug, Obst und Fruchtriegel. Wenn er fündig würde, konnte er das Wasser direkt entkeimen.

Er machte sich auf den Weg, konzentrierte sich darauf, sich den Weg zu merken und stets geradeaus zu gehen. Er blickte immer wieder zurück. Als er das Steinhaus aus dem Blick verlor, wurde ihm mulmig zumute. Sollte er nicht doch alle Sachen einpacken, falls er es nicht wiederfand? Nein, er würde es wiederfinden.

Er kam in einen Nadelwald, aber es gab kein Wasser. Als es ihm zu heikel wurde, kehrte er um. Leicht fand er den Weg zurück.

Der Löwe grüßte ihn freundlich. Tim setzte sich kurz, bevor er sich in die entgegengesetzte Richtung aufmachte. Tim lief, bis seine Beine müde wurden, dann kehrte er um. Die Tannen und Fichten wiesen ihm den Weg, als sei er hier zu Hause.

»Kein Wasser«, lamentierte er.

»Vielleicht musst du dich weiter von dem Haus entfernen«, sagte der Löwenkopf.

Tim schüttelte den Kopf. »Nein. Ich brauche Wasser in der Nähe. Ich kann nicht immer einen Tagesmarsch unternehmen.«

»Dann musst du dich auf andere Tricks der Wassergewinnung besinnen.«

»Du meinst mehr Plastiktüten?«

Die Löwenaugen blickten ihm zustimmend zu.

Tim verschlang eine Birne. »Ich werde heute noch einmal in die Richtung gehen.« Er zeigte nach Süden. »Wenn ich nichts finde, lasse ich es für heute gut sein.«

»Du wirst nichts finden«, sagte der Löwe.

»Sei nicht so negativ«, widersprach Tim.

Er machte sich erneut auf. Der Weg führte ihn durch einen Laubwald mit viel Gestrüpp und Farnen am Boden. Er kam nur langsam voran, aber die Pflanzen zeigten ihm an, dass die Erde feucht war und es irgendwo Wasser geben musste. Er musste es nur finden.

Er stapfte weiter, blieb mit den Beinen an den Pflanzen hängen. Ein Vogel flog gackernd davon. Hier war er nicht erwünscht – wie auch in der Welt der Menschen.

Rauschte da nicht etwas?

War das ein Bach?

Das Geräusch trieb ihn weiter voran, doch es verlor sich wieder. Er ging ein Stück im Kreis, doch das Rauschen kam nicht zurück. Ein Baum reihte sich neben den anderen. Sie sahen alle gleich aus. Wo war er hergekommen? Oh nein. Es durfte nicht sein. Nein, nein, nein! Seine Sachen, die Vorräte, alles in dem Steinhaus. Und er hatte sich verlaufen.

***

Miriam trat aufs Gaspedal, zum Glück war die Autobahn leer. Sie zitterte am ganzen Körper. Drei Worte ihres Vaters dröhnten in ihrem Kopf. Heroin, Krankenhaus, Bewusstlosigkeit. Warum nahm ihre Schwester Opioid? Und warum hatte Miriam die Anzeichen nicht richtig gedeutet? Denise hatte schlecht ausgesehen. Aber Heroin war eine andere Hausnummer.

Tränen schossen ihr in die Augen. War es ein Fehler gewesen, nach Düsseldorf zu ziehen? Hätte sie sich mehr um ihre Schwester kümmern müssen? Was war schon ein Job, wenn es um die Familie ging? Schuldgefühle erzeugten einen bitteren Geschmack auf ihrer Zunge. *Du kannst nichts dafür*, versuchte sie sich einzureden.

Aber ihre Schwester war gestern bei ihr gewesen. Miriam hätte sie zur Vernunft bringen, sie überzeugen müssen, dass Kevin einen schlechten Einfluss auf sie hatte und dass sie sich endlich von ihm trennen musste. Warum war sie nicht energischer gewesen? Wieso hatte sie es zugelassen, dass sie sich die Joints reinzog und dann zu ihm zurückfuhr, wo sie doch genau wusste, dass die beiden sich ins Unheil stürzten?

»Weil du nicht auf die Idee gekommen wärest, dass sie so weit gesunken war, dass sie Heroin konsumierte«, sprach eine Stimme in ihrem Kopf, die so klang wie die ihrer Mutter. Wäre sie doch noch am Leben. Sie wüsste Rat. Sie könnte Denise auf den richtigen Weg bringen. Doch nur wegen ihres Todes hatte Denise sich immer weiter von ihnen entfernt.

Miriam fuhr bei der Ausfahrt Wuppertal-Katernberg von der Autobahn ab und Richtung Krankenhaus. Sie passierte den Friedhof, auf dem sie in den letzten Jahren viel zu häufig gewesen war. Die Verkäuferin in dem Blumenladen daneben kannte sie bereits mit Namen. Sie verdrängte die aufkommenden Erinnerungen und fuhr weiter zum Krankenhaus, parkte den Wagen und spurtete zum Eingang.

Ihr Vater erwartete sie davor und nahm sie in die Arme. Tränen pressten sich aus der Tiefe ihres Körpers hervor, doch sie schluckte sie herunter. Sie löste sich wieder von ihm. »Was ist passiert?«

»Sie hat sich eine Überdosis Heroin gespritzt. Kevin hat sie bewusstlos gefunden und den Notarzt gerufen.«

Miriam schlug die Hände vor den Mund, die Worte blieben ihr im Halse stecken.

»Und dann?«

»Sie wird künstlich beatmet und sie haben ihr irgendwas gespritzt. Nalaxon, Naloxon oder so ähnlich.«

»Aber sie lebt?« Tränen rannen über ihre Wangen.

Er nickte, sah um Jahre gealtert aus. Er trug wie immer die Bikerkluft, die Kette mit den zwei Eheringen und der verwaschenen Mütze mit dem Emblem des Restaurants. »Der Arzt sagte, der Kreislauf ist stabil und wir müssen warten, bis sie wach wird.«

»Wird sie bleibende Schäden davontragen?«

Er schüttelte den Kopf. »Die Atmung war immer da, also höchstwahrscheinlich nicht.«

»Dem Herrn sei Dank«, sagte sie und fasste sich an die Brust. Ihre Hände zitterten und sie wusste nicht, wie sie ein Bein vor das andere setzen sollte.

Ihr Vater dirigierte sie zur Intensivstation. Sie mussten an einer Tür klingeln und warten, bis sie reingelassen wurden.

Denise lag in dem Bett, die Haut genauso bleich wie die Bettlaken. Sie war an allerlei Geräte angeschlossen, die ihren Blutdruck, Herzschlag und vieles mehr kontrollierten. Das regelmäßige Piepen ließ Miriam erschaudern. Denise hatte die Augen geschlossen, die Locken waren verschwitzt. In ihrem Mund steckte der Beatmungsschlauch. Die Maschine gab in regelmäßigen Abständen ein Zischen von sich. Miriam trat ans Bett heran und nahm die Hand ihrer Schwester.

»Denise«, flüsterte sie. »Wir sind es. Miriam und Papa.« Ihr Herz zog sich zusammen. Wie konnte Denise sich das antun? Und ihnen? Was war aus ihrer Schwester geworden? Ihr Vater stellte sich neben sie und legte ihr eine Hand auf die Schultern. »Wir müssen besser auf sie achten.«

»Wenn sie nur auf uns hören würde«, flüsterte sie.

Die Tür ging auf und zwei Ärzte und eine Krankenschwester traten ein. »Bitte lassen Sie uns einen Moment alleine«, sagte der Größere mit schwarzen Haaren.

Ihr Vater zog sie vor die Tür. Miriam hatte das Gefühl, jeden Moment den Boden unter den Füßen zu verlieren.

Es dauerte eine ganze Weile, bis das Krankenhauspersonal wieder heraustrat. »Sie kommt langsam wieder zu sich. Wir haben den Beatmungsschlauch herausgezogen. Wenn sie möchten, können Sie wieder rein«, sagte der Schwarzhaarige.

»Wie geht es ihr?«, fragte Miriam.

»Sie ist stabil. Den Umständen entsprechend und sie muss nun richtig wach werden«, antwortete der Arzt.

»Wie lange muss sie hierbleiben?«, fragte Miriam.

»Sie wird so lange überwacht, bis die Intoxikation abgebaut ist.«

»Was soll das heißen?«

»Sobald Sie wieder im Vollbegriff ihrer Sinne ist, wird ein Psychiater mit ihr sprechen. Falls sie keine Selbstmordabsichten hatte, wird sie voraussichtlich übermorgen das Krankenhaus verlassen können.«

»Selbstmord?« Miriam schnappte nach Luft. Hatte ihre Schwester sich das Leben nehmen wollen? Wollte sie ihnen das antun, nach allem, was sie erlebt hatten?

»Das ist bei der Überdosis nicht auszuschließen.«

Miriam nickte abwesend und die Ärzte verabschiedeten sich.

»Hast du mit Kevin gesprochen?«, fragte Miriam ihren Vater.

Der nickte. »Es war kein Selbstmordversuch. Sie haben das Zeug zusammen genommen. Wenn es stimmt, was er sagt, hat sie Heroin das erste Mal konsumiert.«

Miriam atmete erleichtert aus. Wenigstens etwas. Dann bestand noch eine Chance, dass Denise zur Einsicht kommen würde. Sie betraten das Zimmer. Als sie näher kamen, öffnete Denise die Augen. Sie sah müde und ausgelaugt aus.

Miriam stürzte vor und griff nach ihrer Hand. »Denise«, presste sie hervor. Sie schluchzte auf. »Was hast du getan?«, fragte sie. Vorwurf war genau das Falsche, aber sie konnte nicht anders. Die Worte sprudelten aus ihr hervor, als wäre ihre Zunge fremdgesteuert.

Wortlos wandte Denise den Kopf zum Fenster.

Miriam schluckte und konzentrierte sich, die Tränen zu unterdrücken. »Ich habe mir solche Sorgen gemacht«, versuchte sie es erneut. Das wollte Denise bestimmt auch nicht hören. Sie musste es anders angehen. »Was hat Kevin getan?«

Denise drehte den Kopf und sah sie an.

»Er hat ihr das Leben gerettet«, mischte sich ihr Vater ein.

Miriam drückte die Hand ihrer Schwester. »Stimmt das?«

Denise zuckte mit den Schultern. »Ich kann mich an nichts erinnern.« Ihre Stimme war schwach, bloß ein Flüstern.

Miriam atmete erleichtert auf. Auch wenn das nicht die Antwort war, die sie sich erwünscht hätte, war sie froh, dass ihre Schwester endlich redete.

»An was kannst du dich erinnern?«

Die Augen ihrer Schwester wurden trübe. Sie starrte an die gegenüberliegende Wand, an der der Fernseher, ein Bild und ein Kreuz hingen. »Was gibt es da zu erzählen?«

»Er hat dir das Heroin gegeben«, sagte ihr Vater scharf.

Denise sah ihn wütend an. Für diesen Blick hatte sie noch Kraft. »Wir haben es zusammen genommen. Ich wollte es.«

»Warum?«, fragte er.

Sie wandte sich wieder ab. Miriam hatte das Gefühl, den Zugang zu ihrer Schwester zu verlieren. Sie durften ihr keine Vorwürfe machen.

»Habt ihr schon öfter Heroin genommen?«, fragte sie, obwohl Kevin etwas anderes behauptet hatte. Sie musste es von Denise hören.

Ihre Schwester schüttelte den Kopf und sah sie wieder an. »Er hat die Kohle nicht bekommen. Als Ausgleich gab es das Zeug. Umsonst.«

»Kohle wofür?«, fragte ihr Vater.

»Für das Pink-Konzert in den USA«, mutmaßte Miriam.

Denise nickte. »Es war die Wiedergutmachung für unseren Streit.«

Ihr Vater trat an die andere Seite des Bettes. »Heroin als Wiedergutmachung?« Er griff nach ihrer Hand, aber sie zog sie weg. »Dir muss doch klar sein, dass das Zeug gefährlich ist.«

»Wir wollen dich nicht auch noch verlieren«, sagte Miriam und drückte wieder ihre Hand.

Ihre Schwester sah sie an, traurig und antriebslos. »Es ist wie auf tausend weiche Kissen zu fallen«, flüsterte sie.

»Aber bloß eine Illusion«, fuhr Miriam fort. »Die Realität ist der Tod. Bitte tu uns das nicht an. Wir leiden auch unter Mutters Fortgehen. Wenn du uns auch noch verlassen würdest ...« Sie schluckte, blickte auf ihre Hände und spürte das Brennen in ihren Augen. »Das würden wir nicht verkraften.«

Denise sah sie kalt an. »Seit wann interessierst du dich für mich?«

Miriam schnappte nach Luft. So sah sie es? »Ich habe so oft mit dir gesprochen, dir so oft geraten –«

»Du wolltest über mein Leben bestimmen«, zischte sie, zog ihre Hand weg. »Ihr glaubt, zu wissen, was das Beste für mich ist, dabei wisst ihr gar nichts.«

»Ich will dir nur helfen«, sagte Miriam hoffnungslos. Wie konnte sie Denise zur Vernunft bringen? Hatte sie ihre Schwester schon verloren, obwohl sie direkt vor ihr lag?

»Haut ab«, spuckte sie ihr entgegen. Ihre Augen waren eisig.

Miriam stand auf, sah verzweifelt auf ihre Schwester. Da war keine Liebe, kein Zugang mehr. Nicht in diesem Moment, sondern nur eine riesige Mauer, die mit jeder Sekunde an Höhe gewann.

»Bitte denk darüber nach, was Mama dazu sagen würde«, sagte sie und wandte sich um. Sie hörte, wie ihre Schwester die Luft einzog und zum Reden ansetzte, doch da war sie schon aus dem Zimmer. Sie brauchte einen Augenblick zum Nachdenken.

***

In welcher Richtung lag das verdammte Steinhaus? Tim atmete tief ein und versuchte, die aufkommende Panik zu unterdrücken.

Die Blätter zappelten im Wind wie beim Tanz von Verrückten. Sie lachten hämisch, lachten ihn aus. Er, der unfähig war, im Wald zu navigieren. Die Sonnenstrahlen brachen durch das Kronendach. Er musste Richtung Norden. Die Sonne stand hoch am Himmel, vielleicht war es zwölf oder dreizehn Uhr.

Tim wandte sich um und lief los. Hoffentlich würde er das Haus wiederfinden. Er erkannte die Bäume nicht wieder, die Umgebung sah überall gleich aus. Wieso war er nicht dort geblieben? Wieso hatte er unbedingt nach Wasser suchen müssen? Er trank den letzten Rest aus der Flasche. Jetzt war auch noch der Wasservorrat aufgebraucht.

Eine Hummel flog vor seinem Gesicht vorbei, summte laut, ein Schmetterling flatterte um Blumen mit lilafarbenen Blüten herum. Er war nicht allein und doch konnten die Gefährten ihm nicht den Weg weisen. Ein Baum glich dem anderen, Fahne und Disteln machten das Fortkommen schwer. Eine umgefallene Fichte lag im Weg, die er auf dem Hinweg nicht gesehen hatte.

Ein erneuter Blick gen Himmel. Er lief gen Norden. Tim blieb stehen und stützte sich an einem Baum ab. Nebel breitete sich in seinem Kopf aus. Wo war er nur und wo musste er hin? Er war ein unbedeutendes Wesen auf diesem riesigen Planeten. Wer scherte sich schon um ihn?

Ein Baumstumpf lud zum Verweilen ein, an dessen Sockel sich eine Spinne in einem Loch eingenistet hatte und auf Beute wartete. Er zwang sich, weiterzugehen und irgendwann glaubte er, die Bäume schon mal gesehen zu haben. Ein aufregendes Kribbeln breitete sich in seinem Bauch aus. Das Haus, er sah es förmlich vor sich, wähnte es jeden Augenblick hinter dem nächsten Baum.

Dann sah er es tatsächlich. Weit entfernt ein grauer Schimmer zwischen all dem Grün und der Löwenkopf, der ihn freudig erwartete. Sein Schritt beschleunigte sich. Glücksgefühle durchfluteten ihn wie bei einem

Jungen, der auf den Weihnachtsbaum mit den Geschenken zulief. Keine zwanzig Meter mehr. Was war mit der provisorischen Tür? Wieso lag sie davor? Hatte er sie nicht ... Dann sah er es. Erschrocken blieb er stehen.

Kapitel 13

Miriam parkte den Golf in einer Seitenstraße. Als Kinder hatten Denise und sie immer geträumt, irgendwann in einem dieser Häuser zu wohnen. Nah an ihrem Lieblingsort. Sie stand vor einem weißen Haus im Jugendstil, ein kleiner Vorgarten, in den Balkonkästen wuchsen rote und weiße Geranien.

Sie trottete Richtung Eingang und stellte sich an der Schlange an. Vor ihr eine fünfköpfige Familie. Die drei Kinder stritten sich in dem Bollerwagen um eine Tüte mit getrockneten Äpfeln.

Miriam zahlte den Eintritt und betrat den Wuppertaler Zoo. Früher hatten sie jedes Jahr eine Dauerkarte gehabt. Es empfing sie das Kamel aus Bronze, auf dem ein Kind im Grundschulalter für ein Foto posierte. Auch sie und Denise hatten dort schon drauf gesessen. Sie ging nicht wie die meisten Besucher geradeaus zu den Seelöwen, Pinguinen und den Eisbären, sondern nahm den Weg um den Teich herum. Hier war meistens kaum jemand. Sie genoss es, einen Augenblick allein zu sein.

Sie konnte immer noch nicht begreifen, was passiert war. Wie konnte Denise ihnen das nur antun? Sie war so egoistisch, begriff nicht, was es für sie und ihren Vater bedeutete, wenn sie ihr Leben wegwarf. Wo sollte das nur hinführen?

Miriam ging zum Elefantenhaus. Ihre Lieblingstiere als Kind. Sie lehnte sich an den Zaun und beobachtete die Dickhäuter. Drei große Kühe und ein Kleines befanden sich im Außenbereich. Sie hatten die Ohren gespreizt und liefen unruhig hin und her. Irgendwas wühlte die Tiere auf. Ein Elefant trötete und alsbald schrie die Horde Affen hinter ihr.

Mehrere Besucher blieben stehen und beobachteten das Schauspiel, das sich ein paarmal wiederholte. Die Affen schienen sich von den Rufen der Kolosse gestört zu fühlen.

Wie es wohl wäre, auch ein Elefant zu sein, so eine dicke Haut zu haben? Sie würde nicht an Denise und nicht an Tim denken müssen. Nicht mehr vor den Schwierigkeiten mit Oliver stehen und nicht allein sein, sondern zur Herde gehören.

Die Tiere verzogen sich ins Innere und Miriam ging weiter zum Okavango-Haus, dem Zoo-Restaurant. Die Bänke und Stühle draußen waren belegt – es war Mittagszeit. Kinder tollten herum, eine Mutter wies ihre Tochter zurecht, die nicht sitzen bleiben wollte. Vor Jahrzehnten gab es Getränke und Speisen noch in dem Gebäude am Eingang, das mittlerweile unbenutzt und gesperrt war. Es roch verführerisch nach Pommes. Ihr Magen knurrte. Sie hatte eine Banane gefrühstückt und seit der Cola Zero nichts mehr zu sich genommen.

Sie ging hinein und stellte sich hinter einen dicken Mann mit Hut. Sie bestellte Pommes rot-weiß, so wie sie es als Kinder gern gegessen hatten. Aber ihre Mutter hatte ihnen meist ein Snackpaket zusammengestellt. Butterbrote, Obst und einen Schokoriegel. Dazu eine Capri-Sonne. Ihre Mutter hatte mit ihnen die Informationsschilder an den Käfigen studiert. Miriam hatte interessiert zugehört, Denise war derweil herumgesprungen und oft zum nächsten Gehege vorgerannt.

Einmal war sie so weit weggelaufen, dass sie ihre Schwester suchen mussten. Durch den ganzen Zoo waren sie gehetzt, bis sie Denise bei den Pinguinen gefunden hatten. Dort war die Fütterung gerade zu Ende gegangen und die Besucher strömten ihnen entgegen. Denise klebte noch an der Scheibe und bewunderte den zerzausten Opa der Gruppe. Sie hatte sich keine Gedanken darüber gemacht, wie ihre Mutter sich gefühlt haben musste. Diese Sorglosigkeit hatte sie behalten. Hauptsache sie war glücklich, wie es den anderen ging, war ihr egal. Heute jagte ihre Schwester sie aus dem Krankenzimmer und morgen würde sie Miriam um Hilfe bitten, wenn es Streit mit Kevin gab.

Miriam aß die Pommes auf und ging den Berg hinauf zum Löwengehege. Zwei Weibchen liefen nah an der Scheibe hin und her – zum Greifen nahe. Sie hatte das Gefühl, die Tiere streicheln zu können, wenn sie die Hand ausstreckte. War Denise noch empfänglich für die Kindheitserinnerungen? Vielleicht musste Miriam sie mehr an die Hand nehmen und sie zurück zu ihren Wurzeln und ihrer Verbundenheit führen.

Sie ging den Berg hinunter und setzte sich auf eine Bank. Der Wind fegte durch die Bäume und ließ die Blätter rascheln. Das Geräusch wirkte beruhigend. Sie schloss die Augen und stellte sich vor, neben Tim den Wald zu beobachten. Wie musste er sich fühlen? Spürte er die gleiche Ruhe? Würde eine Flucht in den Wald alle Probleme lösen – sogar ein Tötungsdelikt? Ihre Gedanken überschlugen sich. Gras, Heroin, trübe Augen, ein Drogendealer als Freund.

Miriam rieb die Hände aneinander und schob sie zwischen die Knie. Und wer kümmerte sich um sie? Allein in Düsseldorf. Schwierigkeiten auf der Arbeit. Pech in der Liebe. Sie schüttelte sich, hätte am liebsten zum Telefon gegriffen, Denise angerufen und sie angeschrien. Aber ihre Schwester würde ihre Vorwürfe nicht hören wollen.

Miriam rieb sich über die Stirn und schlenderte zum Spielplatz. Kinder tollten herum, ein Junge jagte einen Spielkameraden. Sie war mit ihrer Schwester früher die große Rutsche heruntergerutscht. Sie waren ein Herz und eine Seele gewesen. Hatten sich alles erzählt, die Missgunst in der Basketballmannschaft, den Ärger mit den Lehrern, die Schwärmereien für die Jungs. Wo war ihre Vertrautheit geblieben? War alles verloren? Denise hatte klargemacht, dass sie ihren Beistand nicht wollte. Oder war es ganz anders? Ein stiller Schrei nach Hilfe? Vielleicht war vieles nicht so, wie es schien. Möglicherweise wollte Denise ihr mit »Haut ab« sagen: »Bleib, aber ich kann es nicht zugeben.« Und vielleicht war Tim nicht der Täter, sondern jemand schob ihm die Schuld in die Schuhe. Was für eine abstruse Idee. Aber wer sollte das tun? Sina Meiers, Pausch oder Volkmann? Oder jemand von Vanessas Liste?

Ihr Handy klingelte.

Oliver.

***

Eine ausgewachsene Wildsau stolzierte aus dem Haus heraus. Nach ihr folgten zwei weitere Schweine. Tim verbarg sich hinter einem Baum und beobachtete das Geschehen. Die Tüten für die Wasserversorgung waren zerfetzt. Ein Schwein spielte mit einer Birne und verputzte sie mit zwei Bissen. Tim ballte die Hände, bis seine Fingernägel in die Handflächen schnitten. Das durfte doch nicht wahr sein. Seine Vorräte! Sollte er die Tiere verscheuchen? – Aber ließen sie sich von ihm beeindrucken? Was, wenn die Biester zum Angriff übergingen?

Tim entschied sich fürs Abwarten. Er sollte sich nicht unnötig in Gefahr bringen. Es sah so aus, als ob sie bereits alles verwüstet und das Essen geplündert hatten. Sie schnüffelten herum, als ob sie nach weiteren Schätzen suchten.

Er ließ sich auf den Boden gleiten und rieb sich über die Stirn. Der Löwenkopf hatte ihm Zuversicht zugesprochen und nun machten die Wildschweine alles zunichte. Er sah in die mitleidigen Augen des Löwen, die ihn zu sich riefen. Die Wildschweine entfernten sich langsam.

Tim quälte sich hoch. Seine Beine wollten nicht mehr. Als sie sich dennoch bewegten, hatte er das Gefühl, sie gehörten nicht zu ihm, sondern einem Roboter, der sich willenlos den Anweisungen eines Computersystems beugte. Jeder Schritt war eine Qual, jeder Meter ließ sein Herz schneller schlagen. Am liebsten wäre er davongerannt, eigentlich wollte er nicht sehen, was die Biester angerichtet hatten, doch er musste retten, was ging.

Vorsichtig näherte er sich dem Eingang. Hoffentlich griff ihn nicht jeden Moment ein Wildschwein an. Der letzte Schritt war wie die Angst vor einem Abgrund. Springen oder nicht? Beenden oder nicht?

Er hatte schon mal an einem Abgrund gestanden. Auf dem Hochhaus drei Meter von der Kante entfernt. Zwei

Kerle aus der Schule riefen ihm zu, dass er sich nicht trauen würde. Er traute sich wirklich nicht, aber er wollte dazugehören, fand die beiden cool. Tim trat weiter vor, hörte die Autos unten vorbeifahren. Er wollte nicht runtersehen, es aber bis zur Kante schaffen. Er sollte sich draufsetzen, vorbeugen und den Passanten auf dem Bürgersteig zuwinken. Das Herz schlug ihm bis zum Hals. Er hatte Angst vor Enge gehabt, aber er hatte nicht gewusst, dass Höhe ihm genauso das Blut in den Adern stocken ließ. »Na los«, rief der eine ihm zu. Wie hieß er noch? Der Name war im Rauschen der Fahrzeuge verflogen. Weit weg in eine entfernte Vergangenheit, die weder einen Namen noch einen Geruch für ihn bereithielt. Nur das Gefühl der Angst vor dem Fallen – vor dem Tod. Wie wäre es zu sterben, hatte er sich in dem Moment gefragt.

Beinahe hätte er kehrtgemacht und wäre davongelaufen, doch er hatte sich einen weiteren Schritt vorgewagt und noch einen. Er hatte es so weit geschafft, dass er einen Blick nach unten wagen konnte. Eine vierspurige Straße mit dem Berufsverkehr breitete sich unter ihm aus. Das Gefühl zu schwanken, sein Bein knickte weg, er stolperte, dachte sein Leben wäre vorbei, dabei landete er mit dem Kopf auf dem harten Stein. Lachen in seinem Rücken. Er fragte sich, warum er diesen Blödsinn überhaupt mitgemacht hatte.

Tim rappelte sich auf, lief an den beiden Vollpfosten vorbei und rannte nach Hause. Er schwor sich, nie zu dieser Art Typen dazuzugehören. Zum Anfang des sechsten Schuljahres kam Thomas in ihre Klasse. Nur ein Blick reichte und Tim wusste, dass es eine besondere Freundschaft werden konnte. Der Abgrund war passé. Aber heute ging es nicht ums Dazugehören, sondern ums Überleben. Tim wagte den letzten Schritt und blickte auf das Chaos.

***

»Wie geht es deiner Schwester?«, fragte Oliver.

»Rufst du nur deswegen an?«

»Nein.«

»Sie ist okay«, sagte Miriam und ging Richtung Ausgang.

»Und wie geht es dir?«

»Es geht schon. Was gibt's denn?«

»Ich habe Volkmann noch mal überprüft«, sagte Oliver. »Als Jugendlicher war er ein Kleinkrimineller, hat Autos geknackt, kleine Einbrüche begangen.«

»Das macht ihn nicht zum Tatverdächtigen«, wandte Miriam ein, auch wenn ihr eine Entlastung für Tim sehr gelegen kam.

»Er hat am Montagabend nicht mit seiner Mutter telefoniert, sondern war bei ihr.«

»Inwiefern hilft uns das weiter?«

»Die Mutter wohnt nur ein paar Straßen von Marks entfernt.«

Miriam blieb stehen. War das eine heiße Spur?

»Interessant. Die Frage ist, warum er gelogen hat.«

»Genau. Ich würde gerne mit der Mutter persönlich sprechen. Hast du Zeit?«

Sie hatte noch mal zu Denise fahren und einen erneuten Annäherungsversuch starten wollen, aber ihre Schwester hatte deutlich gemacht, dass sie sie nicht in der Nähe haben wollte. Vielleicht musste sie ihr ein wenig Zeit geben.

»Ja, es dauert aber mindestens eine halbe Stunde, bis ich bei dir bin.«

»Wo bist du?«

»Im Wuppertaler Zoo.«

Er stutzte. Sie sah sein irritiertes Gesicht förmlich vor sich.

»Ich erkläre es dir später.«

Während der Fahrt rief sie über die Freisprechanlage ihren Vater an. »Wie geht es Denise?«, fragte sie.

»Sie wollte mich nicht mehr sehen, also bin ich im Restaurant.«

»Fährst du heute noch mal hin?«, fragte sie.

»Nein, ich werde hier gebraucht.«

Sie schwiegen einen Augenblick, dann fragte er: »Wieso bist du so überstürzt weggefahren?«

»Ich musste einen Moment alleine sein«, gab sie zu.

»Vielleicht versuchst du heute noch mal, zu ihr durchzudringen.«

»Ich bin auf dem Weg zurück nach Düsseldorf. Ich muss arbeiten.«

Er seufzte. »Ich habe Angst, dass wir sie verlieren.«

Miriam schluckte. »Ich auch«, krächzte sie. »Aber sie scheint keine Hilfe von mir zu wollen.«

»Wir dürfen sie nicht aufgeben«, warnte er eindringlich.

Und was machte er? Er war nur in seinem Restaurant und sie sollte mal wieder die Feuerwehr spielen. »Ich werde sehen, was ich heute Abend machen kann.«

»Ich umarme dich, mein Kätzchen.«

»Ich dich auch. Ich melde mich.« Sie legte auf.

***

Oliver wartete im Dienstwagen auf sie, als sie auf den Parkplatz des Präsidiums fuhr. Unaufgefordert hatte er sich auf den Beifahrersitz gesetzt, hatte sich an ihren Tick wohl gewöhnt. Er sah sie besorgt an, als sie einstieg, und fragte nach ihrer Schwester. Auf der Fahrt erzählte sie ihm, was passiert war.

»Drogenabhängige muss man mit Samthandschuhen anfassen«, sagte er.

Sie seufzte. »Wo bekomme ich die her?«

»Im Geduldsfadenfachgeschäft.«

Sie musste grinsen, hatte nicht gewusst, dass ihr Kollege so viel Humor besaß.

Den Rest der Strecke legten sie schweigend zurück. War es möglich, dass Volkmann der Täter war? Die Mutter wohnte in einem Mehrfamilienhaus wie das Opfer. Im Hausflur roch es nach Tomatensoße und Hähnchen. Ein verrostetes Dreirad verstaubte in einer Ecke, daneben ein zerfledderter Buggy.

Frau Volkmann war eine kleine, sportlich wirkende Frau um die fünfzig mit kurzen blonden Haaren und Brille. Sie trug ein weites Shirt und Arbeitshandschuhe. Mit dem Handrücken rieb sie sich über die Stirn. »Oh, entschuldigen Sie. Ist es schon so spät?« Sie wich zur Seite und ließ sie eintreten. An der Flurwand stapelten sich Umzugskartons und blanke Nägel, an welchen, den hellen Flecken nach zu urteilen, vor Kurzem Fotorahmen gehangen hatten.

263

»Verzeihen Sie die Unordnung. Nächste Woche ziehe ich aus«, kommentierte die Zeugin und führte sie ins Wohnzimmer, in dem das Umzugschaos herrschte. Zeitungspapier war auf dem Tisch ausgebreitet, Sektgläser standen zum Einpacken bereit. Frau Volkmann räumte zwei Kisten von der Couch, damit sie Platz zum Sitzen hatten.

»Möchten Sie etwas trinken?«, fragte sie.

Sie lehnten ab und setzten sich auf das rissige Ledersofa.

»Wo ziehen Sie hin?«, fragte Miriam.

»Zu meinem Sohn. Er hat ein großes Haus gekauft und im Dachgeschoss ist eine Wohnung für mich.« Frau Volkmann strahlte.

Oliver klärte die Zeugin auf, weswegen sie hier waren und belehrte sie über ihre Rechte.

»Und was hat mein Sohn mit einem Tötungsdelikt zu tun?«, fragte sie, zog die Handschuhe aus und legte sie auf die Sessellehne.

»Ihr Sohn hat das Opfer vor drei Wochen in einer Kneipe kennengelernt.«

»Na und?« Sie zuckte mit den Schultern und pustete sich eine Strähne aus dem Gesicht.

»Ihr Sohn war am Montagabend bei Ihnen, haben Sie gesagt?«, fragte Oliver.

Sie nickte.

»Wann genau und wie lange?«

»Also.« Sie überlegte. »Ich glaube, er ist so um sieben gekommen und um neun wieder gefahren. Er hat mir beim Packen geholfen und ein paar Kisten mitgenommen.«

»Wohin wollte er danach?«

»Er wollte nach Hause und sich hinlegen, da er am nächsten Tag geflogen ist.« Sie stemmte einen Arm in die Hüfte und runzelte die Stirn. »Wieso fragen Sie ihn das nicht selbst?«

»Wir haben schon mit ihm gesprochen und wollten uns von Ihnen seine Aussage bestätigen lassen.«

»Ach so.« Die Falten auf der Stirn verschwanden. »Sie kontrollieren sein Alibi.«

»Genau«, bestätigte Oliver. Dass das Alibi ab neun Uhr nicht gedeckt war, ließen sie unkommentiert. Er hätte danach zu Marks fahren und sie umbringen können.

»Dann ist ja alles geklärt, oder?« Sie stand auf.

»Noch nicht. Kam Ihnen Ihr Sohn an dem Abend seltsam vor?«

Frau Volkmann setzte sich wieder. »Sie verdächtigen ihn immer noch?«

Oliver antwortete nicht, sondern sah sie auffordernd an.

Miriam wollte etwas sagen, doch dann begann die Zeugin. Olivers Methode funktionierte.

»Nein, er war nicht anders. Wir haben ein paar organisatorische Dinge besprochen.«

»Ihr Sohn ist in der Vergangenheit aktenkundig geworden. Können Sie uns dazu etwas erzählen?«

Sie seufzte. »Es gab eine Zeit, in der Mirko sehr schwierig war. Er hatte die falschen Freunde. Aber er hat sich gewandelt.«

»Was hat er angestellt?«, fragte Oliver.

»Können Sie das nicht in Ihren Akten nachlesen?«

»Natürlich«, sagte Oliver. »Aber einfacher wäre es, wenn Sie es uns erzählen.«

»Was gibt es da zu erzählen? Mit seinem damaligen Freund hat er Autos geknackt und ist in ein paar Schuppen eingebrochen. Nichts Großes.«

»Was hatte er sich dadurch erhofft?«

»Geld. Alles, was sie ergattert hatten, haben sie bei eBay vertickt. Die Plattform steckte zu der Zeit in den Kinderschuhen.«

»Aber er wurde erwischt.«

»Sie sind in zwei Häuser eingebrochen. Eins hatte eine Alarmanlage und die Polizei stand vor der Tür, als sie noch die Schränke durchwühlt haben.«

»Und wie ist er zur Vernunft gekommen?«, mischte sich Miriam ein. Wie kam jemand wieder auf den rechten Weg?

»Wir haben ihn ein halbes Jahr zu seiner Großmutter nach Island geschickt. Das hat ihm gutgetan und sein Freund hat sich von ihm abgewandt. Das war seine Rettung.«

Das war nicht die Antwort, die sie hatte hören wollen. Wie sollte sie Denise weit wegschicken? Sie hatten keine Verwandten in entfernten Ländern.

»Können Sie sich vorstellen, dass er noch mal in die alten Verhaltensmuster zurückfällt?«, fragte Oliver.

Frau Volkmann schüttelte vehement den Kopf. »Nein. Er würde nicht mehr das aufgeben, was er sich aufgebaut hat. Er hat sich gerade ein neues Haus gekauft.«

Oliver und Miriam wechselten einen kurzen Blick. Hatte er Angst, das Haus zu verlieren? Hatte Vanessa ihn um Geld erpresst?

»Vielen Dank, dass Sie sich Zeit für uns genommen haben«, sagte Oliver.

Sie gingen zum Ausgang.

»Ich wünsche Ihnen alles Gute beim Umzug«, sagte Miriam, als sie durch den Flur an den Kartons vorbeiging. Sie hoffte für Frau Volkmann, dass die Arbeit nicht umsonst war. Wenn sich herausstellte, dass ihr Sohn der Täter war, würde der Umzug gestorben sein.

»Was denkst du?«, fragte Oliver, als sie wieder im Auto saßen.

»Er hatte die Gelegenheit und wahrscheinlich auch ein Motiv.«

»Die Frage ist nur, wie er ohne Einbruchsspuren ins Haus gekommen ist.«

»Sie hat ihn reingelassen«, mutmaßte sie.

»Aber was ist mit Tims Fingerabdrücken am Tatort und an der Tatwaffe?«

»Oder er ist reingegangen, während beide schliefen und Eichner ist morgens aufgewacht und hat gedacht, er ist der Täter.«

Oliver kurbelte das Fenster runter, als sie losfuhr. »Ist das nicht zu weit hergeholt?«

»Ist es nicht immer so, dass die Wahrheit nicht auf dem Präsentierteller liegt?«

»Hoffentlich liegt uns am Montag der verdammte Obduktionsbericht vor«, sagte Oliver.

***

Der penetrante Geruch nach Desinfektionsmitteln und Krankheit stieg ihr in die Nase. Ein alter Mann schob eine Infusionsstange mit einem Infusionsbeutel vor sich her. In der Hand eine Zigarettenschachtel. Interessiert musterte er sie.

Miriam senkte den Blick und eilte zur Intensivstation. Sie musste heute länger warten, bis jemand vom Krankenhauspersonal kam. Würde Denise sie wieder aus dem Zimmer werfen? Ein korpulenter Arzt mit einer klobigen Nase und roten Ohren trat von hinten an sie heran. »Zu wem möchten Sie?«

»Zu Denise Waltz.«

»Sie sind mit ihr verwandt?«

Miriam nickte. »Ich bin die Schwester. Wie geht es ihr?«

»Körperlich ist sie auf dem besten Wege. Die Intoxikation ist fast abgeklungen. Ich werde Ihrer Schwester ein paar Fragen stellen. Sie müssen sich einen Augenblick gedulden.«

»Sind Sie der Psychiater, den man uns angekündigt hat?«

»Der bin ich.« Er lächelte schief und verschwand hinter der Tür.

Miriam wartete zwanzig Minuten, bis der Arzt wieder herauskam. Bevor sie zu ihr konnte, wurde Denise auf ein normales Krankenzimmer verlegt. Dort lag noch eine andere Frau, die in eine Klatschzeitung vertieft war.

Denise starrte an die Wand, als sie eintrat. Miriam zog sich einen Stuhl ans Bett und setzte sich, wartete auf eine Reaktion, doch es kam nichts.

»Was haben die Ärzte gesagt?«, fragte Miriam.

Wortlos reichte Denise ihr eine Visitenkarte einer Suchtberatungsstelle. Wieso wich sie ihrem Blick aus? Schämte sie sich oder wollte sie keinen an sich heranlassen?

»Gehst du hin?«, fragte Miriam.

Sie bekam keine Antwort. Wut kroch ihre Kehle hoch und kratzte sie im Rachen. Am liebsten hätte sie ihre Schwester geschüttelt. Wie konnte man so ignorant sein? Sie wollte doch nur helfen! Sah Denise das nicht?

Sie schluckte die Wut hinunter und bot ihr an, sie zu begleiten. Sie legte die Karte auf den Beistelltisch und starrte ihre Schwester an. Ihre Haut war fleckig, die Augen ausdruckslos. Miriam biss die Zähne zusammen. Sie wollte ihrer Schwester helfen, aber wenn sie ihre Hilfe nicht annahm, was sollte sie tun? Sie musste sich um ihr eigenes Leben kümmern, hatte einen Job, der ihre volle Aufmerksamkeit erforderte. Aber sie konnte sie auch nicht aufgeben. Sie strich über das Bettlaken, dachte an ihre Mutter.

»Ich vermisse Mamas selbstgemachte Pizza. Kannst du dich an den Geschmack erinnern? Mir läuft das Wasser im Mund zusammen, wenn ich daran denke. Sie hat nie viel Belag draufgemacht. Bloß geschälte Tomaten, eine Menge Oregano und Käse. Ich habe versucht, sie nachzumachen. Es schmeckt nicht wie bei ihr. Ich habe das Rezept in ihren Kochbüchern gesucht, aber nicht gefunden. Nun ärgere ich mich, dass ich sie nie danach gefragt habe. Als Kinder durften wir ihr helfen, den Teig zu kneten.« Sie schluckte, unterdrückte die aufsteigenden Tränen.

»Die Wandertour in den Alpen. Weißt du noch, wie wir geschimpft haben? Es sei zu weit, zu hoch, zu anstrengend, unsere Beine hätten gebrannt. Und dann haben wir das Murmeltier gesehen, als wir auf der Bergspitze um einen Busch gebogen sind. Das Tier hat mit einem lauten Ruf seine Artgenossen vor der drohenden Gefahr gewarnt und ist in dem Bau verschwunden.

Mama und Papa haben uns nicht geglaubt, dass wir dieses Tier gesehen haben, von dem wir zu dem Zeitpunkt nicht wussten, was es war. Heute würde ich diese Tour gerne wiederholen.«

Denise sah sie an, ein winziges Lächeln auf dem Gesicht.

»Oder die Motorradtour nach Frankreich«, fuhr Miriam fort. Sie sah ihre Mutter vor sich fahren, spürte den Fahrtwind an ihrer Kleidung zerren, roch den Sommerwind geschwängert mit dem Duft nach Trauben und Freiheit.

»Ich war so enttäuscht vom Eiffelturm«, sagte Denise und lächelte.

Miriam stolperte der Klotz von ihrem Herz. Endlich redete sie mit ihr.

»Fahren wir dort zusammen hin?«, fragte Denise.

»Das machen wir. Nur wir beide.«

Denise nickte. »Wenn ich wieder die Kraft dazu finde.«

»Das wirst du. Ganz schnell. Ich bin für dich da, wenn du Hilfe benötigst. Aber bitte ...« Ihre Stimme brach. Sie räusperte sich. »Bitte hör mit den Drogen auf. Sie machen dich kaputt. Du könntest sterben. Das würde ich nicht ertragen.«

Ihre Schwester zuckte mit den Schultern und sah wieder an die Wand.

»Bitte versprich es mir«, bat Miriam.

Die Bettnachbarin blätterte um und schielte zu ihnen herüber.

»Alleine schaffe ich es nicht«, gab sie zu.

»Ich helfe dir.«

Sie schüttelte den Kopf. »So meine ich es nicht. Kevin.« Ihre Augen sprachen Bände.

Miriam konnte kaum glauben, was sie hörte. Es war doch klar. Denise musste Kevin verlassen. Aber das schien ihre Schwester nicht zu begreifen.

»Wo ist er überhaupt?«, fragte Miriam.

»Er muss etwas erledigen.«

»Du kannst für ein paar Wochen zu mir ziehen«, bat Miriam ihr an.

»Nein«, antwortete Denise kalt. »Entweder Kevin und ich zusammen. Oder keiner von uns.«

»Denise«, sagte sie eindringlich. Wie sollte sie es ausdrücken? Wie konnte sie ihre Schwester davon überzeugen, dass ihre Liebe ihr nicht guttat? Dass Kevin sie erst in diesen Abgrund gezogen hatte. Er hatte die Drogen besorgt. Erst als sie ihn kennengelernt hatte, hatte sie die Ausbildung abgebrochen. Sie schluckte. Aber war es nicht ähnlich wie bei ihr? Auch sie musste sich eingestehen, dass sie Tim vergessen musste und ihn nur noch als Fall sehen sollte. »Bitte, sieh ein, dass er dir nicht guttut.«

»Hör auf damit!«, rief Denise.

Es war der falsche Ansatz. Vielleicht war es zu früh. »Du hast recht. Es ist deine Entscheidung. Ich kann dir nur meine Hilfe anbieten.«

»Und dafür danke ich dir«, erwiderte Denise mit einem Lächeln. »Wenn ich mal wieder bei dir schlafen möchte, melde ich mich.«

Diesmal freute Miriam sich über diese Worte. Sie würde für ihre Schwester da sein. Sie musste ihr Halt geben, bis sie auf eigenen Beinen stehen konnte.

»Aber ich werde Kevin nicht im Stich lassen«, sagte Denise entschieden.

Miriam atmete tief durch. Wem konnte sie helfen? Und wer wollte ihre Hilfe? Sie stand auf. Denise wollte sie nicht. Und Tim? Miriam war sich sicher. Tim wollte sie. Sie würde ihn nicht aufgeben. Ihr Diensthandy klingelte. Sie hatte es noch in der Tasche und hatte vergessen, es auszustellen. Wer wollte so spät etwas von ihr? Sie ging ran.

Es war jemand, mit dem sie nicht gerechnet hatte.

***

Tim hatte das Ausmaß der Verwüstung nicht wahrhaben wollen, doch die Wildschweine hatten das Festmahl bis auf den letzten Krümel verspeist. Das ganze Obst hatten sie gefressen, die Haferflockentüten waren zerfetzt und leer, ein paar einzelne Flocken lagen im Dreck verstreut. Auch das Brot, die Nüsse und die Trockenpflaumen waren aufgefuttert. Nur zwei Fruchtriegel waren unversehrt.

Tim hob sie auf und drückte sie an die Brust wie einen wertvollen Schatz. Auch in seiner Ersatzkleidung hatten sie gewühlt. Die Regenjacke lag im Dreck, das Erste-Hilfe-Set war aufgerissen, einzelne Pflaster lagen im Haus verstreut.

Tim lehnte sich an die Wand und atmete tief durch. Nicht die Nerven verlieren. *Du kannst es schaffen. Das ist nicht das Ende.*

Der Durst meldete sich zurück, seine Beine verlangten nach Ruhe. Was sollte er tun? Sich hinlegen und ausruhen oder die Wanderung fortsetzen, in der

Hoffnung bald Wasser zu finden? Das war besser, als morgens aufzuwachen und vor Durst die Sinne zu verlieren. Er könnte neue Plastiktüten zur Wassergewinnung vorbereiten. Nein. Womöglich würden in der Nacht die Wildschweine zurückkommen und sie zerstören. Er packte die Sachen zusammen und ging hinaus.

»Du hast nicht auf meine Sachen aufgepasst«, sagte er zu dem Löwen. Schuldbewusste Augen starrten ihn an. »Dein Blick wird nichts mehr ändern. Ich werde dich verlassen. Leb wohl«, sagte Tim und stapfte davon. Welche Richtung? Es war egal. Er wusste nicht mehr, wohin er sollte.

Der Wald würde ihn zu Grunde richten. Ein Gedanke festigte sich in seinem Kopf: *Du wirst in diesem Wald sterben.* Aber nicht heute, entschied er. Er war ein Kämpfer. Für seine Mandanten hatte er immer das Beste herausgeholt, sich bis aufs Blut für sie eingesetzt und oft gewonnen. Einsatz und Akribie waren seine Waffen. Er hatte um die Ecken gedacht und die Ermittlungsarbeit der Polizei auseinandergenommen. Schlupflöcher gab es immer, man musste sie nur finden.

So hatte er Kalle vor der lebenslangen Gefängnisstrafe bewahrt. Kalle hatte seine Tat von langer Hand geplant und einen Laufburschen mit seiner Kreditkarte und dem Handy in die Niederlanden geschickt, aber leider seine eigene Waffe benutzt und DNA-Spuren am Tatort hinterlassen. Da es sich um seine eigene Garage gehandelt hatte, mussten dort zwangsläufig seine DNA-Spuren sein. Trotz der schwierigen Beweislage hatte Tim es geschafft, einen Freispruch zu erlangen. Das wäre mit Sicherheit nicht jedem Anwalt gelungen.

Hätte Kalle ihm helfen können? Vielleicht hätte er ihn doch anrufen sollen, aber beim Anblick von Vanessas Leiche hatte ihn der Mut verlassen. Wo war in diesem Moment der Kämpfer geblieben? Der, der beim Spiel um jeden Ball kämpfte? Die Gegner hatten meist keine Chance, aber nicht, weil sie schlechter waren, sondern weil er über einen größeren Siegeswillen verfügte. Sein Trainer hatte ihn jedes Spiel durchspielen lassen und Großes mit ihm vorgehabt. Aufstieg in die Oberliga war das nächste Ziel, doch ohne ihn würde die Mannschaft es schwer haben, sich überhaupt in der Verbandsliga zu halten.

Er würde nie mehr einen Basketball in der Hand halten, nie mehr das Adrenalin in den Adern pulsieren spüren, wenn er einen Korb geworfen hatte und nie mehr vom Glücksgefühl überwältigt werden, wenn der Sieg mit dem Abpfiff entschieden war. Meist war er in die Luft gesprungen und hatte seine Mannschaftskameraden umarmt. Zusammengehörigkeit. Teamgeist. Gemeinschaft. Alleinsein. Einsamkeit. Waldleben. Er stolperte über eine Wurzel und fiel der Länge nach hin. Einfach liegen bleiben. Jetzt. Hier. Tim wühlte mit den Fingern die Erde auf. Auch er würde zu Erde werden, er musste es nur zulassen.

Kapitel 14

»Mir ist etwas eingefallen«, sagte Sina Meiers.

Miriam drückte die Hand ihrer Schwester, formte mit den Lippen lautlos das Wort »Tschüss« und verließ das Krankenzimmer. »Vielen Dank, dass Sie mich anrufen. Was ist Ihnen eingefallen?«

»Vanessas Schlüssel ... ich habe mir erst nichts dabei gedacht, aber ...« Die Zeugin stockte.

»So unbedeutend es für Sie scheinen mag, es könnte für uns sehr wichtig sein«, ermutigte Miriam sie zum Weiterreden. Sie ging den Gang entlang, eine Krankenschwester eilte ihr entgegen.

»Ihren Schlüssel habe ich immer in einer bestimmten Innentasche meines Rucksackes, aber an dem Tag, als ich sie gefunden habe, da ... er lag einfach unten drin. Ich hatte mich erst gewundert, aber dann ... an diesem Tag ...« Sie schluchzte.

»Sie haben nicht mehr drüber nachgedacht.« Miriam trat ins Treppenhaus und lief hinunter.

»Genau. Und als Sie sagten, ich hätte einen Schlüssel und ich hätte ...« Sie brach ab.

»Wer hat unbemerkt an Ihre Sachen gehen können?«, fragte Miriam und eine Ahnung schlich sich in ihren Kopf.

»Jeder aus meiner Klasse.«

»Und der Lehrer?«

Meiers zögerte einen Augenblick. »Die Lehrer schließen die Klassenräume während der Pausen ab, damit nichts geklaut wird.«

Sie schwiegen beide einen Moment, dachten wohl das Gleiche.

»Vielen Dank«, sagte Miriam. »Sie haben mir sehr geholfen.«

»Sie glauben doch nicht, dass ...«

Doch sie glaubte. Pausch! »Zu diesem Zeitpunkt kann ich nichts sagen. Aber wir werden jeder Spur nachgehen.«

Sie verabschiedete sich und legte auf, bevor Meiers weitere Fragen stellen konnte.

Sie verließ das Krankenhaus und der frische Sommerwind wehte ihr entgegen. Mit der ersten Kurzwahltaste rief sie Oliver an, doch der hatte das Diensthandy ausgeschaltet. Sie hielt einen Augenblick inne, konnte, sollte sie ihn auf dem privaten Handy stören oder hatte es Zeit bis Montag? Stattdessen rief sie Lothar zu Hause an. Ihr Chef sollte entscheiden, wie dringend diese Information war.

»Seemann«, meldete sich eine weibliche Stimme.

»Waltz. Könnte ich bitte Ihren Mann sprechen?«

»Miriam, was gibt es?«, fragte Lothar nach einem kurzen Moment.

Sie berichtete ihm knapp von dem Anruf und ihrer Vermutung.

»Das ist interessant, aber wir konzentrieren uns auf Eichner. Er ist flüchtig.«

Wie konnte er sich daran festbeißen? Sie erzählte ihm, dass sie mit Oliver Volkmann ebenfalls auf den Zahn gefühlt hatte.

»Sie unternehmen nichts auf eigene Faust. Wir bekommen am Montag Tatort- und Obduktionsbericht. Dann werden wir die nächsten Schritte besprechen.«

Miriam wollte widersprechen, holte tief Luft, doch ihr Chef schnitt ihr das Wort ab. »Erholen Sie sich. Montag brauchen wir Ihre volle Konzentration. Und keine Alleingänge, verstanden?«

»Natürlich nicht«, sagte sie und verabschiedete sich.

***

Es dämmerte. Stoisch setzte Tim ein Bein vor das andere, er spürte sie nicht mehr, als gehörten sie nicht zu ihm. Seine Kräfte verließen ihn allmählich. Er hatte die beiden Fruchtriegel aufgegessen, hatte ein bisschen Wasser aus Moosbüscheln gedrückt und doch lechzte seine Kehle nach Erfrischung.

Er stoppte, stützte sich an einer Birke ab und fiel auf die Knie. Er hatte keine Kraft mehr, einen Unterschlupf zu bauen. Notdürftig schob er Laub zusammen und versuchte, sich damit zu bedecken. Wenn es diese Nacht mit ihm zu Ende ging, dann war es so. Er lehnte sich an den Stamm und schloss die Augen. Ausruhen. Verweilen. Schlafen.

Gefühlt im nächsten Moment wachte er auf. Es war stockduster. Wo war er? Im Wald! Aber er war nicht allein. Ein Rascheln hinter ihm und er fuhr herum. Ein Schatten kam auf ihn zugestürmt. Ein Zombie aus *Shaun of Dead*, der ihn fressen wollte? Kalter Schweiß brach ihm aus und sein Brustkorb schnürte sich zu und raubte ihm die Luft zum Atmen. Er war hellwach, seine Sinne geschärft. Er drückte sich fest an den Baum, hoffte, er würde ihn vor den Gefahren der Finsternis schützen.

277

Der Schatten kam näher, sprunghaft wie ein Ungeheuer. Keine zehn Meter trennten sie nun, fünf, zwei. Tim zog die Beine an und hielt die Luft an. Dann stürmte der Schatten an ihm vorbei. Wieder ein Reh. Ein dämliches Reh.

Was hatte er erwartet? Dass der Teufel persönlich hinter den Bäumen hervorspringen würde? Aber irgendwas hatte das Reh aufgescheucht. Er hörte ein Knacken aus der Richtung, aus der das Tier gekommen war.

Tim holte die Taschenlampe hervor und leuchtete die Umgebung aus. In der Ferne sah er zwei gelbe Augen leuchten. Sie starrten ihn an. Eine Bestie, war sein erster Gedanke, dann sah er das Fell, die spitzen Ohren und die Erkenntnis durchfuhr ihn wie ein Schlag: ein Wolf.

Vor Schreck ließ er die Taschenlampe fallen und der Wald war wieder ins Dunkle getaucht. Sein Herz galoppierte. Was würde ein Wolf tun? Er würde ihn doch nicht angreifen. Sie waren eigentlich scheu. Trotzdem fürchtete er, die Bestie würde ihn jeden Moment anspringen.

Er griff nach der Lampe und leuchtete erneut in die Nacht. Der Wolf machte sich von dannen, verschwand zwischen den Bäumen. Erleichtert atmete er aus. Wölfe kehrten nach Deutschland zurück. Darüber hatte er letztens einen Bericht im Fernsehen gesehen. Ihr Ruf war schlecht, doch sie bildeten eigentlich keine Gefahr für den Menschen. Die Erkenntnis beruhigte ihn nur mäßig.

Er starrte in die Dunkelheit, doch es regte sich nichts. Das Tier kam nicht zurück.

Tim strich sich übers Gesicht. Ein Käuzchen schrie durch die Einsamkeit. Er schaltete die Taschenlampe aus. Die Schemen der Äste wirkten wie Arme von Riesengreifern, die ihn packen wollten. Der Wind rauschte durch das Blättergeflecht, düstere Schatten wie drohende Geister seiner schwarzen Vergangenheit. Sein Inneres schrie, sehnte sich nach seiner geborgenen Wohnung und dem weichen Bett. Ein Kitzeln an seiner Wange, er erschrak, schlug sich selbst. Ein Käfer, ein Blatt? Er wusste es nicht. Es war so finster wie das Vorzimmer der Hölle.

Er schloss die Augen und zwang sich, zu schlafen, aber die Kälte fraß sich in seine Knochen, ließ ihn zittern. Er hätte sich einen Unterschlupf bauen müssen, egal wie viel Kraft es ihn gekostet hätte. Ein Zittern vor Kälte und Einsamkeit. Er war allein. Das war doch gut, oder? Es würde ihn kein Zombie holen und auch kein Wolf würde ihm etwas zuleide tun.

Ein schriller Schrei ließ ihn zusammenzucken.

Was war da? Ein Röcheln. Panisch blickte er sich um. Es knackte. War da jemand? War er nicht allein oder spielte sein Verstand ihm einen Streich? Das leise Atmen kam näher. Jeder Horrorfilm, den er jemals gesehen hatte, wurde ihm zum Verhängnis. Er glaubte, eine helle Gestalt zu sehen, sie kam näher. Er schaltete die Taschenlampe wieder an, die gelben Augen durchbohrten ihn. Sie gehörten einer hochgewachsenen Frau in einem weißen Gewand. Gänsehaut überzog seinen gesamten Körper, er schüttelte sich. Die Frau kam näher, bog die Äste zur Seite, um sich Platz zu machen. Sie ging nicht, sie schritt, anmutig und bedrohlich, ihre Haare flatterten im Wind.

Sie war barfuß, ihre Schritte wurden von den Waldgeräuschen verschluckt, sie schwebte beinahe über den Boden. *Das ist nicht wirklich*, versuchte er sich zu beruhigen, *das passiert nicht echt.*

Hatte sie ein Messer in der Hand? Wollte sie ihn umbringen oder in die Tiefen der Hölle führen? Er wollte zurückweichen, aber der Baum hinter ihm hinderte ihn daran. Er sollte aufspringen und wegrennen, doch seine Beine gehorchten ihm nicht. Die Frau war bloß noch zwei Meter von ihm entfernt, streckte die Hand nach ihm aus, in der anderen Hand das Messer. Ihre Augen bösartig und zu allem entschlossen. Wollte sie es ihm in den Bauch rammen, so wie er es bei Vanessa getan hatte? War sie womöglich von den Toten auferstanden? Er zitterte am ganzen Leib und seine Sinne waren bis aufs Äußerste geschärft. So etwas gab es nicht.

Tim schaltete die Taschenlampe aus und die Frau verschwand. Als er das Licht wieder anknipste, war von der Frau nichts mehr zu sehen. Dort war nur der nächtliche Wald mit den üblichen Geräuschen. Tim leuchtete nach links und rechts, dort war niemand. Er war allein und sein Verstand hatte ihm einen Streich gespielt. Oder? Er blieb regungslos sitzen, die Taschenlampe auf die Bäume gerichtet, die Umgebung abscannend.

Der Wald brachte ihn noch um den Verstand. Tim schloss die Lider und versuchte, ruhiger zu werden, doch vor seinem inneren Auge tauchte wieder diese Frau auf. Er wusste, er würde die Bilder heute Nacht nicht mehr aus dem Kopf bekommen.

***

»Sina Meiers hat mich angerufen«, sagte Miriam, als Oliver ins Büro kam.

»Darf ich erst mal ankommen?«, fragte er mit einem Grinsen auf dem Gesicht. Er ließ seine Tasche neben dem Schreibtisch fallen und griff nach der Tasse, die er wieder nicht weggeräumt hatte. »Möchtest du etwas aus der Küche?«

Sie verschränkte die Arme und wies mit dem Kinn auf die Cola Zero vor sich. »Ich bin versorgt.«

»Ich hole mir eben Kaffee.« Er verschwand aus dem Büro. Hatte er nicht zugehört? Keinen schien diese Neuigkeit sonderlich zu beeindrucken. Unwillkürlich musste sie lächeln. Zumindest dachte er mittlerweile an sie.

»Dann erzähl mal«, forderte er sie auf, als er zurückkam.

Miriam berichtete ihm von Meiers Anruf und von ihrer Vermutung, dass Pausch dahinterstecken konnte.

Oliver lehnte sich im Stuhl zurück und schlürfte an dem Kaffee. »Pausch hatte also die Gelegenheit, an Vanessas Schlüssel zu kommen.«

»Außerdem war das mit den Anrufen seltsam, er steht auf der Liste vom Opfer und ...«

Die Tür ging auf und Felix steckte den Kopf herein. »Lagebesprechung. Wir warten schon auf euch.«

Oliver sah irritiert auf seine Uhr und erhob sich seufzend. »Lothar scheint es heute eilig zu haben.«

Sie gingen in den Besprechungsraum. Miriam sollte alle auf den neusten Stand bringen, was Meiers und Volkmann anging. Lothar nickte, es schien ihn jedoch nicht zu beeindrucken.

»Uns liegen mittlerweile der Tatort- und der Obduktionsbericht vor«, sagte Lothar.

»Und?«, fragte Oliver.

Lothar blickte auf die Blätter vor sich. »In der Wohnung des Opfers gibt es viele verschiedene Fingerabdrücke. Eichners scheinen überall zu sein.«

Miriam ballte die Hand unter der Tischplatte. Wie konnte man sich so auf einen Verdächtigen versteifen?

»Auf der Leiche gab es zwei verschiedene DNA-Spuren.«

»Zwei Verschiedene?«, fragte Miriam erstaunt.

»Die eine ist von Eichner. Und ein kurzes Haar, das nicht von ihm stammt.«

Miriam atmete tief durch. »Wir sollten Volkmann und Pausch um eine DNA-Probe bitten.« Was hatten zwei DNA-Spuren auf der Leiche zu bedeuten? Hatte Tim noch eine Chance?

Lothar nickte. »Das können wir tun, aber vergiss nicht, dass Eichners Fingerabdrücke auf der Tatwaffe sind und er auf der Flucht ist. Und da ist noch etwas.« Er machte eine Pause. »Das Erbrochene neben der Leiche stammt von Eichner.«

Felix pfiff durch die Zähne.

»Scheiße«, flüsterte Miriam so leise, dass es keiner hören konnte. Sie strich sich über die Stirn. Verdammt, es sah nicht gut für Tim aus, aber es gab noch so viele andere Spuren, die Lothar unter den Tisch zu kehren versuchte.

»Was ist, wenn ihm jemand die Tat anhängen will? Möglicherweise denkt Eichner nur, dass er der Täter war?«, warf Miriam ein.

»Und wie sind dann seine Fingerabdrücke auf der Tatwaffe zu erklären?«, fragte Lothar.

»Vielleicht hat ihm jemand das Messer in die Hand gedrückt.«

Ihr Chef machte ein skeptisches Gesicht. »Denkbar, aber nicht wahrscheinlich.«

»Ich würde mich trotzdem gerne noch mal mit Pausch und Volkmann unterhalten. Schließlich können wir in Bezug auf Eichner nur abwarten, oder sehe ich das falsch?«

»Das ist leider richtig«, bestätigte ihr Chef.

»War Pausch eigentlich schon zur Unterschrift da?«

Felix lächelte verlegen, als wäre es sein Fehler. »Nein. Er hat für heute um zehn einen Termin gemacht.«

»Ich will dabei sein und mit ihm reden.«

***

Der Wald verschwamm vor Tims Augen zu einem braun-grünen Schemen. Die Geräusche wurden zu einem Rauschen wie ein lästiger Tinnitus. Er schwankte bei jedem Schritt, seine Beine knickten ein und er sackte zu Boden. »Wasser«, schrie jede Faser seines Körpers. Jetzt mit den nackten Füßen durch einen Fluss waten. Er würde den Kopf ins Wasser tauchen und große Schlucke nehmen. Die Vorstellung beflügelte seine Sinne. Die Bäume nahmen wieder Konturen an, die Äste wurden zu Wegweisern, im Waldboden zeichnete sich ein Pfad ab. Verweilen bedeutete Tod. Tim quälte sich auf die Beine und lief weiter.

Er fand Löwenzahn und kaute darauf herum. Viel zu bitter und doch eine Wohltat. Endlich vernahm er ein

283

erlösendes Plätschern und beschleunigte den Schritt. Kurze Zeit später stieß er auf einen Bach. *Du musst das Wasser abkochen!* Bauchschmerzen und Durchfall waren ihm im Moment egal, er konnte sein Verlangen nicht bändigen. Er schöpfte mit den Händen das Wasser und trank gierig, bis sein Magen sich anfühlte, als würde er platzen.

Erschöpft ließ Tim sich am Ufer nieder und streckte alle viere von sich. Am Himmel zogen Schäfchenwolken vorbei. Er und Nicole hatten als Kinder auf den Heuballen gelegen und in die Wolken Märchenfiguren und Spielzeuge hineinfantasiert. Sie hatten Herzen, Drachenköpfe, Enten und Engel gesichtet. Würden Julia und Samira bald auch auf den Rücken liegen und den Wolkenhimmel betrachten? Welche Figuren würde die Fantasie ihnen bescheren? Er hätte sie so gern aufwachsen sehen. Und Nicole. Ein Knoten bildete sich in seinem Magen, wenn er an sie dachte. So gern würde er mit ihr reden und ihr alles erklären. Er sah ihr Gesicht vor sich, die markante Nase, der gütige Blick und die braunen Haare, die sie öfter hinter ihr Ohr strich.

»Bitte verzeih mir«, flüsterte er. Das war alles, was er wollte. Sie tanzte vor ihm in einem grünen Kleid, das sie zu ihrem zehnten Geburtstag geschenkt bekommen hatte, nahm eine Handvoll Wolken und blies sie ihm ins Gesicht. Sie rochen nach Heu und Frühling. Seine Schwester vollführte Pirouetten im Tanz der Ewigkeit, geschenkte Freudestrahlen, Lebenslust und kindliches Unschuldslachen ...

Ein Rascheln ließ ihn aufschrecken. Tim rieb sich die Augen. Er war eingenickt, die Sonne stand schon tief am Horizont, er hatte fast den ganzen Tag verschlafen. Tim drehte den Kopf und sah das kleine Geschöpf aus einem Haufen Blättern, Gräsern und Stöckchen klettern. Nur dem Gedanken des Wassers folgend hatte er die Behausung nicht bemerkt. Der Igel steckte die glänzend-schwarze Nase heraus und schnupperte. Tim verharrte regungslos, um seinen Gefährten nicht zu erschrecken. Das Tier bewegte sich erst langsam und anmutig, dann schneller mit einem holprigen Gang. Der Igel schnupperte unentwegt, die Knopfaugen schienen Tim dabei im Blick zu haben. Er suchte den Untergrund nach etwas Essbaren ab, watschelte zum Bach und trank und kehrte in den Unterschlupf zurück.

Tim gefiel die Vorstellung, direkt daneben sein Nachtlager aufzubauen. Endlich mal Zweisamkeit. Tim konnte die Stacheln durch das Loch erkennen. Wie gern hätte er auch solche Abwehrmechanismen, die ihn vor allen Gefahren der Welt schützten, doch er selbst war zur Gefahr für andere geworden. Er hatte getötet und war zum Mörder geworden. Und er war nicht in der Lage, in der Wildnis zu überleben, er würde hier draußen verhungern, aber der Weg ins Gefängnis kam nicht infrage. Er könnte den Igel abstechen und über einem Feuer braten, doch wie viel Fleisch verbarg sich unter dem Stachelkleid? Schmeckte Igelfleisch? Nein, diesem Tier würde er nichts zuleide tun. Es war die erste Gesellschaft seit Tagen. Es war sowieso alles sinnlos, nur ein Tropfen auf den heißen Stein. Wenn er satt werden sollte, dann bloß für ein paar Stunden. Dann würde er erneut zuschlagen: der unbarmherzige Hunger. Er sollte dem allem ein Ende setzten.

Tim zog das Taschenmesser aus dem Rucksack und klappte die Klinge heraus. Pulsadern aufschneiden, das war eine bewährte Methode. Längs und quer an beiden Armen. Es würde wehtun, aber war bestimmt angenehmer, als zu verhungern und zu erfrieren. Oder er könnte sich den Hals aufschlitzen, diese Tötungsart war nicht so unüblich, wie man dachte, trotzdem schüttelte er sich bei dem Gedanken. Gab es eine andere Möglichkeit? Er könnte giftige Pilze essen, doch er hatte keine Ahnung, wie schnell die wirkten und ob er lange qualvoll vor sich hinvegetieren würde.

»Leihst du mir ein paar Stacheln? Sind sie in irgendeiner Weise für den Suizid geeignet?«, fragte er.

Der Igel antwortete nicht. Er musste wohl erst Vertrauen schöpfen, war nicht so zutraulich wie der Löwe. Also blieb nur die Möglichkeit mit dem Messer. Tim fuhr mit der Fingerkuppe über die Klinge, hinterließ eine rote Spur auf seiner Haut. Unwillkürlich hatte er Vanessas Leiche vor Augen. »Du Mörder! Du hast es nicht anders verdient«, flüsterte ihre Stimme im Hauch des Windes.

»Es tut mir leid, Vanessa«, krächzte er und setzte die Klinge an sein Handgelenk an.

Er hatte den Tod verdient.

Kapitel 15

Oliver schrieb den Bericht über die Vernehmung von Volkmanns Mutter. Pausch war nicht erschienen, also rief Miriam ihn an und bestellte ihn erneut aufs Präsidium. An seiner Stimmlage erkannte sie, dass ihm das nicht gefiel, doch er willigte ein, nachmittags zu erscheinen.

»Wie geht es deiner Schwester?«, fragte Oliver.

Sie erzählte ihm, dass sie am Sonntag bei ihr gewesen war, doch dass sich ihre Beziehung nicht verbessert hatte. »Sie will meine Hilfe nicht.«

»Sie muss sich von diesem Freund trennen«, sagte er.

»Wenn ich sie nur dazu bringen könnte.«

Miriam studierte die Berichte der Obduktion und des Tatortes, doch es sprangen ihr keine neuen Erkenntnisse ins Auge. Die Zeit verstrich, aber Pausch tauchte nicht auf. Miriam rief ihn an, doch er ging nicht an sein Handy. War er im Unterricht? Warum sollte er dann für diese Uhrzeit einen Termin vereinbaren?

»Da stimmt doch was nicht«, kommentierte sie.

»Was willst du tun?«

»Ihm auf den Zahn fühlen.« Sie öffnete den Internetbrowser und begann nach Pausch zu recherchieren. Sie fand heraus, dass er vor fünf Jahren die Schule gewechselt hatte und vorher in Krefeld an der Berufsschule tätig war. Dann fand sie einen Artikel über die Schule, in dem ein Lehrer denunziert wurde, mit einer Schülerin ein Verhältnis gehabt zu haben. Da die Schülerin volljährig war, gab es keine strafrechtlichen Konsequenzen, aber der Lehrer hatte die Schule verlassen.

»Das ist interessant«, sagte Miriam.

»Was hast du gefunden?«, fragte Oliver und kam zu ihr, um ihr über die Schulter zu blicken.

»Leider steht kein Name dabei, aber der Zeitpunkt passt.«

»Wenn ihm erneut ein Verhältnis mit einer Schülerin nachgesagt wird, ist er seinen Job los.«

»Und was wird erst seine Frau dazu sagen?«

»Wir statten ihr am besten einen Besuch ab und fragen vorsichtig an«, schlug Oliver vor.

»Gute Idee«, sagte Miriam. Vielleicht gab es dort eine Gelegenheit, an eine Haarprobe von Pausch zu kommen.

***

Der Waldboden unter seinen Füßen fühlte sich leicht und weich an. Tim sank mit den Schuhen jedes Mal ein wenig ein und bekam neuen Schwung wie bei einem Startblock für Sprinter, als würde die Erde ihn freudig empfangen und wieder bereitwillig freigeben.

Er hatte es nicht geschafft, das Messer in sein Fleisch zu drücken und die Pulsadern zu durchtrennen. Die Angst hatte ihn übermannt und der Überlebensinstinkt war erwacht. Leben – er wollte vor allen Dingen weiterleben.

Er war müde, seine Kehle brannte vor Durst und sein Magen hatte sich auf ein Minimum zusammengezogen. Seine Kleidung war verschmutzt und stank, er konnte sich selbst nicht riechen. Der Wald hatte ihn an seine Grenzen gebracht, die er aufsprengen musste und denen er trotzen wollte. Querdenken, unbekannte

Lösungen suchen. Wenn man nicht in den Spiegel hineingehen konnte, dann musste man drum herum.

Die Sonne ließ sich blicken und die Temperaturen waren so angenehm, dass er den Fleecepullover auszog.

Als Tim auf einen Wanderweg stieß, zögerte er, dann sprang er mit beiden Beinen auf die zertrampelte Erde und folgte ihm. Es dauerte nicht lange, bis ihm ein Jogger entgegenkam, an dessen Seite ein Golden Retriever lief. Tim starrte zu Boden, hoffte, die Kappe würde sein Gesicht verbergen. Der Sportler schien ihn nicht zu erkennen und joggte unbeirrt weiter. Tim sah ihm nach. Der Mann drehte sich nicht um, von ihm schien keine Gefahr auszugehen.

Kurze Zeit später hörte er das erlösende Rauschen eines Baches. Tim hastete einen Abhang hinunter und trank gierig das Wasser, ohne es abzukochen. So nah an dem Wanderweg konnte er kein Feuer entfachen, außerdem schien er das Bachwasser das letzte Mal gut vertragen zu haben.

Wie frisch es schmeckte – nach Natur und Freiheit. Nach Leben und Hoffnung.

Nach einer kurzen Verschnaufpause füllte er die beiden Flaschen und setzte seinen Weg fort. Ein älteres Ehepaar in Wanderkluft kam ihm entgegen. Sie trugen breitkrempige Schlapphüte und unterstützten ihren Gang mit Wanderstöcken, die bei jedem Schritt ein Ratschen auf den Kieselsteinen verursachten. Tim wich ihren Blicken aus und eilte weiter. Hoffentlich beging er nicht den zweitgrößten Fehler seines Lebens.

Nach ein paar hundert Metern stieß er auf eine asphaltierte Straße, die ihn in ein Wohngebiet führte. Er gelangte zu einem Restaurant, das auf einem Schild vor dem Biergarten mit Schweinefilet und Spargel warb. Er ging bis zum Eingang und studierte die Karte. Die Gerichte ließen ihm das Wasser im Munde zusammenlaufen und dann wehte ihm der Geruch nach gebratenen Eiern und Pommes in die Nase. Köstlich. Wie gerne würde er einkehren und sich satt essen.

Tim sah an sich hinunter. So konnte er kein Restaurant betreten. Sollte er versuchen, durch einen Hintereingang in die Küche oder in den Vorratsraum zu kommen? Nein. Wenn er erwischt wurde, war es aus.

Ein wenig weiter fand er einen Discounter. Er leerte die Flaschen in einer Wiese und gab sie in dem Rückgabeautomaten ab. Einen Einkaufswagen vor sich herschiebend, betrat er den Laden. Wie er dieses früher lästige Einkaufen vermisst hatte, trotzdem waren seine Knie weich wie Butter und seine Hände wurden schwitzig. Aber die anderen Kunden scherten sich nicht um ihn und es war ein gutes Gefühl, wieder unter Menschen zu sein, auch wenn er von ihnen nicht erkannt werden wollte.

Geschwind füllte er den Wagen mit allem, worauf er Hunger hatte, und konnte sich kaum bändigen, direkt die ganze Packung Schokoriegel zu verputzen. Er kaufte Brot, Brötchen, Gebäck, Schokolade, Riegel, Obst, Wasser und zwei verschiedene Zeitungen. Außerdem ein Sixpack Cola. Wie er das alles tragen sollte, wusste er noch nicht.

Er stellte sich an der Kasse hinter einer jungen Mutter an, die ihre vielleicht zweijährige Tochter kitzelte. Diese lachte vergnügt und wollte nach den Lebensmitteln auf dem Band greifen. Hinter ihm kaufte ein älterer Herr fünf Zigarettenschachteln. Hoffentlich fragte er nicht, ob er vor durfte. Tim wollte mit niemanden reden und sah starr nach vorne.

Er legte eine Plastiktüte und einen Stoffbeutel aufs Band. An der Kasse saß eine korpulente Frau mit strähnigen Haaren, die sich zu einem »Guten Tag« bequemte, aber den Blickkontakt vermied. Anscheinend fühlte sie sich nicht wohl in ihrer Haut. Ihm war es recht. Schnell beförderte er die Waren in den Einkaufswagen und bezahlte. Hoffentlich bemerkte sie das Zittern seiner Hände nicht.

Tim sah auf, als er das Wechselgeld erhielt und sein Blick traf den des Zigarettenmannes. Seine Haut war grau und faltig, der Blick fragend und unsicher. Tims Knie wurden weich. Hatte der Mann ihn erkannt?

Geschwind senkte er den Kopf und schob den Wagen Richtung Ausgang. Scheiße, es war alles ein Fehler gewesen. Vor der Tür stopfte er die Einkäufe in die Taschen, schob den Einkaufswagen zurück zu den anderen und fummelte den Euro aus dem Schlitz.

Der Zigarettenmann trat aus dem Laden und kam auf ihn zu. Er blieb vor ihm stehen. Tim brach der kalte Schweiß aus. Sollte er ausholen und ihn ausknocken? Was für ein Quatsch. Hier gab es zu viele Zeugen.

Tim sah dem Mann direkt in die feindseligen Augen.

***

Miriam betätigte den Klingelknopf. Es dauerte, bis Frau Pausch erschien. Sie trug Leggings und einen langen Pullover. Es sah so aus, als sei ihr Bauch seit ihrem letzten Besuch explodiert. Die Geburt schien nicht mehr lange auf sich warten zu lassen.

»Mein Mann ist nicht zu Hause«, sagte Frau Pausch verschlafen. Hatte Miriam sie geweckt?

»Schade«, sagte Miriam, obwohl sie es vermutet hatte. »Dürfen wir trotzdem reinkommen und Ihnen ein paar Fragen stellen?«

Frau Pausch gähnte und hielt sich eine Hand vor den Mund. »Ich wüsste nicht, wie ich Ihnen weiterhelfen könnte.«

»Wir haben ein paar Fragen zu Ihrem Mann.«

Ihre Stirn zog sich in Falten. »Mein Mann hat mit dem Tod von Vanessa nichts zu tun. Das wissen Sie doch.«

»Sie haben ja bestätigt, dass er den Abend bei Ihnen war, aber er hat mehrere Termine im Präsidium versäumt und wir erreichen ihn nicht.«

Frau Pausch zuckte mit den Schultern. »Was soll ich daran ändern?«

»Es wäre schön, wenn wir das nicht hier draußen besprechen müssten«, sagte Miriam.

Die Schwangere seufzte und öffnete die Tür ganz, so dass sie eintreten konnten. Miriam hielt nach etwas Ausschau, das sie heimlich einstecken konnte und das Mario Pauschs DNA enthalten konnte, doch im Flur entdeckte sie nichts.

»Verzeihen Sie die Unordnung, ich bin immer so geschafft.« Frau Pausch räumte einen Haufen Babykleidung auf die Kommode und legte Kuscheltiere und Spieluhr auf den Tisch, damit sie sich setzen konnten.

»Das ist kein Problem«, sagte Miriam. »Wir werden Sie auch nicht lange belästigen.«

Ein erleichtertes Lächeln huschte über Frau Pauschs Gesicht.

»Wo ist Ihr Mann jetzt?«, fragte Miriam.

»In der Schule.«

Das hatte sie sich gedacht. Er hatte nie vorgehabt, heute ins Präsidium zu kommen. Wenn er der Täter war, machte er sich damit doch nur umso verdächtiger. Waren sie auf dem Holzweg und war er einfach nur ein verpeilter Lehrer, dem seine Schüler wichtiger waren, als die Sache bei der Polizei zu klären?

»Wie lange ist er auf der Schule?«, fuhr Miriam fort.

»Fünf Jahre.«

»Wo war er vorher?«

»In Krefeld an einem Berufsschulkolleg.«

»Warum hat er die Schule gewechselt?«

Die Augen von Frau Pausch blitzten auf. Sie hatten mit ihrer Vermutung recht. Mario Pausch war der Lehrer, der ein Verhältnis mit einer Schülerin gehabt hatte.

»Weshalb wollen Sie das wissen?«, fragte Frau Pausch scharf.

Miriam lag eine Erwiderung auf der Zunge, aber sie schwieg und sah sie nur auffordernd an. Vielleicht funktionierte Olivers Trick auch bei ihr.

Frau Pausch schluckte und haute mit der Hand auf ihren Oberschenkel. »Wenn Sie seine Vergangenheit kennen, wieso müssen Sie mich belästigen?«

»Wir wissen es nicht. Wir haben einen Zeitungsartikel gefunden und haben eine Vermutung.«

Frau Pausch räusperte sich und sah zu Boden. »Also gut. Ich erzähle es ihnen, aber nur weil ich mich nicht aufregen soll und Sie danach sofort mein Haus verlassen.«

»Abgemacht.«

»Er hatte eine Affäre mit einer Schülerin. Er ist aufgeflogen. Die ganze Klasse hat es gewusst, nur ich nicht.« Frau Pausch sah sie eindringlich an, die Augen wässrig. »Es hat sich rumgesprochen und irgendwann kam es im Lehrerzimmer an. Da sie volljährig war und es einvernehmlich passiert ist, hatte es keine strafgesetzlichen Konsequenzen, aber er wurde von der Schule suspendiert. Mit dieser Geschichte hatte er Glück, überhaupt noch eine neue Stelle bekommen zu haben.«

»Glauben Sie, dass er erneut eine Affäre mit einer Schülerin angefangen haben könnte?«, fragte Miriam.

»Sie meinen mit dieser Vanessa?« Frau Pausch schüttelte entschieden den Kopf. »Er weiß, dass es seine letzte Chance ist.« Sie strich sich über den Bauch. »Nicht nur von der Schule.«

Zack! Da war das Motiv frei Haus. »Ich danke Ihnen für die Offenheit«, sagte Miriam und stand auf. »Bevor wir gehen, dürfte ich Ihre Toilette benutzen?«

Frau Pausch lächelte und zeigte zum Flur. »Vor der Haustür links.«

Miriam ging zum WC, doch auf den ersten Blick erkannte sie, dass sie hier keine DNA-Probe bekommen würde. Bis auf ein paar Froschfiguren unter einem Spiegel war das Gäste-WC leer. So ein Mist. Sie zog ihre Schuhe aus und lugte aus der Tür hervor. Oliver und Frau Pausch unterhielten sich. Abgesehen davon, dass sie nichts aus dem Haus mitgehen lassen durfte, durfte sie auch nicht im Haus herumschleichen. Doch sie wollte beweisen, dass Pausch der Täter war.

Sie schlich die Treppen hinauf, fand ein Büro, ein Kinderzimmer, in dem es nach frischer Farbe roch und das

Badezimmer. Unter dem Waschbecken auf dem Unterstellschrank lagen eine normale Bürste und ein Kamm.

Auf dem Kamm befanden sich mehrere schwarze gerade Haare und Schuppen. Frau Pausch hatte zwar die gleiche Haarfarbe, aber die ihren waren gelockt. Miriam zog einen durchsichtigen Plastikbeutel aus der Hosentasche und beförderte mit einer Lage Toilettenpapier die Schuppen und Haare in den Beutel. Dann verschloss sie ihn und war im Begriff, die Treppe hinunterzugehen, als sie Schritte hörte. Oh nein. Sie hielt die Luft an und lauschte. Frau Pausch trat in den Flur. Sie war aufgeflogen, sie konnte schlecht sagen, dass sie sich verlaufen hatte. Und wie sollte sie das mit den Schuhen erklären?

»Möchten Sie auch noch etwas?«, rief Frau Pausch Oliver im Wohnzimmer zu. Geschirr klapperte. Sie war in der Küche und einen kurzen Augenblick später ging sie zurück zu Oliver.

Miriam nutzte die Chance, schlich die Treppen hinunter und schlüpfte ins Gäste-WC. Geschwind zog sie die Schuhe wieder an und betätigte die Toilettenspülung. Als sie zurück ins Wohnzimmer trat, telefonierte Frau Pausch mit dem Handy.

Sie legte auf und schüttelte den Kopf. »Er geht nicht dran. Wahrscheinlich hält er gerade eine Unterrichtsstunde.«

»Was machen Sie eigentlich, wenn es losgeht?«, fragte Miriam und zeigte auf Frau Pauschs Bauch.

»Ich schreibe ihm eine Nachricht und nach jeder Stunde guckt er auf sein Handy.«

»Dann schreiben Sie ihm bitte, dass er heute ins Präsidium zur Unterschrift seiner Aussage kommen soll, ansonsten werden unsere Kollegen

von der Schutzpolizei morgen vor seiner Schule stehen«, sagte Miriam mit einem Lächeln.

Frau Pausch starrte sie fassungslos an. »Das wagen Sie nicht.«

»Nicht, wenn er sich an die vereinbarten Termine halten würde.«

In dem Moment passierten drei Dinge gleichzeitig. Frau Pausch schrie, sie beugte sich nach vorn und das Wasser ihrer Fruchtblase tropfte auf den Boden.

»Ach du Scheiße«, murmelte Oliver.

»Keine Panik«, sagte Frau Pausch, als sie sich wieder aufgerichtet hatte. »Ich werde duschen, meine Sachen packen und gleich ins Krankenhaus fahren.«

»Sie selbst fahren nirgendwo mehr hin. Ich rufe den Krankenwagen«, sagte Oliver und zückte sein Handy.

Frau Pausch schüttelte entschieden den Kopf. »Man muss nicht direkt ins Krankenhaus, nur weil die Fruchtblase geplatzt ist.«

»Aber wir lassen Sie nicht alleine«, widersprach Miriam.

»Wenn Sie es nicht lassen können, bestellen Sie den Krankenwagen für in zwanzig Minuten. Und jetzt gehen Sie!«

Frau Pausch scheuchte sie aus dem Haus und schloss schwungvoll die Tür hinter ihnen.

»Was machen wir jetzt?«, fragte Oliver.

»Na, du rufst den Krankenwagen und wir warten im Auto auf ihn und beobachten, ob sie sicher abtransportiert wird.«

Nachdem Oliver den Krankenwagen gerufen hatte und sie im Auto saßen, holte Miriam den Beutel hervor. »Ich habe übrigens Pauschs DNA-Probe.«

Oliver zog die Stirn in Falten. »Bist du verrückt? Das hat vor Gericht niemals Bestand.« Er wollte danach greifen, doch sie zog den Plastikbeutel zurück und steckte ihn in die Hosentasche. »Das ist unsere Chance, zu erfahren, ob die zweite DNA-Spur auf der Leiche von ihm stammt.«

»Er muss sowieso noch zur Unterschrift ins Präsidium kommen.«

»Du glaubst doch wohl nicht, dass er in den nächsten drei Tagen dort auftaucht«, sagte sie und zeigte auf das Haus.

»Trotzdem dürfen wir das nicht verwenden. Versprich mir, dass du es vernichtest. Und überhaupt. Wo hast du das her?«

»Das willst du nicht wissen.«

»Das glaube ich auch.«

Er wandte sich zu ihr, hielt sich am Lenkrad fest und starrte sie an. »Und? Habe ich dein Versprechen?«

»Also gut«, lenkte sie ein, ohne ihn anzusehen. Natürlich konnte sie die Probe nicht vernichten.

***

»Sie haben das vergessen.« Der alte Mann hielt ihm die Packung Schokoriegel hin.

Tim starrte ihn an, unfähig sich zu bewegen. Eine … zwei … drei Sekunden verstrichen.

Jetzt sag doch was, ermahnte er sich in Gedanken. Mechanisch schob er die Hand nach vorn und griff nach der Packung. »Danke«, presste er hervor. Es hörte sich an, als spräche ein Fremder.

Auf dem Gesicht des Mannes breitete sich ein zahnloses Lächeln aus. Tim forschte in den Augen seines Gegenübers, doch er fand kein Erkennen, keine Furcht oder Sensationslust, sondern schlicht Freude, für diesen Tag eine gute Tat getan zu haben.

»Möchten Sie einen?«, fragte Tim. Er öffnete die Packung und hielt sie dem Mann hin. So würden keine Fingerabdrücke von ihm auf dem Riegel sein.

Der Mann schüttelte den Kopf. »Nein, danke.«

Erleichtert setzte Tim seine Reise fort. Auf dem Weg verdrückte er ein Laugenbrötchen und zwei Schokoriegel. Wie gut das tat! Er kam zu einem Parkplatz, auf dem ein einzelner Lastkraftwagen einer bekannten Speditionsfirma stand. Zwei Bänke an einem Holztisch luden zum Verweilen ein. Der Rastplatz schien nicht viel frequentiert zu sein, daher setzte er sich. Er musste sich einen Augenblick ausruhen.

Tim breitete das Essen vor sich aus und öffnete eine Flasche Cola. Der süßliche Geschmack umspielte seine Zunge und belebte seinen Körper. Mit dem Messer schnitt er einen Apfel in Spalten und schob sich einige Stücke in den Mund, währenddessen schlug er die Zeitung auf und überflog die Artikel. Terroranschlag in Spanien, Insolvenz einer internationalen Handelskette und miserable Umstände in einer Wohnungsunterkunft für Flüchtlinge.

Im nächsten Moment hielt er unwillkürlich die Luft an und sein Herz rutschte eine Etage tiefer. Tim blickte in sein eigenes Gesicht. Als Nächstes riss er sich die Kappe vom Kopf.

Wieso hatte er nicht an das unverkennbare Emblem des Pokerturniers gedacht? Auffälliger ging es wohl kaum. Das Foto hatte eine schlechte Auflösung, es war auf dem Düsseldorfer Bahnhof aufgenommen worden. Allein dieses Bild hätte ihm noch keine Angst eingejagt, aber daneben war das Porträt abgedruckt, das auf der Website der Anwaltskanzlei den potenziellen Mandaten einen Eindruck von ihm verschaffen sollte. Adrett im Anzug, mit frisch frisierten Haaren und einem vertrauenswürdigen Lächeln auf dem Gesicht. Bei dem Bild verschleierte keine schlechte Auflösung sein Antlitz.

Er hatte es doch geahnt, wieso schockierte es ihn so sehr? Tim griff sich an den Bart. Der musste unbedingt länger werden. Außerdem sollte er die Kleidung wechseln und eine andere Kopfbedeckung finden. Hoffentlich waren die Kunden des Discounters von der Sorte Mensch, die ihre Umgebung nicht bewusst wahrnahmen.

Tim rieb sich über den Nacken und trank die Cola leer. Er sollte weg hier, also packte er die Lebensmittel zurück in die Taschen.

»Darf ich mich dazusetzen?«, fragte eine Stimme hinter ihm. Tims Herz setzte einen Schlag aus. Geschwind schlug er die Zeitung zu und drehte sich um. Vor ihm stand ein stattlicher Kerl um die vierzig, mit Schnäuzer, gezwängt in ein Shirt mit dem Spruch »Einen Scheiß muss ich«. In den Händen hielt er eine Thermoskanne und ein belegtes Brötchen. Verdammt, wo kam der auf einmal her?

Tim rieb die feuchten Hände über die Hose. Was sollte er sagen? Er konnte den Kerl schlecht wegschicken, besser er horchte nach, ob er ihn erkannt hatte. Tim nickte mechanisch und zeigte auf die Bank ihm gegenüber. Der Typ setzte sich und biss in sein Brötchen.

»Und was verschlägt dich in diese Gegend?«, fragte der Kerl mit vollem Mund.

Tim zuckte mit den Schultern und versuchte, sich so Zeit zu verschaffen. Was sollte er antworten? »Ich bin auf der Durchreise«, sagte er schließlich.

»Ich auch.« Er schlurfte etwas von dem Kaffee und zeigte auf den LKW. »Ich muss nach Marburg. Ein paar Swimmingpools ausliefern.«

»In welcher Richtung liegt das?«, fragte Tim. Er hatte völlig die Orientierung verloren, wusste bloß, dass er sich irgendwo im Sauerland befinden musste.

»Richtung Süden. Soll ich dich ein Stück mitnehmen?«

War das eine gute Idee? Anscheinend hatte der Trucker ihn bisher nicht erkannt. So könnte Tim ein paar Kilometer hinter sich bringen und es der Polizei schwerer machen. Irgendwann würde er sich einfach wieder unauffällig absetzen. Die Vorstellung war verlockend, sich auf einem bequemen Sitz auszuruhen.

»Gern«, sagte er schließlich. »Ich möchte auch Richtung Süden.«

»Wohin musst du?«

»Stuttgart, dort lebt meine Schwester«, log Tim.

»Das ist noch ein weiter Weg.« Der Kerl vertilgte den letzten Bissen des Brötchens und rieb sich mit einer Serviette über den Schnäuzer.

»Ich habe es nicht eilig.«

Der Trucker nickte und stand auf. »In Marburg findest du sicher eine Möglichkeit zur Weiterreise.«

Tim erhob sich ebenfalls, knickte die Zeitung und war im Begriff, sie in den Abfalleimer zu werfen.

»Halt«, sagte der Trucker. »Kann ich die haben?« Er zeigte auf die Zeitungen. Tim verharrte in der Bewegung, dann ließ er sie fallen. »Steht eh nur Müll drin.«

Kapitel 16

Miriam gab vor, sich in der Kantine etwas zu trinken zu holen, aber stattdessen ging sie in die kriminaltechnische Abteilung. Sie las die Namen auf den Schildern im Flur. Zu dumm, dass ihr noch niemand einen Gefallen schuldete. Hoffentlich würde sie trotzdem Erfolg haben. Sie klopfte an einer Bürotür und trat ein.

An dem Schreibtisch saß ein junger Kollege, den sie bereits am Tatort von Marks gesehen hatte und daneben ein Praktikant. Beide schauten interessiert auf. Miriam zögerte. Waren die beiden die Richtigen für ihr Anliegen? Ein Praktikant sollte lernen, wie Dienst nach Vorschrift ging und nicht, wie man sie umging. Sie trat einen Schritt zurück und wollte sich entschuldigen, als der Kollege sie anlächelte. Seine rötlichen Haare und die Sommersprossen ließen eine britische Herkunft vermuten. »Du bist doch die Neue, oder?«

»Ja, Miriam«, stellte sie sich vor.

»Patrick. Können wir etwas für dich tun?«

Sie trat näher. »Bist du mit dem Fall Marks vertraut?« Er nickte.

Sie wusste nicht, ob sie hier richtig war, aber ob es im nächsten Büro besser laufen würde, wusste sie auch nicht. Miriam zog einen Stuhl heran und setzte sich. »Na, wie gefällt es dir?«, fragte sie den Praktikanten. Er hatte Pickel im Gesicht und trug eine Zahnspange. Die umgedrehte Kappe auf dem Kopf hatte allerdings nichts auf der Arbeit zu suchen. Das müsste er doch aus der Schule kennen.

Er zuckte gleichgültig mit den Schultern. »Es ist ganz cool hier.«

Sie lächelte ihm zu. »Ich habe eine außergewöhnliche Bitte, aber ich weiß nicht, an wen ich mich wenden soll.«

»Nur wer wagt, gewinnt«, entgegnete Patrick.

Sie zog den Plastikbeutel aus der Tasche und gab ihn Patrick. »Da sind Haare und Hautschuppen von Fabio Pausch drin, einem Tatverdächtigen. Kannst du eine beschleunigte DNA-Analyse veranlassen? Auf der Leiche gab es zwei Spuren. Eine ist von Eichner, die andere ist unbekannt.«

Patrick zog die Augenbrauen hoch. »Nehmen wir nicht üblicherweise Speichelproben?«

»Die werden wir nachreichen. Aber der Zeuge kommt einfach nicht aufs Präsidium. Seine Frau bekommt gerade ein Kind, ich denke nicht, dass wir ihn in den nächsten Tagen zu Gesicht bekommen.«

»Weiß Lothar davon?«, fragte er.

Miriam schüttelte den Kopf.

»Und was passiert mit dem Ergebnis? Kann ich es in die Akte einspeisen?«

»Wenn Sie positiv ist«, sagte sie mit einem verschmitzten Lächeln.

»Und wenn nicht?«

»Dann rede bitte vorher mit mir. Ich kläre das.« In dem Fall würde es nicht gut für ihre Karriere aussehen. Aber sie glaubte nicht, dass sie sich täuschte.

»Okaaay«, sagte er gedehnt. »Ich hoffe, du weißt, was du tust.«

Das hoffte sie auch. Was sollte sie machen, wenn sie ihren Job verlor? Sie wusste es nicht. Sie hatte nie etwas anderes gewollt, als bei der Polizei zu arbeiten. Vielleicht würde man sie nur in den Dienst der Schutzpolizei versetzen. Damit würde sie leben können. Hauptsache, sie wurde nicht auch noch eine Enttäuschung für ihren Vater und würde ihn belasten, indem sie arbeitslos wurde. Aber sie glaubte nicht, dass sie ihr Gefühl betrog.

»Wie schnell kriegst du das mit der Analyse hin?«

»Also das Langwierigste sind ja die Schreibarbeit und der Postweg.« Er schlug dem Praktikanten auf den Schirm der Kappe. »Aber ich kann unserem Neuling ja mal zeigen, wo unsere Proben landen.« Patrick zwinkerte ihr zu.

»Ich danke dir. Es kann übrigens sein, dass wir euch gleich noch eine DNA-Probe bringen.«

»Diesmal in der üblichen Form?«

Sie lächelte. »Natürlich.«

»Ich habe verstanden. Beides im Express-Tempo. Dafür habe ich einen gut bei dir.«

»Was du möchtest.«

Das Lächeln wurde breiter. Was hatte sie nur gesagt?

»Wie wäre es mit einem Mittagessen?«

»In Ordnung. Wenn der Fall abgeschlossen ist.«

»Hauptsache, der zieht sich nicht über Jahre hin«, sagte er mit einem erneuten Augenzwinkern.

»Sicher nicht«, sagte sie, verließ das Büro und atmete tief durch.

***

Die Fahrerkabine war die reinste Müllhalde. Pappbecher, leere Haribo- und Chipstüten, Taschentücher und Papiere lagen auf dem Armaturenbrett. Tim hätte gern klar Schiff gemacht.

»Ich muss mal wieder aufräumen«, entschuldigte sich der Kerl. »Ich bin übrigens Heiko«, sagte er und drehte den Schlüssel im Zündschloss. Der Motor sprang ratternd an.

»Markus«, entgegnete Tim, weil ihm in den Moment kein besserer Name einfiel.

Der Trucker fuhr auf die Straße und Tim versuchte, sich zu entspannen. Die Räder fuhren, rauschten über den Asphalt, machten in einigen Minuten mehr Meter als er zu Fuß in ein paar Stunden.

»Bis Marburg sind es knapp zwei Stunden über Landstraße, aber ich muss vorher noch tanken.« Heiko zeigte auf die Tankanzeige.

Tim blickte aus dem Fenster und sah die Bäume vorbeirauschen. Seine Heimat in den letzten Tagen. Ein bisschen Wehmut erfasste ihn und doch war er froh, dem Wald mal entfliehen zu können und jemanden zum Reden zu haben, auch wenn er kein tiefgreifendes Gespräch führen konnte.

»Und was hat dich auf die Straße verschlagen?«, fragte Heiko unvermittelt.

Tim schluckte. Sah er wirklich so abgewrackt aus? Was für eine Frage? Er hatte Glück, dass der Trucker ihn in diesem Zustand überhaupt in seine Fahrerkabine gelassen hatte. Er musste bestialisch stinken und Heiko hatte noch nicht mal ein Fenster geöffnet. Wie auf Befehl betätigte der Trucker den elektrischen Knopf und die Scheibe auf der Fahrerseite fuhr fünf

Zentimeter nach unten. Jetzt musste er überzeugend wirken. Aus dem Ärmel eine Lebensgeschichte erfinden.

»Ich habe den Job verloren«, begann Tim. Damit fing doch immer alles an. Jetzt durfte er bloß keine Fehler machen und musste sich alles merken, was er sich zusammenreimte. Er erinnerte sich an die schwierige Situation seines Kollegen aus der Basketballmannschaft und formte die Geschichte etwas um, um sie tragischer klingen zu lassen. »Mein Chef musste wegen fehlender Aufträge die Firma schließen. Ich bin Maler und fand keinen neuen Job. Meine Freundin hat mich rausgeschmissen, weil ich kein Geld mehr mit nach Hause brachte und da sie alleine im Mietvertrag stand, hatte ich keine Chance. Meine Freunde haben sich von mir abgewandt und Ausreden gefunden, meine Mutter ist vor Jahren gestorben und mein Vater alkoholabhängig. Und dann ...« Tim machte eine Pause. »Es gab keinen Weg zurück. Und ohne Wohnung keinen Job und ohne Job keine Wohnung.«

»O Mann.« Heiko warf ihm einen mitleidigen Blick zu. »Das ist hart. Und nun willst du zu deiner Schwester?«

Tim nickte. »Sie weiß noch nichts von meinem Besuch.«

»Glaubst du, sie wird dich aufnehmen?«

»Ich hoffe einfach, dass sie mir helfen kann.« Tim wünschte sich so sehr, dass es eine Person in der Ferne gab, zu der er reisen und die ihm Hoffnung bescheren könnte. Doch diese Hoffnung war eine Illusion, diese Geschichte ein Hirngespinst und immer noch besser als seine Situation. Ein Mörder auf der Flucht vor der Polizei.

Er blickte aus dem Fenster, wusste, dass er das Gespräch aufrechterhalten sollte und Heiko nach seinem Leben fragen musste, aber er hatte keine Kraft mehr, Worte zu formen. Er konzentrierte sich auf die Fahrgeräusche und langsam fielen ihm die Augen zu. Er durfte nicht einschlafen, musste wach bleiben, doch er kam gegen die Schwere seiner Lider nicht an. Nur kurz. Nur mal eben ausruhen.

Tim schreckte auf und musste sich orientieren. Er saß in dem LKW, der Fahrersitz war leer. Wo war Heiko? Sie standen an einer Tankstelle. Dann setzte ein Rauschen ein. Tim öffnete die Tür und kletterte aus der Fahrerkabine. Heiko stand an der Zapfsäule und lächelte ihm zu. »Gut geschlafen?«

Tatsächlich hatte das Nickerchen gut getan. »Wie auf Federn«, sagte er lachend. »Ich muss mal.«

»Auf der Rückseite sind Toiletten«, sagte Heiko. Entweder er hatte die schon benutzt oder er machte hier öfter einen Boxenstopp. Tim war froh, nach Tagen endlich mal wieder eine richtige Toilette benutzen zu können. Zu dumm, dass er die Zahnbürste im Rucksack gelassen hatte. Da er alleine war, zog er das Shirt aus und wusch sich unter den Achseln. Eine Wohltat, obwohl ihm eine komplette Dusche lieber gewesen wäre.

Er ging zurück und sah Heiko in dem Gebäude der Tankstelle. Tim trat näher, vielleicht sollte er beobachten, ob der Trucker eine Zeitung erwarb. Und dann sah er es. In der Ecke hing ein Fernseher, auf dem ein Nachrichtensender sein Gesicht zeigte. Scheiße! Heiko wandte den Kopf und ihre Blicke trafen sich. Tim sah die Erkenntnis in seinen Augen.

Bloß weg hier! Er machte auf dem Absatz kehrt, spurtete zum LKW und zog an der Tür. Verschlossen. Nein! Das durfte doch nicht wahr sein. Er sah sich um. Heiko näherte sich. Und jetzt? Eine Entscheidung musste her. Er sah zu den Überwachungskameras an der Überdachung. Es gab nur einen richtigen Entschluss.

Tim drehte sich um und rannte los.

***

Mirko Volkmann war nicht erfreut, erneut hier zu sitzen, was er ihnen mit einer ablehnenden Haltung zeigte. Heute trug er Anzug und Krawatte, was ihm ebenso gut stand wie die Tenniskluft.

»Machen Sie schnell, ich habe gleich einen Termin mit meinem Chef«, brummte er.

»Also gut, kommen wir direkt zur Sache. Bei unserem letzten Gespräch haben Sie gelogen«, begann Miriam.

Volkmann hob eine Augenbraue. »Inwiefern?«

»Sie waren am Montagabend bei Ihrer Mutter. Uns haben Sie gesagt, Sie haben mit ihr telefoniert.«

»Habe ich das?« Er zuckte mit den Schultern. »Ich kann mich nicht mehr erinnern.«

Miriam konnte seine Unverfrorenheit kaum fassen. Sie schlug die Akte auf, nahm das Vernehmungsprotokoll heraus und legte es ihm vor. »Vielleicht können wir so Ihrem Erinnerungsvermögen auf die Sprünge helfen. Sie haben die Aussage unterschrieben.«

Er warf einen Blick darauf und sah sie gleichgültig an. »Dann wird es wohl so sein.«

»Warum haben Sie in diesem Punkt gelogen?«

»Ich habe wohl etwas durcheinandergebracht. Ich war ziemlich schockiert, als Sie mir erzählt haben, dass Vanessa tot ist.«

»Wissen Sie, wo Vanessa wohnt?«

Volkmann senkte kurz den Blick, bevor er ihr in die Augen sah. Miriam war sich sicher, dass er die Adresse kannte. »Nein.«

»Ich würde aufhören zu lügen«, sagte Miriam.

»Ich lüge nicht.« Schon wieder war er ihrem Blick ausgewichen.

»Dann wissen Sie sicher auch nicht, dass Vanessa Marks' Wohnung ganz in der Nähe der Wohnung Ihrer Mutter liegt.«

Er schüttelte den Kopf.

Miriam stand auf. »Dann folgen Sie mir bitte. Wir hätten gerne eine Speichelprobe von Ihnen.«

»Sie glauben doch wohl nicht, dass …? Nein. Ich schwöre Ihnen, ich war es nicht.« Er breitete die Arme aus.

Miriam sah ihn auffordernd an.

»Also gut«, lenkte er ein. »Ich weiß, wo Vanessa wohnt. Ich bin an dem Abend dort vorbeigefahren und wollte mit ihr sprechen, aber sie hat nicht aufgemacht.«

»Worüber?«

»Ich wollte ihr sagen, dass es zwischen uns nichts wird, und es ihr persönlich mitteilen.«

War das eine faule Ausrede? Das würden sie gleich erfahren. »Dann haben Sie sicher nichts dagegen, wenn wir eine Speichelprobe von Ihnen bekommen.«

Er zögerte, dann folgte er ihr. Auf dem Weg durch den Flur sagte er: »Bei unserem nächsten Gespräch werde ich einen Anwalt hinzuziehen. Ich lasse mir keinen Mord anhängen.«

»Wenn Sie unschuldig sind, haben Sie vor der Speichelprobe nichts zu befürchten«, antwortete Miriam.

***

Tim hörte Heikos Rufe hinter sich. Er wandte sich nicht um. Die schützenden Bäume waren nicht weit entfernt. Die standhaften Eichen, das Rauschen der Blätter und das Vogelgezwitscher empfingen ihn wie der vertraute Geruch des eigenen Zuhauses. Bald hatte der Wald ihn verschluckt. Ohne Rast hetzte Tim weiter, bis er atemlos unter einem Busch zusammenbrach und nach Atem rang.

Er rieb sich über die Augen, bis sie schmerzten und er schwarze Kreise sah. Scheiße verdammt. Seine Vorräte, die Utensilien – alles verloren, er besaß nur noch das Messer und sein Geld. Wie hatte das nur passieren können? Wieso hatte er seine Sachen nicht mit auf die Toilette genommen? Er hätte doch wissen müssen, dass der Zufallsteufel Steine auf seinem Weg auftürmen konnte. Spätestens als Heiko nach der Zeitung gefragt hatte, hätten bei ihm alle Alarmglocken läuten müssen. Wieso war er bloß in diesen verdammten LKW gestiegen und war auch noch eingeschlafen?

Er strich sich übers Gesicht. Ohne Ausrüstung war er am Ende. Er könnte sich im nächsten Dorf eine neue kaufen. Allerdings musste er ab sofort umsichtiger sein. Sein Gesicht war in den Medien angelangt. Jeder Mensch wurde damit zu einem potenziellen Feind.

Doch wie sollte er es schaffen, nicht erkannt zu werden? Sollte er irgendwo einbrechen und stehlen?

Erschrocken über den Gedanken, schüttelte er den Kopf. Nein! Er war doch kein Dieb. »Aber ein Mörder«, brachte ihn die innere Stimme auf den Boden der Tatsachen zurück. Was war ein Diebstahl dagegen? Aber als Erstes musste er weiter. Wenn der Trucker die Polizei rief, durfte er nicht mehr in der Nähe sein.

Er quälte sich auf die Beine, stapfte über Wurzeln und Äste und hing seinen Gedanken nach. Wäre er dazu in der Lage, eine neue Straftat zu begehen? In ein Haus einzubrechen und Dinge zu stehlen? Vielleicht ergab sich eine Gelegenheit. Welche sollte sich denn da ergeben?

Der Durst kratzte in seiner Kehle. Nun hatte er noch nicht mal einen Topf zum Abkochen. Aber das letzte Mal hatte er das Wasser auch gut vertragen. Vielleicht hatte er Glück und die Hinweise in seinem Ratgeber waren übertrieben gewesen.

Er zwang sich weiter voran, auch wenn seine Beine protestierten. Als die Sonne sich dem Horizont näherte, fand er einen Tümpel. Schilf wuchs an den Ufern, Grillen zirpen, Wasserflöhe tanzten auf der Oberfläche und brachten sie zum Zittern. In einer anderen Situation hätte die Umgebung zum Träumen eingeladen oder für einen guten Grillabend herhalten könnten. Aber so ...

Unterwasserpflanzen machten den Tümpel undurchsichtig und das Wasser war braun. Tim blieb keine Wahl. Er kniete sich hin, schöpfte das Wasser mit den Händen und trank, bis er keinen Durst mehr verspürte.

Er rollte sich zur Seite und legte sich flach auf den Boden. Am hellblauen Himmel zogen Wolkenschlieren vorbei. Hoch oben hinterließ ein Flugzeug einen weißen Streifen, der sich langsam auflöste, wie Tims Gefühl für das Leben in der Zivilisation. Er würde so gern mit einer Person in dem Flieger tauschen. Er würde seine Angst vor der Enge überwinden, denn der Gedanke, bald frei zu sein, würde ihn beflügeln. Es war egal, wie vermögend diese Person war. Hauptsache niemand, der einen anderen Menschen auf dem Gewissen hatte. Er würde sogar mit den Stewardessen tauschen. Wie wäre es, eine Frau zu sein? Diese Frage hatte er sich als Kind öfter gestellt. Mit Nicole hatte er mal rumgesponnen, wie es wäre, wenn sie die Rollen tauschen könnten. Wie wäre es, wenn er eine seiner Ex-Freundinnen gewesen wäre? Hätte er sich genauso verhalten wie Svenja? Was hätte er als Marina gemacht, als er sie beim Festival stehen gelassen hatte? Und Vanessa? Wie hätte er reagiert, wenn er schwanger gewesen wäre?

Unwillkürlich fasste er sich an den Bauch. Er musste sich eingestehen, dass er keine Ahnung hatte, wie die Frauen sich gefühlt hatten. Die Bindung zu Svenja hatte er gespürt und gedacht, er könnte ihr die ungesagten Wünsche erfüllen. Aber die Wünsche der anderen hatten ihn noch nicht mal interessiert. Sie mussten sich miserabel gefühlt haben. Wieso hatte er das nicht früher erkannt?

Am Rand des Horizonts bildete sich ein roter Streifen, das Blau verfärbte sich grau. Er musste unbedingt einen Unterschlupf bauen. Er stützte sich hoch und lief los. Er bemerkte ein Grummeln im Bauch. Hoffentlich war es kein Fehler gewesen, das Wasser aus dem Tümpel zu trinken.

Kapitel 17

Miriam setzte sich mit einem Kaffee und dem Müsli an den Küchentisch und surfte im Internet. Der Wetterbericht kündigte für heute den bisher wärmsten Tag des Jahres an, über dreiunddreißig Grad – und das Ende Mai. Sie sah nach, ob es neue Artikel über den Mord gab. Eine Zeitung schrieb in einer Überschrift: »Polizei versagt bei Mördersuche«. Der Journalist konnte keine neuen Fakten aufweisen, sondern machte bloß die Arbeit der Polizei schlecht.

Miriam klickte die Seite weg. Was, wenn sie Pausch oder Volkmann die Täterschaft nachweisen konnten und Tim immer noch verschwunden war? Lothar würde die Fahndung aufheben und die Medien würden den Erfolg der Öffentlichkeit mitteilen. Würde diese Information bei Tim ankommen? Würde er zurückkommen?

Ihr Handy signalisierte eine eingehende Nachricht. *Ich brauche Geld. Kannst du mir was leihen? Küsschen, Denise.* Sollte sie jetzt ihre Sucht finanzieren?

Miriam wählte die Nummer ihrer Schwester. Nach dem ersten Klingeln ging sie ran.

»Schön, dass du dich so schnell meldest.« Die alte Denise, die sich bei ihr einschleimte, war zurück.

»Wie geht es dir?«, fragte Miriam.

»Ehrlich gesagt nicht so gut. Mein Chef hat mich wegen der Geschichte rausgeschmissen. So ein Assi, jeder seiner Angestellten nimmt Drogen und jetzt macht er so einen Aufstand. Mit einer Süchtigen will er nichts zu tun haben. Der spinnt doch.«

Wie, jede von den Angestellten nimmt Drogen?, schrie sie in Gedanken, aber sie biss sich auf die Zunge. Wenigstens war es ein Erfolg, dass Denise sich nicht mehr vor fremden Männern ausziehen würde.

»Soll ich dir bei der Jobsuche helfen? Vielleicht findest du eine neue Ausbildungsstelle.«

»So ein Quatsch. Ich mach doch nicht noch einmal so einen Scheiß.«

Miriam schloss die Augen und strich sich über die Stirn. Wo sollte das nur enden? »Und was willst du stattdessen machen?«

»Ich sehe mich nach einem anderen Club um.«

»Was? Du könntest zum Beispiel im Supermarkt arbeiten.«

»Da gibt es kein Trinkgeld«, sagte sie empört.

»Wie wäre es mit einer Servicestelle in der Gastronomie? Da bekommst du Trinkgeld.«

»Eine Kneipe vielleicht. Ja, wieso nicht? Danke für den Tipp.«

Miriam unterdrückte ein Seufzen. Eine Kneipe war nicht das, was sie vorschlagen wollte, aber besser als ein Stripclub.

»Leihst du mir nun Geld?«, fuhr Denise fort.

»Wie viel brauchst du und wofür?«

»Siebenhundert Euro. Ich muss die Miete bezahlen.«

Miriam schluckte. Der Umzug war teuer gewesen, so viel hatte sie nicht übrig. Dafür müsste sie ihr Konto überziehen, was sie nie tat. »So viel habe ich nicht. Und warum zahlst du die Miete alleine? Was ist mit Kevin?«

Denise druckste herum, wollte nicht mit der Sprache herausrücken.

»Wenn du mir nicht ehrlich sagst, was los ist, bekommst du keinen Cent.«

Ihre Schwester seufzte. »Man hat ihm gestern Nacht sein Dope abgeknöpft und nun schuldet er Justus die Kohle dafür.«

»Wie viel?«, fragte Miriam genervt.

»Wie viel er ihm schuldet? Also insgesamt … ich glaube, es ist besser, wenn du es nicht weißt.«

»Merkst du eigentlich nicht, dass er einen schlechten Einfluss auf dich hat?«

»Kevin hat mir das Leben gerettet«, konterte Denise trotzig.

Miriams Kehle brannte, ihr stiegen Tränen in die Augen. So gern wollte sie ihrer Schwester helfen, aber sie hatte keine Ahnung, wie sie das anstellen sollte. Mit einer Finanzspritze würde sie nur das Gegenteil bewirken.

»Ich habe das Geld nicht«, sagte Miriam wahrheitsgemäß. »Aber wenn du willst, kannst du erst mal bei mir einziehen.«

»Ich will aber nicht bei dir einziehen.«

»Dann helfe ich dir, einen neuen Job zu finden.«

»Ich brauche das Geld bis morgen. Der Vermieter wartet schon darauf.«

»Seid ihr etwa in Verzug? Es ist doch nicht der Erste des Monats.« Anscheinend war das Geld doch für etwas anderes bestimmt.

»Wir hätten am Fünfzehnten bereits bezahlen müssen.«

Ob das stimmte, konnte Miriam nicht nachprüfen. Sie fuhr sich durch die Haare, packte fest zu und zog an ihnen, bis die Kopfhaut schmerzte. Auch wenn es ihr leidtat, wollte sie keine Drogensucht finanzieren.

»Es tut mir leid, Denise. Ich kann dir das Geld nicht geben. Falls du doch zu mir ziehen willst, melde dich bei mir.« Dann legte sie ohne eine Verabschiedung auf, weil ansonsten ihre Stimme gebrochen wäre.

Tränen quollen aus ihren Augen und sie verfiel in einen Weinkrampf. Nachdem sie sich beruhigt hatte, machte sie sich fertig und fuhr zur Arbeit.

Oliver saß schon am Schreibtisch. Er brummte ein: »Guten Morgen«, hatte Augenringe und sich nicht rasiert. Das schien ja ein vielversprechender Tag zu werden.

***

Sein Magen krampfte. Tim krabbelte aus dem Unterschlupf und übergab sich. Substanzlose Flüssigkeit verließ seinen Körper, er spuckte aus, hasste den Moment, den Geschmack. Er fühlte sich kraftlos wie beim Anflug einer Grippe, die Beine weich wie Pudding, der Kopf zu keinem klaren Gedanken fähig.

In der Nacht hatte er so schlecht geschlafen wie lange nicht mehr. Er hätte das Wasser nicht trinken dürfen. Mit einem Grasbüschel wischte er den Mund ab und lehnte sich an einen Baum. Die Arme um den Bauch geschlungen, übergab er sich dem Zittern seines Körpers. Ekel und Schlechtsein erfüllten seinen Leib, stiegen die Kehle hinauf bis in den Mund. Ein Schmerz dröhnte hinter der Schädeldecke. Er schlug sich mit dem Handballen gegen die Stirn, doch der Schmerz blieb.

Tim ließ den Kopf auf die Knie fallen. Er hatte sich Bakterien in den ausgelaugten Körper geholt. Wie sollte er jetzt noch überleben, ohne Rast und Ruhe? Er musste doch weiter, um die Fährte zu verwischen.

Oder war sowieso alles sinnlos? Es durfte nicht sinnlos sein. Er hatte es geschafft, dass die Polizei nicht auf ihre Ermittlungsarbeit vertraute, sondern die Bevölkerung um Hilfe bat. Das bedeutete, sie tappte auf der Stelle und er musste sie austricksen. Dafür musste er weiter, doch sein Körper weigerte sich. Er übergab sich erneut, legte sich hin und schloss die Augen.

Als er aufwachte, ging es ihm besser, auch wenn er noch nicht fit war und ihn Durst und Hunger quälten. Aber er fühlte sich in der Lage, den Unterschlupf auseinanderzubauen und weiterzugehen. Langsam zwar und jeder Schritt fühlte sich an wie das Erklimmen der Zugspitze, aber er kam vorwärts.

Vanessas leere Augen tauchten erneut vor ihm auf, das Messer, das Blut. Er konnte sie nicht zurückholen. Die Schuld würde er lebenslang mit sich herumtragen, als wäre eine schwere Metallkugel an seinen Knöchel festgekettet.

So in Gedanken versunken, bemerkte er den Weg erst, als er auf ihn stolperte. Er blickte nach links und rechts. Kein Spaziergänger war unterwegs. Sollte er es wagen, dem Weg zu folgen? Besser war es, keine Risiken mehr einzugehen.

Er stapfte in den Wald hinein und ging parallel zu dem Weg, verborgen im Gebüsch. Als ein verliebtes Paar vorbeischlenderte, versteckte er sich hinter einem Baum. Der Wanderweg wurde belebter, je weiter er ging. War es eine gute Idee gewesen, ihm zu folgen?

Aber er brauchte Essen und neues Wasser. Am Wegrand fand er einen Himbeerstrauch mit fetten Früchten. Tim konnte sein Glück kaum fassen, pflückte eine Beere und ließ sie in den Mund gleiten.

Mit geschlossenen Augen genoss er den süßen Geschmack. Wunderbar! So schmeckten Himbeeren. Es war ihm, als hätte er den Geschmack vergessen. Gierig riss er die restlichen Früchte ab und stopfte sie sich in den Mund. Sie schürten nur den Appetit, als dass sie den Hunger stillten. Egal. Sein Körper brauchte Vitamine und Nährstoffe. Sein Bauch schmerzte noch, hoffentlich konnte sein Magen mit den Beeren umgehen und würde nicht direkt den Rückwärtsgang einschalten.

Ein Motorenrauschen ließ ihn jäh herumfahren. Er duckte sich hinter den Strauch und beobachtete, wie ein Forstfahrzeug vorbeirumpelte. Wenn ein Auto durch den Wald fuhr, dann waren eine Straße und die Zivilisation nicht mehr weit. Tim zwang sich, weiterzugehen.

Tatsächlich kam er bald an eine asphaltierte Straße, an deren Rand stand ein Holzhaus mit einer Veranda und einem gut gepflegten Garten. Tim schluckte trocken. Sollte er es wagen? Nein, er konnte doch nicht stehlen, aber sein Magen befahl ihm etwas anderes.

Die Garage stand offen und war leer. War der Besitzer nicht zu Hause? Tim schlich sich zur Hinterseite. Gardinen verhinderten einen Blick ins Innere, die Fensterbänke waren vollgestellt mit Blumen, Kakteen und Tonfiguren. An das Haus grenzte ein Schuppen, dessen Holztür nicht stabil aussah. Draußen lagen mehrere Rohre, ein Gitter und eine dünne Eisenstange. Tim

nahm sie auf, zögerte einen Moment. Wohnungsein-
bruchsdiebstahl, Strafgesetzbuch Paragraf 244. Solche
Delikte waren ihm während seines Praktikums unter-
gekommen. Er war doch nicht einer dieser Kriminellen.

Sein Magen gab den Ausschlag: Tim steckte die
Stange zwischen Tür und Rahmen und hebelte sie aus
dem Schloss. Mit einem Knacken sprang sie auf. Tim
warf die Eisenstange auf den Boden und trat ein. Etwas
traf ihn am Kopf, erschrocken wich er zurück. War er
aufgeflogen? Er atmete tief durch. Nein, es war kein
Mensch, sondern eine Marionette, die hin- und her-
schwang.

Tim trat näher und wartete, bis sich seine Augen an
die Dunkelheit gewöhnt hatten. Von der Decke hingen
Clowns, Drachen und Hexen. Am anderen Ende stand
ein Basteltisch, vollgestellt mit Materialien, Nähzeug
und einer Klebepistole.

Dann fiel sein Blick auf das Regal an der Seite und es
gab für ihn kein Halten mehr. Er stürzte vor, öffnete
eine der vielen Marmeladengläser und aß das süße
Glibberzeug mit den bloßen Fingern. Köstlich. Er
könnte sich welche einstecken und mitnehmen. Am
besten wäre ein Beutel oder eine Tasche.

Er sah einen Spalt schimmernden Lichts hinter einem
Vorhang. Tim schlich sich heran, als fürchtete er dahinter das Tor zu einer Fabelwelt. Mit einem Ruck zog er
den Stoff zur Seite und ein Fenster kam zum Vorschein.
Es stand auf Kipp, führte ins Haus, das Glas sah dünn
aus. Sollte er einen weiteren Schritt wagen?

Im Inneren erkannte er das Wohnzimmer und die offene Küche, auf dem Herd standen Töpfe. Er stellte sich

vor, dass sie bis zum Rand mit einer schmackhaften Suppe gefüllt waren, dazu warmes Brot. Er blickte zurück zu der Tür, die er aufgebrochen hatte. Nun war er so weit gegangen, darauf kam es nicht mehr an. Er hatte sich eigentlich schon lange vor diesem Tag zu diesem Schritt entschieden. An dem Tag, als er sich auf die Flucht begeben hatte. Diebstahl – ein Aspekt, der zum Leben im Exil dazugehörte wie das Messer zu einem Outdoortrip.

Auf dem Tisch fand er einen Meterstab aus Holz und schlug damit die Scheibe ein. Es klirrte und das Glas zersprang. Er wartete mit klopfenden Herzen, doch es kam kein wütender Hausbesitzer aus einem Nachbarzimmer. Mit kurzen Stößen schlug er hängengebliebene Ecken heraus und kletterte ins Innere des Hauses. Jetzt musste er schnell handeln.

Der Geruch nach Fleisch und Rotkohl ließ ihm das Wasser im Mund zusammenlaufen. Die Einrichtung war gemütlich, ein Kamin in der Ecke, über dem Sessel ein Schaffell, in den Ecken hingen die gleichen Marionetten wie im Schuppen.

Mit vier großen Schritten stand er vor dem Herd und blickte in die Töpfe. Rouladen, Klöße und Rotkraut. Sein Geruchssinn hatte ihn nicht getäuscht. Er aß mit einem Löffel direkt aus den Töpfen und trank gierig das frische Leitungswasser. In den Schränken und im Kühlschrank fand er Obst, Käse, Wurst, Brot und Konserven. Tim suchte sich Proviant zusammen und sammelte es auf der Arbeitsplatte. Jetzt brauchte er nur noch einen Rucksack. Er sah sich um, doch hier im Wohnzimmer fand er nichts.

Er durchsuchte die Räume, fand einen Vorratsraum, in dem sich in Regalen Unmengen an Stoffen und Bastelutensilien stapelten. Der Nächste war das Schlafzimmer mit einem Ehebett, auf dem nur eine Seite mit Bettzeug belegt war. Tim riss die Schranktüren auf und fand Blusen, Hosenanzüge und T-Shirts. Frauenkleidung, die einer Dame der Generation seiner Oma zu gehören schienen. Hinter der nächsten Flügeltür noch mehr Frauenkleidung. Neben dem Schrank stand ein Umzugskarton. Tim öffnete ihn und fand Männerkleidung: Jeans, Shirts, Pullover. Alles ein paar Nummern zu groß, aber die Länge der Hosen passte und in einem passablen Stil.

Ihm kam eine unerhörte Idee. Er nahm sich Kleidung und verschwand ins Badezimmer. Grüne Kacheln im Stil der Siebzigerjahre, es war der schönste Anblick seit Langem.

Er riss sich die Kleidung vom Leib und stieg unter die Dusche. Auch wenn er erwartete, jeden Moment von der Hausbewohnerin überrascht zu werden, genoss er das warme Wasser auf seiner Haut. Das Shampoo war rosa und roch genauso, trotzdem war es eine Wohltat. Geschwind trocknete er sich ab und schlüpfte in die neuen Sachen. Im Waschbeckenunterschrank fand er Müllbeutel. Er riss einen ab und stopfte die alten Klamotten hinein und gab eine Seife dazu. Er würde sie in einem Gewässer waschen und wieder anziehen.

Im Flur an der Garderobe hing ein verwaschener Leinenrucksack. Er fand in der Küche einen Topf, Wasserflaschen und Streichhölzer. Jetzt musste er den dünnen Rucksack bequem packen. Nach unten steckte er zwei Wasserflaschen, danach kamen der Topf und zwei

Konserven Hühnersuppe. Die Streichhölzer steckte er sich in die Hosentasche. Eine Stimme ließ ihn jäh herumfahren.

»Was ist denn hier passiert?«, hörte er aus dem Schuppen.

Scheiße! Tim griff nach dem Rucksack und der Plastiktüte mit der Kleidung und stürmte zur Haustür. Er betete, dass sie nicht verschlossen war.

»Hey«, rief die Stimme lauter. Der Kerl musste den Kopf durch das zerschlagene Fenster gesteckt und ihn erblickt haben.

Tim drückte die Klinke runter und rüttelte an der Tür. Verschlossen.

***

»Wir tapsen auf der Stelle«, sagte Oliver und schlürfte an seinem Automatenkaffee.

»Was hältst du davon, wenn wir ins Krankenhaus fahren und Pausch einen Besuch abstatten?«, fragte Miriam. Auch wenn sie keine weißen Bettlaken mehr sehen konnte und den Geruch nach Desinfektion als Brechmittel empfand, war es immer noch besser, als sinnlos herumzusitzen.

Oliver stellte die Tasse ab und lehnte sich mit den Armen auf den Schreibtisch. »Eichner ist verschwunden. Er ist der Täter. Alles andere macht keinen Sinn.«

Miriam haute auf den Tisch. »Das stimmt nicht. Es ist nichts bewiesen.«

Oliver stand auf und sah sie wütend an. »Was ist los mit dir? Wieso willst du es nicht einsehen? Eichner ist der Täter. Ich wünschte Helmut wäre hier«, knallte er ihr entgegen, rauschte aus dem Büro und schlug die Tür hinter sich zu.

Der letzte Satz war wie ein Schlag ins Gesicht. Was war das nur für ein beschissener Tag? Und fragte mal jemand, wie es ihr ging?

Sie verabschiedete sich bei Lothar und erklärte ihm, dass sie kurz vor die Tür müsse, um den Kopf freizukriegen.

»Herrscht dicke Luft zwischen dir und Oliver?«, fragte ihr Chef. War ihr Kollege etwa auch hier gewesen?

»Wir sind heute beide nicht gut drauf.«

Er nickte. »Bleib nicht zu lange weg.«

Sie ging zum Rhein, setzte sich auf die Wiese unter einen Baum und beobachtete die vorbeifahrenden Schiffe. Wegfahren, das Weite sehen, Verantwortung abgeben. Vielleicht war Düsseldorf doch nicht ihre Stadt und sie musste woanders ihr Glück suchen. Tim war verschwunden und sie hatten keine Ahnung, wo er sich befand. Aber Pausch und Volkmann waren direkt vor ihrer Nase. Volkmann hatte bereitwillig die Speichelprobe abgegeben. Sie glaubte nicht, dass er der Täter war. Pausch hatte ein eindeutiges Motiv und eine Gelegenheit mit dem Schlüssel gehabt. Miriam nahm ihr Diensthandy und rief Patrick von der Kriminaltechnik an.

»Hast du schon ein Ergebnis für mich?«

Er lachte spöttisch. »Ich habe zwar versprochen, schnell zu sein, aber ich bin kein Düsenjet mit Überschallgeschwindigkeit. Ich melde mich.«

Sie bedankte sich und legte auf. Mit der DNA-Spur musste sie sich also gedulden. Was konnte sie noch tun? Pausch. Irgendjemand musste doch die Affäre mit Vanessa mitbekommen haben.

Miriam hatte eine Idee und ging zurück zum Präsidium. Sie stieg in ihr privates Auto und fuhr los. Sie wusste, dass sie gegen alle Vorschriften verstieß, aber es war ihr egal. Auch, dass Oliver sie vor Alleingängen gewarnt hatte. Nach dem Satz von eben konnte er sich ruhig ein bisschen Sorgen machen.

Miriam fuhr zu Pauschs Schule und parkte in einer Seitenstraße. Auf dem Schulhof tummelten sich die Schüler. Sie hielt nach Meiers Ausschau, konnte sie jedoch nirgends erblicken. Sie sah einen Lehrer zwischen den Schülern herumschlendern. Miriam steuerte auf ihn zu. Er trug einen grauen Spitzbart, eine runde Brille und eine braune Weste über einem weißen Hemd. Wenn er keine starke Persönlichkeit hatte, war er sicher ein Gespött für die Schüler.

Miriam stellte sich vor und zeigte ihm den Dienstausweis. »Kennen Sie Mario Pausch näher?«, fragte sie.

»Können Sie *näher* definieren?«

Oje. Ein Korinthenkacker. »Ich meine privat.«

Er schüttelte den Kopf. »Da fragen Sie im Lehrerzimmer nach Herrn Fröhlich.«

Sie ließ sich von dem Lehrer den Weg ins Lehrerzimmer erklären und begab sich dorthin. Herr Fröhlich kam mit einem Apfel heraus. Er erinnerte sie an Orlando Bloom, als er die Haare noch lang getragen hatte. Er hatte den gleichen Schnurr- und Spitzbart. Schon allein vom Typ her passte er gut zu Pausch.

Sie erklärte ihm, weswegen sie hier war und zeigte ihm den Dienstausweis.

»Unfassbar, was mit Vanessa passiert ist«, sagte er und seine Augen wurden trüb.

»Kannten Sie Vanessa gut?«

Er schüttelte den Kopf. »Nein. Ich habe sie nicht unterrichtet.«

»Können wir uns irgendwo vertraulich unterhalten?«, bat sie.

»Folgen Sie mir.« Er führte sie in einen Klassenraum und schloss die Tür hinter sich. Etwas, das er mit einer Schülerin nicht machen durfte. Wie wurde das in dieser Schule gehandhabt?

»Wie gut kennen Sie Pausch?«, fragte sie.

»Ziemlich gut. Wir spielen zusammen Tennis.«

»Ist das Kind bereits gekommen?«, fragte sie mit einem Lächeln.

Er strahlte. »Ja, ein Mädchen. Sie heißt Maja.«

»Wunderbar«, sagte sie und hoffte, Vertrauen gewonnen zu haben. »Ich möchte Ihnen eine sehr private Frage stellen und bitte Sie, es für sich zu behalten. Kann ich mich darauf verlassen?«

Er nickte. »Natürlich.« Hoffentlich war die Freundschaft zwischen ihnen groß genug, dass er sich daran hielt. Falls sie mit ihrer Vermutung falsch lag, wollte sie Pausch nicht denunzieren.

»Wir sind uns absolut nicht sicher, deswegen frage ich Sie«, begann Miriam. »Aber wir haben die Vermutung, dass er eine Affäre mit Vanessa hatte. Können Sie was dazu sagen? Wissen Sie etwas davon?«

Er setzte sich auf eine Tischkante und senkte den Kopf. »Ich habe ihn eindringlich davor gewarnt.«

Innerlich machte sie einen Freudensprung. Das war die Spur, die sie brauchte. Pausch hatte gelogen. Er hatte ein Motiv. Vanessa konnte das Gleiche mit ihm abgezogen haben wie mit Tim. Vielleicht hatte sie keine Nachricht geschrieben, sondern angerufen. Das würde die Telefonate erklären.

»Wie lange ging das schon?«, fragte sie.

»Ein paar Wochen. Sie haben sich zweimal getroffen, glaube ich. Er wollte es beenden. Wegen seiner Frau.« Herr Fröhlich sah auf. »Ich habe ihm gesagt, dass es irrsinnig ist und irgendwann auffliegen wird.«

»Könnten Sie sich vorstellen, dass Ihr Freund Vanessa getötet hat, um seine Ehe zu schützen?«

»Getötet?« Seine Augen weiteten sich. »Nein, das würde er nicht tun.«

Sie nickte. Natürlich konnte sich der Freund die Abgründe nicht vorstellen.

»Würden Sie bitte heute Nachmittag aufs Präsidium kommen, um die Aussage zu Protokoll zu geben.«

Herr Fröhlich stockte. Er hatte gerade seinen Freund verraten. Ein Protokoll hatte eine andere Bedeutung, als ein kurzer Plausch mit der Kriminalkommissarin.

»Keine Sorge. Wenn es nicht nötig ist, wird Herr Pausch nichts von Ihrer Aussage erfahren.«

Die Gesichtszüge von Herrn Fröhlich entspannten sich etwas.

Ihr Diensthandy läutete. Oliver. »Wo steckst du?«, fragte er barsch.

»Ich habe ein Geschenk für dich.« Hoffentlich würde er es als ein solches annehmen.

***

Tim rüttelte an der Klinke. Die Tür wackelte im Rahmen, aber ließ sich nicht öffnen. Mist.

»Hey, was machen Sie da?«, rief die Stimme hinter ihm.

Sein Herz wollte aus seinem Brustkorb ausbrechen. Wo war der Schlüssel oder sollte er durchs Fenster? Seine Gedanken überschlugen sich. Glas klirrte hinter ihm, jetzt musste es schnell gehen.

Tim zwang sich, sich nicht umzudrehen. Sein Überraschungsgast durfte sein Gesicht nicht sehen, das war die einzige Chance, dass die Polizei keinen Zusammenhang zu ihm herstellen würde. Er suchte die Wände nach einem Schlüsselkasten ab, sah jedoch keinen. Neben der Tür stand ein Schuhschrank. Tim riss die oberste Schublade auf und fand Taschentücher, Brillenputztücher, Handschuhe und ein kleines Kästchen. Er öffnete es und dort drin befand sich seine Rettung: mehrere Schlüssel. Er griff nach dem Erstbesten und versuchte, ihn ins Schloss zu stecken. Stöhnen hinter ihm. Der Typ quälte sich wohl durch die Fensteröffnung. Tim nahm den nächsten Schlüssel. Er passte! Geschwind schloss er auf, riss die Tür auf und spurtete los.

In der Einfahrt parkte der Bulli eines Garten- und Landschaftsbauers. Tim lief zurück in den Wald, Äste schlugen ihm ins Gesicht, als das Gestrüpp dichter wurde. Vögel hießen ihn mit ihrem Gezwitscher willkommen. Nach mehreren hundert Metern ließ er sich auf einem Baumstamm nieder, um zu Luft zu kommen. Scheiße – und schon wieder durchgeschwitzt.

Der Geruch der blühenden Natur lag in der Luft, es würde ein warmer Tag werden. Er zog sich den Pullover über den Kopf und schlang ihn sich um die Hüfte, doch auch im T-Shirt war ihm noch zu warm. Weit entfernt hupte ein Auto. Er war noch zu nah an der Zivilisation.

Nach einer kurzen Verschnaufpause lief er weiter. Seine Beine schmerzten, seine Lunge brannte, aber er gönnte sich keine Pause. Er war gestärkt und musste verschwinden.

So fühlte sich Flucht an. Darauf hatte er sich eingelassen, als er sich entschieden hatte, in die Wildnis zu gehen. Und den Grundstein dafür hatte er gelegt, als er sich einen Tag zuvor von Vanessa hatte reizen lassen und ihr ein Messer in den Bauch gerammt hatte. Nein, eigentlich hatte die Flucht schon früher begonnen. Svenjas mitleidige und traurige Augen am Vortag ihrer geplanten Hochzeit waren der Auslöser gewesen. Das Wort »Nein«, das sich in sein Herz geritzt und ihm das Gefühl der Verlorenheit implantiert hatte, war der Initialzünder seiner neuen Lebensweise gewesen.

Marina, Julia, Lisa, Franzi, Kim, Jana, Giorgia und wie sie alle hießen. An manche Namen konnte er sich nicht einmal mehr erinnern. Er hatte sie ins Bett gelockt und sich danach nicht mehr für sie interessiert. Giorgia, die Italienerin mit den schwarzen Locken, war besonders wild gewesen. Lustig und lebensfroh. Sie hatten sich bei Gericht kennengelernt. Sie war eine Studentin gewesen, die sich den Prozess hatte ansehen wollen. Eigentlich hatte er sich geschworen, Berufliches und Privates zu trennen, aber bei ihr war er schwach geworden. Und sie hatte es ihm so leicht gemacht. Sie hatte ihm ihre Telefonnummer zugesteckt und ihm zugeflüstert, dass sie sich über einen Anruf freuen würde.

Am nächsten Tag waren sie bei seinem Stammitaliener essen gewesen und anschließend war sie mit zu ihm gekommen. Sie hatte ein schulterfreies Oberteil getragen, das den Blick auf ihr Schmetterlingstattoo freigegeben hatte. Sie hatte ihm von der Enttäuschung mit ihrem Ex erzählt und Tim hatte das erste Mal mit einer Frau über Svenja gesprochen. Kurz nur – aber genug. Er hatte erklärt, dass er seitdem nicht mehr auf der Suche nach etwas Festem war.

»Bei mir ist es genauso«, hatte sie mit einem atemberaubenden Augenaufschlag beteuert. Ihr Fuß hatte wie zufällig sein Bein berührt. Sie hatten Wein getrunken und eine Komödie geschaut, bevor sie ihre Zweisamkeit ins Schlafzimmer verlegt hatten.

Am folgenden Tag war sie verschwunden, bevor er aufgewacht war. Das war das einzige Mal passiert. Erleichtert und beschwingt hatte er mit einem Kaffee in den Tag gestartet. Und dann war da dieser Anruf gewesen. Sie hätte ihre Kette auf dem Nachtisch liegen gelassen. Ob sie noch mal vorbeikommen könnte. Natürlich konnte sie. Und sie kam. Am nächsten Abend und sie blieb, ließ sich nicht mehr nach Hause schicken. Am nächsten Morgen hatte sie ihren Arm um ihn geschlungen, als er aufgewacht war. Zu nah. Zu brenzlig. Er hatte ihr beim Frühstück klargemacht, dass es das letzte Treffen gewesen war. Sie konnte es nicht begreifen.

»Es passt doch so gut. Sollen wir es nicht wenigstens versuchen?«

Er hatte es nicht fassen können. »Hattest du nicht gesagt, du suchst nichts Festes?«

Giorgia hatte rumgedruckst. Alle Frauen waren gleich! Sie waren mit einer Nacht nicht zufrieden, aber er hatte sich auf keine von ihnen einlassen können. Hätte er es mal getan, hätte er seine innere Flucht früher beendet, dann hätte er Vanessa nicht kennengelernt und würde heute in seiner Kanzlei oder bei Gericht sitzen und den Alltagsgeschäften nachgehen. Es gäbe keine Sorge um Wasser, Nahrung und Witterungsverhältnisse. Er würde sich auf den Abend freuen, an dem er mit seiner Freundin – oder sogar seiner Frau – ausgehen konnte. Vielleicht würden sie gemeinsam Spaghetti Bolognese kochen und sich danach bei einem Glas Wein einen Film im Fernsehen anschauen. Sie würde seine Hand streicheln und ihm sagen, wie gern sie ihn hätte.

Tims Hand zuckte zurück, als die Liebkosung wie ein Echo einer anderen Wirklichkeit zu ihm wehte. Er beugte sich zu seiner Frau hinüber, strich ihr durch die lockigen Haare und küsste ihre zarten Lippen. Und dann schob sich ein Gesicht unter den Lockenkopf: Miriams. Ihr hatte er nicht zu nahe kommen wollen und gleichzeitig hatte er sich nach ihrer zukünftigen Vertrautheit gesehnt. Wo war sie in diesem Moment? Hatte sie ihn beim Training der A-Jugend vermisst oder war sie froh, das Team nun allein anleiten zu können?

Kapitel 18

Oliver saß in der Kantine und löffelte eine Suppe. Miriam holte sich die Gemüselasagne und setzte sich dazu.

»Wo warst du?«, fragte er vorwurfsvoll.

Sie atmete tief durch. Ihm würde ihr Alleingang nicht gefallen. Und sie hasste es, im Schatten seines verstorbenen Partners zu stehen. Sollte sie ihn darauf ansprechen?

»Ich brauchte frische Luft, um wieder klare Gedanken fassen zu können«, sagte sie ausweichend. Es war nicht das, was sie sagen wollte, aber sie sollte Rücksicht nehmen. Sein Verlust saß noch tief. Und auch am Wochenende hatte er sich nicht erholen können.

»Du hast wieder Stress mit deiner Frau, oder?«

Er seufzte, ließ den Löffel sinken und wischte sich mit der Serviette den Mund ab. »Hör mal. Es tut mir leid, dass ich dich so angefahren habe. Meine Nerven liegen blank. Du hast recht. Meine Frau hat gestern ihre Sachen gepackt und ist mit Samira zu ihrer Mutter gefahren. Sie will sich scheiden lassen.«

»Oh! Das tut mir leid. Geht es um deinen Job?«, fragte sie vorsichtig.

»Nicht nur«, sagte er und sah aus dem Fenster.

Sie aß die Lasagne auf und gab ihm Zeit, seinen Gedanken nachzuhängen.

»Also. Was hast du für ein Geschenk?«, fragte er wieder geschäftsmäßig.

»Das, was ich dir erzählen werde, wird dir nicht gefallen.«

Oliver hob eine Augenbraue. »Was kommt jetzt?«

»Ich war in Pauschs Schule und habe mit einem Kollegen gesprochen.«

Olivers Kiefer mahlten, er gab jedoch keine Erwiderung.

»Mit einem Herrn Fröhlich, der mit dem Tatverdächtigen Tennis spielt. Er hat mir bestätigt, dass Mario Pausch eine Affäre mit Vanessa hatte.«

»Puh.« Oliver legte die Arme auf den Tisch. »Vielleicht hast du recht und Eichner war nicht der Täter. Was ist eigentlich mit der Frau von Pausch? Wenn der Kollege Bescheid wusste, vielleicht sie auch.«

»Du meinst ...« Ihre Gedanken wurden durch das Klingeln von Olivers Diensthandy unterbrochen. Er ging ran und hörte stumm zu, seine Augen weiteten sich.

»Das sind tolle Neuigkeiten. Wir kommen hoch«, sagte er, beendete das Gespräch und erhob sich.

»Was ist?«, fragte Miriam.

»Wir haben eine neue Spur von Eichner.«

***

Tim lag mit nacktem Oberkörper ausgestreckt auf der Erde und beobachtete das tanzende Blätterdach. Ein Eichhörnchen huschte den Stamm hinauf, blieb immer wieder stehen, als ob es ihn im Visier behielt, und verschwand dann in der Baumkrone. Ein zweites hüpfte keine zwei Meter neben seinem Kopf her, kletterte den gleichen Baum hinauf und jagte das Erste.

Tim musste schmunzeln. Ein Liebespaar beim Fangenspielen. Neben ihm plätscherte der Bach, in den Ästen einer Birke hingen seine frisch gewaschenen

Sachen. Das Feuer, auf dem er die Hühnersuppe gekocht hatte, hatte er mit Wasser gelöscht.

Es war zu warm, bestimmt kratzte das Thermometer an den dreißig Grad. Ein milder Windzug kitzelte seine Brust. Hier ließen sich die Temperaturen aushalten. Vielleicht würde er doch noch im Wald zurechtkommen. Er musste nur das Nahrungsproblem in den Griff bekommen, könnte Käfer und Insekten als Nahrungsquelle in Betracht ziehen, musste dazu nur seinen Ekel überwinden. Vielleicht ließe sich aus den Krabbeltieren eine Suppe kochen und im Herbst würde das Angebot noch üppiger werden. Dann würden Pilze wachsen und die Brombeeren reif sein.

Sein Blick fiel auf die Brennnesselpflanzen am Bach. Im Ratgeber hatte er gelesen, dass sich daraus Garn herstellen ließ. Er könnte ein Netz flechten und sich mit den biegsamen Stöcken einen Kescher basteln, um Fische zu fangen. Oder er könnte sich Pfeil und Bogen bauen und Kleintiere jagen. Das Schießen würde er üben müssen, aber er hatte Zeit.

Er lächelte. Das war eine viel bessere Idee, als irgendwo einzubrechen und Essen zu stehlen. Er musste zur Natur zurückkehren und das nehmen, was ihm der Wald bot.

Beschwingt zog er sich aus. Einen Moment genoss er mit geschlossenen Augen das kribbelnde Gefühl auf seinem Gesicht, das die Sonnenstrahlen erzeugten. Das Leben konnte so schön sein und er würde es nicht im Gefängnis verbringen. Er musste lernen, es wieder zu genießen.

Langsam watete er über das Steinbett ins Wasser und war überrascht, wie kalt es war. Es sprudelte, drehte

Kreise und zwängte sich durch eine Öffnung zwischen Baumstämmen, um sich darunter in einem kleinen Becken zu sammeln. Er stieg hinein und sank knietief ein. Seine Haut kribbelte vor Kälte, aber es belebte ihn. Er hatte all dies mit Markus zusammen erleben wollen und mit einer Truppe Outdoor-Fanatikern. Mit ihnen hätte er die Natur niemals so pur und intensiv erlebt wie jetzt. Back to the roots. Früher hatten die Menschen auch im Wald gelebt, warum sollte er es nicht schaffen?

Tim zählte bis drei, dann ließ er sich ins Wasser sinken. Eiseskälte umspülte seinen Körper und drang zwischen seine Haare. Er lebte und war frei, mehr brauchte er nicht.

***

»Wieso hat sich LKW-Fahrer erst so spät gemeldet?«, fluchte Lothar.

Sie saßen zusammen im Besprechungsraum. Heiko Miczka hatte gestern Tim Eichner in der Nähe von Olsberg aufgelesen und mitgenommen. Bei einer Tankstelle in der Nähe von Winterberg war Eichner geflüchtet. Das war zwanzig Stunden her. Zu spät für eine Ringfahndung, trotzdem hatte Lothar einen Hubschrauber losgeschickt, der die Umgebung absuchen sollte.

Der Fahrer wurde von den örtlichen Kollegen vernommen.

Tim hatte seine Sachen in der Fahrerkabine liegen lassen, die sollten gleich im Präsidium eintreffen. Dadurch erhofften sie sich neue Erkenntnisse. Was machte Tim nur ohne seine Ausrüstung?

War er so Outdoor erfahren, dass er ohne überleben konnte? Das glaubte sie nicht, warum sonst sollte er sich unter Leute gewagt haben? Damit hatte er nur das Risiko auf sich genommen, entdeckt zu werden.

Ein kalter Schauer lief ihr den Rücken hinunter, sie konnte seine Not förmlich spüren. Allein, ohne sanitäre Anlage, ohne Nahrung. Und nachts im Wald schlafen … das stellte sie sich schrecklich vor. Sie hasste es schon, im Wald zu joggen, wenn es dämmerte. Sie hatte sich einmal mit der Uhrzeit verschätzt, war falsch abgebogen und eine längere Strecke gelaufen, so dass der Wald bereits in ein diffuses Schemenlicht getaucht war. Sie hatte ihren Schritt beschleunigt und sich immer wieder umgesehen, ob sie jemand verfolgte. Direkt vor ihrer Nase war ein Reh über den Weg gesprungen, als hätte es keinerlei Angst vor ihr gehabt und ihr zeigen wollen, dass sie um diese Zeit hier nichts zu suchen hatte. Aber im Wald schlafen? Nein. So einen Horrortrip würde sie sich ersparen.

»Jetzt wissen wir zumindest, dass er sich noch in Deutschland aufhält und im Wald herumstreunt«, sagte Oliver.

»Er wird leichtsinnig«, sagte Felix. »Bald haben wir ihn.«

Als seine Sachen ankamen, untersuchten sie sie zusammen mit einem Kriminaltechniker. Neben Taschen mit Nahrungsmitteln hatten sie einen verdreckten Wanderrucksack vor sich. Darin befanden sich eine Taschenlampe, ein Feuerzeug, Socken, Schnürsenkel, ein Seil, ein Topf und eine Regenjacke, die an vielen Stellen mit Dreck überzogen war.

»Die Sachen geben uns keine neuen Erkenntnisse«, sagte Miriam.

»Oh doch«, widersprach Lothar. »Wir wissen, dass er sich im Wald durchzuschlagen versucht. Wir werden allen Förstern im Sauerland Bescheid geben, dass sie die Augen offen halten sollen.«

Die Tür ging auf und Patrick kam herein. »Miriam, kann ich dich kurz sprechen?«

»Was gibt es denn?«, fragte Lothar.

Patrick sah sie fragend und entschuldigend an. Sie nickte ihm zu. Sie musste es jetzt wissen und die Sache mit den Haaren wäre sowieso herausgekommen.

»Ich habe Neuigkeiten.«

»Und?« Miriams Herz klopfte. Er hatte sein Versprechen eingelöst und war persönlich zum Labor gefahren.

»Die zweite DNA-Spur auf Marks' Leiche ist von Mario Pausch.«

»Seit wann haben wir seine Speichelprobe und warum weiß ich nichts davon?«, fragte Lothar streng.

Patrick deutete mit seinem Blick auf Miriam und dann wurde sie von allen erwartungsvoll angestarrt.

»Eins ist sicher: Wir müssen Pausch noch mal vernehmen. Ob er gerade ein Kind bekommen hat oder nicht«, versuchte sie sich zu verteidigen.

»Das ist nicht die Antwort auf meine Frage«, sagte Lothar. »Wir beide gehen mal in mein Büro.«

Sie schluckte, folgte ihm. Hatte sie endgültig ihren Job aufs Spiel gesetzt? Sie hoffte es nicht. Und doch hatte sie das Gefühl, genau das Richtige getan zu haben.

»Also. Wo hast du die DNA-Probe von Mario Pausch her?«, sagte er, als er die Tür hinter sich geschlossen hatte.

»Oliver und ich haben mit Frau Pausch gesprochen. Ich bin auf Toilette gegangen und habe diesen Kamm gesehen. Diese Gelegenheit konnte ich nicht ungenutzt lassen und habe Haare und Hautschuppen gesichert.« Dass sie sich extra in die obere Etage geschlichen hatte, musste sie ihm nicht auf die Nase binden.

»Du weißt, dass das vor Gericht keinen Bestand hat. Du kannst dir nicht mal sicher sein, ob es seine Haare waren, die du eingesammelt hast. Vielleicht waren es die seiner Frau.«

Miriam schüttelte den Kopf. »Die konnte man deutlich voneinander unterscheiden.«

Er lachte empört auf. »Miriam. Du bringst die Arbeit des ganzen Teams in Gefahr. Ist dir das eigentlich bewusst?«

»Wieso? Wir wissen jetzt, dass wir Pausch auf den Zahn fühlen müssen. Außerdem war er noch nicht zur Unterschrift da. Und dann muss er eine Speichelprobe abgeben und wir machen den Test noch mal. Dieser wird vor Gericht bestehen.«

Lothar ließ sich auf seinen Schreibtischstuhl fallen. »Du hast echt Nerven. Also gut. Ich lass dir das durchgehen. Aber wenn du wieder so etwas abziehst, regnet es die erste Abmahnung.«

Das klang nicht gut. Sie durfte sich also keine Fehler mehr leisten. Das hieß Dienst nach Vorschrift.

»Und wir konzentrieren uns auf Eichner.«

Sie ballte die Hand. Das durfte doch nicht wahr sein. »Was meinst du, was die neue Erkenntnis zu bedeuten hat?«, fragte Miriam empört. »Er könnte ebenfalls der Mörder sein.«

»Vielleicht sind sich Marks und Pausch kurz zuvor begegnet. Und du vergisst Eichners Fingerabdrücke auf der Tatwaffe.«

»Gut. Das ist eine Sache. Aber bei Eichner müssen wir darauf warten, dass ihn wieder jemand erkennt. Pausch muss endlich ins Präsidium zur erneuten Vernehmung kommen.«

Lothar nickte.

»Habe ich deinen Segen, dass Oliver und ich uns auf den Weg machen, um Pausch ins Präsidium zu bringen?«

»Den hast du.« Er holte Luft, wollte noch etwas hinzufügen, doch sie wandte sich um und ging zur Tür. »Danke«, rief sie und verließ das Büro. Sie wollte nicht mehr hören. Sie mussten mit Pausch reden. Vielleicht würde er sich in Widersprüche verwickeln oder sich verraten, wenn sie die richtigen Fragen stellten. Als sie zurück in ihr Büro kam, musste sie sich den Anschuldigungen von Oliver stellen.

»Habe ich dir nicht gesagt, du sollst die DNA-Probe von Pausch vernichten?«

»Du kannst mir deine Vorwürfe später an den Kopf werfen, jetzt fahren wir erst mal zu dem Zeugen.«

Oliver sah sie irritiert an. »Und du weißt, wo er sich aufhält?«

Sie suchte an ihrem PC die Nummer des nächstgelegenen Krankenhauses mit Entbindungsstation heraus und rief an. Sie fragte am Empfang, ob Frau Pausch bei ihnen liegen würde, und landete direkt einen Treffer. Sie legte auf. »Auf geht's ins Marien Hospital.«

Auf der Fahrt zum Krankenhaus war Oliver ungewöhnlich schweigsam. Erst als sie auf den Parkplatz fuhren, fand er seine Stimme wieder. »Ich finde es nicht gut, dass du auf eigene Faust ermittelst und mich nicht mitnimmst.«

»Und ich finde es nicht gut, immer im Schatten deines verstorbenen Partners zu stehen.« Scheiße. Sie schloss die Augen. Hatte sie das wirklich gesagt? Sie hatte ihm doch Zeit geben und Rücksicht nehmen wollen.

Oliver seufzte. »Ich weiß.«

Sie parkte. Kam noch etwas? Er schien mit sich zu ringen. Miriam wartete drei Sekunden, dann öffnete sie die Tür und stieg aus. Oliver folgte ihr und sie gingen schweigend zum Eingang. An der Information teilte ihnen eine Frau in den Fünfzigern gelangweilt die Zimmernummer mit.

Das Patientenzimmer teilten sich drei frischgebackene Mütter. Ihnen schlug warme und abgestandene Luft entgegen. Wie konnte man es hier nur aushalten? Im ersten Bett lag eine junge Mutter, die vielleicht gerade mal die Volljährigkeit erreicht hatte. Eine ältere Frau, wahrscheinlich die Mutter, saß am Bett und hielt das Neugeborene in den Armen. Am zweiten Bett standen fünf südländisch aussehende Besucher mit zwei Kindern. Und am hinteren Bett, so erkannten sie erst, als sie das halbe Zimmer durchschritten hatte, lag Frau Pausch mit ihrem Baby im Arm. Auf der Bettkante saß Herr Pausch und strich seiner Tochter über das Köpfchen.

Erschrocken sprang er auf, als er sie erblickte. In seinem Blick meinte Miriam, kurz Angst aufblitzen zu sehen, doch dann setzte er ein Strahlen auf.

»Wie schön von Ihnen, vorbeizuschauen. Ich habe gehört, dass Sie dabei waren, als die Fruchtblase geplatzt ist.« Er kam auf sie zu und reichte ihnen beiden die Hand. Er war ein stolzer Papa. War er auch ein Mörder?

»Wir haben Sie auf dem Präsidium vermisst«, sagte Oliver scharf.

»Ich bin heute Morgen um drei Minuten nach Mitternacht Vater geworden. Verzeihen Sie meine Kopflosigkeit.« Er lächelte breit.

»Das verstehen wir «, sagte Miriam. »Aber wir haben vorher schon einige Tage darauf gewartet, dass Sie Ihre Aussage unterschreiben. Nun können wir es nicht mehr aufschieben.«

»Wieso?«, fragte er und breitete er die Arme aus.

»Möchten Sie das wirklich hier besprechen?«, fragte Miriam und wies auf die Besucher am Nachbarbett, die interessiert herüberschauten.

»Ich habe nichts zu verbergen.«

»Ja, reden Sie nur«, sagte ein stabiler Mann, dem das Anzugsjackett zu groß war und der die Krawatte zu kurz gebunden hatte. Seine grauen Haare waren schuppig, die Brille saß schief auf der Nase. »Ich bin Journalist und immer an guten Geschichten interessiert.«

Pausch sah skeptisch zu dem Typen hinüber, dann wandte er sich an seine Frau. »Schaffst du das alleine? Ich werde mit den Beamten mitfahren und dieses Missverständnis endlich aus der Welt schaffen.«

Frau Pausch nickte. »Bitte beeil dich.«

Der Verdächtige küsste seine Frau und seine Tochter liebevoll auf die Stirn, bevor er ihnen folgte.

»Warum ist es eigentlich so dringend?«, fragte er, als sie im Auto saßen.

»Wir brauchen eine Speichelprobe für die DNA-Überprüfung«, sagte Miriam und beobachtete Pauschs Gesichtszüge.

»DNA?«, fragte er sichtlich schockiert. »Ich bin nicht der Täter, das habe ich Ihnen doch gesagt. Und meine Frau hat mein Alibi bestätigt.«

»Dann haben Sie vor dieser Untersuchung nichts zu befürchten«, sagte Miriam.

Pausch schwieg die Hälfte der Strecke, dann fragte er: »Dürfen Sie das überhaupt? Eine Speichelprobe nehmen? So ohne Verdacht?«

Miriam hätte am liebsten aufgelacht, aber sie behielt die Kontrolle. »Sie geben die Probe doch freiwillig ab«, sagte sie und drehte sich zu ihm, um ihn zu beobachten.

»Und wenn ich es nicht tue?«, fragte er.

»Das würde Sie verdächtig machen«, sagte Miriam mit einem breiten Lächeln. »Wir brauchen die Probe ja nur, um Sie als Täter auszuschließen. Sie müssten doch wissen, dass wir eine Fahndung ausgeschrieben haben.«

Er nickte. »Das habe ich gesehen. Aber warum holen Sie mich dann aus dem Krankenhaus?«

»Weil Sie Ihre Pflichten vernachlässigen und nicht einmal auf dem Präsidium für eine läppische Unterschrift der Aussage erscheinen. Die Korrekturen waren Ihnen wichtiger. Dabei haben Sie den Ernst der Lage nicht begriffen. Eine junge Frau wurde erstochen. Ihre Schülerin.«

Bis zum Präsidium sagte er kein Wort mehr und starrte aus dem Fenster.

Sie führten ihn hinein, nahmen die erkennungsdienstliche Erfassung vor und baten ihn um eine Speichelprobe. Oliver hielt ihm das Wattestäbchen hin.

Pausch starrte es an, als sei es ein giftiges Insekt. Er überlegte lange. Würde er sich wirklich weigern und sie mussten sich einen richterlichen Beschluss holen?

Pausch schüttelte den Kopf. »Nein. Damit bin ich nicht einverstanden. Ich möchte zuerst meinen Anwalt sprechen.«

»Das können Sie gerne tun.« Miriam zog ihr Handy aus der Hosentasche. »Ich werde die Staatsanwältin anrufen und mir die richterliche Anordnung mündlich übermitteln lassen. Dann müssen Sie so oder so. Ich denke, die Richterin wird in dem Fall veranlassen, dass Sie in Untersuchungshaft gebracht werden, weil akute Fluchtgefahr besteht.«

»Aber ich war es nicht«, protestierte er. Schweißperlen hatten sich auf seiner Stirn gebildet.

»Sie benehmen sich gerade so, als seien Sie der Mörder von Vanessa Marks.«

Unschlüssig sah er zwischen ihnen hin und her. Dann griff er nach dem Wattestäbchen, steckte es sich in den Mund und reichte es Oliver zurück. »Zufrieden?«, fragte er trotzig.

»Vielen Dank«, sagte ihr Kollege.

»Kann ich jetzt gehen?«, fragte Pausch.

»Nein. Wir haben noch ein paar Fragen an Sie.«

Frustriert rollte er mit den Augen. »Was denn noch?«

Sie führten ihn in ein Vernehmungszimmer. Als er sich setzte, zeigten seine Fußspitzen Richtung Tür. Ein Fluchtdrang, wie sie in der Polizeischule gelernt hatte. Sie war sich immer sicherer, dass er der Täter war.

Seine Angst war fast greifbar. »Hatten Sie eine Affäre mit Vanessa Marks?«, fragte sie.

»Natürlich nicht. Das habe ich doch schon gesagt.«

Miriam nickte. Oliver tippte die Antwort in den Laptop ein.

Konnte sie ihn mit einer einzigen Frage irritieren? Würde er sich selbst verraten?

»Können Sie sich vorstellen, dass Ihre Frau von der Affäre Wind bekommen und Ihre Schülerin ermordet hat?«

***

Drei Tage verstrichen und sie konnte keine Ermittlungserfolge verzeichnen. Die Vernehmung mit Pausch hatte nicht den Erfolg gebracht, den sie sich erhofft hatte. Er hatte auf jede Frage eine gute Antwort gehabt und sich nicht verunsichern lassen. Sie konnten ihm bisher nichts nachweisen und die offizielle DNA-Analyse lag noch nicht vor. Aber auch die würde nichts verändern. Lothar und Oliver hatten sich auf Eichner versteift.

»Ich will heute mal zu meiner Frau«, sagte Oliver und erhob sich. Es stand ihm zu, sich um seine gescheiterte Ehe zu kümmern. Vielleicht gab es noch etwas zu retten.

»Viel Erfolg und schönes Wochenende«, sagte Miriam.

»Was machst du noch?«, fragte er. Sie spürte die Skepsis dahinter, die Frage, ob sie wieder einen Alleingang tätigen wollte, auch wenn sie ihm versprochen hatte, das nicht noch einmal zu tun. Trotzdem dachte sie daran, Pausch allein zu besuchen und ihn mit falschen Fakten zur Tatwaffe zu konfrontieren. Die meisten Täter wurden dabei stutzig. Aber was nützte es, wenn er diese Tat in ihrem Beisein gestand und am nächsten Tag widersprach? Nichts angesichts ihres jetzigen Standes im Präsidium. Dennoch juckte es sie in den Fingern, ihm einen Besuch abzustatten.

»Miriam?«

Sie schreckte auf, als Patrick plötzlich im Büro stand. »Hast du heute Abend schon etwas vor?« Er lehnte sich an Olivers Schreibtisch und stützte die Arme an der Tischplatte ab. Die rötlichen lockigen Haare ließen ihn bubenhaft erscheinen. Aber er war wirklich jung, sie schätzte ihn auf fünfundzwanzig Jahre. Ihre Mutter hatte sie gewarnt, sie solle sich keinen jüngeren Mann anlachen, das würde nicht funktionieren. Sie selbst wäre damit mal auf die Nase gefallen. Aber was waren schon zwei Jahre?

Sie schüttelte den Kopf, obwohl es da etwas gab, das sie gern erledigen würde.

»Lust auf Chinesisch?«, fragte er.

Sie verzog das Gesicht. »Oh nein, bitte nicht.« Sie hasste pappigen Reis und frittiertes Fleisch. Davon wurde ihr schlecht.

»Ich bräuchte mal frische Luft«, gab sie zu.

»Andere Idee. Was hältst du von deutscher Küche? Brauerei? Danach könnten wir am Rhein spazieren gehen?«

Eigentlich wollte sie ihre Schwester anrufen, aber dafür war später auch noch Zeit und Ablenkung tat ihr gut. Vielleicht konnte sie ihn sogar um Rat fragen, was den Fall Marks anging. Also willigte sie ein.

Sie fuhren mit der U-Bahn in die Altstadt. Patrick brachte sie in eine alteingesessene Brauerei. Sie hatten Glück, noch einen Zweiertisch zu ergattern. Die Bedienung sah sie sparsam an, als sie nur eine Apfelschorle orderte und nicht das übliche Altbier. Sie entschied sich für eine Rostbratwurst an Sauerkraut und Kartoffelpüree. Patrick bestellte ein Bier und das Kalbsschnitzel.

»Und wie macht sich der Praktikant?«, fragte sie, um ein Gespräch in Gang zu bringen.

»Er ist interessiert und willig zu lernen. Ich könnte mir vorstellen, dass er sich für eine Ausbildung bei der Polizei bewirbt.«

Sie nickte und trank einen Schluck von ihrer Schorle.

»Und wie läuft es bei dem Fall?«

Sie sah sich kurz um, dass sie keiner belauschte, doch alle Gäste an den umliegenden Tischen waren mit ihrem Bier und den Gesprächen beschäftigt.

»Es gibt drei Tatverdächtige und Lothar versteift sich meiner Meinung zu sehr auf den Flüchtigen.«

»Gibt es dafür einen triftigen Grund?«

»Fingerabdrücke auf der Tatwaffe«, gab sie zu. »Aber er übersieht, dass der andere ein Motiv und die Gelegenheit gehabt hat. Vielleicht wollte er es dem anderen nur in die Schuhe schieben.«

»Ich habe Lothar bisher nur so kennengelernt, dass er sich nicht zu früh auf eine Spur festlegen will.«

Aber wieso war es diesmal anders? War sie zu blind, weil sie nur nicht glauben wollte, dass Tim der Täter war? Vielleicht sollte sie alles geschehen lassen und sich nach Lothars Anweisungen richten. Das wäre ihrer Karriere zuträglicher. Wenn sie sich irrte und wieder einen Fehler beging, würde sie eine Abmahnung riskieren. »Wir werden sehen, wer recht behält«, flüsterte sie.

»Hat dir das schnelle Ergebnis der DNA-Untersuchung geholfen?«

Sie lächelte gequält. »Ja, ich habe einen ordentlichen Einlauf von Lothar bekommen.«

Patrick zog die Augenbrauen hoch. »Oh, das tut mir leid.«

»Muss es nicht. Es hat meine These bestätigt.«

»Du musst dich durchsetzen.«

Sie zuckte mit den Schultern. »Wenn das so einfach wäre. Als Neue im Team muss ich mir den Respekt erst verdienen.«

Die Bedienung brachte das Essen. Das ging echt schnell. Das deftige Essen war genau das Richtige und das Lokal eine gute Wahl. Sie unterhielten sie über die Arbeit und sein Hobby, Kaffee selbst zu rösten. Er beschwerte sich über den Kaffee auf dem Präsidium und beschwor sie, mal seinen French Press zu probieren.

Sie aßen, bezahlten und gingen raus. Es war immer noch warm, aber frischer Wind zog auf, der es angenehm machte. Sie schlenderten die Rheinpromenade entlang. Viele Fahrradfahrer und Jogger waren unterwegs. Sie setzten sich auf eine Bank und beobachteten die vorbeifahrenden Schiffe. So einen Ausblick hatte sie in Wuppertal nicht gehabt. Wie es Denise wohl erging? Miriam musste sie unbedingt heute Abend anrufen.

Patrick legte wie selbstverständlich den Arm um ihre Schultern und kicherte leise. »Hast du die gesehen?« Er wies mit Blick auf eine pummelige Blondine, die auf den Stöckelschuhen watschelte wie ein Storch auf Stelzen. Ihre pinkfarbene Leggins zeichnete jede Körperfalte ab und Miriam wollte gar nicht hinsehen. Sie kicherte ebenfalls und wandte den Blick ab, damit die Dicke sich nicht verspottet fühlte.

Dunkle Wolken zogen heran, es donnerte und blitzte. Wo Tim sich wohl aufhielt? Wie konnte sie an ihn denken, wenn sie mit einem anderen Mann den Rheinblick genoss? Die Wolken zogen rasch näher und sie liefen zur U-Bahn-Station. Als sie keine fünfzig Meter vor dem Eingang der Bahnstation entfernt waren, klatschte der Regen auf sie herab. Sie rannten lachend weiter und eilten die Treppen hinunter ins Trockene.

Patrick strich ihr Tropfen von der Stirn. Sie genoss den Moment, doch auch wenn sie es wollte, ihr Herz spürte nichts. Es würde bei diesem einen Abend bleiben. Hoffentlich sah ihr Kollege das genauso. Eine SMS auf ihrem Diensthandy störte den vertrauten Moment und Miriam war dankbar dafür. Sie wunderte sich, dass sie Empfang hatte, aber sie war wahrscheinlich noch nicht tief genug unter der Erde. Es war eine Nachricht von Sina Meiers, die ihr Herz höher schlagen ließ. *GBL = K.o.-Tropfen. Bitte rufen Sie mich an. Sina Meiers.*

***

Ein Blitz zuckte durch die Dunkelheit, gleichzeitig knallte der Donner. Regen platschte Tim ins Gesicht. Er zitterte, hustete – ein ratterndes Röcheln. Das dritte Gewitter in zwei Tagen brachte ihn an die Grenzen seiner Kräfte und dies schien das Stärkste zu sein.

Es knackte, ein dicker Ast krachte neben ihm zu Boden. Tim zuckte zusammen. Das war knapp! Er musste raus aus dem Wald. Er blinzelte, sah in der Ferne Lichter und steuerte darauf zu, erkannte bald, dass es sich um ein Hotel handelte. Sollte er es wagen? Wieder blitzte es. Er stolperte einen Abhang hinunter und rannte über die Straße. Der Eingang war hell erleuchtet. Er zögerte vor der Drehtür, wusste, dass es nicht gut ausgehen würde und trotzdem trat er ein. Warme Luft strömte ihm entgegen, kribbelte auf seiner Haut. Er schloss die Augen – nur ein paar Atemzüge, dann steuerte er die Rezeption an. Hoffentlich erkannte ihn die Frau nicht. Seine Haare waren länger geworden und auch der Bart war gewachsen. Die Frau schenkte ihm ein Höflichkeitslächeln, doch an ihren Augen erkannte er Abscheu.

»Haben Sie ...« Seine Stimme versagte. Zu lange hatte er kein Wort mehr gesprochen. »Haben Sie noch ein Zimmer frei?«

Sie zögerte, musterte ihn.

»Entschuldigen Sie meinen Aufzug, das Gewitter hat mich überrascht.« Eine schwache Erklärung. Die Kleidung war wieder dreckig und die Hose hatte mittlerweile zwei Löcher, der schmutzige Rucksack gab zusätzliche Signale.

Die Rezeptionistin schob Formular und Stift über die Theke. »Füllen Sie das bitte aus.«

Er erfand einen Namen und trug die Adresse eines ehemaligen Mandanten ein. »Wie viel kostet die Nacht?«

»Achtzig Euro.«

Er hatte sparsam sein wollen, aber er hatte noch genug Geld und nach draußen wollte er in dieser Nacht nicht mehr.

»Ich muss im Voraus kassieren«, sagte sie.

Das war bestimmt nicht üblich, aber er konnte sie verstehen. Vor ein paar Monaten hätte er so einem Typen wie ihm selbst nicht über den Weg getraut. Er nestelte einen Hunderter aus dem Portemonnaie.

Sie reichte ihm die Quittung und das Wechselgeld.

Tim griff nach der Hotelkarte und begab sich zügig zu seinem Zimmer.

Im Bad hängte er die Kleidung über den Heizkörper und schlüpfte unter die Dusche. Die Wärme belebte seinen Körper. Am liebsten hätte er stundenlang unter der Brause gestanden, aber in seinem Magen klaffte ein Loch. Seit drei Tagen hatte er nichts mehr gegessen außer ein paar Löwenzahnblättern.

Seine Kleidung war immer noch nass. Er versuchte, sie trocken zu föhnen, was quälend lange dauerte. Außerdem stank sie. Er ekelte sich, sie wieder anzuziehen, doch was blieb ihm übrig? Nur die Schuhe ließ er unter der Heizung stehen und schlüpfte stattdessen in die Hotelstoffpantoffeln.

Den Balkon kundschaftete er nach möglichen Fluchtwegen aus. An der Seite würde er an der Regenwasserleitung und über den anderen Balkon nach unten klettern können. Die durchweichten Geldscheine legte er zum Trocknen auf die Heizung. Hoffentlich beklaute ihn keiner, doch die Reinigungskraft würde erst morgen früh putzen. Falls er erkannt werden würde, würde er ins Zimmer zurückrennen und von hier aus nach draußen fliehen.

Er ging ins Restaurant, in dem fast alle Tische besetzt waren. Urlaubsort, Hochsaison. Was für eine dumme Idee, herzukommen. Sein Atem stockte, als er den Fernseher in der Ecke hängen sah, auf dem stumm ein Nachrichtensender lief. Ob sein Bild immer noch in den Medien kursierte? Doch der Duft nach geschmortem Fleisch und Tomatensoße ließ ihn an einem Tisch Platz nehmen. Er musste etwas in den Magen bekommen, dafür achtete er darauf, den Blick gesenkt zu halten und die Gäste dennoch zu beobachten. Alle waren in ihre Gespräche vertieft und keiner beachtete ihn.

Die Bedienung kam und brachte ihm die Karte. Er bestellte ein Bier und wählte von den vielen leckeren Gerichten das Rumpsteak mit Röstkartoffeln und Salat. Schon bei dem Gedanken daran lief ihm das Wasser im Mund zusammen. Plötzlich erloschen der Fernseher und die Deckenleuchten, nur einzelne Tischkerzen spendeten noch Licht. Ein Raunen ging durch den Saal.

»Kommt jetzt die Traumschiff-Torte?«, rief eine Frau. Humor musste man haben. Hektische Schritte, aufgeregtes Gerede, weitere Kerzen wurden verteilt. Ein Gutes hatte die Kerzenlichtstimmung: So leicht würde ihn keiner erkennen.

Eine Frau in Kostüm trat ans Kopfende des Saals und verschaffte sich mit dem Löffel an einem Glas klappernd Gehör. Sie tippte von einem Bein auf das andere, war sichtlich nervös. »Bitte haben Sie etwas Geduld. Unser Techniker kümmert sich um das Problem. Solange wir keinen Strom haben, können wir leider nur kalte Speisen servieren.«

Ein Pfiff hallte durch den Raum. Die Frau räusperte sich, stellte Glas und Löffel beiseite und strich eine

Strähne hinter ihr Ohr. »Ich bin mir sicher, unsere Köche werden Sie trotzdem zufriedenstellen. Ich wünsche Ihnen einen wunderschönen Abend. Genießen Sie das Candle-Light-Dinner.«

Sie senkte den Kopf und stapfte aus dem Raum. Toll, das hatte er sich anders vorgestellt. Als ihm Salat und Brote gebracht wurden, schlang er es dennoch gierig herunter und orderte Nachschlag. Hoffentlich war das nicht zu auffällig. Aber die Bedienung hatte andere Sorgen, denn keiner der Gäste schien zufrieden mit der Situation zu sein.

Nach dem Essen wollte er auf sein Zimmer gehen und kam an der Rezeption vorbei. Es gab eine Rangelei, die Rezeptionistin spielte die Schlichterin. »Beruhigen Sie sich doch wieder«, rief sie aufgeregt.

»Herr Eichner«, rief jemand in Tims Rücken. Er blieb wie angewurzelt stehen. Hatte er richtig gehört? Wer kannte da seinen Namen? Er hatte doch einen anderen Namen bei der Anmeldung angegeben.

Kapitel 19

»Wo sind Sie?«, fragte Miriam, als sie draußen im Regen stand, da sie im U-Bahn-Schacht für einen Anruf keinen Empfang hatte. Die Tropfen platschten ihr ins Gesicht, doch das war ihr egal.

»Ich bin bei meinem Lehrer.«

»Pausch?«, fragte Miriam.

»Genau.«

»Wie? Hat er sie reingelassen? Ist die Frau mit dem Baby zu Hause?«

»Nein, ich bin so rein.«

»Was soll das heißen?«, rief sie. Ein Blitz erhellte die ins Dunkel getauchten Straßen, fast gleichzeitig grollte der Donner. Sie sollte sich in Sicherheit bringen, bevor sie noch Gefahr lief, getroffen zu werden.

»Ich wollte mit ihm reden, doch es war keiner zu Hause. Eine Seite des Doppelfensters war angekippt und ich habe mir Zutritt verschafft. Ich habe mich ein bisschen umgesehen und dieses Zeug gefunden.«

»Sie können doch nicht einfach dort einbrechen.«

»Kommen Sie her?«

Sie seufzte. »Also gut. Aber ich brauche ein paar Minuten.«

Miriam verabschiedete sich und rief Oliver an, doch der ging nicht an sein Handy. Auch bei Lothar ging keiner ans Telefon. Er war sicherlich beim Eishockey. Sie hatte mitbekommen, dass die Düsseldorfer EG an diesem Tag spielte. Revierderby gegen die Kölner Haie. Lothar hatte davon am Kaffeeautomaten gesprochen. Sollte sie allein dorthin? Oliver würde sie köpfen. Oder sollte sie Patrick fragen? Sie stopfte das Handy in die Jackentasche und lief die Treppen hinunter.

»Du bist pitschnass. Welcher Anruf konnte so wichtig sein?«

»Eine Zeugin hat mir einen wichtigen Hinweis gegeben.« Sie zog ihn am Ärmel mit zum Bahnsteig. »Wir müssen sofort hin.«

»Was ist los?«, fragte Patrick, als sie in der U-Bahn zurück zum Präsidium fuhren.

Miriam schluckte. Sollte sie ihn wirklich einweihen? »Die Zeugin hat GBL bei meinem Tatverdächtigen gefunden.«

»Oh«, sagte er mit hochgezogenen Augenbrauen. »Würden K.-o.-Tropfen deine Theorie bestätigen?«

Die Bahn wackelte, Miriam musste sich an der Haltestange festhalten, um nicht umzufallen. Vor ihrem inneren Auge bildete sich ein Szenario. Vanessa hatte eine Affäre mit ihrem Lehrer und ihm den positiven Schwangerschaftstest gezeigt, hatte ihn am Telefon gedroht, ihre Beziehung öffentlich zu machen. Er hätte nicht nur seinen Job, sondern auch seine Frau verloren. Also wollte er Vanessa aus dem Weg schaffen, aber irgendwie kam Tim ihm in die Quere. In einer Unterrichtspause stahl er den Schlüssel von Meiers und verschaffte sich damit Zugang zu Vanessas Wohnung. Er beobachtete sie, ging rein, als sie schliefen. Vielleicht hatte er ihnen das Zeug eingeträufelt.

Funktionierte das? Dann hatte er Vanessa erstochen und Tims Hand genommen und sie an die Tatwaffe gedrückt. Selbst hatte er natürlich Handschuhe getragen, aber ein Haar verloren. So könnte es sich zugetragen haben, das würde alles erklären: Tims Fingerabdrücke, die zwei DNA-Spuren und dass Tim geflohen war. Er musste denken, dass er der Täter war, weil er sich an nichts mehr erinnern konnte – den K.-o.-Tropfen geschuldet.

»Ich denke schon«, sagte sie mit einem Grinsen. Sie spürte das Adrenalin in den Adern pulsieren und ein Kribbeln im Bauch wie bei frisch Verliebten. Ein Zeichen, dass sie der Lösung des Falls so nahe war, wie nie zuvor.

»Was willst du jetzt tun?«, fragte Patrick.

»Ich muss zu der Zeugin.«

»Ohne deinen Kollegen?«

Sie zuckte mit den Schultern. »Ich kann ihn nicht erreichen. Willst du mich begleiten?«

Er verzog unwillig das Gesicht. »Ich bin Kriminaltechniker, ich habe dort nichts zu suchen.«

»Du könntest mir mit der Bestimmung der Substanz helfen.«

»Ich begleite dich gerne als Freund, aber nicht als Kollege.«

»Dann verzichte ich.«

»Du solltest nicht allein gehen, du weißt doch, was mit Olivers Kollegen passiert ist.«

Sie nickte. »Ich rufe gleich die Zeugin an und warte bis Montag.«

»Ich bringe dich lieber nach Hause, damit du nicht auf irgendwelche Dummheiten kommst«, sagte er mit einem Augenzwinkern.

»So hat sich noch kein Mann an mich herangeschmissen.« Sie lachte und schlug ihm freundschaftlich auf die Schultern. »Aber im Ernst. Du hast recht. Das war eine dumme Idee.«

Patrick lächelte erleichtert. »Dann bin ich beruhigt.«

Als sie am Präsidium waren, verabschiedeten sie sich mit einem Wangenkuss. Er wollte noch etwas zum Abschied sagen, doch sie verschwand schnell in ihrem Auto. Sie hatte nicht vor, zwei Tage zu warten. Sie probierte noch mal, Oliver und Lothar zu erreichen, doch hatte bei beiden keinen Erfolg.

Sie fuhr zu Pausch, parkte ihren Wagen etwas entfernt, ging zum Haus und klingelte. Sina Meiers öffnete ihr.

»So, verschwinden wir. Wir dürfen hier nicht sein«, sagte Miriam.

»Sie müssen es sich ansehen.«

»Sie haben sich strafbar gemacht.«

»Und ich habe den Mörder gefunden«, beharrte Meiers.

Miriam sah sich um, ob die Familie Pausch auf den Weg zu ihnen war, doch es regte sich nichts. Dicke Wolken hingen am Himmel, aber der Regen hatte aufgehört.

Miriam schlüpfte hinein und schloss die Tür hinter sich. »Also gut. Machen wir schnell.«

Meiers führte sie ins Arbeitszimmer in der ersten Etage. In der Schreibtischschublade befand sich eine Ampulle mit einer klaren Flüssigkeit. Es gab keine Beschriftung. Und im Schrank hinter Büchern stand die Flasche GBL, ein Lösungsmittel, das frei erhältlich war, aber aus dem sich einfach die K.-o.-Tropfen erstellen ließen.

Miriam lief in die Küche und suchte nach Gefrierbeuteln, die sie in einer Schublade neben dem Kühlschrank fand. Sie riss zwei ab, rannte zurück nach oben und träufelte von beiden Flüssigkeiten etwas hinein. Sie machte von den Flaschen Fotos mit ihrem Handy und verstaute sie wieder an ihrem Fundort.

»Wie, Sie wollen das nicht mitnehmen?«, fragte Sina Meiers entsetzt.

»Wir sind eingebrochen und haben uns die Sachen illegal besorgt. Das wird vor keinem Gericht Bestand haben.«

»Und jetzt?«

»Ich werde Herrn Pausch erneut vernehmen und ihn mit diesen neuen Erkenntnissen konfrontieren. Er wird sich wundern, woher ich das weiß und wird sich vielleicht verraten.«

»Und das hier?«

»Bei Zeiten werden wir die Beweismittel offiziell sicherstellen. Es ist aber nicht gut, dass Ihre Fingerabdrücke darauf sind.«

»Das können wir ja ändern«, sagte Sina Meiers und zog eine Packung Taschentücher aus der Jacke.

Im Untergeschoss wurde eine Tür geöffnet und beide starrten gebannt in diese Richtung. Miriam sprang vor und schaltete das Licht aus. Sie duckten sich unter den Schreibtisch und lauschten. Miriam schloss die Augen, hätte am liebsten die Zeit eine halbe Stunde zurückgedreht.

***

Tim blickte über die Schulter und erkannte einen ehemaligen Mandaten. Der Typ hatte Steuerbetrug begangen und sein Geld nach Lichtenstein geschafft. Wenn

Tim diesem Schwätzer bei Gericht nicht das Maul verboten hätte, hätte er sich um Kopf und Kragen geredet.

»Warten Sie«, rief von Blurau und holte ihn ein. Tim schwindelte, er suchte die Eingangshalle nach Fluchtwegen ab. Der Mandant lachte verlegen. »Ihr Bart.« Er fasste sich ans Kinn. »Ohne haben Sie mir besser gefallen.« Er streckte ihm die Hand entgegen.

Tim ignorierte sie und versuchte, ihn beiseitezuschieben, doch von Blurau hielt ihn am Ellenbogen fest, jetzt war er geliefert. Es würde nicht mehr lange dauern und das ganze Hotel wusste Bescheid.

»Wissen Sie nicht mehr, wer ich bin?«, fragte der Mandant.

Was dachte der Kerl eigentlich? Natürlich konnte er sich an von Blurau erinnern, er hatte um jeden Cent der Anwaltskosten gefeilscht und wollte ihm Ratschläge zur Prozessführung geben. Von Blurau zeigte auf eine Person in der Menge. »Der Möchtegernschauspieler in dem blauen Poloshirt hat mich grundlos niedergeschlagen. Sie haben mich doch schon einmal vor Gericht vertreten. Können Sie nicht ...«

Tim schüttelte den Kopf. Eher fassungslos darüber, dass von Blurau keine Ahnung zu haben schien, dass gegen ihn eine Fahndung lief.

»Sie können mich doch nicht im Stich lassen«, entgegnete er empört. Auch wenn von Blurau keine Ahnung hatte oder nur so tat, würde gleich alles rauskommen.

Tim stieß von Blurau zur Seite und spurtete die Treppen hoch zu seinem Zimmer. Er schob die Zimmerkarte in den Schlitz. Kein Piepen, kein grünes Lämpchen. Natürlich! Ohne Strom ließen sich die Türen nicht öffnen.

Tim haute mit der Faust gegen die Tür. »Scheiße«, schrie er.

Wieso hatte er nur das Geld darin gelassen? Und die Schuhe! Ein kalter Schauer erfasste ihn. Hektische Schritte im Treppenhaus. Er hatte keine Wahl. Knast oder tobende Naturgewalten. Die Entscheidung fiel ihm leicht: Freiheit. Er warf die Hotelkarte auf den Boden und lief den Gang entlang. Er fand ein anderes Treppenhaus, das in den SPA-Bereich führte, rannte hinunter und stürmte durch einen Seitenausgang aus dem Hotel.

Regen platschte ihm ins Gesicht, die Kälte hüllte ihn in ihr grausames Kleid und Kieselsteine schnitten durch die dünnen Stoffpantoffeln in seine Fußsohlen. In der Ferne erhellten Wetterleuchten den Horizont. Er tapste in den Wald hinein, viel zu langsam, doch an Rennen war mit dem Schuhwerk nicht zu denken. Nach ein paar Schritten waren die Dinger durchweicht.

Er rutschte damit von einem feuchten Stein ab und stürzte zur Seite, landete mit der Hüfte auf einer Wurzel und schrie auf. Er riss die Pantoffeln von den Füßen und warf sie weit von sich. Mit einem Griff an seine Hosentasche kontrollierte Tim, ob er das Messer eingesteckt hatte, und war froh, als er den Gegenstand unter dem Stoff ertastete. Er hatte alles verloren, sogar das Geld, das ihm eine gewisse Sicherheit verschafft hatte. Nun hatte er nur noch das, was er am Leib trug und ein Messer.

Aber ohne Schuhe würde er nicht weit kommen. Er musste sich eingestehen: Der Wald hatte ihn zermürbt.

Miriam und Sina Meiers hockten hinter dem Schreibtisch, hielten beide die Luft an und lauschten gebannt. Erst war alles mucksmäuschenstill und das Einzige, was in ihren Ohren pulsierte, war ihr eigener Herzschlag. Schritte ertönten auf der Treppe. Miriam versuchte, sich noch kleiner zu machen und presste sich an den altmodischen Schreibtisch, die Griffe der Schubladen drückten sich in ihren Rücken.

Die Schritte kamen näher und stoppten. Oh nein. Würde er gleich ins Büro kommen? Miriam kniff die Augen zusammen, als könne sie damit das Unvermeidliche verhindern. Worauf hatte sie sich nur eingelassen?

Die Tür ging auf, Miriam riss die Augen auf und sah in das angsterfüllte Gesicht von Sina Meiers. In ein paar Sekunden würden sie auffliegen.

»Ach«, murmelte Pausch, trat wieder auf den Flur und zog die Tür hinter sich zu.

Beide atmeten gleichzeitig erleichtert aus. Es rumpelte im Nachbarzimmer, es ertönte das typische Rauschen einer Dusche.

»Das ist unsere Chance«, flüsterte Miriam und zog Meiers mit sich aus dem Büro. Sie schlichen die Treppe hinunter. Im Flur stand eine Reisetasche, vor dem Kühlschrank eine offene Kühlbox. Was hatte Pausch vor? Es sah so aus, als würde er für eine lange Reise packen wollen.

Ihr Handy klingelte und ihr Herz machte einen Satz ins Bodenlose. Das Rauschen im Badezimmer erlosch. Scheiße. Miriam riss die Haustür auf und fummelte ihr

Handy aus der Tasche. Meiers war ihr dicht auf den Fersen und zog die Tür leise ins Schloss. Miriam wollte den Anruf wegdrücken, doch als sie sah, dass es ihr Chef war, entschied sie sich anders.

Im Laufen nahm sie den Anruf entgegen. »Was gibt es?«, fragte sie atemlos ohne eine Begrüßung.

»Wir haben eine neue Spur von Eichner. Komm direkt ins Präsidium.«

»Ich kann nicht.«

»Was soll das heißen? Ich brauch dich. Ich habe eine Alarmringfahndung ausgelöst.«

Das bedeutete, Tim saß in der Falle. Jemand hatte ihn gesehen und seit seinem Verschwinden waren nicht mehr als dreißig Minuten vergangen. Das machte es umso wichtiger, dass sie Pausch aufhielt. Er wollte sich aus dem Staub machen – so lange, bis Eichner gefasst war und hinter Gittern saß. Das würde sie nicht zulassen. Jetzt musste sie nur ihren Chef überzeugen. Wie sollte sie das anstellen, ohne zu verraten, dass sie Hausfriedensbruch begangen hatte?

»Meiers hat mich angerufen. Pausch ist in Besitz von GBL.«

Lothar stockte einen Moment. Miriam nutzte es aus und fuhr fort. »Er packt seine Sachen, es sieht so aus, als ob er abhauen will.«

»Bist du etwa bei ihm?«

»Vor seinem Haus!«

»Was machst du da alleine? Darüber reden wir später. Erst kommst du ins Präsidium.«

»Hast du nicht zugehört? Pausch will flüchten.«

»Das ist doch Unsinn. Vielleicht will er verreisen.«

»Und das Lösungsmittel? Er könnte sich K.-o.-Tropfen daraus zusammengemixt haben, vielleicht hat er Eichner und Marks –«

»Jetzt hör aber auf!«, unterbrach sie ihr Chef barsch. »Tim Eichner ist derjenige, der vor der Polizei flieht. Also komm sofort her oder du kannst bald in der Schutzpolizei Straßenkontrollen durchführen!«

Ein Klacken in der Leitung. Er hatte aufgelegt. So ein Mist!

Miriam versteckte sich hinter einem Auto und beobachtete das Haus von Pausch. Im Schlafzimmer ging das Licht an und man sah seine Umrisse hinter den Gardinen.

Sina Meiers kniete sich zu ihr. »Und was machen wir jetzt?«

Miriam rief Oliver an. »Hallo, Miriam, soll ich dich abholen?«, fragte ihr Kollege.

»Nein, ich ...« Sie stockte, erinnerte sich an seine Warnung, keine Alleingänge zu machen. Sie musste es geschickt formulieren. »... brauche deine Hilfe.«

»Wir sollen sofort aufs Präsidium. Ich dachte, Lothar hat mit dir gesprochen. Eichner wurde gesichtet.«

»Hat er. Aber Meiers hat mich angerufen. Pausch ist im Besitz von K.-o.-Tropfen und will flüchten.«

»Woher weißt du, dass er flüchten will?«, fragte er skeptisch.

»Ich bin vor seinem Haus und beobachte ihn.«

»Du tust was?!« Er keuchte. »Sieh zu, dass du da wegkommst. Und fahr sofort ins Präsidium. Lothar erwartet uns. Vergiss Pausch. Wir müssen uns auf Eichner konzentrieren.«

Auch ihr Partner wollte nicht zuhören. Das durfte doch nicht wahr sein! »Manchmal muss man den Anweisungen seines Chefs zuwiderhandeln.«

»Nein, Miriam, das tut man nie.«

»Aber Mario Pausch ist der Täter. Ich weiß es.«

Oliver stöhnte. »Sieh zu, dass du deinen Arsch ins Präsidium bewegst«, schrie er ins Telefon und legte auf.

Miriam seufzte und steckte das Handy in die Jackentasche. Sie schüttelte den Kopf. »Wir bekommen keine Unterstützung.« Sie musste Pausch ein Geständnis entlocken, es am besten aufnehmen und die Datei an ihren Chef verschicken. Dann würden die Kollegen anrücken.

Die Haustür öffnete sich und Pausch kam mit zwei großen Reisetaschen heraus. Er bugsierte sie in den Kofferraum. Sein Auto blieb offen und er ging wieder rein.

»Das sieht nicht so aus, als würde er Kleidung für seine Frau holen«, sagte Sina Meiers.

»Das glaube ich auch nicht.«

»Er ist der Mörder von Vanessa, oder?«, hauchte Sina Meiers.

Miriam lief ein Schauer über den Rücken. Pausch war derjenige, der Vanessa das Messer in den Bauch gerammt hat. Er war gefährlich. Sie musste aufpassen, brauchte eine andere Idee.

Pausch schloss die Tür ab und stieg ins Auto. Die Lichter gingen an.

Jetzt oder nie.

Miriam schaltete die Sprachmemo-App an, sprang aus dem Versteck hervor, hechtete zum Wagen, riss die Tür auf und setzte sich auf den Beifahrersitz, als der

Wagen losfuhr. Pausch trat auf die Bremse und Miriam wurde nach vorn geschleudert.

Überrascht sah er sie an. »Was machen *Sie* denn hier?«

»Das könnte ich Sie auch fragen. Wollen Sie verreisen?«

Er zuckte mit den Schultern. »Was geht Sie das an?«

»Sie sind einer der Hauptverdächtigen im Fall Marks. Sie dürfen nicht einfach verreisen.«

Er kräuselte die Stirn. »Hauptverdächtiger? Wieso weiß ich davon nichts?«

»Kommen Sie mit aufs Präsidium, dort können wir alle Ungereimtheiten klären.«

»Direkt am Montag können Sie mit mir rechnen«, sagte er mit einem einnehmenden Lächeln.

»Nein. Jetzt.« Sie sah ihn eindringlich an, seine Augen verengten sich zu Schlitzen. »Ich werde jetzt zu meiner Frau und meiner Tochter ins Krankenhaus fahren und Sie werden mich nicht davon abhalten.«

»Auch im Ausland wird Ihre Frau davon erfahren, dass Sie mit Vanessa eine Affäre hatten.«

»Ich hatte keine Affäre mit ihr«, sagte er barsch.

»Und auch, dass Sie Ihre Schülerin und ihren Liebhaber mit K.-o.-Tropfen außer Gefecht gesetzt haben.«

»Was soll ich gemacht haben?«

Jetzt musste sie aufpassen, was sie sagte. GBL. Wo kaufte man dieses Zeug? Mittlerweile kauften die Leute allen Scheiß im Internet, aber wenn man Spuren verwischen wollte, scheute man die digitale Welt.

»Wir wissen, dass Sie GBL im Baumarkt gekauft haben. Ein Lösungsmittel, aus dem man K.-o.-Tropfen herstellen kann.«

»Und was sollte ich damit anstellen?«

»Zum Beispiel Frau Marks betäuben und sie erstechen.«

»Sie fahnden doch öffentlich nach dem Mörder, wieso werfen Sie mir solche Anschuldigungen vor den Kopf?«

»Weil die Fahndung nach dem anderen Beschuldigten gerade aufgehoben wurde«, log sie. »Wenn Sie gestehen und mit uns kooperieren, wird man Ihnen das bei der Urteilsfindung wohlwollend zugutehalten.«

Er schwieg und starrte nach vorne. Schien zu überlegen.

Ihr Herz klopfte heftig, sie war sich sicher, dass sie ihn hatte und er gleich die Tat gestand.

»Sie wollen doch Ihre Tochter aufwachsen sehen«, fuhr sie fort.

Fest umfasste er das Lenkrad, dass seine Knöchel hervortraten. »Sie haben recht«, sagte er in einem Tonfall, der ihr einen Schauer über den Rücken jagte. Er sah sie an, seine Augen blitzten auf im Schein der Straßenbeleuchtung. »Ich musste Vanessa aus dem Weg räumen. Und ich will meine Tochter aufwachsen sehen und Sie werden mir nicht in die Quere kommen!«

Sie sah die Faust auf sich zurasen, wollte sich mit den Händen schützen, doch sie war zu spät. Der Schlag traf sie mit ungeahnter Heftigkeit.

Ihr Schädel brummte, warme Flüssigkeit lief ihr über die Lippe bis in den Mund, wo sie den metallischen Geschmack wahrnahm, bevor ihr die Sinne schwanden und alles Schwarz wurde.

Tim saß auf einem Baumstamm und massierte sich die Fußsohlen. Sie waren an mehreren Stellen aufgeplatzt und einige Stachel steckten darin. Es war ihm schleierhaft, wie manche Leute freiwillig täglich ohne Schuhe rumlaufen konnten. Die nächtliche Kälte fraß sich in die Knochen, seine Kleidung triefte vor Nässe, er würde nicht lange überleben können, musste sich dringend einen Unterschlupf bauen. Zumindest war das Gewitter weitergezogen und der Regen war in ein Nieseln übergegangen.

Was, wenn von Blurau die Polizei verständigte? Er musste weitergehen, so viele Kilometer wie möglich hinter sich lassen, auch wenn die Dunkelheit das Fortkommen erschwerte.

Plötzlich vernahm er ein Rattern und ihm wurde übel. Was war das? Es wurde immer lauter. Ein Hubschrauber flog über ihn hinweg und leuchtete mit einem Scheinwerfer auf den Boden. Der Lichtkegel traf ihn.

Scheiße.

Ein Polizeihubschrauber.

Wie hatte er ihn so schnell ausmachen können? Verfügte er über eine Wärmebildkamera? Jetzt war er geliefert. Von Blurau hatte ihn verpfiffen.

Tim sprang auf und lief los. Seine Füße schmerzten bei jedem Schritt, aber er ignorierte es. Der Helikopter verfolgte ihn. Tim hetzte weiter, auch wenn er kaum sah, wo er hintrat. Hoffentlich würde ihm das nicht zum Verhängnis werden.

Wie hatte er so töricht sein und in das Hotel gehen können? Nun könnte er sich dafür ohrfeigen.

Hundebellen ertönte in der Ferne. Suchhunde. Verdammt!

Tim blieb stehen und blickte in den dunklen Wald, der sich in dunklen Konturen wie vor einer schwarzen Wand zeigte. Er brauchte eine Strategie, wenn er entkommen wollte. Er atmete tief ein. Der Nieselregen benetzte seine Lippen. Der Wald war zu seinem Zuhause geworden. Hier war er im Vorteil, den musste er nutzen.

Das Bellen wurde lauter und noch ein Geräusch drang deutlich an sein Ohr. Ein Rauschen. War es ein Bach oder ein Fluss? Würde er mit Wasser die Hunde und den Hubschrauber überlisten können?

Tim lief in die Richtung, in der er das Gewässer vermutete. Er rannte so schnell es seine nackten Füße und die Dunkelheit zuließen, er stolperte und stürzte, rollte über die Schulter und blieb kurz liegen. Sein Zeh schmerzte, er hatte ihn sich aufgeschrammt und blutete. Tränen brannten in seinen Augen.

Der Helikopter schwebte über ihn und erhellte seine Umgebung. Tim konnte liegen bleiben und sich ergeben. Dann hatte der Kampf um Nahrung, Wasser und einen sicheren Schlafplatz endlich ein Ende und er konnte sich in ein warmes Bett legen. Der Gedanke war verlockend, doch dann sah er die Gefängnismauern auf sich zurasen. Sie zerdrückten ihn, nahmen ihm die Luft zum Atmen. Sie waren genauso kalt und grausam wie das Wetter in der Wildnis.

»Bleiben Sie, wo Sie sind!«, rief eine blecherne Stimme aus dem Lautsprecher. Genau das wollten diese Dreckshunde. Das konnten sie vergessen.

Mit neuer Kraft drückte Tim sich hoch. Er würde es nicht zulassen, wollte nicht aufgeben.

Flucht!

Hundebellen direkt hinter ihm.

Tim sah sich um. Bestimmt zwanzig Taschenlampen zuckten durch die Nacht. Da kamen die Polizisten. Sie waren vielleicht noch zweihundert Meter entfernt. Scheiße wenig!

Tim versuchte, den Schritt zu beschleunigen, trat auf Nadeln und bekam einen Dorn in die Fußsohle. Er fluchte und sprang weiter, versuchte, die Äste aus seinem Gesichtsfeld zu drängen, trotzdem schlug ihm einer mitten ins Gesicht und traf ihm im Auge. *Ignoriere den Schmerz*, befahl er sich.

Er gelangte an einen steilen Abhang und sah den kleinen Bach am unteren Ende glitzern, als der Schein des Helikopters über ihn hinwegfuhr. Scheiße verdammt und er hatte gehofft, dass er auf einen Fluss stoßen würde. Er sah zurück.

Die Polizisten hatten aufgeholt. Sie würden ihn gleich haben, wenn er nichts unternahm. Also tat er den nächsten Schritt und lief den Abhang hinunter. Es war so steil, dass er an den Bäumen seinen Schwung abfing.

Er knickte mit dem Fuß um und stürzte. Tim machte sich krumm, rollte den Abhang hinunter, schützte den Kopf mit den Armen, wusste nicht mehr, wo oben und unten war, bis er mit der Schulter gegen einen Baum prallte.

Er rappelte sich auf, sein Körper schmerzte überall, aber er schien sich nichts gebrochen zu haben. Neben ihm der Bach; er folgte ihm.

Das Nieseln ging über in einen starken Regen, vielleicht war das seine Chance. Er hörte die Verfolger hinter sich Befehle rufen und der Hubschrauber war immer noch über ihm. Immerhin spendete der Scheinwerfer genug Licht, um sich zu orientieren.

Tim rannte so schnell er konnte, sprang über Baumstämme und Äste, fühlte plötzlich eine neue Kraft, die er schon verloren geglaubt hatte.

Er redete sich ein, zum gegnerischen Korb zu laufen und die Gegner überholen zu müssen, um den Sieg davonzutragen. Der Laubboden unter ihm schien zum geraden Hallenboden zu werden. Seine Füße glitten über den Untergrund wie bei seinen besten Spielen. Gewinnen begann im Kopf. Der Bach wurde breiter und floss schließlich in einen großen Fluss, auf dessen Oberfläche der Regen peitschte. Der Helikopter war noch ein paar Meter entfernt, hatte ihn wohl aus den Augen verloren. Vielleicht hatte der Regen seine Rettung bedeutet. Es gab nicht viel zu überlegen. Er wusste nicht, was ihn dort unten erwartete, aber es war sicherlich besser als eine enge Gefängniszelle, also holte Tim tief Luft und sprang ins Wasser.

Kapitel 20

Miriam wachte auf, öffnete die Augen, und doch blieb alles in Dunkel gehüllt. Sie hörte ein Rauschen, es rumpelte, sie wurde mit der Schulter gegen etwas Hartes gedrückt. Sie brauchte einen Moment, bis sie begriff, dass sie im Kofferraum eines fahrenden Autos lag.

Ein eiskalter Schauer fuhr durch ihren Körper. Sie wollte die Hände bewegen, doch ihre Handgelenke waren zusammengebunden und der Kabelbinder schnitt in ihre Haut, sobald sie versuchte, sie auseinanderzuziehen. Kalter Schweiß brach ihr aus. Sie konnte nicht nach draußen sehen und die Straße im Blick haben. Was, wenn er das Auto gegen einen Baum fuhr oder von einem LKW gerammt wurde? Sie konnte sich nicht befreien, wäre dem Tod ausgeliefert wie ... *Metall auf Asphalt, eine verbeulte Maschine, das Gesicht ihrer Mutter ...*

Miriam versuchte, ihre Atmung zu beruhigen. Nein, sie würde nicht in diesem Auto sterben. Ihr Handy. Sie musste ihre Kollegen informieren. Wo wollte Pausch mit ihr hinfahren? Man würde ihren Standort ermitteln können. Aber nicht, wenn sie keinem Bescheid gab. Sie musste an das verdammte Handy kommen.

Sie drückte die Hände auseinander, doch das Einzige, was sie erreichte, war unbändiger Schmerz. Sie keuchte, probierte es noch mal. Keine Chance. Der Wagen holperte, sie wurde für den Bruchteil einer Sekunde in die Luft geschleudert, um dann hart aufzuschlagen. Der Knopf knallte gegen den Boden und ein stechender Schmerz zog bis in ihren Nacken. Ihr wurde schlecht. Um Himmels willen nicht jetzt.

Wahrscheinlich hatte sie eine Gehirnerschütterung.
Das Rütteln machte ihr Gefühl nicht besser, sondern
verschlimmerte es stetig. Wo fuhr er mit ihr hin? Und
wie lange war sie ohnmächtig gewesen? Ob ihr Handy
noch aufzeichnete, oder war mittlerweile der Akku
ausgegangen und hatte die Sprachaufzeichnung abgebrochen? Dann war das Geständnis in den digitalen
Sphären verschwunden und sie hatte keinen Beweis
für seine Täterschaft. Aber man würde nach ihr suchen. Lothar und Oliver würden spätestens am Montag
eine Fahndung nach ihr einleiten. Drei Tage bis dahin.
Ihr wurde übel. Was würde Pausch in der Zeit mit ihr
anstellen und wo mochten sie dann sein? Er hatte
schon einmal einen Mord begangen. Diesmal würde er
sicherlich umsichtiger sein und sich nicht erwischen
lassen.

Der Würgereiz erfasste sie mit neuer Heftigkeit. Sie
schmeckte bittere Galle im Mund, schluckte, keuchte,
unterdrückte den Würgereiz. In dem Moment knallte
sie mit dem Kopf gegen die Rückseite der Sitze, der Wagen hatte abrupt abgebremst. Der Motor ging aus, sie
hörte Stimmen. Scheiße. Jetzt war sie geliefert.

***

Das kalte Wasser traf ihn wie tausend Nadelstiche. Er
tauchte unter und ließ sich von der Strömung mitreißen. Es war stockfinster, also blieb er nah an der Oberfläche, um nicht die Orientierung zu verlieren. Ein Zug
nach dem anderen, er stieß ein wenig Luft heraus, noch
ein paar Armlängen. Sein Körper schrie nach Sauerstoff. Er zwang sich vorwärts, bis seine Lungen zu

explodieren schienen, er auftauchte und gierig die Luft einsog. Der Hubschrauber war nicht direkt über ihm, der Lichtkegel suchte ein nahegelegenes Waldstück ab.

Tim witterte seine Chance und ging erneut unter Wasser, bis sich das Rattern des Hubschraubers entfernte. Er schnappte nach Luft und blickte sich um. Hatte er seine Verfolger abgehängt?

Dann hörte er den Helikopter näherkommen. Er holte tief Luft und tauchte erneut ab. Der Scheinwerfer erhellte das Wasser in seiner Nähe, zog jedoch ab. Tim zählte die eiskalten Sekunden, die unter seiner Schädeldecke hämmerten.

Dreiundzwanzig, vierundzwanzig ... vierundvierzig, fünfundvierzig ...

Er glaubte, die Kälte würde sich durch sein Fleisch fressen. Und jede Faser seines Körpers schrie nach Sauerstoff.

Noch eine Sekunde!

Halte durch!

Dann stieß er mit dem Kopf durch die Oberfläche und atmete tief ein.

Endlich Luft!

Wo war der Hubschrauber? Der Lichtschein war verschwunden, das Rotorengeräusch weit entfernt. Hatte er es geschafft?

Tim ließ sich von der Strömung mitreißen.

Als seine Glieder taub zu werden drohten, ging er am anderen Ufer an Land und legte sich unter einen Busch. Die Kälte hatte alle Kraft aus seinem Körper gezogen. Er zitterte, wollte liegen bleiben und einschlafen, doch er wusste, dass dies seinen Tod bedeuten würde.

Tim zwang sich auf die Beine. Das Rotorenrattern war in weiter Ferne, sie hatten seine Fährte nicht aufnehmen können und auch die Hunde hatten keine Chance gehabt. Nun musste er sich aufwärmen, vielleicht fand er einen geschützten Unterschlupf.

Regen peitschte ihm ins Gesicht und er schwankte vorwärts.

Nach einer gefühlten Ewigkeit des Wanderns hörte der Regen endlich auf. Tim zog sich aus und hängte die Kleidung an Ästen zum Trocknen auf. Anschließend baute er mühevoll ein Jägerbett und bedeckte den Oberkörper mit Laub. Er war ausgelaugt und leer. Sofort fielen ihm die Augen zu und er verfiel in einen unruhigen Schlaf, träumte von einer Prinzessin mit einem Messer im Bauch, die auf dem Richterstuhl saß und ihn zu lebenslanger Haft verurteilte. Als Strafe musste er zum Gefängnis durch einen reißenden Fluss schwimmen und dabei kam er vom Weg ab und geriet ins verwunschene Land.

Ein Schrei ließ Tim hochschnellen. Orientierungslos sah er sich um. Was war das? Wo war er? Um ihn herum war alles still bis auf die üblichen Waldgeräusche von Blätterrauschen und Vogelgezwitscher. Der Hubschrauber war nicht zu hören, die Polizei hatte ihn nicht gefunden.

Er, der Mörder, bekam noch eine weitere Chance. Wie viele hatte er verdient? Lieber nicht darüber nachdenken.

Die Sonne war mittlerweile aufgegangen und sendete die ersten warmen Strahlen zu ihm. Der Morgen versprach einen heißen Tag. Seine Kleidung war noch klamm, trotzdem schlüpfte er hinein. Er hätte etwas von dem Flusswasser trinken sollen. Er könnte zurückgehen, doch das konnte fatale Folgen haben. Wer wusste schon, welche Taktiken die Polizei schmiedete? Besser war es, die entgegengesetzte Richtung einzuschlagen.

***

Miriam winkelte die Beine an, wollte zutreten, sobald sich der Kofferraum öffnete. Sie hörte ein Klicken und die Klappe ging hoch. Sie trat zu, bevor sie seinen Oberkörper sah, doch Pausch wich zurück. So ein Mist.

Jetzt war sie verloren.

Endlich konnte sie das Gesicht sehen und war unendlich erleichtert. Oliver.

»Ich war nie so froh, dich zu sehen«, flüsterte sie, unfähig die volle Kraft ihrer Stimme zu finden. »Wie habt ihr mich gefunden? Woher wusstet ihr, dass ...?«

»Meiers hat uns alarmiert.«

Erleichtert atmete sie auf.

»Sie ist euch mit deinem Wagen gefolgt.«

»Mit meinem Wagen?«

Natürlich. Miriam hatte ihre Tasche nicht dabei. Wahrscheinlich hatte sie die stehen lassen, als sie mit Meiers gemeinsam hinter dem Auto auf dem Beobachtungsposten gesessen hatte und die Zeugin hatte die Wagenschlüssel genommen und war ihnen gefolgt.

Oliver half ihr aus dem Kofferraum und durchtrennte die Kabelbinder.

Sie rieb sich über die Handgelenke, der nächste Griff ging zu ihrem Handy. Die Sprachaufzeichnung lief noch. Eine Stunde und fünfzehn Minuten waren vergangen. Sie speicherte sie und reichte Oliver das Handy. »Hier ist Pauschs Geständnis drauf.«

Er schüttelte lächelnd den Kopf. »Und ich hatte dir nicht glauben wollen. Trotzdem hättest du keinen Alleingang starten dürfen«, sagte er strafend.

»Und wie hätte ich dich überzeugen können?«

Er atmete tief ein, hatte keine Antwort parat.

»Wo ist Pausch?«, fragte sie.

Oliver zeigte auf einen Streifenwagen. Durch die Fensterscheibe warf ihr Pausch einen vernichtenden Blick zu. Zum Glück war das nicht das Erste gewesen, das sie gesehen hatte, als der Kofferraum sich geöffnet hatte.

Mit Blaulicht fuhr ein Krankenwagen heran. »Den habt ihr doch wohl nicht für mich beordert?«

»Natürlich«, sagte Oliver und zeigte auf ihr Gesicht. »Das sollten sich die Sanitäter ansehen und am besten, du lässt dich ins Krankenhaus fahren.«

Sie seufzte. Es war durchaus möglich, dass sie eine Gehirnerschütterung hatte, aber sie wollte auf keinen Fall die Vernehmung von Pausch verpassen, eigentlich wollte sie die selbst führen. »Mir geht es wunderbar«, log sie. Ein bisschen übel war ihr immer noch.

»Das wird der Arzt entscheiden.«

»Warte auf mich. Ich will bei der Vernehmung dabei sein.«

Oliver schüttelte lächelnd den Kopf.

»Bitte versprich es mir. Es ist mein Verdienst, dass er in Gewahrsam ist.«

»Also gut. Aber Gesundheit geht vor. Wenn du ins Krankenhaus musst, dann ist das so.«

Die Sanitäter kamen ihr entgegen und nahmen sie mit in den Krankenwagen.

»Was ist passiert?«, fragte der Stämmige mit der Brille.

»Mir hat jemand mit der Faust gegen den Kopf geschlagen und ich war einige Zeit bewusstlos.«

Er nickte und sah sich ihre Nase an, er drückte daran herum, was erneut Schmerzen auslöste. »Sie scheint nicht gebrochen zu sein, aber es wäre besser, wenn wir das röntgten.«

»Ich komme nicht mit ins Krankenhaus.«

Er zog die Augenbrauen hoch. »Wieso nicht?«

»Die Vernehmung eines Verdächtigen steht an. Danach komme ich gerne zum Röntgen vorbei.«

»Wie geht es Ihnen sonst? Kopfschmerzen? Übelkeit?«

»Ein bisschen Kopfweh, das war's.«

Der Sanitäter wollte sie ins Krankenhaus fahren, aber Miriam redete zehn Minuten auf ihn ein, dass es ihr gutging und dass sie sich nach der Vernehmung direkt ins Krankenhaus bringen lassen würde.

Er wies sie darauf hin, dass Symptome wie Erbrechen oder Übelkeit später auftreten konnten und sie sich die nächsten Tage schonen und körperliche Arbeiten sowie Sport vermeiden sollte. Auch Fernsehen, langes Lesen oder Computerarbeiten seien zu vermeiden. Sie versprach es ihm und ging zu Oliver. »Wir können los.«

»Diesmal fahre aber ich«, sagte er mit einem Augenzwinkern. Nach der Tortur im Kofferraum war das eine Wohltat. Vielleicht würde sie doch noch zu einer guten Beifahrerin werden.

Auf dem Präsidium besprachen sie die Vernehmungstaktik. Miriam konnte ihren Chef davon überzeugen, dass sie die Vernehmung führen würde. Sie las sich die Informationen über Pausch durch, die sie gesammelt hatten, und legte sich einige Formulierungen und Fragen zurecht.

Felix hatte derweil die Sprachmemo von ihrem Handy gesichert und es ihr zurückgegeben, so dass sie es Pausch beizeiten vorspielen konnte.

Als sie und Oliver den Vernehmungsraum betraten, saß Pausch am Tisch. Er sah sie grimmig an. »So sieht man sich wieder«, sagte sie.

»Wie geht es Ihrer Nase?«, fragte er spöttisch.

»Wenn sie gebrochen sein sollte, fällt die Strafe wegen gefährlicher Körperverletzung sicherlich höher aus. Die Anklage wird Ihnen bald zugehen, aber erst mal kümmern wir uns um das größere Verbrechen.«

Pausch verschränkte die Arme. »Ich habe nichts getan.«

Dieses Arschloch wagte zu leugnen, obwohl er ihr ins Gesicht gesagt hatte, dass er der Täter war. Und er würde nicht wegen Totschlag, sondern wegen Mordes angeklagt werden.

Sie belehrte ihn und wies ihn darauf hin, dass er sich einen Anwalt hinzuziehen konnte.

»Da ich nicht schuldig bin, brauche ich keinen Anwalt.«

Seine Arroganz kam ihnen zugute. »Also gut. Wofür haben Sie sich GBL zugelegt?«

»Ich besitze so etwas nicht.«

»Die Hausdurchsuchung wird es beweisen, meinen Sie nicht?«

Pausch schwieg.

»Wo waren Sie am Abend des fünfzehnten Mai?«

»Ich nehme an, dass es sich um den Tatabend handelt? Das hat Ihnen schon meine Frau beantwortet.«

»Ihre Frau war hochschwanger und sehr müde. Sie haben sich aus dem Haus geschlichen, als sie schlief.«

»Das stimmt nicht. Wir waren lange wach.«

»Und dann sind Sie zu Vanessa Marks.«

Er schüttelte den Kopf.

»Sie hatten einen Schlüssel, den sie sich von Sina Meiers geborgt haben, sind in Vanessas Wohnung eingedrungen und haben sich dort versteckt.«

»Nein.«

»Dann ist Vanessa mit einem anderen Typen aufgetaucht und Sie haben Ihre Chance gewittert und den beiden K.-o.-Tropfen verabreicht, um Vanessas Begleiter den Mord in die Schuhe zu schieben.«

»Nein, verdammt.«

»Oder sind Sie reingegangen, als die beiden schon in der Wohnung waren?«

»Nein.«

»Haben Sie Fernsehen geschaut oder sich nur unterhalten?«

Er schüttelte den Kopf.

»In welcher Situation haben Sie Ihre Chance genutzt?«

»Nein«, brüllte er.

»Sie brauchen mich nicht anschreien.«

»Das muss ich. Denn alles, was Ihren Mund verlässt, ist Dünnschiss.«

Miriam nickte Oliver zu, der die Beamtenbeleidigung vermerkte.

»Und dann haben Sie Vanessa mit einem Dolch erstochen«, sagte Miriam und beobachtete Pausch.

Seine Augen verengten sich für einen Sekundenbruchteil. Dann schüttelte er den Kopf. »Nein.«

»Wie war es dann?«

»Ich war an dem Abend gar nicht da!«

»Aber Sie haben doch vorhin im Auto mir gegenüber die Tat gestanden.«

Sein Gesichtsausdruck blieb starr. »Habe ich nicht.«

Miriam zog ihr Handy aus der Tasche. »Ich habe es aufgenommen. Soll ich es Ihnen vorspielen?«

Geschockt sah er auf das Smartphone. Miriam öffnete die App und spulte bis zu der Stelle vor. »Sie haben recht. Ich musste Vanessa aus dem Weg räumen. Und ich will meine Tochter aufwachsen sehen und Sie werden mir nicht in die Quere kommen.«

»Das ist nicht meine Stimme«, sagte er.

Oliver sah vom Laptop auf. »Unsere Stimmenspezialisten werden beweisen, dass es sich um Ihre Stimme handelt und auch der Richter wird sich von Ihnen nicht täuschen lassen.«

Pausch atmete tief durch. »Ich denke, jetzt werde ich doch meinen Anwalt anrufen.«

»Gern«, sagte Miriam mit einem Lächeln.

***

Jeder Schritt war eine Qual, am liebsten hätte Tim sich hingelegt und wäre eingeschlafen. Vielleicht sollte er das einfach tun.

Aber eins war klar: Dann würde er sterben.

Sein Körper war so ausgelaugt und er zitterte vor Kälte, dass es keinen Unterschied machte. Ob er jetzt aufgab oder in drei Stunden, sein Körper hatte den

Lebenswillen im Fluss verloren. Seine Füße waren zerschunden und blutverkrustet.

Tim stützte sich an einem Baum ab, Regen prasselte auf den Waldboden. Seit zwei Tagen hatte er die Sonne nicht mehr gesehen. Erst war es so heiß gewesen und jetzt waren die Temperaturen abgestürzt und er war wieder durchnässt.

Dieses verdammte Unwetter. Schade, dass ihn kein heruntergefallener Ast erschlagen hatte.

Tim sah das neue Designersofa vor sich. Sein ganzer Stolz – teuer und unbequem, aber tausendmal bequemer als der wurzeldurchzogene Waldboden. Wie gern würde er darauf liegen und den Discovery Channel einschalten. Er ballte die Hand und schlug kraftlos gegen einen Baumstamm, er keuchte. Er hätte nie geglaubt, dass es so zu Ende gehen würde. Er würde sich hier hinsetzen und warten, bis ihn die vollkommene Dunkelheit einhüllte – für immer.

Er hob den Kopf, um zu sehen, ob ein Busch in der Nähe war, unter den er sich hocken konnte und sah ein Licht. Hier im Wald? Das konnte nicht sein. Halluzinationen, klar!

Tim blinzelte und es war immer noch da, sein Gehirn spielte ihm keinen Streich. Es war seine letzte Chance. Ein Überlebensinstinkt trieb ihn voran.

Es war ein einsames Fachwerkhaus mit Efeu bewachsen, daneben eine Holzhütte. Er ging zur Tür und hob die Hand, um zu klopfen, zögerte. Was, wenn die Leute sein Gesicht aus den Medien kannten? Ein unfassbarer Gedanke. Er könnte den Menschen töten. Diesmal wäre es nicht Totschlag, sondern Mord. Tim ging zu der

Hütte und drückte die Klinke hinunter. Verschlossen, natürlich.

Sein Blick fiel auf einen Haken unter dem Dach, an dem ein Schlüssel hing. War es so einfach? Er nahm den Schlüssel und schloss auf.

Die Hütte war ein Paradies für Waldarbeiter und Handwerker. Er entschied sich für einen langen Schraubenzieher und ging zur Tür des Hauses. Wollte er das wirklich? Natürlich nicht, was für eine dumme Idee. Er legte den Schraubenzieher zurück und suchte stattdessen einen dicken Ast. Damit würde er den Besitzer niederschlagen können, ohne ihn zu töten.

Tim klopfte an der Tür. Es regte sich nichts. War niemand zu Hause? Es brannte doch Licht. Er klopfte noch mal, diesmal energischer.

»Wer ist da?«, fragte eine schwache Frauenstimme.

»Entschuldigen Sie die späte Störung, würden Sie mich reinlassen?«

»Wo kommen Sie denn her?«

»Ich habe mich verirrt.«

Keine Reaktion.

»Ich brauche Hilfe. Ich habe meine Schuhe verloren und mich erkältet«, sagte er und hustete wie zum Beweis.

Die Tür öffnete sich langsam. Sein Herz klopfte so heftig, dass er glaubte, sein Brustkorb würde jeden Moment zerspringen. Er umfasste den Ast in seinem Rücken, bereit zuzuschlagen. Was, wenn mehrere im Haus waren? Warum hatte er nicht früher drüber nachgedacht? Seine Sinne arbeiteten nicht mehr, wie sie sollten. Er musste schnell sein, ganz schnell.

Eine alte Frau erschien, die Haut faltig, das Haar ergraut, siebzig Jahre, vielleicht älter. Sie blickte ihn durch dicke Brillengläser an, blinzelte, schien auch mit Brille nicht gut sehen zu können. Er ließ den Ast fallen. Wahrscheinlich würde sie ihn nicht mit einem Fahndungsfoto in Verbindung bringen, das hoffte er zumindest.

Sie winkte ihn herein. »Sie zittern ja am ganzen Körper.«

Er trat näher und schloss die Tür hinter sich. Es roch köstlich nach Gemüse und Fleisch, was genau es war, konnte er nicht identifizieren. Sein Magen knurrte. Die Einrichtung war altbacken, Eiche rustikal, eine große Schrankwand mit Büchern und vielen Engelsfigürchen, Blumengardinen an den Fenstern. Im Kamin knisterte ein Feuer, davor ein bequem aussehender Sessel mit einer kuscheligen Decke. Am liebsten würde er sich sofort da reinsinken lassen, doch er stockte.

Sei auf der Hut!

Lebte sie allein oder war noch jemand hier? Er blickte sich um, sah jedoch niemanden. Auf dem Tisch stand eine Teekanne mit einer Tasse. Er ging an der Frau vorbei und steuerte den Sessel an. Jetzt dort drin versinken.

»Nehmen Sie erst mal eine warme Dusche. Dann suche ich Ihnen Kleidung von meinem Mann heraus.«

Jäh wandte er sich um. »Ihr Mann?«

»Albert hatte in etwa Ihre Größe.«

»Hatte?«

Sie schluckte, ihre Miene wurde traurig. »Ja, er ist vor zwanzig Jahren gestorben. Prostatakrebs.«

»Das tut mir leid«, sagte er aufrichtig.

»Kommen Sie. Ich zeige Ihnen das Badezimmer.«

Er folgte ihr, fühlte sich dennoch unwohl. War das ein Ablenkungsmanöver, damit sie die Polizei rufen konnte? Er glaubte es nicht, doch konnte er sich auf sein Gefühl verlassen? Aber was sollte er stattdessen tun? Allein hätte er draußen nicht mehr lange überlebt. Er brauchte eine Auszeit im Warmen und umbringen wollte er sie nicht. Er wollte keine weitere Schuld auf sich laden. Es reichte, dass ihn Vanessa in seinen Alpträumen heimsuchte.

Die alte Frau holte ein Badehandtuch aus dem Schrank und platzierte es auf den Rand der Badewanne. »Ich werde Ihnen ein paar Sachen vor die Tür tun. Legen Sie Ihre vor die Waschmaschine, dann kann ich sie gleich durchziehen.«

Tim trat ins Bad, schloss die Tür ab und lehnte sich dagegen. Beging er einen großen Fehler? Schritte. Er zuckte zusammen, spannte die Glieder an, lauschte. Die alte Frau trat zur Tür und entfernte sich wieder. Die Kleidung. Er schloss auf, griff nach den Sachen und holte sie herein. Sogar Schuhe hatte sie ihm hingestellt. Sie waren eine Nummer zu groß, aber es war besser als zu klein.

Er entledigte sich seiner alten Kleidung. Ein Blick zur Tür. Vielleicht hätte er sie doch nicht aus den Augen lassen sollen. Wenn sie jetzt die Polizei rief, war er geliefert, aber er sehnte sich nach einer warmen Dusche. Er stellte das Wasser so heiß, dass er es kaum aushielt, und fällte eine Entscheidung: Er würde weiterleben.

Als Tim fertig war und aus dem Badezimmer trat, lief der Fernseher. Sein Atem stockte und er horchte.

Sie schaltete durch die Sender und blieb bei einer Tiefseedokumentation stehen. Hatte sie die Nachrichten gesehen? Er schluckte und ging ins Wohnzimmer, musterte sie.

Sie lächelte ihn an. »So gefallen Sie mir schon besser.« Sie ging in die Küche, hatte ihm den Rücken zugewandt. Auf dem Herd stand eine Pfanne. Es war seine Chance, sie niederzuschlagen. Aber was hatte er davon? Er konnte doch nicht jede Person aus dem Weg räumen, der er von nun an begegnete.

»Möchten Sie Tee? Ich habe auch noch Eintopf.«

»Das klingt wunderbar.« Hätte sie ihn erkannt, hätte die Polizei bereits das Haus gestürmt.

Tim nahm den Teller mit dem dampfenden Essen entgegen, setzte sich an den Esstisch und schlang die Suppe in sich hinein. Die Frau ließ sich auf dem Sofa nieder.

Als er fertig war, gesellte er sich zu ihr in diesen gemütlichen Sessel. Es war, als versinke er in einem riesigen Kissen. Die Frau strich über die Sitzfläche neben sich. »Hier hat mein Mann immer gesessen«, flüsterte sie, ohne den Kopf zu heben.

»Wieso wohnen Sie allein im Wald?«, fragte Tim und goss sich eine Tasse Tee ein.

»Weil Albert hier bei mir ist.«

»Haben Sie Kinder?«

»Eine Tochter.«

Tim nahm die Tasse und wärmte seine Hände daran.

»Was ist mit Ihnen?«, fragte sie. »Warum waren Sie da draußen?«

Er zögerte, strich sich über den Bauch. Wie viel durfte er erzählen, ohne dass sie angesichts der aktuellen

Berichterstattungen in den Medien Verdacht schöpfte? »Ich habe einen Fehler begangen, lebe seither auf der Straße, das Unwetter hat mich zermürbt, ich habe meine ganzen Sachen verloren.«

Sie nickte. »Jeder macht mal Fehler. Doch man kann sein Leben wieder aufräumen, wenn man vergibt – vor allem sich selbst.«

Wusste sie doch, wer er war? Er trank einen Schluck von dem Tee, die wohlige Wärme rann seine Kehle hinab. Er wollte nicht noch mal überstürzt abhauen müssen.

Er hustete, es kratzte in seinem Hals. »Vergeben?« Bei wem musste er da anfangen?

Svenja. Tims Wutball im Bauch wurde immer wieder neu entfacht, wenn er an sie dachte. Wie sollte er ihre unerhörte Tat verzeihen?

Auch seinem Vater hatte er im Erwachsenenalter nie entgegenkommen können, weil die Erinnerungsfetzen an das harte Regiment in der Kindheit so präsent waren.

Aber was war das gegen ... Vanessa? Konnte er ihr verzeihen, dass sie ihm gedroht hatte und der Vergewaltigung bezichtigen wollte? Er schüttelte den Kopf. Nein, es war nicht er, der vergeben musste, sondern der von ihr auf Vergebung hoffen musste. Doch das war unmöglich. Sie war tot.

Tot.

Tot!

Alles war aussichtslos und Vergebung eine leere Floskel.

***

Miriam betrat Lothars Büro mit gemischten Gefühlen. Einerseits war sie stolz, dass sie den wahren Täter gefunden hatten. Anderseits fragte sie sich, was nun aus Tim werden würde und wie ihr Chef auf ihr Verhalten reagieren würde. Sie hatten bisher keine Zeit für ein persönliches Gespräch gefunden, weil Berichte hatten geschrieben werden müssen und Pausch ein paarmal im Beisein seines Anwalts verhört worden war. Dafür lag nun endlich ein vollständiges Geständnis vor. Er hatte den Mord an seiner Schülerin geplant, und wie sie vermutet hatte, hatte er sich mit Sina Meiers' Schlüssel Zutritt zu der Wohnung verschafft. Als dann ein anderer Mann mit Vanessa aufgetaucht war, hatte er die Chance genutzt und wollte ihm die Schuld in die Schuhe schieben. Vanessa hatte in der Küche Sekt eingeschenkt und war kurz ins Wohnzimmer gegangen, um Tim zu fragen, ob er etwas essen wollte. In der Zeit war Pausch aus der Abstellkammer hervorgekommen und hatte die K.-o.-Tropfen in die Gläser geträufelt und sich schnell wieder zurückgezogen.

Anschließend hatte er abgewartet, bis die beiden eingeschlafen waren, hatte Vanessa im Schlaf erstochen und Tims Hand um das Messer gelegt, um seine Fingerabdrücke darauf zu hinterlassen.

Danach war er zurück nach Hause und zu seiner Frau ins Bett gekrochen, die immer noch tief und fest geschlafen hatte. Frau Pausch hatte die Wahrheit gesagt. Sie hatte keinen blassen Schimmer gehabt, dass ihr Mann nachts unterwegs gewesen war.

Frau Pausch war wütend geworden, als sie von der Affäre und dem Mord erfahren hatte. Sie wollte erst mal zu ihren Eltern nach Großbritannien ziehen.

»Setz dich bitte«, bat Lothar Miriam, als sie zögerte.

Ein ungutes Gefühl breitete sich in ihrem Magen aus. Was hatte sie zu erwarten? Denise' Gesicht tauchte vor ihrem inneren Auge auf. Vor lauter Arbeit hatte sie in den letzten Tagen keine Zeit gefunden, ihre Schwester anzurufen. Auf ihre WhatsApp-Nachricht heute Morgen, ob es ihr gut ginge, hatte sie nicht geantwortet.

Miriam nahm auf dem Stuhl Platz und widerstand der Versuchung, sich für ihr Tun zu rechtfertigen.

»Ich muss mich bei dir entschuldigen.« Lothar drehte die Kaffeetasse. Wahrscheinlich aus dem Eishockeyfanshop. Darauf prangte der rote DEG-Löwe. »Ich habe deine fortwährenden Bedenken und Hinweise auf Pausch nicht ernst genommen.« Er trank einen Schluck. »Ich konnte deine Fähigkeiten noch nicht einschätzen und habe mich zu sehr auf meine eigene Intuition verlassen, die diesmal falsch lag.«

Miriam war erleichtert. »Danke, dass du mir das sagst.«

»Du hast Mut bewiesen, dass du zu Pausch ins Auto gestiegen bist, um ihn aufzuhalten, auch wenn du damit gegen die Vorschriften verstoßen hast.«

»Ich weiß.« Sie sank tief in den Stuhl.

»Das soll kein Vorwurf sein, sondern eine Ermutigung, auch in Zukunft deine Bedenken oder Ideen frei auszusprechen. Ich verspreche dir, dass ich zukünftig genauer hinhören werde und dir Hilfe gebe, wenn du danach verlangst.«

Sie lächelte. Das war mehr, als sie erhofft hatte.

»Und nun lass uns etwas essen gehen.«

Sie folgte Lothar in die Küche, wo Oliver, Felix und Patrick auf sie warteten. Sie hatten einen Tisch beim Italiener reserviert.

Beim Feierabendbier lachten und scherzten sie, Felix erzählte einen Witz nach dem anderen und Miriam hatte das Gefühl, endlich angekommen zu sein. Nachdem sie kurz auf der Toilette verschwunden war, hatten sie ihr Essen erhalten und an ihrem Platz stand eine neue Cola Zero.

»Wer hat die bestellt?«, fragte sie überrascht.

Oliver grinste und nippte an seinem Altbier. »Na, wer wohl?«

»Soll ich dich später nach Hause fahren?«, fragte Miriam.

»Heute bin ich gerne dein Beifahrer.« Er zwinkerte ihr zu. In die Runde fragte er: »Geht's gleich noch in die Schinkenstraße? Miriam spielt Taxi.«

Dass das die Straße die Partymeile war, hatte sie mittlerweile mitbekommen.

»Bin dabei«, rief Felix prompt.

Miriam haute Oliver freundschaftlich auf die Schulter. »Hey, so war das nicht gemeint.«

»Wie wäre es mit Freitag?«, mischte sich Patrick ein. »Dann können wir alle trinken.« Er lächelte sie an und ein erwartungsvolles Glitzern lag in seinen Augen.

Sie wandte den Blick ab, hätte gern mehr für ihn empfunden, aber wenn sie in sich hineinhorchte, war da nichts und das Bild von Tim drängte sich in ihr Gedächtnis.

***

Tim schreckte hoch, wusste nicht, wo er war. Er sah sich um. Im Kamin glomm ein einzelnes Holzscheit, vor ihm die Teekanne und Tassen. Die alte Frau musste auch eingeschlafen sein, denn sie rieb sich die Augen. Draußen dämmerte es, der nächste Tag war angebrochen. Was für ein Tag war heute? Tim hatte jegliches Zeitgefühl verloren.

»Gut geschlafen?«, fragte sie und drückte sich hoch.

»Auch wenn ich im Sitzen geschlafen habe, war es die bequemste Nacht seit Tagen.«

Sie tischte ihm ein reichhaltiges Frühstück auf mit Tee, verschiedenen Brotsorten, Schinken, Wurst, Käse und Marmelade. Dazu gab es Rührei mit Speck. Es duftete himmlisch.

»Ich kann Ihnen Verpflegung mitgeben«, sagte sie unvermittelt.

Er aß etwas von dem Ei, hatte völlig vergessen, wie köstlich es sein konnte. »Dafür wäre ich Ihnen sehr dankbar.«

»Haben Sie sich schon entschieden?«

Er sah sie fragend an.

Sie bestrich ihr Knäckebrot mit Marmelade. »Ob Sie sich vergeben können oder nicht?«

Tim blieb der Bissen im Hals stecken und er musste mit Tee nachspülen, verbrannte sich die Zunge und hustete. Ein Bleiklumpen bildete sich in seinem Magen. Hatte sie ihn erkannt?

»Was meinen Sie?«, fragte er vorsichtig, aber er wusste, dass er die Antwort nicht hören wollte.

»Dass Sie Ihre Freundin umgebracht haben?« Sie biss in Ihr Knäckebrot, als hätte sie nach dem Wetter gefragt.

Tim starrte sie an, unfähig ein Wort zu sagen.

»Ich bin zwar fast blind und kann im Fernseher nicht mehr viel erkennen, aber mein Verstand ist noch klar und ich kann eins und eins zusammenzählen.«

Tim schluckte, lehnte sich zurück. Ihm war der Appetit vergangen. »Wieso haben Sie nicht die Polizei gerufen?«

Sie schüttelte den Kopf. »Mir steht es nicht zu, über Sie zu urteilen.«

Tim starrte auf den Teller. Er hatte das Brot mit Käse erst zur Hälfte aufgegessen und sein Körper verzehrte sich nach den Kalorien, aber er würde keinen Bissen mehr herunterbekommen. Was sollte er nun tun? Fluchtartig das Haus verlassen oder auf das Angebot der Vorräte eingehen? Es wäre dumm, es nicht zu tun.

»Vielleicht waren Sie es nicht«, warf sie ein.

Wie sollte er es nicht gewesen sein? Was für ein unerhörter Gedanke. Er wusste mittlerweile, was passiert war. Tim erhob sich. »Ich sollte jetzt gehen.«

»Sie sollten aufessen, um wieder zu Kräften zu kommen, egal ob sie zurück in den Wald gehen oder das Telefon nehmen und die Polizei rufen.« Sie zeigte zur Telefonstation.

Er könnte mit einem Anruf alles beenden. Gestern hätte er es getan, doch heute Morgen wollte er nicht. Tim sah die alte Frau an.

Sie nickte wissend. »Sie mögen also gern Käse auf Ihrem Brot?«, fragte sie und zeigte auf seinen Teller.

Er starrte auf sein angebissenes Käsebrot. Wann war das letzte Mal jemand so aufmerksam gewesen? Womit hatte er die Güte dieser Frau verdient? Durch nichts. Er war ein Mörder.

Tim spürte wieder den Hass in seinem Magen und das Messer in seiner Hand. Er sah Vanessas panischen Blick vor sich und spürte, wie er ihr das Messer ins Fleisch stieß. Blut überall, ihre seelenlosen Augen. Er hatte keine Güte verdient, hatte auch keine Freiheitsstrafe verdient, sondern allein das gleiche Schicksal wie Vanessa: den Tod.

Die Frau trat zur Küchenzeile, um ihm Sachen zusammensuchen. Er sollte es annehmen, konnte es nicht. Allein die Tatsache, dass sie nicht die Polizei gerufen hatte, war ein Geschenk, das ihm nicht zustand.

Tim erhob sich und ging in den Flur. An der Garderobe hing ein Mantel. Sollte er ihn nehmen? Nein, er würde ihn nicht mehr brauchen. Er brauchte gar nichts mehr für seinen letzten Weg.

Er sollte sich von der Frau verabschieden und ihr danken, doch er wagte es nicht, ihr unter die Augen zu treten, schämte sich für seine Tat und noch mehr, dass sie ihm die Tat zu vergeben schien. Wie kam sie dazu? Er legte die Hand auf die Klinke und sah ein Bild neben der Tür.

Seid aber untereinander freundlich und herzlich und vergebt einer dem andern, wie auch Gott euch vergeben hat in Christus.

War sie eine gläubige Frau und nahm daraus die Kraft, ihm zu vergeben?

Er warf doch einen Blick über die Schulter. Sie stand im Türrahmen und blickte ihm nach. Sie nickte ihm zu, wollte keine Erklärung und keine Abschiedsfloskel. Dafür war er ihr unendlich dankbar.

Tim erwiderte das Nicken und trat nach draußen.

Kapitel 21

Miriam saß mit Kevin und ihrem Vater an einem Tisch in seinem Restaurant. Sie stützte den Kopf mit den Händen ab. »Wo könnte Denise nur sein?«

Sie war seit drei Tagen nicht in der Wohnung aufgetaucht und hatte sich bei keinem von ihnen gemeldet. Sie konnten sie nicht erreichen, das Handy schien ausgeschaltet zu sein.

Kevin zuckte mit den Schultern. Er hatte dunkle Augenränder, eine blasse fleckige Haut und aufgeplatzte Lippen. Die Haare waren zerzaust, das schwarze Shirt zerknittert. Er sah nicht viel besser aus als ihre Schwester vor ein paar Tagen im Krankenhaus.

»Hast du keine Idee?«, fragte sie ihn.

Er schüttelte den Kopf. »Bei unsern Freunden ist sie nicht aufgetaucht, an unserm Lieblingsplatz ist sie nicht und –«

»Was ist euer Lieblingsplatz?«

»Das willst du nicht wissen«, sagte er und trank sein Bier in einem Zug halb leer.

»Oh doch!«

Er atmete tief durch. »Papierfabrik Hermes.«

»Du meinst diese heruntergekommenen Gebäude?«, fragte sie fassungslos.

»Dort haben wir uns öfter mit Freunden getroffen und Musik gehört«, sagte er.

Und einen durchgezogen! Es ist alles nur deine Schuld! Doch diese Beschuldigung würde ihr nicht weiterhelfen. »So kommen wir nicht weiter«, sagte sie und wählte erneut Denise' Nummer. Wieder der Hinweis, dass der Teilnehmer nicht erreichbar war.

»Dann müssen wir eben zur Polizei gehen«, sagte ihr Vater.

»Ich bin die Polizei«, sagte sie frustriert und wusste, dass sie ihm damit Unrecht tat. Aber sie wusste, wie es bei Vermisstenanzeigen von erwachsenen Personen ablief. Wenn keine Gefahr für Leib und Leben bestand, würden die Kollegen keine Maßnahmen einleiten. Und wenn doch und sie gefunden wurde, würden die Kollegen sie fragen, ob sie mit der Preisgabe ihres Aufenthaltsortes einverstanden wäre. Miriam war sich sicher, dass sie nicht gefunden werden wollte, also musste sie ihre Schwester selbst finden.

»Was hat Denise denn zuletzt gesagt?«, fragte Miriam.

Kevin zuckte wieder die Schultern. »Kein Plan. Irgendwas Unbedeutendes. Ich musste arbeiten, hatte keine Zeit, sie saß auf dem Sofa.«

Das war so klar. Er hatte nur seine Drogen im Kopf und sein Gehirn hatte sich in einen Schweizer Käse verwandelt.

»Also gut. Gehen wir anders vor. Sie vermisst Mutter. Hier ist sie nicht und nicht bei dir zu Hause«, sagte Miriam zu ihrem Vater. »Sie wird nicht bei einem Bikertreffen sein und sich auch kein Motorrad zugelegt haben. Aber ...« Dann hatte sie eine Idee. »Der Zoo. Mama war früher mit uns so oft dort. Vielleicht -«

»Im Zoo?«, fragte Kevin empört. »Sie ist doch kein kleines Mädchen.«

»Wir sollten jeder Idee nachgehen«, wandte ihr Vater ein. Miriam war für die Unterstützung dankbar.

Sie stand auf. »Ich fahre sofort hin.«

»Und wenn sie nicht dort ist?«, fragte Kevin.

»Dann bete, dass ich dir nicht den Hals umdrehe! Du hättest auf sie aufpassen sollen, doch stattdessen pumpst du sie mit Drogen voll.« Jetzt war es doch raus.

»Das habe ich nicht –«

»Hör doch auf! Deine Märchen kannst du jemand anders erzählen.«

Sie rauschte aus dem Restaurant und setzte sich in ihr Auto. Es war mittlerweile siebzehn Uhr und in einein- halb Stunde würde er schließen. Ob sie Denise dort noch finden würde, war fraglich. Trotzdem musste sie es versuchen.

In einer Viertelstunde war sie vor Ort. Sie parkte, rannte zum Eingang und versuchte, die Dame an der Kasse zu überreden, keinen Eintritt zahlen zu müssen. Doch die blieb standhaft. Dann zog sie ihren Dienstaus- weis hervor, was die erwünschte Wirkung zeigte.

Sie lief zu den Pinguinen, zu den Elefanten und den Löwen. Sie war außer Puste, als sie auf dem Berg an- kam. Doch keine Spur von Denise. Sie versuchte er- neut, Denise auf dem Handy zu erreichen, doch es war immer noch ausgeschaltet.

Enttäuscht schlenderte sie den Weg hinunter. Ihr gin- gen die Ideen aus. Vielleicht mussten sie wirklich eine Vermisstenanzeige aufgeben. Sie hörte Olivers Stimme in ihrem Kopf. *Keine Alleingänge.* Aber es ging um ihre Schwester. Wenn nicht sie, wer sollte sie dann finden?

Sie brauchte etwas zu trinken, also ging sie ins Zoo- Restaurant Okavango. Dort saß Denise in der hinters- ten Ecke.

Miriam trat an den Tisch. »Darf ich mich setzen?«

Denise sah auf. Ihre Augen waren vom Weinen gerötet. Sie sah noch blasser aus als im Krankenhaus. Dünn und ausgezerrt. Leer und erschöpft.

»Du?«, fragte ihre Schwester erstaunt.

Miriam setzte sich. »Wir haben uns Sorgen gemacht.«

»Wir?«

»Papa, Kevin und ich. Wir haben uns getroffen und darüber diskutiert, wo du sein könntest.«

»Du hast mich ja jetzt gefunden.«

»Warum hast du dich nicht gemeldet?«

Denise sah aus dem Fenster ohne eine Antwort.

Miriam ließ ihr die Zeit.

Nach vielleicht einer Minute sah Denise ihr in die Augen. »Ich habe heute Mama getroffen«, krächzte sie.

Miriam wusste nicht, was sie darauf antworten sollte, wartete ab.

»Sie hat gesagt, ich soll zu ihr kommen«, fuhr Denise fort.

Miriam erschauderte. »Das hat sie bestimmt nicht gesagt. Sie ist tot, Denise. Tote können nicht sprechen.«

»Ich habe ihre Stimme genau gehört«, widersprach ihre Schwester.

»Ich höre ihre Stimme auch öfter, aber sie ist nur in meinem Kopf. Ein Echo der Erinnerung.« Miriam griff nach ihrer Hand und entdeckte die Spritze darin. »Was ist das?«, fragte sie entgeistert.

Schuldbewusst sah Denise sie an.

»Sag mir, dass das nicht wahr ist«, krächzte Miriam. Ihre Hände zitterten und ihr Hals wurde staubtrocken.

»Ich will nicht mehr. Ich musste herkommen und sehen, ob die Tiere mir zeigen können, dass das Leben schön sein kann, aber das konnten sie nicht.«

»Sie müssen es doch nicht vorgaukeln. Sie ...« Miriam fehlten die Worte. Wie nur konnte sie ihre Schwester wieder zurückholen?

»Also gut«, sagte sie und nahm die Spritze. »Reicht das für zwei oder müssen wir uns noch etwas besorgen?«

»Für zwei?«, fragte Denise entsetzt. »Warum?«

»Wir haben beide Mama verloren. Ich leide auch darunter. Wenn du sterben willst, dann machen wir es zusammen.«

Vehement schüttelte Denise den Kopf. »Aber du kannst doch nicht! Das lasse ich nicht zu.«

Miriam stand auf. »Komm schon. Wir besorgen uns das Zeug und machen allem ein Ende.« Gut, dass sich keiner mehr im Restaurant befand, sonst hätte jemand möglicherweise die Polizei informiert.

Denise folgte ihr. »Warte!« Sie bezahlte an der Kasse und holte sie am Ausgang ein. »Du willst das doch gar nicht«, sagte Denise.

»Das stimmt! Aber ich würde es nicht ertragen, noch einen geliebten Menschen zu verlieren.«

Denise sah auf den Boden und rieb die Schuhspitzen aneinander. »Entschuldige, dass ich dir so viel Kummer bereite.«

Miriam packte ihre Schwester an den Schultern und schüttelte sie. »Dann hör endlich auf mit dem Scheiß.«

Denise sah sie an, Tränen rannen über ihre Wange. Lange standen sie so da. Miriam kam es vor wie eine gefühlte Ewigkeit. Dann flüsterte Denise. »Kann ich bei dir schlafen?«

Miriam nickte, nahm ihre Schwester bei der Hand und steuerte Richtung Ausgang des Zoos.

Auf dem Weg warf Denise die Spritze in einen Mülleimer. Ein riesiger Klotz fiel Miriam von ihrem Herzen.

***

Eine Windböe brachte den Wald zum Erwachen, die Blätter zitterten, kleine Partikel fielen herunter, es raschelte und knackte. Unwillkürlich musste Tim lächeln. Die Waldgeräusche und der frische Geruch nach Lebendigkeit und Freiheit waren zu seinem Zuhause geworden. Drei Tage waren vergangen, seitdem er bei der alten Frau im Warmen gesessen hatte.

Er setzte einen Fuß vor den anderen, auch wenn er seine Beine nicht mehr spürte. Was für ein Wochentag war heute? War ein Arbeitstag? Saß Richard in der Kanzlei? Hatte Nicole Julia in die Schule und Samira in den Kindergarten gebracht oder ging sie mit ihnen zum Abenteuerspielplatz? Tim wünschte sich, noch einmal ihre Gesichter zu sehen, er hätte sich gern von seiner Schwester verabschiedet.

Tim schwankte zwischen einer Allee dünner Bäume durch, die so aussahen, als seien sie als Willkommensboten gepflanzt worden. Der Wald wurde feuchter, vor ihm war der Boden mit hohen Brombeersträuchern bewachsen.

Tim hob den Blick. Hier war kein Durchkommen mehr, zumindest nicht, wenn er keine große Anstrengungen und viele Dornenstriemen auf sich nehmen wollte. Er ließ sich an einem umgestürzten Baumstamm nieder. Er war mit Moos bewachsen, ein Käfer krabbelte zu einer Öffnung und verschwand darin. Tim war nicht allein und doch so einsam wie nie zuvor.

Sonnenstrahlen brachen durch die Kronen und blendeten ihn, er wendete das Gesicht der Sonne entgegen und schloss die Augen.

»Nein«, flüsterte er auf die Frage, die ihm die alte Frau gestellt hatte und die ihm im Kopf herumschwirrte. Er hatte und konnte sich nicht vergeben. Er hatte Vanessa auf dem Gewissen und ihr das Leben und die Chance auf eine Zukunft genommen. Sie war so jung gewesen und hatte dieses Ende nicht verdient gehabt. Auch wenn er sich selbst nicht vergeben konnte, fragte er sich, wer dieser Gott war, der Schuldigen Vergebung anbot. Der Glaube dieser Frau musste sehr stark gewesen sein, sonst hätte sie ihn nicht ziehen lassen. Diese Frau hatte ihn beeindruckt wie schon lange kein Mensch mehr. Er wünschte sich, sie zu sein, so zufrieden und weise und mit sich im Reinen. Und das am Lebensende. Sie hatte eine Zuversicht, die nicht auf ihn überspringen wollte.

Seine Gedanken kreisten, wie ein Raubvogel hoch über den Baumkronen. Er hätte gern mehr über diesen Gott erfahren, doch er hatte sich sein Leben lang nicht für solchen Humbug interessiert. Er konnte sich nicht verzeihen und wo es keine Vergebung gab, musste Gerechtigkeit herrschen. Der Tod war nicht gerecht, sondern feige.

»Vanessa, es tut mir leid«, flüsterte er. Hoffentlich überbrachte ihr ein Engelsbote diese Worte. Die Schuld zerschnitt sein Herz wie eine Kettensäge. Und was war mit den Familienangehörigen? Wie mussten ihre Eltern und Freunde leiden. Sein einsamer Tod brachte ihnen nicht die Gerechtigkeit, die sie sich wünschten. Vielleicht wurde er nie gefunden und sie lebten ihr

Leben lang mit der Wut und Verzweiflung, dass der Mörder von Vanessa frei herumlief.

Tim hätte sich der Polizei stellen müssen, solange er die Gelegenheit dazu gehabt hatte. Jede Kraft war aus seinem Körper gewichen. Keinen Zentimeter weit würde es sein Köper schaffen. In Gedanken ging er den Weg zurück zu der alten Frau. Selbst seine Synapsen streikten bei der Hälfte der Strecke, seine Beine würden schon viel früher schlappmachen. Er hätte sich niemals auf diese irrsinnige Flucht begeben, sondern direkt seiner Schuld ins Gesicht sehen und sich stellen sollen. Er hätte doch wissen müssen, was Gerechtigkeit bedeutete, er, der Strafgesetzbuchparagrafen auswendig kannte und der Schuld im Alltag ins Gesicht sah. Nur seine eigene Schuld hatte er nicht wahrhaben wollen, hatte nur seine Angst vor der Enge gespürt. Was für eine Lappalie, wenn er an Vanessas Schicksal dachte.

»Vielleicht tröstet es dich, dass mein Leben hier endet«, flüsterte er und bettete den Kopf auf eine Wurzel.

***

Vanessa schrie ihn an, er solle das Messer wegstecken. Das Baby würde sie auch ohne ihn auf die Welt bringen. Es lag bereits in ihren Armen und weinte. Tim lehnte sich vor und wollte dem kleinen Wesen über den Kopf streicheln, doch Vanessa trat zurück und sah ihn mit hasserfüllten Augen an.

»Das Messer«, brüllte sie.

Tim wollte die Klinge fallen lassen, doch sie klebte an seiner Handfläche. Er wollte ihr sagen, wie leid ihm alles tat, doch sein Mund gehorchte ihm nicht.

»Schau mal«, rief sie von weit entfernt.

Warum war sie auf einmal verschwunden? Aber es war nicht Vanessas Stimme, sondern die von einem Mann. Noch eine Stimme. Es waren zwei und sie kamen näher, unterhielten sich, doch er konnte den Sinn der Worte nicht erfassen. Waren es Engel, die ihn in den Himmel oder in die Hölle bringen sollten? Vorboten des Jenseits oder war er schon dort angekommen?

Er wollte die Augen öffnen, doch seine Lider waren so schwer wie Metall. Jemand zerrte an seinen Armen. »Jetzt hilf doch mal mit«, rief jemand. Wen meinte er nur?

Die Stimmen verschwanden und Vanessa tauchte auf. Sie hielt immer noch das Baby in der Hand, in ihrem Bauch klaffte mittlerweile ein großes Loch.

»Was ist passiert?«, fragte Tim.

Sie wusste erst nicht, was er meinte, dann sah sie an sich herunter und sagte schulterzuckend: »Das Baby.«

»Tut es nicht weh?«

Sie schüttelte den Kopf. Das Martinshorn ertönte. Hatte jemand den Krankenwagen gerufen? Das Geräusch verstummte. Aber sie brauchte dringend ärztliche Hilfe. Er wollte zu ihr und sie in die Arme schließen, doch er konnte sich nicht bewegen, als seien seine Füße am Boden festgetackert.

Plötzlich bewegte sich die Erde, sein fester Stand bröckelte. Lautes Getöse rollte heran, ein Rauschen. Was war das? Er sah sich um und entdeckte die riesige Welle, die auf sie zustürmte. So hoch wie ein Wolkenkratzer rollte sie unbarmherzig auf sie zu.

Das Baby!

Sein Herz wurde eiskalt. Er sah Vanessa an und ihre angsterfüllten Blicke trafen sich. Dann wurde er von den Fluten mitgerissen, umhergeschleudert, japste nach Luft, bis er auftauchen konnte.

Hektisch sah er sich nach allen Seiten um, hielt nach Vanessa Ausschau. Sie saß am Ufer, triefnass, das Baby im Schoß. Ihre Blicke trafen sich wieder, doch es war nicht ihr Gesicht. Die Züge waren anders, weicher, freundlicher ein Lächeln auf dem Gesicht, wie ein Zuwinken.

Woher kannte er diese wachen Augen?

Dann erinnerte er sich. Er winkte ihr zu. »Miriam, zieh mich raus!«, schrie er und versuchte, Richtung Ufer zu schwimmen, doch der Strom zog ihn weiter, bis er sie aus den Augen verlor.

***

Miriam schaltete den PC aus. In der Schreibtischschublade vibrierte es. Sie nahm das Handy heraus. *Treffen wir uns direkt in der Stadt oder kommst du noch nach Hause?* Sie wollte mit Denise ein paar Klamotten kaufen. Sie nahm ihre Tasche und stand auf. »Ich mache Feierabend.«

Oliver ignorierte sie und starrte interessiert auf den Bildschirm.

»Was ist?«, fragte sie.

»Eichner wurde gefunden.«

»Was?« Ihr Herz machte einen Satz. Sie stürzte zu Oliver und sah auf seinen Bildschirm. Jugendliche hatten ihn bewusstlos im Wald gefunden und den Notarzt gerufen. Er war ins Krankenhaus gebracht worden. Da er

400

vor kurzer Zeit auf der Fahndungsliste gestanden hatte, war die Information ins Polizeinetz eingetragen worden.

»Ich fahre sofort hin«, sagte sie atemlos.

Oliver lehnte sich zurück und hob die Augenbrauen. »Warum?«

Sie stockte. Ihre Reaktion musste übertrieben wirken. Sie brauchten ihn nicht mehr vernehmen, er war unschuldig.

»Jemand muss ihn darüber aufklären, dass der wahre Täter gefunden wurde.«

»Das werden die örtlichen Kollegen machen.«

»Du hast recht«, sagte sie, da sie nicht wollte, dass Oliver seinen Feierabend für sie opferte. Hier ging es nur um sie und Tim. Was ihre Kollegen dazu sagen würden, war ihr egal. Jetzt war Tim kein Verdächtiger mehr und man konnte ihr keine Befangenheit vorwerfen. »Ich mache trotzdem Feierabend. Meine Schwester erwartet mich.«

»Viel Spaß«, wünschte er ihr zum Abschied.

Sie schrieb Denise eine Nachricht, dass Tim gefunden worden war und dass sie morgen mit ihr shoppen gehen würde. Ihre Schwester wusste mittlerweile über ihre Gefühle zu ihm Bescheid und antwortete, dass sie es verstehen könnte und ihr viel Glück wünschte.

Der Radiosender meldete an diesem Freitagabend zweihundertfünfzig Kilometer Stau und gab nur die ab acht Kilometern bekannt. Die Autobahnen A46 und A1 waren vollgestopft, trotzdem störte es sie nicht. Sie drehte den Lautstärkeregler höher und sang laut den Song *Alles Gute* von Silbermond mit. Sie brauchte fast drei Stunden, bis sie das Krankenhaus erreichte.

Vor der Zimmertür zögerte sie. Wollte Tim sie überhaupt sehen? Sie legte die Hand auf die Klinke. *Nimm dein Glück selbst in die Hand,* sprach die innere Stimme ihrer Mutter in ihrem Kopf. Miriam öffnete die Tür und trat ein.

Sie stockte, als sie ihn sah. Tim war blass, sein Gesicht schmal und ausgezehrt, die Arme waren dünn. Er hatte einen Vollbart bekommen. Wo war der starke Mann geblieben? Der Sportler, der lockere Typ?

Sie trat näher und zog sich einen Stuhl zum Bett. Tim hatte die Augen geschlossen und öffnete sie, als sie sich gesetzt hatte.

Erst blickte er sich verwirrt um, dann lächelte er. »Hallo, Miriam.«

Auch sie lächelte. Es war so schön, ihn wiederzusehen und zu wissen, dass er keinen Menschen auf dem Gewissen hatte.

»Was machst du hier?«, fragte er.

Ich musste dich sehen, war die Antwort, die ihr auf der Zunge lag, doch sie schluckte den Kommentar herunter. »Ich wollte dir sagen, dass wir den wahren Täter gefunden haben.«

Überrascht sah er sie an. »Wer ist wir und wieso den wahren Täter?«

»Hat man es dir noch nicht gesagt?«

»Was gesagt?« Seine Augen wurden trübe. »Ich habe einen Menschen auf dem Gewissen und werde mich stellen, sobald ich das Krankenhaus verlassen kann. Es war alles ein großer Fehler«, setzte er im Flüsterton hinzu und sah aus dem Fenster. Dann blickte er sie an. »Wo ist die Polizei? Stehen sie draußen vor der Tür Wache?«

Miriam schüttelte den Kopf und griff nach seiner Hand. Jetzt konnte sie sich nicht mehr zurückhalten. Sie war eiskalt und rau, trotzdem genoss sie die Berührung und hoffte inständig, dass er sie nicht wegziehen würde. Er ließ es geschehen.

»Dort steht keine Polizei. Ich bin die Polizei. Also ich … ich arbeite bei der Kriminalpolizei und habe an dem Fall Marks mitgearbeitet. Wir haben den Täter festgenommen. Ihr Berufsschullehrer hat sie getötet. Sie hat mit ihm das Gleiche abgezogen wie mit dir. Sie hat ihm vorgegaukelt, schwanger zu sein.«

»Heißt das … sie war nicht schwanger?«

Miriam schüttelte den Kopf. »Nein. Sie hat dir einen gefakten Schwangerschaftstest untergejubelt.«

»Ach«, sagte Tim erstaunt. Es lag sowohl Überraschung in seinen Augen als auch der Schimmer eines Verlustes. Hatte er sich auf das Kind gefreut? Miriam nahm ihre Hände zurück und sah zu Boden. Sie sollte nicht eifersüchtig sein, sondern nach vorn schauen.

»Aber ich habe sie getötet. Ich bin neben ihr aufgewacht, sie hatte das Messer … Und die Polizei hat doch nach mir gefahndet.«

»Der Berufsschullehrer hat euch beiden K.-o.-Tropfen in die Getränke gemischt und gewartet, bis ihr geschlafen habt. Er hat sie ermordet und deine Hand um die Tatwaffe gelegt, so dass deine Fingerabdrücke darauf waren.«

»Da war noch jemand? K.-o.-Tropfen? – Deswegen also die Erinnerungslücken«, sagte er nachdenklich und sah aus dem Fenster.

Eine junge Krankenschwester stürmte herein. »Wie geht es Ihnen, Herr Eichner?«

Er brauchte einen Moment, bis er sie ansah. »Ganz gut, denke ich.«

Sie nahm das Tablett vom Abendessen an sich und war zufrieden, als sie sah, dass er alles aufgegessen hatte.

»Könnten Sie mir noch etwas holen?«, fragte er. »Ich habe noch immer Hunger.«

Die Krankenschwester stockte. »Es tut mir leid, ich ...«

»Nicht so schlimm«, sagte Miriam. »Ich hole ihm was aus der Cafeteria.«

»Danke«, sagte die Krankenschwester und verabschiedete sich mit dem Hinweis, dass der Arzt gleich nach ihm sehen würde.

»Was möchtest du denn?«, fragte Miriam.

»Am liebsten Pommes mit Currywurst.«

»Ich denke nicht, dass ich das dort bekomme, aber ich kann gerne zu einer Imbissbude fahren.«

»Nein, mach dir keine Umstände.«

»Ich bin gleich zurück.« Sie ging in die Cafeteria, doch es gab nur kalte Speisen. Sie konnte sich sein Verlangen nach fettigem Essen leibhaft vorstellen. Sie suchte in ihrem Handy nach der Adresse einer Imbissbude in der Nähe und holte dort zwei Portionen.

Seine Augen strahlten, als sie damit das Zimmer betrat.

»Du bist verrückt«, sagte er und machte sich über das Essen her.

»Na ja ... ich bin nicht diejenige, die sich als Waldläufer versucht hat.«

Er grinste und stopfte sich mehrere Pommes in den Mund.

Als er aufgegessen hatte, fragte er: »Sag mal, wie seid Ihr eigentlich darauf gekommen, dass ich nicht der Täter bin?« Er stellte die leere Plastikschale auf den Beistelltisch.

Miriam erzählte ihm von den Ermittlungen und ihrem Bemühen, Pausch auf die Spur zu kommen.

»Also habe ich es dir zu verdanken, dass ich nicht mehr verdächtigt werde.« Er griff nach ihrer Hand.

Sie spürte, wie Hitze in ihren Kopf stieg.

»Ich habe immer an deiner Schuld gezweifelt«, sagte sie. *Und mich gesehnt, in deinen Armen zu liegen*, fügte sie in Gedanken hinzu.

»Kann ich mich irgendwie revanchieren?« Er zwinkerte ihr zu und ein Kribbeln erfüllte ihren Bauch. »Zum Beispiel mit einer Stadtführung und mit einem Essen in einem leckeren Restaurant?«

»Ist das ein Date?«, fragte sie grinsend.

Er nickte.

»Gern. Aber ich will vorwegsagen: Ich bin keine Frau für eine Nacht«, sagte Miriam mit einem Lächeln. Wie lange hatte sie sich nach diesem Moment gesehnt.

Tim drückte ihre Hand. »Du weißt zu viel über mich. Und kennst mich doch besser als die Polizeiakte, ansonsten hättest du nicht zugesagt.«

Das Kribbeln zog bis in ihre Brust und füllte ihren ganzen Körper aus. Durfte sie ihn küssen? Sie folgte ihrem Gefühl, neigte sich zu ihm und ihre Lippen berührten sich. Sie waren rau und zitterten voller Erwartung. Der Geschmack nach Neuanfang und Hoffnung lag auf ihrer Zunge.